CZARNA
PSZCZOŁA

WOJCIECH DUTKA

CZARNA PSZCZOŁA

ALBATROS

Redakcja: Marta Gral

Zdjęcie na okładce: © Hayden Verry/Arcangel Images

Projekt graficzny okładki: Mariusz Banachowicz

Skład: Laguna

ISBN 978-83-7985-888-0

Książka dostępna także jako e-book

Dystrybutor
Firma Księgarska Olesiejuk sp. z o.o. sp. j.
Poznańska 91, 05-850 Ożarów Mazowiecki
tel. (22) 721 30 00, faks (22) 721 30 01
www.olesiejuk.pl

Wydawca
WYDAWNICTWO ALBATROS SP. Z O.O.
(dawniej Wydawnictwo Albatros Andrzej Kuryłowicz s.c.)
Hlonda 2A/25, 02-972 Warszawa
www.wydawnictwoalbatros.com
Facebook.com/WydawnictwoAlbatros|Instagram.com/wydawnictwoalbatros

2017. Wydanie I
Druk: WZDZ – Drukarnia Lega, Opole

Książkę wydrukowano na papierze Creamy 70 g/m², vol. 2.0
dostarczonym przez Zing Sp. z o.o.

Prolog

Pszczoły czarne są przystosowane do chłodnego klimatu; doskonale znoszą zimę. Są tak łagodne, że gdy ich ule zostają zaatakowane przez szerszenie, nie potrafią się bronić i zazwyczaj wszystkie giną w tej nierównej walce. Aby temu zapobiec, ludzie zaczęli je krzyżować z innymi rasami tych pożytecznych owadów.

Na dalekiej północy „czarnymi pszczołami" nazywa się ludzi, którzy nie potrafią się bronić przed zajadłą nienawiścią innych. Niewiele przecież trzeba, by człowiek nienawidził człowieka. Czasami wystarczy, że jeden ma coś, czego ten drugi nie ma. Czarne pszczoły umierają niepostrzeżenie i coraz częściej przyczyną ich śmierci jest samobójstwo. W tym ostatecznym targnięciu się na własne życie nie ma niczego, co przypominałoby morderstwo – szału, żądzy krwi, pasji czy nienawiści, tego, co stanowi o zbrodni. Po prostu najpierw umiera nadzieja, a potem wszystko dzieje się szybko. Nikt nie słyszy niemego krzyku człowieka, który nie potrafi już znieść szykan, nienawiści i podłości.

Właśnie ktoś taki umarł pod koniec czerwca 1940 roku w Biarritz nad Atlantykiem. Dwa miesiące wcześniej Francja skapitulowała, a jemu nie udało się uciec. Jego przyjaciel, Jan Lechoń, pracownik polskiego Ministerstwa Spraw Zagranicznych rządu na uchodźstwie, a zarazem sławny poeta, odmówił mu pomocy, choć tamten bardzo na nią liczył. Zawiedziony, postanowił ukryć się z dala od Paryża. Mówił po francusku bez akcentu, z wyczuciem językowym dorównującym Proustowi czy Emilowi Zoli.

Ktoś jednak wydał nieszczęśnika w ręce Gestapo. Zgodnie z oficjalną wersją, francuscy policjanci znaleźli go na plaży należącej do posiadłości jego dalekich krewnych. Leżał na lewym boku; fale oceanu obmywały mu bose stopy. Był w spodniach i niebieskiej, kraciastej flanelowej koszuli. Dłoń miał zaciśniętą na brzytwie, którą jakoby poderżnął sobie gardło. Na szyi widniała głęboka rana; krew zdążyła wsiąknąć w piasek, barwiąc go na różowo. Uznano, że mężczyzna popełnił samobójstwo. Francuska policja była wówczas na usługach Niemców i nie zależało jej na tym, by dojść do prawdy. Śledztwo szybko zamknięto. Kto by się przejmował śmiercią jednego Żyda?

Malarza z Polski, Józefa Rajnfelda.

*

Siedemdziesiąt pięć lat później na bulwarze imienia Bohdana Grzymały-Siedleckiego nad Wisłą, jak co dzień, kilka osób uprawiało poranny jogging. Na wysokości Biblioteki Uniwersytetu Warszawskiego, pod Mostem Świętokrzyskim, przy samym brzegu rzeki ktoś leżał. Zauważyło go jednocześnie, z różnych perspektyw, troje ludzi – pracownik firmy sprzątającej nabrzeże oraz dwie studentki. Człowiek z MPO, który nie cierpiał swojej pracy, był od rana nie w humorze, ale widząc leżącego mężczyznę, pospieszył na ratunek. Dziewczyny przez chwilę zastanawiały się, czy nie pobiec dalej, przypuszczały bowiem, że to kolejny pijak, amator wina marki Wino. Ale jedną z nich uderzyło coś w tym człowieku, choć nie umiałaby powiedzieć co. Może stare ciuchy, w których wyglądał jak kloszard. Ale nawet kloszardzi dziś się tak nie ubierają.

Zaciekawione, ruszyły w jego stronę i w tym momencie pracownik MPO zaczął krzyczeć. Mężczyzna był w starej flanelowej koszuli w niebieską kratę i czarnych wełnianych spodniach. Miał bose stopy. Sine palce prawej ręki zaciskał na brzytwie. Leżał na lewym boku, tak że dziewczyny nie widziały jego twarzy. Wokół głowy i szyi była jednak kałuża zakrzepłej krwi.

Jedna z dziewczyn natychmiast zadzwoniła pod 997. W niecałe pięć minut na nabrzeżu zjawiła się policja.

CZĘŚĆ PIERWSZA

Rozdział pierwszy

PANI OD PSZCZÓŁ

Kampinos, współcześnie

Odkąd emerytowana prokurator Barbara Siemieńska zamieszkała w Kampinosie, jej marzeniem było założenie pasieki. Słyszała, że las znajdujący się nieopodal jej domu i uli dosłownie brzęczy od pszczół spijających słodką wydzielinę zielonych mszyc, owadów żywiących się sokami drzew iglastych. W produkcji miodu, jej technicznych szczegółach, nie ma nic poetyckiego, mimo to Barbara traktowała swoje nowe zajęcie niemal z czułością. Własne pszczoły nigdy jej nie użądliły. Zawsze, gdy szła do uli podebrać miód, wkładała stary umazany woskiem fartuch i szeroki kapelusz z siatką, wyglądający jak moskitiera. Brała tylko dwa plastry miodu z czterech znajdujących się w ulu, nigdy więcej, zabierała przecież pszczołom ich własność. Następnie wkładała ramy z plastrami miodu do elektrycznego wirnika, z którego wyciekał do podstawionego garnka. Uwielbiała to. Produkcja miodu nie była dla niej sposobem zarabiania na życie. Pszczelarstwo to sztuka i pasja, a nie dorabianie się bez szacunku do żywych stworzeń. Traktowała pszczoły jak przyjaciół; były jej najwierniejszymi kompanami w leśnych ostępach.

Odwirowała właśnie świeży miód, tym razem żółtobrązowy, intensywnie pachnący jesienną spadzią i wrzosem. Czekała na córkę i wnuka, który uwielbiał babciny miód. Córka była dziennikarką i pracowała w stacji telewizyjnej o nazwie, której nie było sensu zapamiętywać. Wszystkie te wielkie firmy to wyścig szczurów. Jedna ich cholera, przeklęła Barbara, myśląc o życiu, jakie wybrała Agata. Urodziła ją późno, dobrze po czterdziestce, i córka chyba nie zdawała sobie sprawy, że jej matka nie miała łatwego i przyjemnego życia. Z drugiej strony, Agacie też nie było lekko. Ona również samotnie wychowywała dziecko, bardzo delikatnego i wrażliwego chłopca, Dominika. Mąż Barbary zmarł, kiedy ich córka miała trzynaście lat. Agata powielała więc model. Przed laty rozwiodła się z restauratorem Krzysztofem Wróblewskim, ale została przy jego nazwisku.

*

Barbara wiedziała, że jej czas się kończy. Rak płuc w bardzo zaawansowanym stadium. Mimo choroby i wieku – miała dziewięćdziesiąt lat – trzymała się doskonale. No ale przecież nigdy nie pozwalała sobie na niezdrowe jedzenie, nie przesadzała z alkoholem i od lat nie paliła.

– Żyłam dostatecznie długo – odparła lekarzowi, który namawiał ją na chemioterapię – operacji w moim wieku NFZ nie sfinansuje.

– Mówię o prywatnej terapii. Dam pani adres kliniki w Warszawie – powiedział zatroskany lekarz.

Westchnęła i pokręciła głową.

– Panie doktorze, mam dać się zamknąć w szpitalu, gdzie wlejecie we mnie ileś litrów chemii? Wypadną mi wszystkie włosy, będę wymiotowała własną krwią, żółcią i tym, co zdołam przełknąć z waszego szpitalnego wiktu. Dziękuję, nie.

– Właściwie nie powinienem pani stąd wypuścić – nalegał lekarz.

– Musi pan uszanować mój wybór. Mam prawo odejść tak, jak ja chcę. Jestem wolnym człowiekiem.

Nie był tym zachwycony, ale przyznał jej rację.

– Ile mam czasu? – zapytała po chwili Barbara.

– Długo pani zwlekała... Wiem to od lekarza rodzinnego. – Nie patrzył pacjentce w oczy.

– Ile? – powtórzyła z naciskiem.

– Trudno powiedzieć.

– To dla mnie bardzo ważne. Muszę wiedzieć, ile... miesięcy, tygodni, dni...

– Miesięcy – odparł cicho. Był jeszcze młody; miał za sobą za mało takich rozmów z pacjentami, więc wciąż go poruszały. – Może tygodni – dodał jeszcze ciszej.

Zdziwiła go reakcja starszej pani. Nie potrafił sobie tego zracjonalizować. Ludzie na ogół histeryzują, są przerażeni, krzyczą albo wpadają w apatię. Ale nie ona. Informację o swojej śmiertelnej chorobie przyjęła z wyjątkowym spokojem i autoironią.

– Muszę wracać do moich pszczół – powiedziała, ustaliwszy z lekarzem szczegóły leczenia paliatywnego.

Miała odłożone pieniądze, ale córka z pewnością pomoże jej finansowo. Barbara żyła wprawdzie w czasach, kiedy rodzice nie mogli być pewni pomocy dzieci na stare lata, ale nie miała wątpliwości, że Agata stanie na wysokości zadania. Chciała umrzeć w domu, w pobliżu swoich pszczół, i miała nadzieję, że leki przeciwbólowe nowej generacji pomogą jej walczyć z bólem. Bo tego duchowego nie da się uśmierzyć niczym. Nie można go wyłączyć jak światła, które razi w oczy. Barbara żyła z takim bólem od czasu, kiedy zdała sobie sprawę, że niczego nie można cofnąć, że nie da się już niczego odwrócić ani zadośćuczynić za wielką krzywdę, którą wyrządziła pewnemu człowiekowi wiele lat temu. Z takim cierpieniem żyje się jak z cierniem, którego nie można wyjąć, nie powodując jeszcze większego bólu. Dlatego wiadomość o swoim wyroku przyjęła spokojnie.

Agata będzie pewnie na mnie krzyczała, że się poddaję, pomyślała w drodze do domu, ale w końcu zaakceptuje moją decyzję.

Oswajała się z myślą o swojej chorobie przez tydzień. Codzienne doglądanie uli sprawiało jej przyjemność. Jesień to czas miodu wrzosowego, najbardziej aromatycznego, o lekko piekącym smaku. Ulubiony miód człowieka, którego kiedyś kochała. I teraz, i wtedy był to najdroższy gatunek na półkuli północnej. Gdy tej jesieni, ostatniej w jej życiu, odwirowywała miód wrzosowy, uśmiechnęła się do siebie po raz pierwszy od czasu, gdy usłyszała wyrok.

Spotkamy się wkrótce, pomyślała. I będę mogła poprosić cię o wybaczenie.

Nie żył już od siedemdziesięciu pięciu lat, a Barbara wciąż nosiła w sobie jego śmierć.

*

Następnego dnia przyjechała Agata z synem. Barbara uwielbiała wnuka, bo w jakiś sposób przypominał jej jego. Dominik miał w sobie tę delikatną wrażliwość, ukrytą pod powierzchownością zawadiackiego siedemnastolatka. Kiedyś zwierzył się babci, że pragnie zostać malarzem. Była tym zaskoczona, ale tylko przez chwilę. Poprosiła go, żeby pokazał jej próbkę swoich umiejętności. I pokazał – znakomicie uchwycone twarze, dłonie trzymające różne przedmioty, martwe natury i akty, wyłącznie męskie, ale piękne, urzekające formą i lekkością stylu. Patrząc na nie, zamarła, bo już kiedyś podobne widziała. Znała malarza o mistrzowskiej ręce do portretów węglem. A Dominik był do niego taki podobny, choć zewnętrznie, ze swoimi jasnymi włosami, raczej go nie przypominał.

– Cieszę się, że przyjechałeś – powiedziała, witając go. Chłopiec się uśmiechnął. Rozumiał się z babcią bez słów. Nie musieli do siebie dzwonić po kilka razy dziennie i rozmawiać o wszystkich tych nieważnych rzeczach, o których ludzie zazwyczaj rozmawiają przez komórki. Widywali się raz na miesiąc, może dwa, i potrafili bez trudu zacząć rozmowę od miejsca, w którym ją skończyli.

– Nie wiem, mamo, czy to dobrze, że przyjechał. Zaniedbuje treningi – odezwała się Agata, wyjmując siatki pełne jedzenia, soków, wina i Bóg wie czego jeszcze z bagażnika terenowego volkswagena.

– Jeszcze się nachodzi na te treningi. Babcię ma się jedną – zwróciła się do córki Barbara, obejmując wnuka. – Odwirowałam miód. Wrzosowy, ostatni w tym roku.

– Musi być pyszny – powiedział chłopak.

– Jak jest? – zapytała Barbara, która potrafiła czytać nastroje wnuka.

Dominik był chłopcem, którego można było łatwo skrzywdzić. Miał serce na jak dłoni. Niezdolny do kłamstwa, niezdolny do podłości.

– Dobrze, babciu – odparł z promiennym uśmiechem. – Naprawdę.

– Porozmawiamy potem – rzuciła, widząc, że córka wzięła siatki pełne zakupów i weszła już na werandę.

Dominik poszedł na górę, do pokoju, który zajmował zawsze, kiedy przyjeżdżali do Kampinosu, a Barbara spojrzała na Agatę. – Jesteś tytanem pracy. Odpoczęłabyś trochę od tej harówki.

– A wiesz, że to jest dobry pomysł – podchwyciła Agata. – Skończyłam program o korupcji wśród polityków. Mordercza harówka, dosłownie padałam na pysk.

– Zawsze to samo. Politycy byli skorumpowani przed wojną, za komuny i są teraz. Nic nadzwyczajnego. Masz obsesję na tym punkcie.

– To nie obsesja, mamo. To po prostu moja praca.

– Ludzie zazwyczaj oddzielają pracę od życia prywatnego.

– Nie potrafię, przyznaję, ale patrzenie na ręce politykom jest kurewsko ważne, mamo.

– Ten twój język...

– Chciałam tylko podkreślić wagę problemu. – Agata wyciągnęła paczkę papierosów, włożyła jednego do ust, ale kiedy sięgnęła po zapalniczkę, matka pokręciła głową.

– Nie pal, proszę.

– Przepraszam, zwykle ci to nie przeszkadzało.

– Nie czuję się najlepiej – przyznała się Barbara.

– Co ci jest, mamo? Powinnaś chodzić do lekarza, ale tutaj, w tej głuszy, trudno o dobrego geriatrę.

– Po co mi geriatra?

– Mamo, nie masz czterdziestu kilku lat – odparła z przekąsem Agata.

– Ty masz prawie pięćdziesiąt i wyglądasz gorzej niż ja w twoim wieku. Jak przeżyjesz tyle lat co ja, to będzie cud. Po drodze wykończą cię stres, papierochy, niezdrowe jedzenie i alkohol. Mnie przy życiu trzymają pszczoły i dobrze o tym wiesz. Chciałabym wieczorem z tobą porozmawiać.

– Coś się stało? – Agata uważnie przypatrywała się matce.

– A czy musiałoby się coś stać, żebym mogła porozmawiać z własną córką? Po prostu mam ochotę z tobą porozmawiać.

Lubiły ze sobą być. Nie jest łatwo wychowywać córkę bez ojca, ale Barbara ustrzegła się przed błędami popełnianymi przez inne matki, które straciły męża: nie zawłaszczała życia Agaty, nie ingerowała w nie bardziej, niż było to konieczne. Nie lubiła ingerować w niczyje życie. Jej córka z wyróżnieniem skończyła dziennikarstwo na Uniwersytecie Warszawskim i świetnie radziła sobie zawodowo. Jednak stacja telewizyjna, w której pracowała, żyłowała swoich pracowników, a pogodzenie macierzyństwa z korporacją nie jest sprawą łatwą. W zasadzie karkołomnie trudną, jak wejście na Matterhorn. Mimo to Agata wieczorami znajdowała czas, by zadzwonić do matki, i czasem gadały godzinami.

Obiad gotowały razem. Wystarczył dzień, a nieraz nawet kilka godzin w Kampinosie, a cały stres związany z pracą ustępował i Agata potrafiła cieszyć się drobiazgami, nawet tak prozaicznymi jak gotowanie z matką zupy jarzynowej. Na drugie zrobiły naleśniki z owocami leśnymi i bitą śmietaną.

Kiedy jedli wspólnie na tarasie, na horyzoncie ponad lasem zamajaczyła cienka wstęga burzowej chmury.

*

Był wieczór, dość chłodny po ciepłym jesiennym dniu, więc Agata pomogła matce rozpalić w kominku, a potem – tak jak lubiła na koniec dnia – nalała sobie kieliszek madery. Dominik był nie w humorze i szybko poszedł na górę spać.

– Dlaczego tak organizujesz mu czas? Po co mu te wszystkie treningi? – spytała Barbara.

– Pływanie jest zdrowe, a poza tym, chodząc na treningi, nie będzie miał czasu na różne bzdury, które dzieciakom w jego wieku przychodzą do głowy.

– Powinnaś dać mu szansę na rozwijanie talentu – zaoponowała Barbara.

– Mówisz o tym jego bazgroleniu? – Agata nie traktowała poważnie malarskich prób syna. – To niepoważne. Poza tym z tego na pewno nie będzie żył.

– A skąd wiesz? On naprawdę ma talent.

– A skąd ty, mamo, znasz się na malarstwie?

– Nie powiedziałam, że się znam, ale wiem, że Dominik ma talent. Powinien go rozwijać. Myślę, że mało znasz własnego syna.

– Mamo, nie zaczynajmy znowu. Wiem, co jest dobre dla mojego dziecka – upierała się Agata.

– A ja myślę, że byłby z tego dużo większy pożytek, gdybyś pozwoliła mu robić to, co chce. Ma artystyczną pasję. Znałam kiedyś takiego człowieka... Dominik maluje podobnie jak on – powiedziała Barbara.

– Jakiś twój znajomy z czasów Gomułki? – zapytała, ironizując, córka, która nie miała pojęcia, o kim matka mówi.

– Nie, ten człowiek zginął w czasie wojny. Był mi bardzo bliski.

Agatę korciło, by podpytać mamę, ale przestrzegała niepisanej zasady, że o pewnych sprawach nie należy z nią rozmawiać: o okupacji, czasach stalinowskich i w ogóle o okresie PRL-u. Ojciec Agaty, Ryszard Siemieński, wykładowca prawa na Uniwersytecie Warszawskim, zmarł miesiąc po wprowadzeniu przez ekipę Jaruzelskiego stanu wojennego.

– Mamo, o czym właściwie chciałaś porozmawiać? Zabrzmiało to tak tajemniczo, kiedy wspomniałaś o tym po południu.

Barbara westchnęła. Nadszedł ten moment. Na pewno nie będzie łatwo, ale doszła do wniosku, że im wcześniej to powie, tym lepiej. Pewne sprawy, nawet te najtrudniejsze, trzeba umieć z siebie wyrzucić, kiedy stają się tak nieznośnie ciężkie, że nie sposób dźwigać ich samemu.

– Mam raka płuc – powiedziała cicho Barbara. – Są już przerzuty... Myślę, córeczko, że niedługo umrę.

Kieliszek wypadł Agacie z ręki i z brzękiem rozbił się na drewnianym parkiecie.

– Nie dziś i nie jutro – próbowała ją uspokoić matka. – Mamy jeszcze trochę czasu.

– Co ty mówisz?! Rak nie musi oznaczać wyroku. Będziemy cię leczyć – powiedziała zrozpaczona córka. Doskonale znała matkę, dumną kobietę, która przetrwała wojnę i komunizm. Tak przynajmniej Agata uważała, bo nigdy nie pytała jej o przeszłość.

– Nie, Agatko, żadnej chemioterapii. – Barbara przygotowała się psychicznie na rozmowę z córką. – Nie będę przysparzała sobie dodatkowych cierpień. Nie będę tego niepotrzebnie przedłużać.

Agata, płacząc, wstała i podeszła do matki. Objęły się bardzo mocno. Barbara spodziewała się ataku wściekłej histerii, do której córka była zdolna, ale tym razem nic takiego się nie stało. Po prostu objęła mamę i razem płakały przez kilka minut.

– Mamy jeszcze przed sobą trochę czasu – powtórzyła potem Barbara, tuląc córkę.

– Musisz się leczyć. Wiesz, że pieniądze nie grają żadnej roli. Nie chcę, żebyś umarła.

– To wcale nie będzie takie straszne, córeczko. Przynajmniej odejdę spokojnie i świadomie.

– Nie mów tak!

– Ale tak będzie. Oczywiście, jeśli zaczną się bóle, które uniemożliwią mi normalne funkcjonowanie, chciałabym, żeby ktoś przy mnie był.

– Ja będę przy tobie, mamo.

– Masz pracę.

– Znajdziemy jakieś wyjście. Pojedziesz ze mną do Warszawy.

Barbara popatrzyła córce w oczy.

– Nie znoszę Warszawy. Zbyt wiele złych wspomnień, zbyt wiele duchów. Poza tym mam pszczoły, ktoś musi się nimi zająć.

– To je sprzedasz.

– Przyjaciół się nie sprzedaje.

– Mamo, to tylko głupie owady.

Barbara pokręciła głową. Znała córkę i wiedziała, że nie rozumie jej, tak jak nie rozumiała syna.

– Pszczoły nie są głupie. Są jednością. Jedna wie to co wszystkie. Razem żyją i współpracują. Pszczoły to życie.

– Mówisz, jakbyś naczytała się poradników. – Agata była poirytowana uporem matki. – *Szczęśliwe życie w lesie wśród pszczół!*

– Właśnie takie jest. Jak myślisz, dlaczego zawsze cię żądlą?

– Bo są wredne – parsknęła Agata.

– Nie, bo się ich boisz. Jesteś nerwowa, ponieważ tak żyjesz i taką masz pracę. Żyjesz bez przerwy w kieracie, w ciągłym stresie, zero życia osobistego. Wszystko podporządkowałaś tej cholernej stacji telewizyjnej. Pszczoły nie lubią nerwowości.

– Przestań, proszę. Mówisz jak nawiedzona, a byłaś kiedyś racjonalnie myślącą panią prokurator.

– Wyleczyłam się przy pszczołach. Nauczyłam się spokoju i ze spokojem przyjmę własną śmierć, czy się to komuś podoba, czy nie. Córeczko, nie kłóćmy się. Lepiej się z tym prześpijmy. Jutro też jest dzień.

– Ale ja chcę, żebyś się leczyła.

– Mam dziewięćdziesiąt lat. Wystarczy.

– Załatwię ci jakąś dobrą klinikę, w Warszawie albo w Niemczech.

– Pozwól, że umrę tak, jak sama tego chcę.

Barbara powiedziała to tonem tak nieznoszącym sprzeciwu, że Agata Wróblewska, gwiazda telewizji, znana z tego, że zawsze stawiała na swoim, nie śmiała protestować.

*

Agata nie mogła zasnąć. Jako osoba racjonalna spodziewała się tego, że matka kiedyś odejdzie, ale nie sądziła, że będzie to tak szybko. Dotąd nie zastanawiała się również nad tym, że zanim to nastąpi, mama może cierpieć. A ona nie godziła się na jej cierpienie. Agata chciała to kontrolować, jak wszystko w swoim życiu. Z tego powodu odszedł jej mąż Krzysztof. Chciała również kontrolować Maxa, czarnoskórego detektywa, męża jej zabitej przed laty przyjaciółki, z którym zbliżyła się, gdy przed dwoma laty wspólnie zdemaskowali aferę związaną z operacją Lunatyk. Tylko że Max był ostatnim człowiekiem, którego dałoby się kontrolować. Uświadomiła to sobie, kiedy po raz pierwszy odwiedziła go w Stanach. Spędzili wtedy razem ponad miesiąc i choć bywało cudownie, choć czuła się przy nim tak bezpiecznie jak z nikim dotąd, choć dzięki niemu przypomniała sobie, jak fantastyczny może być seks, oboje wiedzieli, że są do siebie zbyt podobni, by móc wspólnie budować związek. Mimo to był jej bardzo bliski i wiedziała, że zawsze może na niego liczyć. Czasami do siebie dzwonili. Zupełnie spontanicznie. Kiedy ją zdołowało coś w pracy albo gdy jego dopadła polska chandra. Potrafili rozmawiać dwie godziny, nieraz dłużej. I teraz, nie mogąc sobie znaleźć miejsca po tym, co usłyszała od matki, zapragnęła usłyszeć jego głos.

Sięgnęła do komody po komórkę i szybko wybrała numer Maxa. Po chwili włączyła się automatyczna sekretarka i Agata usłyszała nagrany przez niego komunikat, że nie może rozmawiać, ale z pewnością oddzwoni.

Max miał jedną słabość. Pił. Nigdy nie ukrywał, że zdarza mu się pić za dużo, ale twierdził, że nad tym panuje. Agata, mająca eksmęża alkoholika i obracająca się w środowisku celebrytów, wśród których było wiele osób uzależnionych, wiedziała jednak, że nad tym człowiek kontroli nie ma i mieć nie może. Max sięgał po butelkę głównie wtedy, gdy dopadała go... Polska i jej demony, które nosił w sobie za sprawą genów – w połowie polskich. Aga była u niego w Stanach, kiedy zobaczyła go po raz pierwszy kompletnie pijanego, po tym, jak pokłócił się z matką. Jego relacje z polską częścią rodziny nie należały do łatwych. Tak czy inaczej widok Maxa wymagającego detoksu tak nią wstrząsnął, że postanowiła kontrolować swoje uczucia, bo właśnie w tym czasie zdawała sobie sprawę, że zaczyna się w Maxie zakochiwać. Zapanowała nad tym, wróciła do Polski, do kariery i syna, i czasem tylko cisnęły się jej do głowy niechciane myśli: jak by to było...?

Pewnie zachlał, pomyślała teraz, odłożyła komórkę, zamknęła oczy i bezskutecznie próbowała zasnąć.

*

Rano Dominik z babcią poszli do lasu na spacer. Chłopak wyczuwał, że coś jest nie tak, jak być powinno.

– Babciu, co się stało? Mama nie rozmawia z tobą od rana.

Barbara popatrzyła z czułością na wnuka. Troska o niego spędzała jej sen z powiek. Czy tak wrażliwy człowiek jak on da sobie radę w dzisiejszym świecie, tak bezwzględnym wobec ludzi, którzy są choć trochę inni?

– Jak twoje szkice? Chciałbyś studiować malarstwo? – zapytała.

– Marzę o tym – przyznał się Dominik. – Ale nie wiem, jak mama zareaguje.

– Powinieneś robić to, do czego stworzyła cię natura, niekoniecznie to, co mama uzna za najlepsze dla ciebie.

– Chce, żebym poszedł na prawo. Ale prawo jest nudne jak flaki z olejem... to zakuwanie na pamięć tych wszystkich paragrafów... Przepraszam... wiem, że jesteś prawniczką, tylko że mnie to nie interesuje.

Barbara ze zrozumieniem pokiwała głową.

– Masz wielki talent. Uważam, że powinieneś go rozwijać i nie wolno ci go zaprzepaścić. Dostałeś go od Boga.

Dominik się uśmiechnął. Babcia rozumiała go doskonale.

– Nie wierzę w Boga – powiedział szczerze.

Podniosła na niego wzrok. Boże, jest taki sam jak on. Młodzieńczy ateizm, też go kiedyś doświadczyła, dlatego z dużym spokojem przyjęła jego deklarację.

– To w sumie nie ma znaczenia. Z perspektywy Boga, oczywiście. – Uśmiechnęła się przyjaźnie.

Chłopak popatrzył na nią swoimi niebieskimi oczami. Wiedziała, że jej wnuk zrobi wszystko, by postawić na swoją pasję, i nie będzie zakuwał formułek prawniczych. Chciał, żeby pomogła mu przekonać matkę.

– Wiesz, babciu, jaka jest mama. Bez przerwy próbuje decydować za mnie.

– No cóż. Zawsze była uparta jak osioł.

– Porozmawiasz z nią?

– Oczywiście.

Szli razem przez las, który łagodnie wznosił się i opadał wraz z pofałdowaniami terenu. Jesień tego roku przyszła wcześniej; czuło się ją, chociaż był dopiero koniec sierpnia. Drzewa czerwieniły się i żółciły wszystkimi odcieniami. Nieopodal na krzak sfrunęła z drzewa pliszka. Niezwykły żółty ptak. Inny niż wszystkie w polskich lasach. Piękny.

– Wspaniałe są szczególnie te męskie akty – odezwała się po chwili Barbara.

Dominik trochę się zakłopotał. To dziwne, pomyślał, że przy niej mogę się czuć zupełnie swobodnie.

– To kolega... Grzesiek. Był moim modelem – powiedział zmieszany.

– Jesteście ze sobą? – zapytała Barbara. – Nie powiem mamie ani nikomu innemu.

Dominik się uśmiechnął.

– Tak. Skąd wiedziałaś?

– Z twoich rysunków.

Nie zadawała mu więcej pytań. Musiała go jakoś przygotować na to, że wkrótce nie będzie jej już przy nim. Chciałaby też, żeby najbliżsi – córka i wnuk – ją zrozumieli. Wybory, jakich dokonywała w życiu, nie były łatwe, szczególnie te w czasie wojny i potem, w latach pięćdziesiątych i sześćdziesiątych. Miała nadzieję, że mimo choroby zostanie jej jeszcze trochę czasu, żeby wszystko wyjaśnić, poprosić o wybaczenie, choć zdawała sobie sprawę, że nie mogą go udzielić ci, którzy ją kochają.

– Posłuchaj, Dominiku, jesteś już prawie dorosłym mężczyzną i na pewno wiesz, że są sprawy, które znajdują się poza naszą kontrolą. Na przykład choroby.

Przystanął. Miał w sobie tyle empatii.

– Jesteś chora, babciu? – zapytał nieśmiało.

– Tak.

– Można to wyleczyć?

– Nie, kochanie. To właśnie chciałam ci powiedzieć.

– Czy... czy ty umrzesz, babciu?

Chwila prawdy. Bardzo bolesnej, ale w tym miejscu, w lesie, w którym wszystko zmierzało ku swojemu końcowi w rytm pradawnych praw natury, Barbara uznała, że nie należy bać się tej prawdy ani tego, żeby powiedzieć ją komuś, kto ją kocha. Nie chciała sprawić bólu temu wrażliwemu chłopcu, lecz wolała mieć pewność, że jej bliscy nie będą zaskoczeni, gdy nadejdzie ten moment.

– Tak, myślę, że tak. Mam jednak jeszcze trochę czasu.

Dominik nie płakał. Nie wypytywał, po prostu z nią był. Przytulił ją najczulej i najdelikatniej, jak potrafił. Pomyślała, że – o dziwo – jest w tym bardzo męski. Mógłby podobać się dziewczynom, gdyby chciał.

– Nigdy cię nie zostawię samej, babciu – obiecał.

Takie chwile są esencją życia, przemknęło Barbarze przez głowę.

Rozdział drugi

PAMIĘTNE LATO

Spała, połowa sierpnia 1939 roku

W majątku państwa Szylingów w Spale wszystko było przygotowane na przyjazd gości. Wiesława Szyling z domu Serafinowicz mawiała, że wszystko jest zapięte na ostatni guzik, a była perfekcjonistką. Dwór Szylingów w XIX wieku należał do Skotnickich herbu Odrowąż, ale po powstaniu styczniowym rodzina podupadła i w efekcie musiała sprzedać majątek wraz z dworem oraz dwustoma morgami ziemi. Przed rewolucją 1905 roku majątek kupił Edward Szyling, warszawski finansista, dyrektor Carskiego Banku Handlowego z pensją stu pięćdziesięciu tysięcy rubli rocznie. Szylingowie przetrwali w nim Wielką Wojnę, a potem wojnę z bolszewikami. Edward Szyling, nestor rodu, dorobił się prawdziwej fortuny i mądrze ją lokował. W czasie odwrotu bolszewików część zabudowań została spalona, a dwór poważnie ograbiono. Najcenniejsze obrazy Edward Szyling i tak wywiózł, w tym gwasze Wojciecha Kossaka, sceny myśliwskie Fałata oraz płótna Gierymskiego. W rodzinnej kolekcji znajdował się także van Gogh, Edward Munch oraz warty fortunę mały obraz Caravaggia, przedstawiający młodego fauna. Pieniądze, sukces w interesach, a także wytworny styl życia gwarantowały Szylingom dużą popularność w Warszawie. Obok Lilpopów uważani byli za jedną z najbogatszych rodzin w stolicy. Jedyną córką Szylingów była Basia. Tego lata kończyła czternaście lat.

– Basiu, zamęczysz pana Józefa – zwróciła się Wiesława Szyling do córki, która bez przerwy towarzyszyła młodemu malarzowi, Józefowi Rajnfeldowi, przyjacielowi rodziny. – Podałam lemoniadę.

Rajnfeld co roku przyjeżdżał latem do Spały. Szylingowie przyjmowali u siebie wielu artystów, jego jednak lubili szczególnie, a on odwdzięczał się jak mógł, czyli dawał im swoje obrazy.

– Ależ skąd, Basia mi nie przeszkadza. Ona naprawdę interesuje się malarstwem.

Uchodził za najwybitniejszego spośród młodych polskich malarzy. Przyjaźnił się ze skamandrytami, malował obrazy do wierszy Leśmiana, znał się z Miłoszem i Józefem Czechowiczem. W swojej twórczości inspirował się Cézannem i Mattisem, ale widać w niej było wyraźnie, że coraz śmielej poszukuje własnego oryginalnego stylu.

Oczywiście Basia Szyling kochała się w nim na zabój. Wszyscy w domu o tym wiedzieli i traktowali amory młodej panny z przymrużeniem oka. Kochała się w Rajnfeldzie, ponieważ był uroczym chłopakiem; miał długie piękne palce, czarne włosy, a jego twarz, mimo dość śródziemnomorskiej karnacji, mogłaby służyć za model do rzeźby anioła. Basia nie była jedyną kobietą, której się podobał, ale żadna nie znalazła drogi ani do jego serca, ani do łóżka.

*

Tego lata przez dom Szylingów przewijało się sporo artystów, aktorów i pisarzy. Jeszcze trzy dni temu był tu Eugeniusz Bodo, lecz wyjechał do Ciechocinka. Ileż wypili butelek wiśniówki z Rajnfeldem! Tego dnia miał się zjawić poeta Jan Lechoń, brat cioteczny pani Szylingowej, który przyjeżdżał do kraju na urlop z Paryża, gdzie pracował w polskiej ambasadzie jako attaché kulturalny.

Wszyscy żyli w przekonaniu, że to ostatnie takie wakacje. Nieuchronnie zbliżała się wojna. Czuć ją było w powietrzu od kwietnia, kiedy Hitler, wrzeszcząc w Reichstagu, wypowiedział pakt o nieagresji z Polską. Szylingowie, jak większość polskiego społeczeństwa, ulegli propagandzie „silni, zwarci, gotowi", no bo czy nie jest przyjemniej mieć złudzenia, niż zdawać sobie sprawę z gorzkiej prawdy? A więc w te ostatnie wakacje wolnej Polski niczego nie mogło brakować: ani przednich trunków, ani egzotycznych owoców czy sprowadzanych z Francji wybornych serów, ani żadnych innych przyjemności.

Rajnfeld w końcu postanowił się uwolnić od natrętnej obecności Basi i ruszył na taras, by napić się zimnej lemoniady. Dziewczyna jednak nie dała za wygraną i pobiegła za nim. Zarówno dobre wychowanie, jak i jego sytuacja – był tu przecież gościem – nie pozwalały mu potraktować jej obcesowo, nawet jeśli ten maślany wzrok czasami go irytował.

– Nie wiesz, Basiu, kto ma przyjechać na niedzielę? – zapytał.

– Nie wiem, ale pójdę zapytać mamy.

– Bądź taka dobra.

Pobiegła i dosłownie po chwili wróciła.

– Ma przyjechać pani Hanka Ordonówna z mężem i kolegami aktorami – oznajmiła, po czym, krzywiąc się, dodała: – No i wujek Lechoń. Nie lubię go.

Rajnfeld zaśmiał się szczerze rozbawiony.

– A dlaczegóż to, na Boga, wujek Lechoń nie zasługuje na względy panienki Basi?

– Wiem, że jest bratem ciotecznym mamy, ale go nie lubię i już – odparła bez ceregieli. – Jest zarozumiały. Bez przerwy podkreśla, jaki to on jest ważny. Ma się za największego poetę, a tymczasem wujek Tuwim jest bardziej utalentowany.

– Co też panienka Basia powie! – droczył się z nią Rajnfeld, popijając wyśmienitą lemoniadę. – Julian Tuwim też jest wujciem panienki?

Wcale nie było jej do śmiechu.

– Wujek Lechoń nigdy nie żartuje – powiedziała śmiertelnie poważnie. – Bez przerwy ma chandrę. Jest okropny. Uwielbiam za to panią Ordonównę. I uważam ją za moją ciocię, tak jak pana Tuwima za wujka. Mama powiedziała, że pani Hanka właśnie przed tygodniem wróciła z Ameryki.

– No to będziemy mieli bardzo miły koniec tygodnia.

*

Hanka Ordonówna rzeczywiście przyjechała wraz ze swoim wytwornym mężem, hrabią Tyszkiewiczem. Szofer zatrzymał fiata 508 balilla berlinetta na dziedzińcu pałacyku Szylingów, wysiadł i otworzył drzwi Ordonównie. Aktorka wpadła natychmiast w objęcia pani domu; uwielbiały się. Wiesława Szyling kilka lat wcześniej poradziła przyjaciółce, która chorowała ciężko na płuca, by pojechała się leczyć do Ameryki. Może właśnie dzięki temu Ordonówna nie podzieliła losu Karola Szymanowskiego, który w 1937 roku zmarł w Szwajcarii na gruźlicę. Wszyscy bardzo przeżyli śmierć wielkiego kompozytora. Goszczący akurat w Spale Jarosław Iwaszkiewicz, kuzyn Szymanowskiego, na wieść o jego śmierci przepłakał całą noc. Dziś jednak Wiesława nie chciała wracać do tych smutnych chwil ani do majaczącej na horyzoncie wojny.

– Haneczko, jakże się cieszę! – powiedziała do Ordonówny.

Hrabia Tyszkiewicz, nieprzytomnie zakochany w żonie,
popełnił dla niej mezalians; wszyscy wiedzieli, że była córką
kolejarza. On i Hanka, bardzo sobie oddani, byli dobrym
małżeństwem, co w świetle luźnej atmosfery obyczajowej
panującej w kręgach śmietanki towarzyskiej przedwojennej
Warszawy było rzadkością.

Tyszkiewicz przywitał szarmancko gospodynię, całując
ją w rękę.

– A gdzie pan Edward? – spytał.

– Edzio siedzi ciągle w Warszawie. W związku z sytuacją
z Niemcami… sami rozumiecie – odparła Wiesława.

– Proszę, nie mówmy o tym – powiedziała zmartwiona
Ordonówna.

– A kogóż to mi przywieźliście? – zapytała Wiesława Szyling, widząc kilka osób wysiadających z dwóch samochodów,
które zajechały przed pałacyk za fiatem – młodych aktorów,
spośród których wybijał się filmowy partner Ordonki, Igo Sym.

– Przyjaciele chcieli was poznać. Jeśli pozwolisz, zaśpie-
wam dziś wieczorem u was w salonie. Mój mąż będzie mi
akompaniował. Ledwo wróciłam z Ameryki, a oni już chcą,
żebym śpiewała.

– To wspaniały pomysł! – zawołała podekscytowana
pani Szyling.

W niedzielę miało się odbyć przyjęcie urodzinowe
Edwarda Szylinga, tylko w gronie najbliższych przyjaciół.
Nestor rodu nie lubił splendoru Hotelu Europejskiego, gdzie
zamierzali podjąć oficjalnych gości. Na to drugie przyjęcie
zaproszono dwieście osób, w tym premiera pułkownika Sła-
woja-Składkowskiego, który w czasach, kiedy nie był jeszcze
premierem, lubił grywać z Wiesławą Szyling w wista.

Igo Sym podszedł do gospodyni i z galanterią ucałował jej dłoń.

– Jest mi niezmiernie miło, że mogę panią poznać. Mamy wiele wspólnego.

– Doprawdy? – zdumiała się.

– Pani małżonek jest przecież Austriakiem, tak jak moja matka – powiedział Sym, znany w środowisku z proniemieckich sympatii.

Jego wizyta była dla niej kłopotliwa, ale Ordonówna nie przyjmowała do wiadomości żadnych plotek o swoim partnerze filmowym. Podejrzewano go, że pracuje dla niemieckiego wywiadu, ale czegóż to nie napiszą sensacyjne gazety! Wiesława była tak podekscytowana perspektywą koncertu Ordonówny, tym wspanialszego, że zupełnie nieoczekiwanego, że przestała przejmować się tym, co opowiadają o Symie. Pałacyk miał prawie dwadzieścia pokoi, więc nie było żadnego problemu z przyjęciem kilku dodatkowych osób. Basia zaraz po matce z nieukrywanym uwielbieniem rzuciła się Ordonównie na szyję.

– Jak ty wyrosłaś, moje dziecko! – powiedziała aktorka.

– Uwielbiam panią! – zawołała Basia.

Zanim wszyscy, wesoło rozmawiając, weszli do pałacyku, dziewczyna zauważyła Rajnfelda w oknie na piętrze. Wcale nie okazywał entuzjazmu w związku z przyjazdem gości. Stał wpatrzony w okno, jakby czekał na kogoś innego.

*

Wiesława Szyling kazała podać obiad w jadalni, dużym pomieszczeniu ze stołem na trzydzieści osób. Zaserwowano *vou-au-vent* z kurkami na przystawkę, następnie chłodnik z rakami, eskalopki cielęce w aksamitnym sosie cytrynowym, a na deser lody śmietankowe z poziomkami. To wyśmienite jedzenie i przednie trunki nie przesłoniły jednak wagi problemu, o jakim rozmawiano przy stole.

– Mówię państwu – zaczął Igo Sym – że nasz rząd źle zrobił, nie przyjmując warunków Hitlera. Nie jest to zresztą tylko moje zdanie. Józef Mackiewicz, który jest przecież socjalistą, czy choćby historyk wojskowy Pobóg-Malinowski myślą tak samo jak ja.

– Naprawdę uważasz, że oddanie Hitlerowi Korytarza powstrzymałoby go przed napaścią na Polskę? – zapytała zaniepokojona jego poglądami Ordonówna.

Hrabia Tyszkiewicz brzydził się Igo Symem i nie miał zamiaru z nim dyskutować. Józef Rajnfeld, do którego dotarły wieści o tym, co dzieje się z Żydami w Rzeszy, ledwo wytrzymał, by nie przyłożyć Symowi w twarz już przy stole. Opanował się jedynie przez wzgląd na obecność pani Szylingowej i świadomość tego, że jest tu gościem.

– Niemcy są pragmatykami – odpowiedział Igo Sym. – Na pewno można by się dogadać kosztem niewielkich cesji i zwrócenia polskiej kultury Polakom.

– Niewielkich cesji?! – Rajnfeld nie wytrzymał. – Z Niemiec uciekło ponad dwieście tysięcy Żydów. Marzą się panu ustawy norymberskie w Polsce!

Sym rzucił mu spode łba nieprzyjemne spojrzenie.

– Ustawy norymberskie nie są złe – oświadczył. – Dzięki nim każdy zna swoje miejsce.

– Jak możesz, Igo?! – Tego Hanka Ordonówna nie zdzierżyła. – Mamy nie szanować Wieniawskiego tylko dlatego, że był wyznania mojżeszowego? A nasi polscy współcześni poeci? Leśmian, skamandryci...?

– To jest żydowska poezja, nie polska – powiedział butnie Sym. – Polskim poetą był Mickiewicz.

Rajnfeld zaśmiał się ironicznie, nabierając łyżką chłodnik.

– Co pana tak bawi? – zapytał agresywnie Sym, wyczuwając, że młody człowiek śmieje się z niego.

– Pan! – odparł Józef Rajnfeld. – Każdy, kto ma pojęcie o polskiej kulturze, wie, że matka Adama Mickiewicza była żydowskiego pochodzenia, tak jak ja i kilka milionów ludzi w tym kraju.

Igo odłożył sztućce na talerz.

– Droga pani – zwrócił się do gospodyni. – Bardzo dziękuję za gościnę, ale nie mogę sobie pozwolić na to, by obrażał mnie... – spojrzał na młodego malarza – ktoś taki.

Atmosfera przy stole zgęstniała. Pani Szyling była wściekła na Syma i nie miała zamiaru go zatrzymywać.

– Przy moim stole nikt pana nie obraził – oświadczyła z powagą. – Pan Rajnfeld powiedział prawdę.

– Jest mi więc bardzo przykro, szanowna pani. Nie będę dłużej pani kłopotać.

– Rozumiem i dziękuję za odwiedziny – odparła z godnością Wiesława.

Sym wstał, ukłonił się damom i nie bacząc na zażenowanie Ordonówny, która – jako że trochę czasu spędziła w Ameryce – nie miała pojęcia, że jej były partner z planu filmowego wygłasza takie faszystowskie poglądy, wyszedł pospiesznie, wsiadł do swojego citroena i odjechał. Wkrótce został po nim tylko tuman kurzu na drodze.

Basia była zachwycona, że uwielbiany przez nią młody malarz przeciwstawił się temu okropnemu człowiekowi zachwyconemu Hitlerem.

*

Po południu, gdy całe towarzystwo udało się na poobiednią drzemkę, w pałacyku zjawił się jeszcze jeden gość. Poeta Jan Lechoń – a właściwie Leszek Serafinowicz, potomek znakomitej szlacheckiej rodziny o tatarskich korzeniach – przyjechał służbowym samochodem prosto z Paryża. Gdy tylko służba poinformowała o tym panią domu, ta natychmiast zeszła na dół, by powitać ciotecznego brata.

– Kochany Leszku, tak się cieszę, że cię widzę! – Objęła go i czule ucałowała.

Był od niej starszy o dobre kilka lat, znany i światowy. Jego tomik *Srebrne i czarne* okazał się fenomenem, niezwykle ciepło przyjętym przez wyrobioną i wymagającą krytykę literacką lat dwudziestych. Niestety, po roku 1924, kiedy to tomik się ukazał, Lechoń, wspiąwszy się na parnas literacki Warszawy, nie opublikował niczego, co mogło się liczyć. Był człowiekiem niezwykle delikatnej konstrukcji psychicznej. Małomówny, skryty, doskonały obserwator ludzkich zachowań. Miał okresy euforyczne, gdy nagle i nieoczekiwanie odwiedzał redakcję „Wiadomości Literackich", sypiąc najnowszymi anegdotami z Paryża, gdzie mieszkał od 1930 roku. Często jednak wpadał w dramatyczne stany depresji, tak głębokiej, że zagrażała jego życiu. W 1921 roku targnął się na własne życie i jako formę autoterapii psychiatra zalecił mu pisanie dziennika.

Wiesława nigdy nie zadała sobie pytania o prawdziwą przyczynę jego melancholijnych stanów. Uważano po prostu, że literaci właśnie tak się zachowują. Tymczasem Lechoń był boleśnie rozdarty, pragnął przede wszystkim akceptacji i nie potrafił wyznać przyjaciołom i rodzinie, co jest przyczyną jego cierpienia. Kupił kiedyś w Paryżu w prezencie dla Wiesławy *Portret Doriana Graya* Oskara Wilde'a, ale nie zrozumiała aluzji. Odpisała, że książka bardzo się jej spodobała, lecz wątpił, by ją przeczytała.

Wybrał się do Polski zaniepokojony zbliżającą się wojną. Jechał przez Niemcy samochodem na numerach dyplomatycznych i widział, z jaką agresją ludzie reagowali, dostrzegając jego rejestrację. Kilka razy rzucono w niego zgniłymi jajami, owocami, a raz kamieniem, po którym został ślad na karoserii. Niemiec na stacji benzynowej pod Erfurtem nie sprzedał mu benzyny, mówiąc bez ogródek, że Polakom nie sprzedaje. Dopiero interwencja stojącego w kolejce po paliwo niemieckiego oficera umożliwiła Lechoniowi dalszą jazdę.

– Moja kochana – powiedział, przytulając kuzynkę. – Chciałbym, żebyście pojechali ze mną do Paryża, i to jak najszybciej.

– Tak nagle? – zdziwiła się Szylingowa. – Edzio jest w Warszawie.

– Powinniście uciekać, póki jeszcze można. Odradzałbym podróż samochodem albo pociągiem. Zrobiło się bardzo niebezpiecznie. Niemcy uderzą, i to jest tak pewne, jak to, że teraz jestem tutaj, a nie w Paryżu. Zadzwoń do Edwarda. Nie będzie miał nic przeciw temu. Jestem tego pewny.

– Och, przynosisz takie straszne wiadomości. Nic nam tutaj nie grozi.

– Widziałem na niemieckich autostradach setki transportów wojskowych jadących w stronę naszej granicy. Pociągi pełne rezerwistów – mówił przekonująco Lechoń. – Nie mamy już zbyt dużo czasu. Może z tydzień.

– Wiesz, Leszku, myślałam, że to się skończy tylko pokrzykiwaniami, jak w marcu.

– Wtedy Hitler zajął Czechosłowację bez jednego wystrzału, przy milczeniu Zachodu, i wiem z pewnych źródeł, że ani Francja, ani Anglia nie ruszą palcem w naszej sprawie.

– No tak, jesteś dyplomatą.

– Najpóźniej jutro musicie wyjechać. – Potrząsnął kuzynką i dodał: – Uwierz mi. Nie mówiłbym tego publicznie nikomu, tym idiotom w MSZ-ecie też nie, bo oni wierzą tylko w to, w co chcą wierzyć.

– Dobrze, zaczniemy się jutro pakować. Potrzebuję dwóch, trzech dni.

– Nie bierz ze sobą kufrów, tylko dużo pieniędzy. Najlepiej, by Edward dał ci dolary i franki. Nie ma czasu do stracenia.

Lechoń miał oczywiście świadomość, że namówienie Szylingów na wyjazd nie będzie łatwe. Edward obracał się blisko rządowych kręgów i trudno go będzie przekonać, że wojna jest nieuchronna. Mimo to Lechoń był zdeterminowany, by zmusić Wiesławę do opuszczenia Polski.

– Jest u nas Hanka Ordonówna – powiedziała. – Właśnie wróciła z Ameryki.

– Tym lepiej, zostawisz jej dom. Czy jest jeszcze ktoś, kogo znam?

Wiesława odwróciła się. Wzięła kuzyna za rękę i zaprowadziła do domu, by przedstawić go pozostałym gościom.

– Tak, jest Józef Rajnfeld – powiedziała. – Maluje u nas całe lato. Mówi, że w Spale jest dobre światło.

Nie widziała, że po twarzy Lechonia przeszedł grymas bólu. Postanowił nie zdradzać się z tym, że zna Rajnfelda.

*

– Jestem zaszczycona, że mogę pana poznać. – Hanka Ordonówna znała Leszka Serafinowicza wyłącznie jako poetę Jana Lechonia, którego twórczość bardzo ceniła.

– Ja również, pani hrabino – odpowiedział Lechoń.

Był wysokim, szczupłym mężczyzną w okularach. Włosy, posmarowane brylantyną, starannie zaczesywał, tak by ukryć początki łysiny, która była dla niego kolejnym powodem do cierpień.

Wieczorem Hanka Ordonówna dała mały recital. Miała bardzo różnorodny repertuar – piosenki Żabczyńskiego, Popławskiego czy Fogga – ale dziś wszyscy czekali na dwa szlagiery. Rozpoczęła więc występ *Piosenką o zagubionym sercu*, a zakończyła swoim najsłynniejszym, skomponowanym przez Henryka Warsa przebojem *Miłość ci wszystko wybaczy* ze słowami Juliana Tuwima. Akompaniował jej na fortepianie mąż. Recital zrobił na wszystkich wielkie wrażenie. Basia cały czas wpatrywała się cielęcym wzrokiem w Józefa Rajnfelda i nie mogła nie zauważyć, że młodzieniec najwyraźniej wpadł również w oko Ordonównie. Aktorka w trakcie występu musnęła jego twarz szalem. Zaaferowana dziewczyna w ogóle nie widziała, jak na słowa piosenek, zwłaszcza tej ostatniej, reaguje Lechoń. Bo i dlaczego miałaby na to zwrócić uwagę, skoro nie przepadała za wujkiem. Ordonówna dostrzegła jednak wyraz smutku na twarzy poety i kiedy po występie rozległy się gromkie brawa, podeszła do niego.

– Dlaczego pan taki smutny? Z powodu mojej piosenki?

– Zrobiło mi się przykro, bo to Julian Tuwim napisał dla pani te słowa, a nie ja – wybrnął zręcznie z sytuacji Lechoń. Nie na darmo był dyplomatą.

Spodobała jej się błyskotliwa odpowiedź poety i stała się ona hasłem wieczoru. Podano wino malinowe, które w majątku Szylingów wyrabiała służba kuchenna – słodkie, aromatyczne i szybko uderzające do głowy. Towarzystwo było w świetnych humorach. Prawie całkowicie zapomnieli o Igo Symie. Lechoń rozmawiał z Ordonówną; zastanawiali się wspólnie, które z jego wierszy można by zaśpiewać. Sprzeczali się, czy bardziej nie nadają się do tego utwory Leśmiana.

Tego wieczoru mówiono jednak nie tylko słowami. Słowa da się przekręcać, nadawać im inne znaczenia, ale oczy nie kłamią. Lechoń popatrzył na Rajnfelda, a ten uchwycił to spojrzenie, w którym kryła się rozpacz.

Basia wypiła za dużo. Wiedziała, że mamie bardzo by się to nie spodobało, ale musiała sobie dodać odwagi. Noc po upalnym dniu pachniała upojnie. Dziewczyna wyczuwała zapach świeżo skoszonego siana i nieco mdłą woń lilii rosnących w ogrodzie. Nagrzany za dnia marmur na fasadzie pałacyku oddawał ciepło. Ta noc miała być inna niż wszystkie w życiu Basi.

W końcu goście, zmęczeni po podroży z Warszawy i przygnębieni widmem nadciągającej wojny, poszli spać.

*

Basia nie mogłaby jednak zasnąć. Bo jak można spać, kiedy człowiek jest tak nieprzytomnie, romantycznie zakochany! Kiedy wyszła z wanny, nie owinęła się ręcznikiem ani płaszczem kąpielowym, tylko długo stała przed lustrem i patrzyła na swoje szczupłe ciało, niewielkie piersi, z których po płaskim brzuchu spływały krople wody aż do jasnej kępki włosów i potem niżej po wewnętrznej stronie ud. Dziewczyna poczuła coś dziwnego w dole brzucha, zadrżały jej nogi i pomyślała, że choćby walił się świat, a Hitler miałby napaść na Polskę choćby jutro, ona zrobi wszystko, żeby tej nocy być z ukochanym.

Położyła się do łóżka, lecz nawet nie zamknęła oczu. Dobrze po północy wstała i na palcach, najciszej jak mogła, wyszła na korytarz. Światła w pokojach pogaszono – pod drzwiami nie widać było jasnych smug – tylko od strony okien na klatce schodowej, która serpentyną wiła się w górę, dochodziła blada poświata księżyca. Dziewczyna ruszyła korytarzem. Po jednej i po drugiej stronie znajdowały się pokoje. Wiedziała, w którym jest jej ukochany; często wpadała do niego, a to żeby obejrzeć któryś z obrazów, a to żeby zanieść mu lemoniadę lub powiedzieć, że kucharka pół godziny spóźniła się z obiadem. Każdy pretekst był dobry, by go zobaczyć.

Dziś jednak nie miała żadnego pretekstu. Jak niby miała wytłumaczyć to, że zjawia się u niego po północy? Mogła zrobić tylko jedno: po prostu wyznać mu miłość i liczyć na to, że on ją odwzajemnia.

Drzwi do jego pokoju były uchylone, jak gdyby ktoś tam przed chwilą wszedł i nie chcąc się zdradzić, zostawił sobie szybką furtkę do ucieczki. Basia lekko je popchnęła i najpierw ostrożnie wsunęła głowę, a potem przestąpiła próg. W pokoju nikogo nie było. Na biurku, na którym leżały dzisiejsze szkice węglem, paliła się lampa naftowa.

Gdzie on poszedł? – zastanawiała się, schodząc cicho na dół. Bardzo uważała, by skrzypienie starych drewnianych schodów nie obudziło służącego Leopolda Sztajchera, którego dziwnie się bała i nigdy nie lubiła.

Gdy znalazła się na pierwszym piętrze, zorientowała się, że przeszklone drzwi wychodzące na balkon są uchylone. Uznała, że Rajnfeld nie mógł zasnąć z powodu upalnej nocy i wyszedł na papierosa. Dwa dni temu ukradkiem zabrała mu z paczki papierosa i, zamknięta w łazience mamy, próbowała go palić. Nieprzyzwyczajona do dymu papierosowego – a Józef lubił mocne francuskie gitanes'y – okropnie się zakrztusiła. Długo kaszlała, w końcu nadpalony papieros spuściła w bidecie. W łazience pozostał jednak zapach, co doprowadziło matkę do szewskiej pasji. Nawet nie przyszło jej do głowy, że to sprawka córki, więc zbeształa służącą, starą Sztajcherową, matkę Leopolda.

Teraz Basia wyszła na balkon i poczuła na twarzy powiew ciepłego wiatru; jednocześnie usłyszała szmer rozmowy dochodzący z dołu, ale nie rozpoznawała ani słów, ani głosów. Cichutko podeszła do balustrady i lekko się wychyliła. Na tarasie rosły w wielkich donicach egzotyczne drzewka – figowce i pomarańcze – które służba wczesną jesienią zanosiła z powrotem do oranżerii. Basia zobaczyła dwóch mężczyzn obok figowca. Serce jej zamarło i zaczęła nasłuchiwać.

Rajnfeld i Lechoń stali blisko siebie. Nie rozmawiali ani o poezji, ani o malarstwie. Właściwie nie wiedziała o czym, czuła jednak, że w ten sposób mężczyźni mogą rozmawiać tylko z kobietami. Potem zaczęły do niej docierać słowa.

– Nie miałem pojęcia, że tu jesteś. Gdybym wiedział, nie przyjechałbym – powiedział Lechoń.

Barbara przypomniała sobie popołudniowe rozmowy i dałaby sobie głowę uciąć, że wynikało z nich, że ci dwaj wcześniej się nie znali.

– Jak mogłeś mnie zostawić wtedy tak bez słowa? – odparł Rajnfeld.

– Musiałem. Inaczej moja rodzina domyśliłaby się wszystkiego. – Lechoń spróbował dotknąć jego twarzy, ale malarz się cofnął. – Potem nie mogłem sobie darować, że cię rzuciłem. Trafiłem pod opiekę psychiatry. Próbowałem się zabić.

– Szkoda, że ci się nie udało.

– Pewnie kiedyś zrobię to lepiej – odparł Lechoń.

– Myślisz tylko o sobie, ty cholerny, zapatrzony w siebie egoisto! Miałem wtedy dwadzieścia lat... Nienawidziłem cię.

Spojrzeli sobie w oczy – w blasku księżyca w pełni Basia widziała to wyraźnie – nie tak jak jeden mężczyzna patrzy na drugiego.

– Do dzisiaj – dodał cicho Rajnfeld.

A potem... potem... Chciała odwrócić głowę, ale nie mogła się do tego zmusić. Potem się pocałowali. Nie w policzek jak przyjaciele. Całowali się w usta, długo i namiętnie. Chciała krzyczeć, lecz nie potrafiła.

To, co zobaczyła, było najbardziej traumatycznym do-
świadczeniem w jej czternastoletnim życiu i chwilę trwało,
zanim była w stanie się ruszyć i uciec z balkonu.

*

Basia nie panowała nad sobą. Łkała, a całe jej ciało drża-
ło niemal jak podczas ataku febry. W korytarzu zderzyła się
z Leopoldem Sztajcherem, który wcześniej usłyszał kroki,
a lubił wiedzieć, co się dzieje w domu. Był służącym, ale
gdy państwo opuszczali na dłużej Spałę, stawał się tu szarą
eminencją. Pałac miał swoje sekretne życie, o którym Szylingowie nie mieli pojęcia. Sekretne życie pod czerwonym
sztandarem, w które wtajemniczeni byli tylko Leopold, jego
matka i jedna z dziewczyn pracujących w kuchni, jego kochanka.

– Co panienka porabia po północy na balkonie? – zapytał. – Myślałem, że złodziej jakiś się zakradł.

Wyglądał groźnie. Był potężnym mężczyzną o atletycznej
budowie. Jego twarz nosiła ślady po ospie wietrznej. Wydał
jej się teraz jeszcze bardziej antypatyczny niż zwykle. Wciąż
była w szoku po tym, co ujrzała, ale oprzytomniała na tyle,
by wiedzieć, że musi zrobić wszystko, byle tylko odciągnąć
służącego od balkonu. Bała się śmiertelnie tego, co mogłoby się stać, gdyby Leopold zobaczył to co ona. Wybuchłby
straszny skandal i nie minąłby dzień, a cała Warszawa opo-
wiadałaby sobie o tym przy podwieczorku. Basia miała na
tyle zdrowego rozsądku, żeby skierować jego uwagę na siebie.

– Panie Sztajcher, niech pan nie mówi mamie, błagam,
ale przestraszyłam się wojny i nie mogłam zasnąć. Boję się
okropnie! Dziś był tutaj pan Sym, kolega pani Ordonówny,
i mówił jakieś straszne rzeczy – paplała, nie mając pojęcia,
co Sztajcher wie o spięciu przy obiedzie.

Była gotowa na każde kłamstwo, byle tylko nie poszedł na balkon i nie zobaczył, co się dzieje na tarasie.

– Wiem, panienko. Ja to się dziwię, że mamusia panienki takiego faszystę obiadem przyjmuje. – Leopold spojrzał ponad jej ramieniem.

Po czym – ku jej przerażeniu – ruszył do drzwi balkonowych.

– Przeciąg jest – rzucił. – Zamknąć trzeba.

Gdy to zrobił, Basia odetchnęła z ulgą.

– A panienka niech się Hitlera nie boi. Pogonimy go – obiecał służący.

Przeprosiła za kłopot, co wyraźnie go zdziwiło. Nie był przyzwyczajony do tego, by ktoś z państwa przepraszał go albo za coś mu dziękował.

*

Nazajutrz przy śniadaniu Basia nie odezwała się ani słowem do Rajnfelda i przez cały dzień próbowała udawać, że traktuje go jak powietrze. Co, oczywiście, nie uszło uwadze domowników, ale uznano, że to po prostu fochy dojrzewającej panienki.

– Chyba się pan uwolnił od swojej wielbicielki – zażartowała jej matka, gdy została z Rajnfeldem sama.

Właściwie powinno mu to przynieść ulgę, ale był trochę zaskoczony zachowaniem dziewczyny, którą w sumie lubił, i zastanawiał się, czy przypadkiem poprzedniego dnia nie palnął czegoś, co mogło ją urazić.

Gdy matka oznajmiła Basi, że razem z wujkiem Leszkiem i panem Józefem wyjeżdżają do Paryża, nie było żadnego wybuchu entuzjazmu ani rozpaczy.

– Mnie to obojętne – rzuciła dziewczyna. W jej sercu jednak dokonywała się zmiana. Młodzieńcze uczucie do Rajnfelda zaczynało się zmieniać w nienawiść.

Pod wpływem nacisków Lechonia Wiesława Szyling w ciągu tygodnia zorganizowała wyjazd do Paryża. Lechoń jako pracownik MSZ załatwił szybko paszporty i pojechali pociągiem z Warszawy do Budapesztu tranzytem przez Wiedeń. Lechoń nalegał, by nie wychodzić z pociągu nawet na chwilę, ponieważ we wcielonej do Rzeszy Austrii poziom agresji był podobny jak w Niemczech. Potem pojechali pociągiem do Triestu, a stamtąd statkiem przez Adriatyk i Morze Śródziemne do Marsylii. W stolicy nad Sekwaną zameldowali się drugiego września, kiedy na Warszawę spadały już niemieckie bomby. Przez całą drogę Basia nie zamieniła z Rajnfeldem ani słowa. Gdy zapytał, czy w jakikolwiek sposób ją obraził, odparła:

– Pan Józef nie powinien się interesować mną, tak jak ja nie interesuję się panem Józefem.

W Paryżu się rozstali. Lechoń miał mnóstwo pracy związanej z wojną i ewakuacją rządu polskiego do Rumunii i nie bardzo zajmował się siostrą i jej córką. Zamieszkały w wynajętym mieszkaniu w dzielnicy łacińskiej. Rajnfeld, który miał w Paryżu wielu przyjaciół, zniknął.

Ale Basia o nim nie zapomniała.

Rozdział trzeci

POKOLENIE HEJTU

Warszawa, obecnie

Po weekendzie spędzonym na bezskutecznych próbach przekonania matki do podjęcia chemioterapii Agata wracała z synem do Warszawy. Kończyły się właśnie wakacje i za kilka dni Dominik miał pójść do nowej szkoły i nowej klasy. W czerwcu zadecydowała za syna i z liceum artystycznego przy Akademii Sztuk Pięknych, w którym skończył pierwszą klasę, przeniosła go do prywatnego, gdzie będzie mógł się uczyć języków obcych i gdzie na pewno przygotują go do studiów prawa międzynarodowego. Reklamowano tę szkołę jako kuźnię elit. Tyle że Dominik nie miał ochoty podążać ścieżką japiszonów z prywatnych szkół.

– Nie chcę wracać, mamo – powiedział, kiedy wyjechali z Kampinosu.

– Wiem, ja też. Rozleniwiłam się. Wkrótce przyjedziemy po babcię. Musimy ją wziąć do Warszawy. Nie możemy jej zostawić samej w chorobie.

Popatrzył na matkę z niedowierzaniem. Całe życie musiała za kogoś decydować. Decydowała ciągle za niego, a teraz padło na babcię.

– Ona na pewno wolałaby zostać u siebie – zdobył się na odwagę.

– Nie masz pojęcia o tych sprawach, synu... O w mordę! – krzyknęła, naciskając jednocześnie klakson, bo z leśnej przecinki wytoczyła się na drogę furgonetka. Gdyby nie refleks Agaty i supersprawne hamulce jej volkswagena tuarega, doszłoby do kraksy.

– Coś tam wiem – mruknął chłopiec, kiedy matka, rzuciwszy wiązankę przekleństw pod adresem kierowcy furgonetki, który nie dość, że zajechał jej drogę, to jeszcze teraz wlókł się niemiłosiernie, zjechała na lewy pas i dodała gazu. – A babcia jest równie, a może nawet bardziej uparta niż ty. Woli zostać w lesie ze swoimi pszczołami, więc nie licz na to, że uda ci się ją przekonać. Może w końcu dotrze do ciebie, że nie wszyscy będę tańczyć tak, jak im zagrasz.

Agata popatrzyła na syna szczerze zdumiona. Nigdy się do niej tak nie zwracał.

– Nie mów do mnie takim tonem – upomniała go.

– A jakim niby tonem mam rozmawiać, skoro chcę cię przekonać, żebyś pozwoliła babci zadecydować o własnym życiu. Może gdybym rozmawiał z tobą w ten sposób w czerwcu, nie wylądowałbym w tym pierdolonym liceum.

– Dominik, co za język! – oburzyła się, po chwili jednak przypomniała sobie, że przed chwilą użyła kilku bardziej wulgarnych słów, więc nie drążyła już tego tematu. – A skoro mowa o twojej szkole, to uwierz mi, wiedziałam, co robię. Kiedy się ma szesnaście lat...

– Mam siedemnaście – sprostował.

– Nie czepiaj się szczegółów. Zobaczysz, będziesz mi w przyszłości wdzięczny. Teraz, kiedy żyjesz za pieniądze mamusi, nie musisz się zastanawiać, skąd się biorą. Tyle że ja nie zamierzam cię utrzymywać całe życie. Wejdź do pierwszej lepszej galerii i zapytaj, kiedy ostatnio sprzedali jakiś obraz. Jak myślisz, ilu ludzi...

– ...po ASP utrzymuje się ze sprzedaży swoich obrazów? – skończył za nią Dominik. – Tak, wiem, słyszałem to już tysiąc razy.

Miał dosyć matki organizującej mu życie. Nie było to dla niego nowe uczucie, ale teraz, po rozmowie z babcią, po tym, jak widział jej spokój wobec nadciągającej tajemnicy śmierci, jeszcze się nasiliło. Miał wrażenie, że przez te kilka dni spędzonych w Kampinosie przestał być dzieckiem.

W poprzedniej szkole, wśród ludzi realizujących swoje pasje, czuł się jak ryba w wodzie. Do tej nowej, z lekcjami prowadzonymi w języku angielskim, szedł z poczuciem wewnętrznej krzywdy.

– Patrycja przenosi się przecież razem z tobą. Więc oprócz tego, że ta zmiana będzie dla ciebie dobra, to...

– Skąd wiesz, co jest dla mnie dobre? – znów wszedł jej w słowo.

– Po prostu wiem. Jestem w końcu twoją matką.

– Daj mi żyć tak, jak chcę. A ja chcę – powiedział z naciskiem – wrócić do swojej szkoły.

– Nie.

– Dlaczego?

– Bo nie i już. Zdasz maturę w szkole prywatnej, gdzie chodzą dzieciaki wszystkich moich znajomych, i pójdziesz na prawo. Nie pozwolę, żebyś chodził do szkoły państwowej. Zwłaszcza teraz.

Dominik świetnie wiedział, że matka nie znosi nowej, prawicowej władzy.

– Nie chcę studiować prawa! – bronił swojego stanowiska.

– Nie masz ochoty kontynuować tradycji rodzinnej? – Matka użyła innego argumentu. – Babci na pewno sprawiłoby przyjemność, była w końcu prawniczką.

– To dlaczego ty tego nie zrobiłaś? Dlaczego wybrałaś studia dziennikarskie?

Agatę raczej trudno było zażyć. Zawsze potrafiła znaleźć na wszystko odpowiedź – nie zaszłaby tak daleko w swoim zawodzie, gdyby tak nie było – tym razem jednak znalezienie właściwego argumentu nie przychodziło jej tak łatwo.

Na szczęście dojeżdżali właśnie do dworca Warszawa Zachodnia i Dominik, który chciał się przynajmniej na jakiś czas uwolnić od matki, znalazł pretekst.

– Wysadź mnie tutaj. Niedaleko mieszka Mrówka. Chciałbym się z nią spotkać.

Zjechała na przystanek autobusowy, zatrzymała się, nie wyłączając silnika, i spojrzała na syna. Nie pamiętała, kiedy ostatnio widziała go tak wściekłego, i zastanawiała się, skąd to wzburzenie. Po chwili znała już odpowiedź; to babcia tak go nastawiła. Chciała z nim porozmawiać i wytłumaczyć mu, że jej matka może i jest mądrą kobietą, ale wraz z przejściem na emeryturę i osiedleniem się w Kampinosie oderwała się od rzeczywistości i ten proces, niestety, coraz bardziej się pogłębiał, czego dowodem były jej dziwactwa, choćby te pszczoły. Nie zdążyła jednak tego wszystkiego powiedzieć, bo w lusterku wstecznym zobaczyła zbliżający się autobus i musiała zjechać z zatoczki.

– Masz być w domu przed dziesiątą – rzuciła, ale choć zwykle była konsekwentna w egzekwowaniu przestrzegania przez syna ustalonych reguł, to tym razem pomyślała, że nie będzie robiła afery, jeśli chłopak trochę się spóźni. Znała Mrówkę, czyli Patrycję, i jej rodziców, wiedziała, że dziew-

czyna podkochuje się w Dominiku, i pomyślała, że rozmowa
z nią dobrze mu zrobi.

– Okej.

*

Patrycja Mrówczyńska była jedyną dziewczyną, z którą
Dominik naprawdę się przyjaźnił. Razem chodzili do gim-
nazjum i w ostatniej klasie wszyscy sądzili, że są parą, a tymczasem po prostu razem słuchali muzyki, razem jeździli na
koncerty i razem się uczyli. Razem też spędzili fantastyczny
rok w liceum artystycznym przy Akademii Sztuk Pięknych.
Tylko jej Dominik mógł się zwierzyć i wiedział, że nikomu
nie powtórzy tego, co od niego usłyszała.

– Nie mogę się dogadać z matką – poskarżył się, kiedy
zamknęli się w pokoju Mrówki.

– Dziś dziewczyna, z którą będziemy chodzić do klasy,
Ida Frankowska, organizuje imprezę. Chodź ze mną, to za-
pomnisz o niej.

Dominik przez chwilę się zastanawiał. Wiedział, że jeśli
pójdzie z Mrówką, nie zdąży dotrzeć do domu przed dziesiątą. Ale co tam. Miał już w końcu prawie siedemnaście lat. Jak
długo będzie słuchał mamusi?

– No dobra, może to jest jakiś pomysł.

Ida była córką bogatego prawnika. Mieszkali na Ochocie
w elegancko odnowionej willi z okresu międzywojennego.
Rodzice byli nadziani, więc dziewczyna nie miała problemów z kasą. A jeśli jesteś siedemnastolatką i masz kasę, to
nie brakuje ci przyjaciół, właściwie nie brakuje ci niczego.
Na imprezie były głównie osoby, które we wrześniu miały iść
do drugiej klasy. Skrzyknęli się na Facebooku. Mieli ambicje,
wysokie mniemanie o sobie i wydawało im się, że świat do
nich należy.

Przyszło ze dwadzieścia osób. Nie zabrakło piwa, wódki i jointów. Każdy chciał pokazać, jaki jest wyjątkowy. Niektórzy mieli znajomych z klasy maturalnej i przyprowadzili ich ze sobą, wymieniano się więc plotkami na temat nauczycieli. Ci starsi udzielali młodszym rad, kogo i czego należy unikać. Choć – mimo ciekawości – nikt nikomu nie przyglądał się zbyt ostentacyjnie, Patrycja od razu zauważyła, że organizatorka imprezy, Ida Frankowska, zainteresowała się Dominikiem.

– Ma na ciebie oko – szepnęła przyjacielowi do ucha. – Zobaczyła w grupie stojącej w drugiej części salonu dwie dziewczyny, które znała. Jedna z nich pomachała do niej i Patrycja zrobiła krok w jej stronę, ale się zatrzymała. – Pójdziemy do nich? – spytała Dominika.

Zerknął na dziewczyny; nachylając się do siebie, szeptały coś, najwyraźniej zadowolone ze swojego towarzystwa.

– Idź – rzucił.

– Nikogo tu jeszcze nie znasz...

– Bez obaw, poradzę sobie.

– Z nią też? – Niemal niezauważalnym ruchem głowy wskazała Idę, która choć była w towarzystwie kilku chłopców, nadal wyraźnie łypała na Dominika.

– Z nią też – zapewnił przyjaciółkę i kiedy się oddaliła, podszedł do baru, na którym w wypełnionym lodem pojemniku stały butelki wódki, wina i kartony z sokami.

Zmieszał sobie żubrówkę z sokiem jabłkowym, wrzucił kilka kostek lodu, a kiedy się odwrócił, stanął twarzą w twarz z Idą.

– Jak się masz, przystojniaku? – Uniosła szklankę, sądząc po ciemnoróżowym kolorze i zapachu, z wódką i sokiem żurawinowym, i upiła łyk.

– Świetnie – odparł. – Fajnie, że zorganizowałaś tę domówkę.

– Jesteś nowy, prawda? To znaczy w szkole.

– Tak. Do pierwszej klasy chodziłem w innej.

– W której?

– W liceum artystycznym.

– Nie będziesz żałował, że się przeniosłeś.

Raczej zostałem przeniesiony, pomyślał Dominik, ale nie powiedział tego głośno. Kto miałby ochotę się chwalić, że matka o wszystkim za niego decyduje?

– No, nie wiem – burknął tylko.

– Co ty! Do naszej szkoły chodzą naprawdę zajebiści ludzie – powiedziała obruszona dziewczyna.

– Wolałbym zostać w swojej starej.

– A co, jesteś muzykiem?

Dominik zaśmiał się.

– Gdybym był muzykiem, to chodziłbym do szkoły muzycznej. W mojej uczą malarstwa i rzeźby, oprócz normalnych przedmiotów ogólnokształcących.

– Ale na pewno nie było tam takich zajebistych ludzi jak u nas. – Nie potrafiła znaleźć innego argumentu poza powtarzaniem opinii środowiska o sobie samym.

– Nie wątpię, ale ludzie z mojej dawnej szkoły poświęcają się sztuce. I ja też bym chciał.

Ida od razu źle się poczuła w towarzystwie chłopaka, który opowiadał bzdety o „poświęcaniu się sztuce". Wyglądał wprawdzie nie najgorzej, ale zdecydowanie wolała rozmawiać z niezbyt skomplikowanymi, zabawnymi, wysportowanymi chłopakami. No ale kto powiedział, że ma z nim rozmawiać? Nie po to do niego podeszła. Postanowiła więc od razu przystąpić do dzieła. Wypięła mocno piersi pod jasnozielonym topem z Guess – a miała co wypinać. Łyknęła drinka i zmysłowo – w każdym razie była przekonana, że robi to zmysłowo – oblizała wargi.

– Chodź ze mną – powiedziała nieco ochrypłym głosem. Zobaczyła, że chłopak zrobił wielkie oczy, więc szybko dodała: – O gumki się nie martw, mam zapas.

– Nie wątpię.

Dostrzegł wpatrzone w nich roześmiane twarze chłopców; niektórzy zaczęli pogwizdywać.

– To chyba nie jest najlepszy pomysł – rzucił Dominik.

Ida spiorunowała go wzrokiem.

– Jesteś, kurwa, w moim domu – syknęła. – Naprawdę myślisz, że nie ma mnie kto przelecieć? Chciałam... po prostu chciałam, żebyś się trochę zintegrował. Ale wal się. Słyszysz: wal się!!! – krzyknęła tak głośno, że oczy wszystkich zwróciły się w ich stronę, a gwizdy się nasiliły.

Dominik dopił szybko drinka i ruszył w stronę Mrówki, która z daleka przyglądała się tej scenie. Niedobrze, pomyślała. Słyszała to i owo o Idzie i wiedziała, że to wredna suka, z którą lepiej nie zaczynać. A tymczasem Dominik olał ją przy wszystkich.

Właśnie dlatego cię kocham, pomyślała. Nie pochodziła z bogatego domu; rodziców nie stać było na prywatną szkołę, ale przez całe wakacje malowała na starym mieście portrety i obiecała mamie i tacie, że sama zarobi na czesne, byle tylko chodzić do szkoły z Dominikiem. Poszłaby za nim na koniec świata, ale on tego nie widział. Była jedyną osobą oprócz jego babci, która widziała szkice Dominika, i miała graniczące z pewnością przekonanie, że chłopak nie odwzajemni jej uczucia w sposób, w jaki by tego pragnęła. Mimo to chciała przy nim być. Tego wieczoru była dumna, że postawił się tej głupiej dziewczynie.

Tymczasem wściekła i upokorzona Ida szukała gdzieś pociechy. Zastąpiła jej drogę Ewa, prymuska z ostatniej klasy.

– Co się stało, Ida?

– Wkurwił mnie taki jeden gnojek.

– Który?

Patrycja i Dominik nie mieli pojęcia, że dwie dziewczyny stojące na półpiętrze obserwują ich i rozmawiają o nim. Ktoś puścił głośną muzykę, kilka par zaczęło tańczyć.

– Moi starzy znają jego matkę – powiedziała Ewa. – Jest dziennikarką Naszej Stacji.

– To jakaś bogata dupa? – zapytała Ida.

Ewa przez chwilę patrzyła na nią z pogardą.

– Skąd ty się urwałaś? – rzuciła w końcu. – Jego matkę znają wszyscy ludzie w tym kraju, którzy oglądają wieczorne wydanie wiadomości w Naszej Stacji.

– Ja nie oglądam – wyznała szczerze Ida. – W ogóle mnie to nie interesuje.

Ewie nagle zabłysły oczy.

– Mam pomysł, na którym obie mogłybyśmy skorzystać – odezwała się po chwili. – Mogłabyś nakręcić hejt na tego gnojka? Oczywiście, nie za darmo. Pokryję wszystkie koszty.

Ida tak bardzo się ucieszyła, że będzie mogła udupić fiuta, że nawet się nie zastanawiała, z jakiego powodu Ewie zależy na zhejtowaniu go.

– Z czystą przyjemnością – odparła. – Muszę tylko coś na niego mieć, jakiegoś haka.

– Masz załatwione – powiedziała Ewa. – Ale pamiętaj: interesuje mnie czysty hejt, wszędzie, w szkole, na fejsie, na Twitterze. Tylko nikt nie może się dowiedzieć, że to wyszło ode mnie. Ja muszę być poza tym. Opłaci ci się to, obiecuję.

– Okej. – Ida dopiła drinka. – Ile?

– A ile chcesz?

– Trzy tysiaki. – Wiedziała, że Ewa może sobie pozwolić na znacznie wyższą sumę.

Ta udała, że się zastanawia, ale tylko tak dla zasady, bo w tej operacji koszty nie będą grały żadnej roli.

– Spoko, dam radę – odezwała się w końcu.

– No to git.

*

Dominik zdawał sobie sprawę, że wrodzony talent nie wystarczy. Wiedział, że musi konsekwentnie go rozwijać, że musi poznawać nowe techniki, jednym słowem doskonalić warsztat. A do tego potrzebował nauczyciela. Matka dawała mu niemałe kieszonkowe – oczywiście pod warunkiem że będzie spełniał jej oczekiwania, a więc regularnie chodził na treningi pływackie oraz na korepetycje z trzeciego języka – hiszpańskiego. Potrafił jednak, jak rzadko który nastolatek, gospodarować swoim czasem, znalazł więc Grzegorza, studenta ASP, który raz w tygodniu udzielał mu lekcji rysunku. Dominik pokazał mu wszystkie swoje prace, a Grzegorz był zachwycony, nie tylko nimi.

Przez pierwszy tydzień nowego roku szkolnego wszystko przebiegało sprawnie. Pierwsze lekcje, omawianie programu, podręczników, proza życia. W piątek po szkole Dominik poszedł na lekcję rysunku i wziął ze sobą swoje szkice. Nie miał pojęcia, że Ewa, której na domówce u Idy w ogóle nie zauważył, idzie za nim aż na Krakowskie Przedmieście, do Akademii Sztuk Pięknych. Podążała za nim swobodnym krokiem, ale wbrew pozornej beztrosce, była spięta; trzymała w ręce iPhone'a, gotowa w każdej chwili zrobić zdjęcie. Potrzebowała dobrej fotki – haka na Dominika Wróblewskiego.

I chyba właśnie nadarzyła się okazja, żeby coś takiego zdobyć. Przed wejściem do budynku ASP stał wysoki blondyn w turkusowych płóciennych spodniach i bladożółtym obcisłym T-shircie. Całkiem niezły. Niezły to mało powiedziane; był tak przystojny, że Ewa zagapiła się na niego, zapominając na chwilę o swoim celu. Na szczęście cel sam jej o sobie przypomniał, kiedy podszedł do blondyna i pocałował go w usta. Chwilę trwało, zanim wyszła z osłupienia na tyle, że zdołała pstryknąć kilka zdjęć. Zamierzała wejść za tymi dwoma do budynku, ale kiedy spojrzała na iPhone'a i zobaczyła to cudo, jakie udało jej się uchwycić, zrezygnowała z tego – zdobyła wszystko, czego potrzebowała.

– Mam cię, cwelu – powiedziała do siebie.

Wróciła do domu.

Popatrz, kochana, jakie cudo – napisała Idzie w SMS-ie, wysyłając jej zdjęcie. Nie ze swojego iPhone'a, lecz z komórki na kartę. Ida nie była głupia; będzie wiedziała, co z tym zrobić, i z pewnością znajdzie kilku chłopaków, którzy chętnie odwdzięczą się jej za loda i włączą się w hejt.

Ida otworzyła plik ze zdjęciem i zaniemówiła z wrażenia.

– Ten Dominik to pedał!

Tej nocy wybuchł wulkan hejtu.

*

Jak zwykle w soboty, Dominik, który nie miał na ten dzień żadnych planów, poza spotkaniem z ojcem, z którym jego matka rozwiodła się przed pięcioma laty, pozwolił sobie pospać do oporu. Patrycja, ranny ptaszek, wstała przed ósmą i jedząc śniadanie, przeglądała na komórce wpisy na Facebooku i Twitterze. Gdy weszła na profil Dominika, przeraziła ją ilość bluzgów, wyzwisk, przekleństw i gróźb kierowanych pod jego adresem. Chwilę trwało, zanim się połapała, o co właściwie chodzi – dopóki nie zobaczyła zdjęcia, na którym Dominik był z jakimś chłopakiem. Ten drugi miał odwróconą głowę, ale po jasnych długich włosach domyśliła się, że to

Grzegorz, z którym jej przyjaciel miał lekcje rysunku. Zdjęcie zostało zamieszczone na fejkowym koncie i wklejone na walla grupy uczniów z ich nowej szkoły. Czytała komentarze i dostawała gęsiej skórki. Przed dziewiątą naliczyła ich już ponad pięćdziesiąt – a przecież była sobota, kiedy młodzi ludzie raczej nie zrywają się z łóżek o świcie. Zerknęła na zegarek, zastanawiając się, czy nie zadzwonić do Dominika, postanowiła jednak trochę poczekać; po pierwsze, nie chciała go budzić, a po drugie podświadomie wolała odwlec chwilę, kiedy go poinformuje o tym, co się dzieje. Gdy liczba komentarzy – coraz bardziej agresywnych – przekroczyła setkę, uznała, że dłużej nie może czekać.

Odebrał dopiero po piątym sygnale.

– Cześć, Mrówka, co jest? – odezwał się sennym głosem.

– Wejdź szybko na swój profil na Facebooku.

– No nie! Naprawdę wolałbym jeszcze trochę pospać, niż się dowiadywać, co jakaś Pociupińska jadła na śniadanie, i oglądać jakieś głupie selfie.

– Wejdź na Facebooka – powtórzyła Patrycja podniesionym głosem.

– No dobra. – Ton przyjaciółki sprawił, że Dominik całkiem oprzytomniał. – A nie możesz mi po prostu opowiedzieć, o co chodzi?

– Musisz to zobaczyć sam.

Dominik usłyszał w jej głosie, że sprawa jest poważna, i nie próbując dłużej dyskutować, podłączył do komórki słuchawki, po czym wszedł na swój facebookowy profil.

– Jezu! – jęknął po chwili.

I tak rozpoczął się pierwszy dzień koszmaru. Dominik zgłosił na Facebooku żądanie usunięcia zdjęcia i zastrzegł swój profil, licząc na to, że afera, jaka się wokół niego rozpętała, wkrótce ucichnie. Sobotę i niedzielę przesiedział w restauracji należącej do ojca. Tak się akurat szczęśliwie złożyło, że rozchorował się barman; szczęśliwie nie dla barmana, lecz dla Dominika, który mógł dzięki temu zarobić parę groszy i oderwać myśli od tego, co działo się na Facebooku. Matka w sobotę rano poleciała do Brukseli, żeby przeprowadzić z kimś wywiad.

*

W poniedziałek w szkole rozpętało się prawdziwe piekło. Gdy tylko Dominik z plecakiem pojawił się na korytarzu, zaczęły się szepty, docinki, śmiechy, obsceniczne gesty, nie wspominając już o szczeniackich zaczepkach, jak rzucanie w niego samolotami z papieru czy zmiętymi w kulki kartkami. Długo nie wytrzymał; uciekł ze szkoły po drugiej lekcji.

We wtorek było jeszcze gorzej.

– Pierdolona ciota!

– Lachociąg!

– Masz ochotę w kakałko?!

– Czoko, czoko, czokodajka!

To nie były już szepty, lecz krzyki; milkły tylko wtedy, gdy na horyzoncie pojawiał się któryś z nauczycieli.

I tak się ciągnęło do piątku. Miał nadzieję, że po weekendzie się uspokoi, ale było jeszcze gorzej.

W środę w ogóle nie poszedł do szkoły. Pokręcił się po Nowym Świecie i Krakowskim Przedmieściu, gdzie w tłumie turystów mógł się czuć anonimowo, potem wstąpił na ASP, choć wiedział, że tego dnia nie zastanie tam Grzegorza. W końcu przeszedł pieszo na Pole Mokotowskie, po drodze wstępując do hamburgerowni na bazarze przy Polnej – bardziej, by wypełnić czymś czas niż z głodu. Wyrzucił do kosza prawie nietkniętego cheeseburgera i postanowił się wybrać do kina – znów tylko po to, by zabić czas. Gdyby go ktoś potem zapytał, o czym był ten film i jaki miał tytuł, Dominik nie potrafiłby odpowiedzieć.

Nie mając pojęcia, co zrobić z resztą dnia, poszedł na basen. Lubił pływać, ale naciski matki, która zachowywała się tak, jakby marzyła o tym, żeby zobaczyć syna na podium olimpijskim, sprawiły, że nie podchodził już do tego sportu z takim entuzjazmem jak kiedyś. Mimo to, przebierając się w szatni, z przyjemnością pomyślał o tym, że za chwilę wskoczy do wody, i postanowił, że nie wyjdzie z niej, dopóki nie będzie tak zmęczony, że po przyjściu do domu padnie na łóżko i nie myśląc o niczym, zaśnie. Ale jutro znów zacznie się koszmar, przemknęło mu przez głowę.

Mylił się. Koszmar zaczął się już po chwili.

Spod pryszniców, wyszedł właśnie chłopak. Wycierał głowę ręcznikiem i nie zauważył stojącego przy szafkach Dominika, ale ten go zobaczył.

– Cześć, Łukasz – powiedział.

Znali się od dwóch lat. Trudno powiedzieć, by łączyła ich przyjaźń; spotykali się tylko podczas treningów, ale się lubili – w każdym razie Dominikowi tak się wydawało. Aż do tej chwili. Bo teraz Łukasz wzdrygnął się, opuścił ręcznik, zasłaniając się nim i czerwieniąc jak zawstydzona dziewczyna. W tym momencie do szatni wszedł inny chłopak. Dominik go nie rozpoznał, chyba nigdy go tu nie widział, ale ten najwyraźniej go znał. Mięśniak o przystojnej, ale dość prymitywnej twarzy wyszczerzył zęby i zmierzył Dominika od stóp do głów, po czym skierował wzrok na Łukasza.

– Nie boisz się łazić na golasa przy tej ciocie? – spytał.

Łukasz zaczerwienił się jeszcze bardziej, bąknął pod nosem coś, czego nie sposób było zrozumieć, i zniknął między szafkami.

– No, nie wiem – dorzucił mięśniak. – W każdym razie nie radziłbym ci odwracać się do niego tyłem. – Zarechotał, najwyraźniej bardzo zadowolony ze swojego dowcipu.

Dominik stał, jakby nogi przyrosły mu do podłogi. Nie sądził, że ludzie, których spotykał na pływalni, po prostu się tego domyślili. Zaczął więc podejrzewać, że zachowanie Łukasza i odzywki mięśniaka, mogą mieć związek z tym, co działo się na Facebooku i w szkole. Czyżby fala hejtu dotarła aż tutaj?

Gdy otworzył drzwi szafki, miał już odpowiedź. Na wewnętrznej stronie wisiało zajmujące całą ich długość i szerokość zdjęcie z kolorowej drukarki, a raczej fotomontaż, dość obrzydliwy, dzieło jakiegoś chwalącego czystość Polski pseudoartysty, który średnio znał się na Photoshopie.

ZAKAZ WSTĘPU DLA CIOT

Całą drogę do domu pokonał biegiem. Nie zszedł do metra, żeby przejechać trzy przystanki, lecz gnał przed siebie, jakby się obawiał, że tam, na dole, może zobaczyć kolejne fotomontaże, że wyciągną się ku niemu oskarżycielskie palce i znowu usłyszy te obrzydliwe okrzyki.

Gdy dotarł do domu, był tak zmęczony i twarz miał tak zlaną potem przemieszanym ze łzami, że nie mógł dostrzec dziurki od klucza w drzwiach wejściowych. Wreszcie mu się to udało, ale zanim zdążył przekręcić klucz w zamku, drzwi się otworzyły i zobaczył stojącą za progiem matkę.

W pierwszym odruchu chciał się przytulić i wypłakać na jej piersi. Nie zrobił tego jednak – przede wszystkim dlatego, że od lat sobie na to nie pozwalał, a poza tym wściekłość w jej oczach zmroziła go tak, że cofnął się o krok.

– Gdzie byłeś? – rzuciła.

Po tym, przez co dzisiaj przeszedł, odpowiadanie na jej wyrzuty było ostatnią rzeczą, na jaką miał ochotę. Zresztą nawet gdyby chciał to zrobić, to w ustach tak mu zaschło, że pewnie nie mógłby wydobyć z siebie głosu. Wyminął ją więc w drzwiach i wszedł do mieszkania.

– Pytałam cię, gdzie byłeś?! – usłyszał podniesiony głos, gdy był już na schodach.

Przełknął z trudem ślinę.

– Na pływalni – rzucił ochryple, nie zatrzymując się.

– Cały dzień?

Zatrzymał się dopiero, kiedy znalazł się na piętrze, i spojrzał na matkę stojącą z uniesioną głową u stóp schodów.

– Nie, wcześniej byłem w szkole – powiedział cicho, lecz musiała go usłyszeć.

– Kłamiesz! – zawołała gniewnie. – Dzwoniła twoja wychowawczyni. Wczoraj byłeś tylko na dwóch lekcjach, dzisiaj na żadnej.

Wiedział, że popełnił błąd; matka źle reagowała na kłamstwa. Było mu jednak wszystko jedno, więc wzruszył tylko ramionami.

– Co ty kombinujesz, Dominik? Liczysz na to, że jak nie będziesz chodził do szkoły, to cię wyrzucą i będziesz mógł wrócić do starej?

To mu akurat nie przyszło do głowy, ale teraz, kiedy matka o tym powiedziała...

– Nie licz na to, mój drogi – oświadczyła tonem kogoś przyzwyczajonego do tego, że jak coś powie, to tak jest.

– Mamo, ty nie rozumiesz...

– Tak, oczywiście, że nic nie rozumiem, jestem w końcu pierwszą idiotką Rzeczypospolitej i właśnie dlatego kieruję redakcją informacyjną największej niepublicznej stacji telewizyjnej w tym kraju.

– Naprawdę nie rozumiesz... oni mnie niszczą...

– Jasne, niszczą twoją duszę wrażliwego artysty – rzuciła z przekąsem.

– Słyszałaś o czymś takim jak hejt? – Chociaż wciąż z trudem przełykał ślinę, powiedział to na tyle głośno, że Agata spojrzała na niego uważnie.

Przez chwilę – bardzo krótką – w jej oczach pojawiło się coś, co mogło być niepokojem, ale w tym momencie zaświergotała jej komórka, sygnalizując nadejście SMS-a. „Kurwa!", rzuciła pod nosem, a do syna zawołała:

– Już naprawdę nie wiedziałeś, co wymyślić, żeby nie chodzić do szkoły?! Hejt! – Zdawała sobie oczywiście sprawę, że takie rzeczy dzieją się w szkołach, ale na miłość boską, nie w Warszawie. Nie w jednym z najlepszych prywatnych liceów, do których chodzą dzieci elity. – Muszę jechać do studia. Wrócę pewnie, jak będziesz już spał.

– Nie wymyśliłem tego – rzucił chłopak już znacznie ciszej, a ramiona opadły mu jeszcze bardziej. Tylko że Agata, spiesząca do garderoby, żeby się przebrać, już tego nie widziała.

Usłyszała jednak, jak syn woła:

– Nie pójdę do tej szkoły!

I odpowiedziała:

– Oczywiście, że pójdziesz. Jutro sama cię zawiozę.

*

I tak zrobiła.

Hejt trwał cały dzień.

Na matematyce był test, do którego Dominik zupełnie się nie przygotował. Mrówka, widząc, że jej przyjaciel nawet nie próbuje pisać, co jakiś czas go poszturchiwała, starając się podsunąć mu swoją kartkę, żeby ściągnął, ale za każdym razem wzruszał tylko ramionami. Było mu to zupełnie obojętne.

Na religii – o ironio! – mówili o tolerancji. Klasa miała zadziwiająco mało do powiedzenia na ten temat, a młody ksiądz, który dopiero w tym roku zaczął pracę w szkole, zupełnie nie wyczuł atmosfery panującej na lekcji. Nikt najwyraźniej nie miał ochoty podzielić się swoim zdaniem, padło więc na siedzącego w ostatniej ławce Dominika.

Klasa zamarła; usta większości chłopaków – i niektórych dziewcząt – wykrzywił ironiczny uśmiech. Większa część klasy zachowywała się wobec niego skandalicznie, a te kilka bardziej wrażliwych dziewczyn, które brały jego stronę, z obawy przed hejterami wolały siedzieć cicho. Wszyscy w napięciu oczekiwali na to, co powie.

Mrówka zbladła. Miała ochotę wyciągnąć rękę i uścisnąć dłoń przyjaciela; potem wyrzucała sobie, że tego nie zrobiła, że po prostu zabrakło jej odwagi. Że lęk przed tym, by hejt nie zwrócił się przeciwko niej, był silniejszy niż poczucie lojalności.

Dominik wstał, rozejrzał się po klasie i powiedział z godnością:

– Według mnie, tolerancja polega na tym, by dać żyć innym.

Wszystkie głowy odwróciły się w jego stronę; ktoś głośno się roześmiał, ktoś zrobił obsceniczny gest imitujący robienie laski, ktoś inny – bardzo z siebie zadowolony – wyjął czekoladę i uniósł ją demonstracyjnie; rozległy się szepty, chichoty.

Mrówka opuściła głowę i zdając sobie sprawę, że wszyscy widzą, że siedzi z Dominikiem, nagle zapragnęła być gdziekolwiek indziej; i nienawidziła się za to. Ksiądz, zupełnie nie rozumiejąc, co się dzieje, próbował doprowadzić klasę do porządku, ale albo z powodu braku doświadczenia, albo dlatego, że nie miał w sobie tego czegoś, co jest niezbędne do zapanowania nad grupą, zupełnie mu się to nie udawało. Wskazał jeszcze kilka osób, by podzieliły się swoim zdaniem, nikt jednak nie miał nic do powiedzenia.

Dominik opuścił głowę i do końca lekcji jej nie podnosił; i choć nie widział odwracających się co chwilę kolegów i koleżanek, to słysząc chichoty, potrafił sobie doskonale wyobrazić, co się dzieje.

Kiedy rozległ się dzwonek, Dominik nadal nie uniósł głowy i nie wstał z ławki. Zrobił to dopiero, gdy umilkły hałasy i uznał, że wszyscy wyszli. W klasie rzeczywiście nie było już nikogo. Mrówki również, i to go zabolało. Skoro nie mógł już liczyć na to, że ona będzie stała za nim murem, to nie mógł liczyć na nikogo.

Starał się jakoś dotrwać do końca dnia; nie widzieć drwiących uśmiechów, nie zauważać, że niektórzy odskakują od niego, jakby był trędowaty, patrzą na niego z litością albo obrzydzeniem, nie słyszeć ordynarnych docinków.

Mrówka, która w starej szkole i w ciągu pierwszych dni w nowej zawsze była w pobliżu, dziś znikała gdzieś na przerwach.

Po lekcjach, kiedy był już jakieś trzysta metrów od budynku szkoły – na tyle daleko, by nikt ich nie widział – i szybkim krokiem zmierzał do stacji metra, dogoniła go i chwyciła za ramię.

– Zostaw mnie.

– Dominik... – Nie wiedziała, co powiedzieć, nie potrafiła znaleźć dla siebie żadnego wytłumaczenia ani słów, które mogłyby go pocieszyć.

Patrzyła w jego zawsze tak żywe oczy, teraz kompletnie pozbawione wyrazu. Poczuła, że stracił całą swoją radość życia. Przemknęło jej przez głowę, że jest jak jedyny biały ptak w wielkim stadzie czarnych, który zadziobywany na śmierć, nie ma już nadziei na przeżycie.

Gdyby wiedziała cokolwiek o pszczołach, pomyślałaby, że jej przyjaciel jest pszczołą czarną.

Nie protestowała, gdy uwalniał swoje ramię z jej uścisku. Z opuszczoną głową, powłócząc nogami, ruszył w stronę zejścia do metra.

Ze łzami w oczach śledziła go wzrokiem, gdy szedł w dół po schodach. Stała w miejscu jeszcze długo po tym, jak czubek jego głowy zniknął jej z oczu.

Wtedy widziała Dominika po raz ostatni.

*

Kiedy stał na peronie stacji metra, czekając na pociąg w kierunku Kabat, zadzwoniła jego komórka. Zignorował pierwsze trzy sygnały, przy czwartym ją wyjął, żeby odrzucić połączenie. Był pewny, że to Mrówka albo matka, albo jeszcze gorzej... Może tamci zdobyli już jego numer i teraz będą go jeszcze nękać telefonami. Ale na ekranie iPhone'a wyświetliła się twarz, na której widok poczuł coś zbliżonego do nadziei.

– Cześć, Dominik – usłyszał, nacisnąwszy zieloną słuchawkę.

Agata tego dnia długo siedziała w pracy. Gdy weszła do mieszkania, światło w pokoju syna było zgaszone, uznała więc, że chłopak po całym dniu w szkole i treningu na basenie po prostu poszedł spać. Potwornie zmęczona, szybko wzięła prysznic, położyła się do łóżka i od razu zasnęła.

Wstała o szóstej, włożyła sportowy strój i przez trzy kwadranse biegała. Nie robiła tego ze snobizmu, tak jak niektórzy z uprawiających jogging, których mijała po drodze –

w markowych ciuchach, bardziej zwracający uwagę na to, że są widziani, niż na własną kondycję fizyczną. Agata lubiła ruch i te czterdzieści pięć minut naprawdę pozwalały jej się odstresować i dobrze zacząć dzień.

Gdy wróciła do mieszkania w luksusowym apartamentowcu, poszła do pokoju syna, żeby go obudzić, i osłupiała na widok zasłanego łóżka. Nigdy nie robił tego bez jej utyskiwań.

No ale może po wczorajszej sprzeczce w drodze do szkoły postanowił jej się nie narażać i zaczął się zachowywać tak, jak tego od niego oczekiwała. Może już bierze prysznic. Zaczęła nasłuchiwać, lecz z łazienki przylegającej do pokoju syna nie dochodziły żadne dźwięki.

– Dominik! – zawołała. – Dominik, jesteś tam?!

Odpowiedziała jej cisza, więc podeszła do drzwi łazienki, otworzyła je, nie zapukawszy, i zajrzała do środka.

Syna tam nie było.

Czując, jak w gardle rośnie jej gula, ale wciąż mając nadzieję, że syn jest w domu – że zajada płatki śniadaniowe i popija swoim ulubionym sokiem ananasowym – pobiegła do kuchni.

Ani śladu.

– Dominik! – krzyknęła i obiegła całe mieszkanie o powierzchni dwustu metrów kwadratowych, zaglądając do wszystkich pomieszczeń; nie omieszkała nawet zajrzeć, do kanciapy z odkurzaczem, mopem i środkami chemicznymi. Wyszła na duży taras. – Kurwa!

Zadzwoniła na komórkę syna, ale usłyszała komunikat, że abonent jest czasowo nieosiągalny.

– Czekaj, gówniarzu, już ja ci ucieknę z domu – mruknęła pod nosem, podchodząc do ekspresu, żeby zrobić sobie kawę.

Pomyślała, że po wczorajszej awanturze syn postanowił ją ukarać. Kipiała ze złości, ale gdzieś na samym dnie czaiło się coś, co podświadomie spychała w dół, nie chcąc, żeby wydostało się na wierzch: lęk.

Zadzwoniła jeszcze trzykrotnie, nerwowo łykając kawę. Zwykle rano piła latte na odtłuszczonym mleku, dziś jednak czuła, że będzie potrzebowała czegoś mocniejszego, zrobiła więc sobie potrójne espresso i nie zważając na to, że parzy jej podniebienie, piła je szybko, słuchając po raz kolejny komunikatu: „Abonent jest czasowo nieosiągalny".

W końcu zdzwoniła do byłego męża; choć bez wielkiej nadziei. Od czasu, kiedy pozwolił jej zainstalować podsłuch w jego restauracji, co doprowadziło do głośnej afery podsłuchowej, jej relacje z Krzysztofem układały się nie najgorzej, była więc niemal pewna, że nie zgodziłby się na to, żeby syn został u niego na noc, nie powiadamiając jej o tym. Albo sam by do niej zadzwonił, albo dopilnowałby, żeby zrobił to Dominik.

– O rany... wiesz, która jest godzina? – odezwał się Krzysztof zaspanym głosem.

Normalnie pewnie by się zastanawiała, czy jej eks nie jest na kacu, dziś jednak ani trochę jej to nie obchodziło.

– Wiem – rzuciła. – Jest u ciebie Dominik?

– Nie, skąd!

– I nie spał dzisiaj u ciebie?

– Nie. Był w sobotę i niedzielę w restauracji. Wydawał mi się jakiś bardzo podłamany, ale nie miałem czasu, żeby z nim pogadać.

– Oczywiście! Nie miałeś czasu, żeby pogadać z własnym synem? – Jeszcze zanim skończyła to mówić, zdała sobie sprawę, że jest nie fair. W końcu, gdyby z ręką na sercu miała powiedzieć, ile czasu sama poświęca Dominikowi, musiałaby przyznać, że niewiele. Nie znalazła go wczoraj nawet tyle, żeby sprawdzić, czy syn wrócił do domu.

– Mam kupę roboty. Wydaje ci się, że tylko ty pracujesz?

– Przepraszam, Krzysztof. Jestem po prostu zdenerwowana. Zadzwonię do jego dziewczyny. – Sądziła, że Dominik i Patrycja są parą. – Mam nadzieję, że spał u niej. – W głębi duszy nie bardzo w to wierzyła. Rodzice Patrycji byli bardzo religijni, więc raczej by się nie zgodzili, żeby chłopak córki został u nich na noc.

– To on ma dziewczynę? – zapytał zdumiony Krzysztof.

– To chyba normalne w jego wieku, prawda?

– Tak... no tak... – rzucił z wahaniem i gdyby Agata nie była tak zaniepokojona, pewnie wychwyciłaby w jego głosie jakąś dziwną nutę, i zmusiłaby Krzysztofa, żeby jej zdradził, co chciał powiedzieć, czy może raczej, czego nie chciał powiedzieć.

– Dobra, odezwę się, jak się czegoś dowiem.

– Zrób to koniecznie – poprosił, ale już tego nie słyszała.

Przerwała połączenie i już miała dzwonić do Patrycji, kiedy uświadomiła sobie, że nie ma w iPhonie jej numeru.

Przez chwilę poczuła się kompletnie bezradna. Ale przecież nie byłaby w życiu tam, gdzie jest, pomyślała, gdyby pozwalała sobie na taki komfort jak bezradność. W pracy miała być w południe, żeby nadzorować ekipę przygotowującą wydanie wieczornego programu informacyjnego. Zostało więc wystarczająco dużo czasu, żeby pojechać do szkoły. Może tam czegoś się dowie, a w każdym razie porozmawia z Patrycją. Wzięła prysznic, ubrała się – z robienia makijażu zrezygnowała – dopiła zimną już kawę i przez chwilę rozważała, czy czegoś nie zjeść. W końcu jednak uznała, że szkoda czasu, zresztą z nerwów pewnie i tak niczego by nie przełknęła. Zjechała windą do podziemnego garażu, wsiadła do samochodu i ruszyła do nowej szkoły syna.

Na miejsce dotarła akurat w trakcie przerwy między pierwszą a drugą lekcją. Dzieciaki i nauczyciele rzucali w jej stronę spojrzenia. Agata Wróblewska, dziennikarka, celebrytka, była osobą powszechnie znaną. Szła korytarzem krokiem człowieka pewnego siebie i świadomego swoich praw. Dowiedziała się, gdzie znajduje się pokój nauczycielski, poszła we wskazanym kierunku, zapukała i nie czekając na odpowiedź, po prostu weszła – a nie jak petent wsunęła tylko głowę – i spytała o wychowawczynię Dominika (cholera, co z niej za matka, skoro nie wiedziała, czy syn chodzi do pierwszej A, B czy C!).

*

Gdy pukała i wchodziła do pokoju nauczycielskiego, nie miała pojęcia, że dwóch chłopców uważnie śledzi ją wzrokiem, i to wcale nie dlatego, że była kimś znanym. Obaj brali udział w hejcie przeciwko jej synowi, więc kiedy tylko zniknęła w pokoju nauczycielskim, natychmiast znaleźli Idę.

– Słuchaj, stara Dominika przyszła do szkoły – powiedział jeden z nich.

– Kończymy akcję? – spytał drugi.

– Kurwa, musiał się poskarżyć mamusi! – rzuciła, ale nie straciła zimnej krwi. – Jakby co, to my nic nie wiemy, jasne? Morda w kubeł, przekażcie to wszystkim. Nikt nic nie wie.

– Okej.

Poszła do klasy i wyłowiła wzrokiem Patrycję, która nie tylko nie przyłączyła się do hejtu, ale była również bliską koleżanką Dominika – kiedy Ida po raz pierwszy zobaczyła ich razem, była nawet przekonana, że są parą. Teraz, kiedy przypomniała sobie wczorajsze zachowanie Patrycji, jej przygnębienie i pochyloną głowę, pomyślała, że dziewczyna pewnie się w nim kochała i dopiero z Facebooka dowiedziała się, że jej ukochany jest pedziem. Tak czy inaczej, Ida musiała się upewnić, że tamta nie zacznie sypać, kiedy nauczyciele coś zwęszą po interwencji tej telewizyjnej suki. W klasie jednak Patrycji nie było.

Ida złapała ją w szkolnym sklepiku.

– Matka Dominika jest w szkole. Więc morda w kubeł, jasne? – powiedziała.

– Pierdol się! – zawołała Mrówka, zdziwiona własną wulgarnością. – Chyba że któryś z twoich przydupasów już cię dziś wypierdolił w kiblu. – Naprawdę nie mogła uwierzyć, że te słowa przeszły jej przez gardło. Całą noc nie spała, wyrzucając sobie, że przez ostatnie dni zachowała się jak ostatni tchórz, i obiecała sobie, że to naprawi, że nie będzie dłużej chowała głowy w piasek. I właśnie zaczęła wcielać to w życie.

Ci, którzy obserwowali tę scenę, wybuchli głośnym śmiechem.

*

Nerwowo czekała, aż kobieta w średnim wieku w okularach, z fatalną fryzurą (kto dziś jeszcze robi sobie trwałą i farbuje włosy na taki rudy kolor?) zostawi papiery, w których grzebała – Agata była absolutnie pewna, że tylko po to, by pokazać, jaka to ona jest ważna i ile ma pracy – i zacznie z nią rozmawiać.

– Dobrze, że pani przyszła – powiedziała pani Ryczkowska, wychowawczyni pierwszej B, o czym poinformowała wcześniej Agatę ze stosownie oburzoną miną.

„Nawet nie wie, do której klasy chodzi jej dziecko!". „Co za matka!". „Nic dziwnego, że opowiadała się za Czarnym Protestem". Agata mogła sobie wyobrazić słowa, które padną w pokoju nauczycielskim, kiedy tylko stąd wyjdzie.

– Mamy z Dominikiem problemy – powiedziała pani wychowawczyni. – To dopiero początek roku szkolnego, a on już nazbierał kilka jedynek. Poza tym nie podejmuje żadnych prób, by zasymilować się z klasą.

Żadna matka nie lubi słuchać krytyki pod adresem swoich dzieci i Agata nie była wyjątkiem. Ale nie dlatego nie pozwoliła nauczycielce mówić dalej, kiedy ta przerwała na chwilę, by nabrać powietrza w płuca. Po prostu nie miała dzisiaj czasu, żeby tego słuchać. Na miłość boską, zaginął jej syn!

– Dominik nie wrócił na noc do domu. Jego komórka nie odpowiada. Nie wiem, co się dzieje – powiedziała z przejęciem.

– Tak jak mówiłam, pani syn ma problemy. Najwyraźniej nie tylko w szkole. – Coś w spojrzeniu nauczycielki wskazywało na to, że właściwie się z tego cieszy. No, tak, może i odniosłaś sukces, mówiły jej oczy, może i masz masę forsy, może i jesteś piękna i wyglądasz z piętnaście lat młodziej, niż masz. Ale nie sprawdziłaś się jako matka!

– Czy pani nie słyszała, co powiedziałam? – Agata czuła, jak jej głos się podnosi, ale ona, ucieleśnienie spokoju przed kamerą, teraz nie potrafiła nad sobą panować. – Dominik nie wrócił na noc do domu! Nie wiem, co się z nim dzieje!

– Proszę na mnie nie krzyczeć – upomniała ją nauczycielka. – Nie wiem, gdzie jest pani syn. I jedyne, co mogę pani doradzić, to zwrócenie się z tym na policję.

– Oczekiwałabym jednak jakiejś pomocy od pani, choćby próby pomocy – powiedziała Agata już znacznie ciszej.

I nagle przyszło jej do głowy, że może Dominik miał rację, nie chcąc chodzić do szkoły, w której nie istnieje coś tak podstawowego jak „empatia". A zawsze jej się wydawało, że w szkołach prywatnych nauczyciele są na każde zawołanie rodziców.

– Proszę panią, my zajmujemy się tu nauczaniem, a nie poszukiwaniem zaginionych dzieci celebrytów.

„Proszę panią"! Agata miała tylko nadzieję, że pani Ryczkowska nie jest polonistką; i znów poczuła się niezręcznie, gdy uświadomiła sobie, że nie wie nawet, czego uczy wychowawczyni jej syna. Dopiero po chwili dotarły do niej ostatnie dwa słowa tamtej: „Dzieci celebrytów". Żachnęła się i już chciała coś powiedzieć, ale postanowiła to zostawić na kiedy indziej. To nie był moment na dyskusje z jakąś zakompleksioną babą.

– Wczoraj był test z matematyki. Badanie wyników. Pani szanowny syn napisał na dziesięć procent. Rozumie pani, dziesięć! Matematyka jest najważniejszym przedmiotem w tej szkole. W przyszłym tygodniu syn musi jeszcze raz napisać test badający jego wiedzę zdobytą w pierwszej klasie. W szkole państwowej już nie rozmawiałybyśmy na ten temat.

– Powiem mu o tym, jak tylko go znajdę.

– Czy jeszcze ma pani coś do mnie? – spytała nauczycielka.

– Nie.

– W takim razie zapraszam na zebranie w grudniu... jeśli syn się znajdzie.

Wychodząc z gabinetu nauczycielskiego prywatnej szkoły, w której płaciło się wysokie czesne, Agata poczuła się tak, jak ostatni raz czuła się pod koniec lat osiemdziesiątych po odstaniu w mięsnym kilku godzin w kolejce i wyjściu z jakimś ochłapem.

*

Wściekła i upokorzona – ale przede wszystkim poważnie zaniepokojona – zmierzała w stronę wyjścia. Czuła, że za chwilę się rozpłacze, a nie chciała tego zrobić na szkolnym korytarzu. Gdy znalazła się na zewnątrz, kilka razy głęboko odetchnęła, nabierając powietrza przez nos i wypuszczając je ustami; to zawsze pomagało jej się uspokoić.

– Dzień dobry! – usłyszała znajomy głos i uniosła głowę.

– Patrycja! Wiesz może, co się dzieje z Dominikiem?

Dziewczyna chwilę się wahała; nie chciała wsypywać przyjaciela, ale domyśliła się, że skoro jego matka wychodzi ze szkoły, to pewnie już się dowiedziała, że go tam nie ma.

– Nie przyszedł dzisiaj – odparła.

– Wiem, nie było go też w domu przez całą noc. Nie odbiera komórki. Nie wiem, co się dzieje.

Patrycja poczuła przypływ grozy. A jeśli… jeśli on coś sobie zrobił…? Przez chwilę przyglądała się Agacie Wróblewskiej, zastanawiając się, czy Dominik zwierzył się jej z tego, co ostatnio działo się w szkole. Ale na ile orientowała się w relacjach między nim a matką, to przypuszczała, że raczej tego nie zrobił. Uznała, że nie ma wyjścia; jeśli chciała mu pomóc – a miała tylko nadzieję, że jeszcze nie jest na to za późno – musiała powiedzieć jej o wszystkim.

Zadzwonił dzwonek. Patrycja miała teraz matematykę z wychowawczynią, która źle reagowała na spóźnienia, ale co tam. Niech się piekli ta wredna baba. Teraz najważniejszy był Dominik.

– Proszę pani, w klasie ostatnio źle się działo.

– To znaczy?

– Hejtowali Dominika. Niszczyli go na lekcjach, na przerwach, na Facebooku.

– Co robili?! – wykrzyknęła Agata, która właśnie zdała sobie sprawę, że nie wie nic o życiu syna. I że przedwczoraj próbował jej coś powiedzieć.

– Hejtowali. Z powodu zdjęcia – wyjaśniła Mrówka.

– Jakiego zdjęcia?

– Prześlę je pani na komórkę. Hm... może panią zaskoczyć. – Mrówka patrzyła na zdumioną twarz Agaty i zastanawiała się, czy jest możliwe, żeby matka nie wiedziała. Nie jakaś biedna wiejska kobiecina, której się wydaje, że całe to gadanie o „ganderze", czy jak tam to się nazywa, to tylko gadanie, no bo jak to tak, żeby chłop z chłopem, lecz światła, inteligentna dziennikarka obracająca się w środowisku, które jest otwarte i tolerancyjne wobec różnych stylów życia.

– Czym może mnie zaskoczyć?

– Sama pani zobaczy. Przepraszam, ale muszę iść na matmę, bo ta jędza mnie zaraz do tablicy weźmie.

Agata uśmiechnęła się na moment. Poczuła sympatię do tej dziewczyny.

– Oj, to bardzo ci współczuję. – Uśmiech znikł z twarzy Agaty. – Powiedz mi, kiedy ostatnio widziałaś Dominika.

– Wczoraj po szkole. Wchodził do stacji metra przy Politechnice. – Patrycja przemilczała to, że nie chciał z nią rozmawiać, bo musiałaby wytłumaczyć dlaczego. – Naprawdę muszę już lecieć.

– Tak, jasne. A potem nie miałaś z nim żadnego kontaktu? Żadnych telefonów, SMS-ów?

Dziewczyna pokręciła głową.

– Wysłałam mu dwa SMS-y ale na żaden nie odpowiedział, a kiedy próbowałam dzwonić, słyszałam tylko komunikat, że abonent jest czasowo poza zasięgiem.

– No tak... – bąknęła Agata coraz bardziej zaniepokojona. – A właśnie, to zdjęcie... Nie masz chyba numeru mojej komórki.

– No tak. Poproszę.

Agata bez wahania podyktowała dziewczynie numer i czekała, aż ta przyśle zdjęcie. Było dużego formatu i Mrówka wysłała je przez bluetooth. Wolała jednak nie być przy tym, jak matka Dominika je zobaczy.

– Za chwilę będzie je pani miała – powiedziała, otwierając drzwi szkoły. – Teraz to już naprawdę muszę iść. Do widzenia!

– Do widzenia. Dziękuję ci bardzo.

– Nie ma za co... – Patrycja skierowała wzrok na swoje stopy. – A tak w ogóle to on ma na imię Grzegorz – dodała takim tonem, jakby wypowiedzenie tych słów bardzo dużo ją kosztowało. – Jest studentem ASP.

– Kto? – spytała Agata, ale dziewczyna zniknęła w budynku szkoły i drzwi zamknęły się za nią z trzaskiem.

*

Mniej więcej o tej samej porze, kiedy Agata rano wybrała się na jogging na Wilanowie, na bulwarze wiślanym, niedaleko Biblioteki Uniwersytetu Warszawskiego, pracownik przedsiębiorstwa oczyszczania miasta robił swój codzienny obchód. Jak na początek września było bardzo ciepło. Po nocy na bulwarze zawsze znajdował stertę puszek po piwie, niedopalone skręty, na wpół przetrawione jedzenie i zużyte prezerwatywy.

– Rzygać mi się chce od tej roboty – burknął pod nosem, a w duchu zaczął złorzeczyć całemu światu, rządowi, szefostwu MPO, tym wszystkim, którzy zamiast się zabrać do porządnej roboty, wozili swoje dupska w wypasionych samochodach niewiele mniejszych od klitki, w której gnieździł się z żoną u teściów, i siedzieli w tych swoich gabinetach. Jakoś najmniej – o dziwo – złorzeczył tym, co pozostawili po sobie cały ten syf, który musiał sprzątać.

Nagle tuż przy linii wody zauważył coś, co przypominało człowieka.

Dwie zgrabne, uprawiające jogging dziewczyny chyba również dostrzegły leżącego człowieka, ponieważ przystanęły.

– Kurwa, jeszcze jeden narąbany gówniarz – zaklął pracownik MPO, wściekły, że nie może sobie po prostu popatrzeć na dwie laski; widział je codziennie rano. Niezłe były z tymi okrągłymi pupami rysującymi się wyraźnie pod sportowymi strojami. Ech... nie to co moja rozchlapana stara, pomyślał z rozmarzeniem, ruszając w stronę sylwetki leżącego na brzegu mężczyzny.

Już po chwili pupy – obojętnie czy jędrne, czy rozchlapane – były ostatnią rzeczą, o której mógłby pomyśleć.

Szedł coraz szybciej, ponieważ w pozycji ciała było coś niepokojącego. Człowiek się nie ruszał, woda omywała mu nogi. Leżał na boku. Ostatnie dwadzieścia metrów pracownik MPO przebiegł. Gdy dotarł na miejsce, wydał okrzyk zgrozy, który było słychać w promieniu kilkuset metrów. Przed nim leżał chłopak, bosy, w naciągniętej niedbale flanelowej koszuli w ciemnoniebieską kratkę. Miał poderżnięte gardło, tak że głowa trzymała się tylko na kręgosłupie, który nie został przecięty. W prawej ręce chłopiec trzymał otwartą brzytwę z wyraźnymi śladami krwi. Zakrzepła krew była także wokół głowy i barku nieżyjącego chłopca – bo że nie żył, nie mogło być żadnych wątpliwości.

– Mój Boże, mój Boże... – powtarzał mężczyzna, cofając się od zwłok.

Zaalarmowane jego krzykiem dziewczyny przybiegły i natychmiast zadzwoniły po policję. W niecałe pięć minut na nabrzeżu zaroiło się od radiowozów i funkcjonariuszy.

*

Agata usiadła na ławce na szkolnym podwórku, nie mogąc się doczekać, kiedy Patrycja przyśle jej zdjęcie. Wreszcie przyszło! Otworzyła je i ucieszyła się, że siedzi, bo gdyby stała, z pewnością ugięłyby się pod nim kolana. Wstrzymywała oddech tak długo, że zakręciło jej się w głowie, choć może nie miało to żadnego związku z brakiem dopływu tlenu do płuc. Patrzyła w osłupieniu na syna całującego się z jakimś mężczyzną. Nie po przyjacielsku, bynajmniej.

W jednym z okien szkoły coś mignęło; spojrzała w tamtą stronę i zobaczyła kilka postaci, które gdy tylko uniosła wzrok, cofnęły się w głąb pomieszczenia.

Znów popatrzyła na zdjęcie. Jej przystojny, mądry, wrażliwy syn. Kiedy właściwie straciła z nim kontakt? A może, zajęta robieniem kariery, nigdy go nie miała?

Nie szokowało jej to, co widziała na zdjęciu – choć zdawała sobie sprawę, że w tym kraju nie będzie mu łatwo. Miała przecież kilku gejów i parę lesbijek wśród przyjaciół i orientacja seksualna nigdy nie była kryterium, na podstawie którego oceniała ludzi. Więc niby dlaczego miałaby przykładać inną miarę do własnego dziecka? Może i była w pracy i na co dzień w domu suką, ale z całą pewnością nie hipokrytką. I jeśli do kogokolwiek miała w tym momencie pretensje, to tylko do siebie. O to, że nie była dość blisko z synem, żeby jej się zwierzył. A na pewno nie było mu łatwo, zwłaszcza ostatnio, jeśli rzeczywiście ktoś użył tego zdjęcia, żeby rozpętać przeciwko Dominikowi hejt. Jakim trzeba być podłym człowiekiem, żeby zrobić coś takiego? – przemknęło jej przez głowę, ale tę myśl natychmiast wyparła inna, bardzo przykra: jaką beznadziejną trzeba być matką, żeby przegapić oznaki tego, że dziecku dzieje się krzywda. Barbara powiedziała jej kiedyś, że ból dziecka odczuwa się tysiąckrotnie silniej niż własny. Wtedy Agata nie bardzo w to uwierzyła, teraz wiedziała już, o czym mówiła matka.

– Dlaczego mi nie powiedziałeś, synku? – szepnęła, patrząc bezradnie na ekran iPhone'a.

Bo i tak nie miałabyś czasu, żeby go wysłuchać, odpowiedziała sobie i poczuła, jak po policzkach spływają jej łzy.

Gdy usłyszała dzwonek, nie mogła uwierzyć, że siedziała tu prawie czterdzieści pięć minut. Zerwała się z ławki i zdecydowanym krokiem ruszyła do szkoły. Była pewna, że wychowawczyni Dominika jest tym typem nauczycielki matematyki, który lubi zabierać uczniom przerwę, bo przecież funkcja kwadratowa jest najważniejsza na świecie. Agata weszła do budynku tak zdecydowanym krokiem, że portier nawet nie próbował jej zatrzymywać, a kiedy spytała, w której sali zastanie panią Ryczkowską, posłusznie wskazał jej korytarz i powiedział, że pracownia matematyczna jest na końcu po prawej stronie. Wzburzona jak czasem Bałtyk, wpadła do klasy. Nauczycielka zdumiała się, widząc ją, ale jeszcze bardziej zaskoczeni byli wspaniali koledzy i koleżanki Dominika, młoda elita Warszawy.

IPhone Agaty miał funkcję projektora; rozejrzała się po sali i kiedy zobaczyła kawałek niczym niepokrytej białej ściany, wyświetliła na nim fotografię przysłaną przez Patrycję.

– To zdjęcie – zaczęła głosem, którego spokój ją zaskoczył, bo w środku cała się gotowała – zostało zrobione ukradkiem przez jedno z was i stało się powodem do znęcania się nad moim synem. Chciałabym, żebyście wiedzieli – spojrzała na siedzącą za biurkiem nauczycielkę, której twarz tak się zaczerwieniła, że niemal się zlewała z rudymi włosami – zarówno pani – przesunęła wzrokiem po twarzach uczniów – jak i wy, że zostaniecie pociągnięci do odpowiedzialności. – Agata ponownie zwróciła się do osłupiałej wychowawczyni i dodała: – A z panią i dyrekcją szkoły spotkam się w kuratorium oświaty! Życzę miłego dnia!

Agata i Patrycja wymieniły się spojrzeniami. Mrówka poczuła niesamowitą satysfakcję i tylko lęk przed tym, czy Dominikowi nie stało się coś złego, powstrzymał ją przed uśmiechem.

Redaktor Wróblewska wyszła, trzaskając drzwiami.

Rozdział czwarty

SEZON W PIEKLE

Paryż, późna jesień 1939 roku

Wiesława Szyling siedziała z Basią i Janem Lechoniem przed kominkiem w jego służbowym mieszkaniu w Dzielnicy Łacińskiej. Jej brat cioteczny właśnie deklamował po francusku *Statek pijany* Jeana Artura Rimbauda. Basia uczyła się tego języka od najwcześniejszych lat, a ostatnio z każdym tygodniem spędzonym w mieście nad Sekwaną jej francuski stawał się coraz doskonalszy, więc rozumiała niemal wszystko. Słuchała Lechonia z uwagą, a szczególne wrażenie zrobiły na niej dwie zwrotki poematu wielkiego Francuza:

Lecz zbyt wiele płakałem! Jutrznie są bolesne,
Srogie – wszystkie księżyce, gorzkie – wszystkie zorze,
Cierpka miłość mi dała drętwienie przedwczesne.
O, niechaj dno me pęknie! Niech pójdę pod morze!

Jeżeli jakiej wody tam w Europie pragnę,
To błotnistej kałuży, gdzie w zmrokowej chwili
Dziecina pełna smutku, kucnąwszy nad bagnem,
Puszcza statki wątlejsze od pierwszych motyli*

---

* Jean Artur Rimbaud, *Statek pijany*; przełożył Stanisław Przybyszewski

Wciąż nie mogła dojść do siebie po tamtej nocy w Spale. I mimo tego, co zobaczyła, nadal kochała Rajnfelda – namiętnie i nieprzytomnie – miłością, jaką mogła czuć tylko dziewczyna w jej wieku. No, może jak na piętnastolatkę jej marzenia o tym, że znajdzie się w jego objęciach, posuwały się nieco za daleko. Ale wiedziała już przecież, że nigdy się nie ziszczą. Matka nie miała pojęcia, co dzieje się w jej sercu i umyśle. Jedyną osobą, której Basia się zwierzała, była jej sąsiadka, osiemnastoletnia Hiszpanka Miriam Ibárruri, bratanica hiszpańskiej rewolucjonistki Dolores Ibárruri, znanej pod pseudonimem La Passionaria. Dolores, podobnie jak Basia i jej matka, uciekła ze swego kraju przed wojną. Jej młoda hiszpańska republika była teraz równie martwa jak Druga Rzeczpospolita. Od kilku tygodni Miriam stała się najważniejszą powierniczką Basi. Obie znakomicie mówiły po francusku i obie chciały się dowiedzieć jak najwięcej o miłości. W końcu były w Paryżu, mieście do tego stworzonym.

Kiedy siedziały w mieszkaniu Ibárrurich, popijając potajemnie wino, Miriam opowiadała Basi o swoim chłopaku, republikańskim żołnierzu, z którym spotykała się w Barcelonie tuż przed upadkiem miasta. To on pokazał jej gdzieś na kanapie, w na pół zawalonym domu, czym jest miłość, jak bardzo zbliża ludzi i jaką daje rozkosz. Basia po usłyszeniu tego poczuła potrzebę zwierzenia się z własnych doświadczeń. Przyznała się, jak bardzo kocha Józefa, i opowiedziała o nocnej scenie, której była świadkiem.

– U nas, w Hiszpanii, mówią na takich *el maricon*.

– Co to dokładnie znaczy?

– Ciota – odpowiedziała Miriam. – Masz pecha, ale nie przejmuj się. W Paryżu jest dość Francuzów gotowych dać ci tyle rozkoszy, ile będziesz mogła znieść. Francuscy chłopcy lubią kobiety.

– Zawstydzasz mnie.

– Przestań być taka staroświecka! – rzuciła Miriam. – W miłości z mężczyznami chodzi o to, żebyś to ty decydowała, kiedy i z kim pójdziesz do łóżka.

– Ale ja kocham Józia Rajnfelda.

– Ma niemieckie nazwisko – zauważyła Miriam.

– Jest Żydem.

– Kiepska partia w dzisiejszych czasach. Niemcy nienawidzą Żydów, zresztą Francuzi nie są lepsi. – Miriam wzruszyła ramionami. – Wiesz co? Wybierzmy się do kabaretu.

– Mama mnie nie puści – odparła ze smutkiem Basia. – Traktuje mnie jak dziecko.

– A właśnie, mam coś dla ciebie!

Miriam wstała i podeszła do regału pełnego książek. Wyjęła jedną z nich i wręczyła ją Basi. Ta zerknęła na tytuł. *Niebezpieczne związki* Chaderlosa de Laclos.

– Nie znam tego – przyznała się.

– To najsłynniejsza powieść o miłości, jaką znam. Napisana jest w listach. Fascynująca i niemoralna jak jasna cholera – powiedziała Miriam.

Basia zabrała książkę i w tajemnicy przed matką czytała o markizie de Morteuil, wyrafinowanej i zepsutej do szpiku kości. Czy ona, Basia, kochała Rajnfelda jak madame de Tourvel wicehrabiego de Valmont? Im bardziej wczytywała się w książkę, tym bardziej rosły w niej nadzieje. Skoro już wie, na czym polega miłość, to może spróbuje jednak zawalczyć o ukochanego. Tak, właśnie, uwiedzie Józia. Będzie należał do niej, a nie do jej wuja. Wzdrygnęła się na wspomnienie tego, co zobaczyła w Spale, ale oczywiście cała jej niechęć i odraza kierowała się do Lechonia, który uwiódł młodego cudownego malarza, tak jak Valmont panią de Tourvel. Ale ona – myśląc o tym, niemal tupnęła nogą – nie będzie gorsza. O nie!

Nigdy nikogo nie nienawidziła tak jak Lechonia. Nie mogła, niestety, ostentacyjnie okazywać mu niechęci, ponieważ zdawała sobie sprawę, że ona i mama są zdane w Paryżu na jego łaskę i niełaskę, mimo że finansowo były niezależne. Matka przywiozła z Warszawy dużo pieniędzy i kosztowną biżuterię, a mąż dał jej upoważnienie do konta w Banque de France, na którym zdeponował niemałą sumę. Niestety, Paryż roił się od ludzi, którzy uciekali z Niemiec i innych części Europy, i w razie gdyby Basi i jej matce groziła deportacja – bo w tych czasach wszystko wydawało się możliwe – Lechoń mógłby im pomóc z papierami.

Któregoś dnia Basia weszła do salonu ich niewielkiego mieszkania i zastała mamę zalaną łzami. Przed nią na stole leżała kartka pocztowa.

– Co się stało? – spytała wystraszona dziewczyna.

– Dostałam list od ojca – powiedziała Wiesława Szyling. – Jest w Związku Radzieckim, w niewoli.

Basia była świadkiem ostatniej rozmowy rodziców w Warszawie i słyszała, jak ustalają ze sobą, że gdyby cokolwiek się działo, ojciec będzie pisał na paryski adres Lechonia. Edward Szyling, zmobilizowany pod koniec sierpnia, w stopniu pułkownika, został skierowany na wschód, do wojsk ochrony pogranicza. Gdy siedemnastego września Armia Czerwona przekroczyła polską granicę, znajdował się po sowieckiej stronie i dostał się do niewoli. Kartka została wysłana z więzienia w Starobielsku mieszczącego się w byłym klasztorze prawosławnym. Napisał, że jest dobrze traktowany – w co nie bardzo wierzyły – i niewiele więcej.

*

W listopadzie Jan Lechoń wyjechał do Angers, dokąd francuskie władze przeniosły polski rząd na uchodźstwie. Premierem został generał Władysław Sikorski, zacięty przeciwnik sanacji. Wszyscy pracownicy MSZ musieli przenieść się do Angers. Lokum, które zaproponowano Lechoniowi, było dość skromne, uznał więc, że nie pomieszczą się tam we trójkę i postanowił zostawić kuzynce i jej córce swoje paryskie mieszkanie.

– Będzie wam tu wygodniej – powiedział. – Musicie tylko płacić czynsz.

Basię zmroziła ta wiadomość. Obawiała się, że z powodu decyzji wuja nie uda jej się zrealizować swojego planu. Poza tym podejrzewała, że wcale mu nie chodzi o ich wygodę. Na pewno zamierzał ściągnąć do Angers Józia i mieć go tylko dla siebie. Wściekła na niego, nie słuchała uważnie, dopiero po chwili dotarły do niej jego kolejne słowa:

– I nie będziecie tu same. Józef Rajnfeld skarżył się w ostatnim liście, że w Prowansji padają straszne deszcze i nie ma takiego światła jak latem. Uznał więc, że będzie lepiej, jeśli przyjedzie do Paryża.

A zatem wszystko układało się świetnie. Wkrótce zjawi się Józio, a w pobliżu nie będzie się kręcił ten wstrętny Lechoń, żeby krzyżować Basi szyki. Nie mogła się doczekać przyjazdu malarza, choć oczywiście, skrzętnie to ukrywała. A czytana po raz kolejny powieść Chaderlosa de Laclos tylko ją podkręcała, a to, co słyszała od swojej nowej przyjaciółki Miriam Ibárruri, utwierdzało Basię w przekonaniu, że zdoła zawrócić Józia na drogę Prawdziwej Miłości... do kobiety.

Rajnfeld przyjechał do Paryża dopiero w listopadzie. Dni były już deszczowe i szare. Z podnieceniem mówił o Prowansji, o tym, że wreszcie rozumie, dlaczego ta kraina na południu Francji stała się mekką malarzy. Z powodu światła.

Basia spijała z jego ust każde słowo, ale nie robiła już tego tak ostentacyjnie jak w Spale. *Niebezpieczne związki* czegoś ją nauczyły – miłość to gra, w której, jeśli chce się wygrać, trzeba panować nad każdym swoim ruchem, każdym słowem i spojrzeniem.

Rajnfeld zachowywał się tak, jakby w ciągu ostatnich kilku miesięcy nic się nie zmieniło, jakby Polacy nie ponieśli klęski w kampanii wrześniowej, jakby Niemcy ze Związkiem Radzieckim nie podzielili się Polską niczym tortem.

Wiesława, która od dnia otrzymania kartki od męża nie mogła się otrząsnąć z przygnębienia, przypomniała mu o sytuacji w kraju, o tym, że są na uchodźstwie, a Polska po dwudziestu latach znowu zniknęła z mapy świata.

– Ale cóż ja mogę zrobić, pani Wiesławo?

– Do wojska polskiego się zgłosić.

– Przecież ja nie nadaję się do wojska.

– Szkoda by było pana Józefa – wtrąciła się Basia, posyłając mu powłóczyste spojrzenie.

– O, to panienka Basia nie zapomniała, jak mam na imię. – Rajnfeld, który pamiętał chłodne pożegnanie z dziewczyną, uśmiechnął się.

– Nie, nie zapomniałam. – Nie zapomniała również o czymś innym, ale tego malarz nie mógł wiedzieć.

Rozmowa przestała się kleić. On był zmęczony po nocnej podróży przez całą Francję, Wiesława Szyling natomiast nie miała specjalnej ochoty na słuchanie o malowniczych miejscach, w których szukał natchnienia van Gogh, o odcieniach światła i malarskich impresjach, podczas gdy jej mąż siedział uwięziony gdzieś tam w Rosji, w miejscu, którego nawet nie potrafiła znaleźć na mapie Związku Radzieckiego wypożyczonej przez córkę z biblioteki.

*

Zapadła noc. O szyby bębnił deszcz. W pokoju Rajnfelda do późna paliło się światło, a Basia czuwała. Mieszkanie nie było najcieplejsze. Tylko w jednej sypialni był piec kaflowy, więc spały w nim obie z matką, na dwóch wąskich łóżkach.

Basia niecierpliwie czekała, aż mama, która miała ostatnio kłopoty z zasypianiem, wreszcie przestanie się wiercić na swoim trzeszczącym łóżku. Gdy w końcu skrzypienie ustało, a oddech matki się wyrównał, dziewczyna po cichutku wykradła się z pościeli i na palcach podeszła do drzwi. Wstrzymując oddech, nacisnęła klamkę i chwilę czekała, nasłuchując, czy mama się nie przebudziła.

Pod drzwiami pokoju, w którym spał Rajnfeld, zobaczyła smugę nikłego światła. Zdeterminowana, podeszła do nich i nie zapukawszy, nacisnęła klamkę, otworzyła i weszła.

Rajnfeld, który siedział przy biurku i coś pisał, aż podskoczył na krześle. Wydawał się kompletnie zaskoczony.

– Na miłość boską, co ty tu, Basiu, robisz o tej porze? – zapytał, ściszając głos do szeptu. Tego tylko brakowało, żeby pani Szylingowa zobaczyła córkę wchodzącą w nocy do jego pokoju!

– Proszę się tak nie oburzać. Nie jestem dzieckiem. To aż tak szokujące, że do pana przychodzę?

Gdyby nie lęk o to, że matka nakryje tu córkę i nie wiadomo, co sobie pomyśli, pewnie by się roześmiał. To było naprawdę zabawne, jak dziewczyna modulowała ten swój miły, wciąż jeszcze dziecięcy głos, tak żeby brzmiał dorośle i... no właśnie – kokieteryjnie i zalotnie.

Próbowała go uwieść. Rajnfeld nie mógł uwierzyć, że był taki głupi. Teraz wszystkie kawałki układanki – wszędobylskość dziewczyny w Spale, jej fochy tuż przed opuszczeniem Polski – składały się w całość. Ta smarkula zadurzyła się w nim.

O nie, tylko nie to! – pomyślał, kiedy ruszyła w jego stronę wolnym krokiem, kokieteryjnie kołysząc biodrami, których tak na dobrą sprawę jeszcze nie miała.

– Basiu... – zaczął chrapliwym głosem, ale był tak zszo-
kowany, że zaschło mu w gardle i nie mógł skończyć.

– Tak? – spytała, imitując zalotny ton, który niewątpli-
wie musiała usłyszeć w jakimś filmie, i zbliżyła się do niego
o kolejne dwa kroki.

Z przerażeniem zobaczył, że rozwiązuje przy szyi tasiem-
kę koszuli nocnej.

– Basiu, musisz stąd wyjść – zdołał wypowiedzieć. – I to
natychmiast.

Zerwał się z krzesła i zaczął się przed nią cofać. Popełnił
tylko mały błąd; cofał się w stronę łóżka i w pewnym momencie poczuł, jak jego rama wpija mu się w uda tuż nad
kolanami. Zachwiał się i z trudem zachował równowagę.
Dziewczynę dzielił już od niego tylko metr. Czuł się żałoś-
nie: dorosły mężczyzna uciekający przed piętnastoletnią
dziewczynką. Czy to nie groteskowe? Nie chciał jednak sprawiać tej małej bólu. Lubił ją, lubił jej rodziców, była krewną
Jana... Postanowił więc jak najdelikatniej przekonać ją, żeby
wyszła z jego pokoju.

– Basiu, jesteś naprawdę bardzo miłą dziewczynką, ale...

– Nie jestem dziewczynką! – wybuchła. – Może tego nie
zdążyłeś zauważyć, ale przestałam być już dzieckiem. Jeśli mi
nie wierzysz, to...

– Co... co... co ty?!

Rozwiązana pod szyją koszula Basi osunęła jej się z ramion i ześlizgnąwszy po nagim ciele, zatrzymała się na bio-
drach... więc jednak dziewczyna miała jakieś biodra. Na
szczęście, bo inaczej koszula zsunęłaby się jeszcze niżej.

Rajnfeld doszedł do wniosku, że nie może się dłużej pa-
tyczkować ze smarkulą. Jeśli będzie się skupiał na tym, żeby
nie urazić jej uczuć, to Bóg jeden wie, co ta mała sobie uroi
w tej swojej młodej główce.

Sięgnął do jej koszuli i naciągnął ją na ramiona dziewczyny.

– A teraz wynocha z mojego pokoju, ty bezczelna smarkulo, ale już! – rzucił głosem nieznoszącym sprzeciwu.

W jej niebieskich oczach zapłonął gniew. Nie znał się za bardzo na kobietach, ale domyślał się, że wściekłe zakochane kobiety mogą być niebezpieczne. Wściekłe zakochane smarkule również.

Nie chcąc ryzykować, chwycił miotającą się dziewczynę za ramiona i siłą wyprowadził za drzwi swojego pokoju. Zamknął je, przekręcił klucz w zamku, a potem stał przez chwilę oparty o ścianę, próbując uspokoić oddech.

*

Następnego dnia przed śniadaniem Basia poskarżyła się matce, że kiedy w nocy szła do ubikacji, pan Józef nagle pojawił się na korytarzu, wciągnął ją do swojego pokoju i próbował... próbował... Tak się zalewała łzami i łkała, że reszty nie dopowiedziała. Widząc, jak mama gotuje się z wściekłości, dziewczyna uspokoiła ją, że do niczego nie doszło, że udało jej się wymknąć.

– Naprawdę, mamo, on próbował mnie skrzywdzić – zapewniała, dopóki matka nie uwierzyła.

Wiesława Szyling nie miała zamiaru przebywać dłużej pod jednym dachem z tym strasznym, niemoralnym człowiekiem.

Na nic się zdały przekonywania Rajnfelda, że nie molestował jej córki, że było dokładnie odwrotnie: dziewczyna sama do niego przyszła.

– Nadużył pan mojego zaufania – oświadczyła gniewnie Wiesława.

– Basia kłamie – powtórzył Rajnfeld już po raz kolejny. Nie zdradził pani Wiesławie, że dziewczyna nie dość, że przyszła do jego pokoju, to jeszcze zaczęła się rozbierać. Najchętniej stłukłby tę smarkulę na kwaśne jabłko, ale wiedział, że gdyby wspomniał o tym, że zrzuciła koszulę nocną, poczułaby się potwornie upokorzona, a on mimo wszystko tego nie chciał; jakoś nie potrafił jej znienawidzić. Może dlatego, że nie potrafił nienawidzić nikogo.

– Jak pan śmie po tym, co pan zrobił, zarzucać kłamstwo mojej córce?!

– Ona to wymyśliła, od początku do końca – próbował się jeszcze bronić, choć czuł, że nie przekona tej kobiety. Nie miał żadnego dowodu; słowo przeciwko słowu, i było z góry przesądzone, komu Szylingowa uwierzy: córce czy malarzowi, którego przygarnęła pod swój dach w Spale i mimo pozorów serdeczności, traktowała jednak z pewną dozą protekcjonalizmu.

– Jest pan zboczeńcem! Zawsze to czułam, zawsze wiedziałam, że wam, artystom, nie można ufać za grosz. Artysta i w dodatku Żyd! – prychnęła z pogardą.

Nie mógł tego dłużej słuchać. Poszedł do pokoju i spakował swój dobytek, składający się głównie z obrazów, szkiców i materiałów malarskich.

Kiedy wychodził z mieszkania, z salonu dobiegał płacz Basi i uspokajające słowa jej matki.

– On chciał mnie skrzywdzić, mamo – usłyszał, zanim zamknął za sobą drzwi.

*

Sprawa miała swoje konsekwencje. Wiesława Szyling napisała do Jana Lechonia egzaltowany list, w którym zdała szczegółową relację z tego, co się stało, i zażyczyła sobie, by ten „potwór w ludzkiej skórze" nigdy więcej nie pokazał się jej na oczy. Oczywiście namawiała brata ciotecznego, by nie udzielał mu schronienia ani nie wspierał finansowo „tego człowieka". „Niech zgnije w rynsztoku", zakończyła list, niepodobny do żadnego, jaki kiedykolwiek wyszedł spod jej ręki.

Dwa tygodnie później z Angers przyszła odpowiedź od Lechonia.

Angers, 1 grudnia 1939 roku

Kuzynko kochana!
   U mnie wszystko w porządku. Moi bracia żyją. Od rodziców nie mam wiadomości. Jest tu ze mną w Angers Józio Rajnfeld, z którym, jak słyszę, miałaś zatarg. Rozumiem twoje emocje, ale w żaden sposób nie odzwierciedlają one prawdy. Nie lubię mówić o sprawach intymnych, ale powiem tylko tyle, że Józio nie jest w stanie skrzywdzić żadnej dobrej i uczciwej panny na świecie z tego prostego powodu, że panie go nie interesują, że tak to ujmę. Tak jak Iwaszkiewicz, ja oraz świętej pamięci Karol Szymanowski, Józio ma greckie upodobania w miłości, co stawia nas w jednym szeregu z Platonem i Sokratesem. Piszę to za jego wiedzą i zgodą, abyś nabrała całkowitej pewności, że Basia fantazjuje na różne tematy, co jest chyba typowe dla dziewcząt w jej wieku. Szkoda, że nie żyjemy w epoce barbarzyńskich królestw, bo wówczas musiałabyś swoją latorośl wydać za mąż. W jej wieku, Droga Kuzynko, pewne lektury są szkodliwe. Na przykład Józio zauważył, że Basia miała w ręce „Niebezpieczne związki" Choderlosa de Laclos. Nie wiem, skąd to wzięła, bo w mojej bibliotece tego nie było. Z całym

szacunkiem dla geniuszu tego pisarza i przy całym
zrozumieniu dla Twojej fascynacji francuską litera-
turą, czy naprawdę uważasz, że jest to odpowiednia
lektura dla tak wrażliwej dziewczyny jak Basia?

Jeśli zamierzałabyś pogodzić się z Józiem, któ-
ry przyjechał tutaj do mnie za pożyczone pieniądze,
w mizernym stanie, to informuję, że wybiera się do
Biarritz nad granicą hiszpańską, tam gdzie ja i Iwasz-
kiewicz z żoną spędziliśmy cudowne lato w roku trzy-
dziestym piątym. Józio ma do Ciebie żal, Moja Droga,
za wypominanie mu tego, że jest Żydem. Jak gdyby
człowiek decydował, z jakiej matki i jakiego ojca się
rodzi!

Podaję ci adres:
Rue de Girondes, 23, Biarritz, France,
Twój nieustająco zatroskany kuzyn,
Jan Lechoń

Wiesława poczuła się okropnie po przeczytaniu tego listu. Zabolał ją najbardziej zarzut antysemityzmu. Ona i mąż
należeli do liberalnej elity Drugiej Rzeczypospolitej, która
potrafiła akceptować różnorodność... z małymi wyjątkami.
Wiesława dopiero teraz uświadomiła sobie, że zachowała się
jak jakaś antysemitka na targu wygrażająca żydowskiemu
sprzedawcy, że ma lepszy towar od Polaka. Zdała sobie sprawę, że elita Rzeczypospolitej mimo wszystko przesiąknięta
była niechęcią do Żydów. I naprawdę się tego zawstydziła.

Zaczęła się też zastanawiać nad tym, czy to możliwe, że
Basia wymyśliła sobie całą tę historię z molestowaniem. Postanowiła zbadać sprawę i jeszcze tego samego dnia trafiła
się jej okazja. Kiedy weszła do pokoju córki, zobaczyła, że
Basia, oblana rumieńcem, wygładza poduszkę na kanapie.

– Co tam chowasz? – zapytała.

– Nic – odparła dziewczyna i zaczęła się trochę nieporadnie przesuwać na kanapie, tak żeby zasłonić plecami poduszkę. – Coś się stało? – Basia uważnie przyglądała się bladej twarzy matki. Wystraszyła się, że może dowiedziała się czegoś o ojcu. – Dostałaś jakąś wiadomość o papie?

– Nie.

– Bogu dzięki – rzuciła Basia. Matka potwornie się bała jakichkolwiek wiadomości o nim, jakby z góry zakładała, że każda musi być zła, i zaraziła tym córkę.

– Ale dostałam wiadomość od Leszka – oznajmiła matka.

– Od Lechonia – bąknęła dziewczyna. Nigdy nie udawała, że przepada za wujem, ale od jakiegoś czasu na samo wspomnienie jego imienia krzywiła się i okazywała jawną wrogość. – I co pisze?

– Pobiegnij do salonu – poprosiła matka. – List leży na sekretarzyku, chętnie ci go przeczytam.

– Nie bardzo mnie to interesuje – rzuciła Basia, która zdążyła usiąść tak, że całkowicie zasłaniała poduszkę, i nie miała ochoty opuszczać tego miejsca.

– Mimo to bardzo proszę, żebyś go przyniosła.

Basia zorientowała się po tonie matki, że to nie jest moment, w którym można z nią dyskutować. Niechętnie podniosła się z kanapy i pobiegła do salonu.

Gdy wróciła, matka siedziała tam, gdzie ona przed chwilą, i trzymała w ręce *Niebezpieczne związki*.

– Skąd masz tę książkę? – zapytała Wiesława.

– Jak to skąd? Z biblioteczki.

Matka pokiwała głową.

– Kłamiesz. Leszek nie miał tej książki w swojej bibliotece.

– Skąd to możesz wiedzieć?

– Z tego listu.

– Nie rozumiem – bąknęła dziewczyna.

– I wiem jeszcze kilka innych rzeczy. – Wiesława nie miała stuprocentowej pewności, że córka wymyśliła sobie tamtą historię z Rajnfeldem, ale postanowiła zagrać *va banque*. – Wiem na przykład, że wtedy w nocy sama poszłaś do pokoju pana Józefa.

– Mamo, jak możesz?!

– A ty? Jak możesz żyć z tym, że oskarżyłaś Bogu ducha winnego człowieka? Gdzie się nauczyłaś takiego krętactwa? Z tej książki? – Matka cisnęła złachanym egzemplarzem.

Basia próbowała jeszcze coś kręcić, brać ją na litość, ale w końcu opuściła głowę, ukryła twarz w dłoniach i zaczęła rozpaczliwie płakać.

– Dlaczego mi nie wierzysz? Jestem taka nieszczęśliwa... taka nieszczęśliwa.

– No tak, a wchodzenie nocą do pokoi młodych mężczyzn to najlepsza metoda na znalezienie szczęścia! I co, znalazłaś je tam?

– Mamo, proszę, nie znęcaj się nade mną! – zawołała dziewczyna. – Już i tak jestem dość nieszczęśliwa. On mnie napastował – powtórzyła po raz setny, chociaż chyba już nie tak przekonującym głosem.

– Tak uważasz? Naprawdę tak uważasz? W takim razie powiem ci, co zrobimy. Za parę miesięcy, jak tylko się wypogodzi, bez względu na wszystko wracamy do Polski. Może jak zobaczysz prawdziwe nieszczęście, to wylecą ci z głowy bzdury, których naczytałaś się w romansidłach.

– Przecież tam jest wojna!

– Właśnie dlatego chcę tam wrócić. Wrócimy do kraju, nie wiem jeszcze jak, ale to zrobimy, choćbyśmy miały przekraczać granicę w górach pieszo w śnieżnych zaspach – powiedziała Wiesława dla większego efektu. – Chcę być bliżej ojca.

To był dla Basi sądny dzień. Najgorsze było to, że matka kazała jej napisać list z przeprosinami do Rajnfelda. Na to jednak dziewczyna nie chciała się zgodzić, a matka w ramach kary usunęła z domu wszystkie romanse i zapowiedziała, że będzie kontrolować lektury córki.

– Będziesz codziennie wieczorem czytała Pismo Święte – powiedziała bez cienia litości. – Na głos.

Z pokoju Basiu długo dobiegał szloch.

*

Mijały miesiące. Francja po wypowiedzeniu trzeciego października wojny Niemcom i po trwającej niecałe dziesięć dni ofensywie w Saarze przeżywała swoją „dziwną wojnę", *drôle de guerre*, w poczuciu całkowitego oderwania od rzeczywistości. Dziesiątego maja 1940 roku Niemcy uderzyli na Francję, Belgię i Holandię. Nie było powtórki z Wielkiej Wojny. Armia Hitlera nie pomaszerowała od północy na Paryż; niemieckie dywizje pancerne i zmotoryzowane, które przedarły się przez Ardeny, skierowały się nie na stolicę Francji, lecz w stronę kanału La Manche. Był to „cios sierpem", jak niemieccy generałowie nazwali atak przez Ardeny. Nieoczekiwanie Francja znalazła się w impasie.

Wiesława Szyling i jej córka podzielały entuzjazm paryżan, że Hitler dostanie tęgie lanie. Ostatnią wiadomość od męża Wiesława otrzymała w kwietniu; była to tak samo zdawkowa kartka jak poprzednia: jest żywy i czuje się dobrze. Wiesława miała nadzieję, że wojna szybko się skończy i wkrótce zobaczy męża. Nie była przyzwyczajona do skromnego życia i pieniądze, które przywiozła z Polski oraz te zdeponowane w banku, kurczyły się w zastraszającym tempie.

Od Lechonia dowiedziała się, że generał Sikorski wezwał rodaków do sformowania polskich oddziałów do wspólnej walki z Francuzami przeciwko najeźdźcom. Polska krew znów wsiąkała w ziemię, dla odmiany francuską.

Dwudziestego maja Niemcy znaleźli się u ujścia Sommy pod Abeville. Masy francuskich, brytyjskich i belgijskich wojsk zostały odcięte. Paryż był poważnie zagrożony. Wieczorem Luftwaffe przeprowadziła pierwszy nalot na stolicę Francji. W Mieście Światła powiało grozą. Wiesława Szyling uznała, że musi się dostać do Angers i uciekać z Francji razem z polskim rządem.

*

Dwudziestego trzeciego maja, mimo tłumów uchodźców, ona i córka dotarły do miasta położonego w pobliżu ujścia rzeki Maine do Loary, choć podróż mocno uszczupliła ich fundusze. Syn dozorczyni, który był taksówkarzem, zgodził się wywieźć je z Paryża, ale policzył sobie za to jak Harpagon z molierowskiego *Skąpca*. Co jest takiego w ludziach, że w najgorszych momentach, kiedy wszyscy powinni się najbardziej wspierać, wychodzą na jaw ich najniższe instynkty – chciwość, egoizm, podłość?

Dojechali do Château de Pignerolle, siedziby polskiego rządu na uchodźstwie, w momencie, gdy ładowano tam wszystko na ciężarówki. Lechoń doglądał gorączkowego pakowania dokumentów Ministerstwa Spraw Zagranicznych. Wiesława zdała sobie sprawę, że jest niedobrze.

– Przepraszam cię, moja droga, nie mam dla was zbyt wiele czasu – zwrócił się do kuzynki, kiedy się już przywitali. – Widzisz, co się tutaj dzieje.

– Chcemy uciekać z tobą – oświadczyła Wiesława.

Spojrzał na nią badawczo znad osuniętych na czubek nosa okularów.

– Wiesz, że nie uciekam do Anglii – powiedział.

– A dokąd?

– Do Ameryki. Pojadę samochodem do Hiszpanii i spróbuję wsiąść na statek płynący do Brazylii. Zostanę tam trochę, a potem przedostanę się do Nowego Jorku. Nie wiem, czy masz pieniądze na taką podróż.

Nie wiedziała, co odpowiedzieć. Instynktownie czuła, że Francja wkrótce skapituluje. Już kilka miesięcy wcześniej, kiedy straszyła córkę powrotem do Polski, wiedziała, że nie będzie to takie proste, choć wtedy miała jeszcze więcej pieniędzy – na kurierów czy przekupienie straży granicznej. Teraz jej oszczędności prawie całkiem stopniały.

– Co z nami będzie, Leszku? – spytała bezradnie.

Lechoń czuł, że musi pomóc kuzynce i jej córce. Chwilę się zastanowił, otarł pot z czoła i w końcu powiedział:

– Załatwię wam papiery umożliwiające wyjazd do Anglii z rządem. Brytyjczycy za kilka dni podstawią okręty w Bordeaux. Pojedziecie do Londynu. Przecież Edward ma tam jakichś krewnych.

– Siostra jego matki jest żoną członka Izby Lordów. Mamy w Londynie rodzinę.

– No więc to jest jakieś rozwiązanie. Pojedziemy razem do Bordeaux – zaproponował. – Wy tam zostaniecie, a ja ruszę dalej, do Hiszpanii.

– Jestem ci naprawdę bardzo wdzięczna. – Przez chwilę patrzyła na nerwowo krzątających się ludzi, a potem znów spojrzała na kuzyna. – A Francja? Co z Francją? Czy to prawda, że Niemcy pójdą na Paryż?

Popatrzył na kuzynkę z rozpaczą. Jak tysiące Polaków, wierzył we francuskiego sojusznika, ale srodze się zawiódł.

– To katastrofa. Niemcy rozbili Francję szybciej niż nas we wrześniu. Proszę, nie pytaj mnie już o nic więcej. Jestem u kresu wytrzymałości.

Wiesława wiedziała, że nie żartował.

*

Wiesława nie miała pojęcia, jak długo przyjdzie im czekać na załatwienie papierów, zatrzymała się więc z córką w małym pokoiku w dość nędznym hotelu – niczego innego nie udało jej się znaleźć – ale były tak zmęczone podróżą, że nie bacząc na brak wygód, od razu zasnęły.

Wiesława obudziła się zaraz po świcie i długo leżała wpatrzona w sufit, zastanawiając się nad przyszłością swoją i Basi, nad tym, z czego będą żyły w Anglii. Po rozmowie z Leszkiem przestała liczyć na to, że wojna szybko się skończy. Najbardziej jednak martwiła się o męża, od którego od dłuższego czasu nie dostała żadnej wiadomości.

W końcu promienie słońca, przed którymi nie chroniły miejscami poprzecierane muślinowe zasłonki, zaczęły się przedzierać przez zapaskudzoną przez muchy szybę i świecić prosto w twarz Wiesławy. Zapowiadał się kolejny upalny dzień. Starając się nie budzić córki, wstała i poszła do toalety na półpiętrze, w której była tylko muszla i umywalka z przerdzewiałymi kurkami. Na więcej w tym hotelu nie mogła liczyć. Wiesława ochlapała się, na ile to było możliwe, i wróciła do pokoju.

Basia jeszcze spała; z leciutko rozchylonymi ustami wyglądała tak słodko. Wiesława wciąż była na nią zła o tę historię z Rajnfeldem, ale to było jej dziecko, jej śliczna córeczka, która trochę się pogubiła, lecz przecież nie była złą dziewczyną. Matki wierzą, że ich dzieci nie są złe.

Uśmiechnęła się i postanowiła wybrać się na miasto i poszukać czegoś do jedzenia, bo wieczorem zjadły resztki prowiantu zabranego z Paryża.

W małych sklepikach przy głównej ulicy miasta tłoczyli się ludzie. Stała ponad godzinę w kolejce, zanim udało jej się kupić bochenek niezbyt świeżego chleba – o tym, żeby dostać gdzieś bagietkę, w ogóle nie było mowy – i kawałek sera comte, co uznała za duży sukces.

Kilkadziesiąt metrów dalej zobaczyła sklep z winami i z myślą o krewnych męża w Londynie weszła i kupiła dwie butelki Châtoneuf du Pape, ulubionego wina Napoleona, oraz dla siebie i Basi dużą butlę wytrawnego cydru.

– *Cerries! Délicieux cerries!* – usłyszała, gdy wyszła z mrocznej winiarni, i zobaczyła na ulicy chłopską furmankę, z której sprzedawano czereśnie. Już i tak dość mocno objuczona, zastanawiała się, czy nie kupić dla Basi, która je uwielbiała.

Zamyślona, potknęła się o coś i zanim zdążyła zauważyć, o co, usłyszała znajomy głos i polski język.

– Przepraszam... bardzo przepraszam.

– Pan Józef? – spytała zszokowana, kiedy wreszcie mogła wydobyć z siebie głos.

Rajnfeld, z bladą, niegoloną od dawna twarzą, siedział we wgłębieniu bramy, opierając się o mur domu. Przetarł oczy, jakby wyrwany ze snu.

– Boże, panie Józefie, co pan tutaj robi? Myślałam, że jest pan w Biarritz. Lechoń pisał o tym do mnie.

– Przyjechałem, żeby poprosić Leszka o pomoc. Muszę się wydostać z Francji.

– No tak, rozumiem, ale dlaczego nie jest pan u niego? Co pan robi tutaj... na ulicy... w tej bramie?

– Nie mogę być u niego... to znaczy...

– Proszę mi tylko nie mówić, że spędził pan tutaj całą noc.

Jego milczenie wystarczyło Wiesławie za odpowiedź.

– Boże – szepnęła. – Czy mój brat cioteczny wie, gdzie pan jest?

Wzruszył ramionami, a ona pokręciła głową.

– Nie, oczywiście, że nie wie – powiedziała. – Gdyby wiedział, z pewnością zaproponowałby panu pomoc – dodała, ale nie była pewna, czy bardziej próbuje przekonać jego, czy samą siebie. – Nie mógł pan znaleźć miejsca w hotelu, no tak... rozumiem. Mnie też ledwo się to udało.

Pokręcił głową.

– Nie, pani Wiesławo, nawet nie próbowałem szukać pokoju. Po prostu... – przerwał i opuścił głowę – po prostu skończyły mi się pieniądze.

– I Leszek panu nie pożyczył?

Rajnfeld długo milczał.

– Panie Józefie, proszę mi powiedzieć, czy zwracał się pan do Leszka o pomoc.

Na pewno nie pozwoliła mu na to ambicja, pomyślała, bo nie potrafiła sobie wyobrazić, że Lechoń mógłby odmówić udzielenia pomocy przyjacielowi... Przyjacielowi? Za każdym razem, gdy wypowiadała imię Leszka, w oczach młodego malarza pojawiało się coś, co skłaniało ją do przypuszczeń, że tych dwóch łączyło znacznie więcej niż przyjaźń. Nagle przed jej oczami zaczęły się przesuwać obrazy ze Spały – umykające spojrzenie, gwałtownie przerwana rozmowa, szybko cofająca się ręka, zagadkowy uśmiech... Tak, nie miała wątpliwości.

– Proszę wstać, panie Józefie – powiedziała, bo poczuła się bardzo głupio, stojąc nad nim. Nie zareagował, więc wyciągnęła rękę, chwyciła go za ramię i pociągnęła w górę.

Zawsze był szczupły, ale teraz odniosła wrażenie, że trzyma pokrytą skórą kość. Rozejrzała się i zobaczyła jakieś dwie-ście metrów dalej mały skwer z kilkoma ławkami. – Chodź-my tam – zaproponowała. – Usiądziemy sobie i porozma-wiamy.

Przez chwilę się opierał, ale w końcu ruszył za nią. Starał się jednak iść jak najdalej od niej, domyśliła się dlaczego, kiedy poczuła jego nie najświeższy zapach. Gdy wyszli z cie-nia i spojrzała na jego twarz, przeraziła się; wyglądał co naj-mniej dziesięć lat starzej niż tego ostatniego dnia w Paryżu, kiedy potraktowała go tak niesprawiedliwie.

– Przepraszam – bąknął.

– Ależ za co?

– Za to, że musi mnie pani oglądać w takim stanie.

Rajnfeld był wciąż dumnym człowiekiem.

– Panie Józefie, to ja powinnam pana przeprosić za to wszystko, co powiedziałam. Nic nie może mnie tłumaczyć. Mam tylko nadzieję, że mi pan uwierzy, kiedy powiem, że naprawdę bardzo tego żałuję i że... i że wcale tak nie myślę.

Skinął głową, lecz nic nie powiedział.

– Usiądźmy tutaj. – Wskazała ławeczkę z kutego żelaza stojącą w cieniu platanu. – A więc zwrócił się pan do mojego brata o pomoc w opuszczeniu Francji? – podjęła przerwany wcześniej wątek. – I co?

– I nic, odmówił mi pomocy.

Nie mogła w to uwierzyć; w ostatniej chwili powstrzy-mała się przed zdradzeniem mu, że jej i Basi Leszek obiecał załatwić papiery, żeby mogły wyjechać do Anglii.

– Ale dlaczego? – spytała, lecz zanim Rajnfeld zdążył się odezwać, znała już odpowiedź. – Nie chciał się narażać na plotki, tak? Nie chciał, żeby ludzie z rządu się domyślili, że... że pan i on...

Zrobił wielkie oczy.

– Powiedział pani?

– Nie, sama się domyśliłam – odparła Wiesława i widząc zakłopotaną minę młodego człowieka, który wcale nie wyglądał już jak młody człowiek, szybko dodała: – Panie Józefie, cokolwiek pan sobie o mnie pomyślał po tym, co powiedziałam panu w Paryżu, nie jestem bigotką.

– Nigdy tak o pani nie pomyślałem, przysięgam. I chyba nie mam już nawet żalu do Basi. I cieszę się, że już mnie pani nie podejrzewa, że zrobiłem to, o co mnie pani posądzała. Bo przecież nie rozmawiałaby pani teraz ze mną, gdyby...

– Oczywiście, że nie podejrzewam, i bardzo się wstydzę, że tak ślepo dawałam jej wiarę.

Po raz pierwszy przez wychudzoną twarz Rajnfelda przemknęło coś, co można by było wziąć za uśmiech.

– No, dobrze, ale co pan zamierza teraz zrobić?

– Nie wiem – odparł. – Nawet gdyby jakoś udało mi się przedostać do Hiszpanii, to nie mam pieniędzy na bilet na statek do Ameryki.

– No tak. – Spojrzała na torby z zakupami i kiedy przypomniała sobie, ile za te parę rzeczy zapłaciła, westchnęła głośno. – Wie pan, co jest najstraszniejsze w wojnie? Nawet nie bomby, nie walki, ale to, że ludzi ogarnia jakiś amok i zaczynają pokazywać swoje najgorsze strony.

Czyżby dotyczyło to również Leszka, jej wrażliwego, utalentowanego brata ciotecznego? – przemknęło jej przez głowę – wojna była jak wirus, przez który ludzie zachowywali się podle.

– Leszek nie mógłby panu pożyczyć? – spytała.

– Ani nie pożyczy mi pieniędzy, ani nie załatwi mi papierów. Chciałem wstąpić do wojska, pojechać do Anglii.

– Tak mi przykro.

– Nie mogę zostać we Francji. Słyszała pani, co Niemcy robią z Żydami?

– Niestety, tak – odparła ponuro i przypomniała sobie swoje słowa w Paryżu. – Panie Józefie, jeszcze raz przepraszam, za to, co wtedy powiedziałam. Ja naprawdę nie jestem antysemitką – zapewniła go, choć w głębi duszy wiedziała, że gdyby tak rzeczywiście było, tamte słowa nie przeszłyby jej przez gardło, nawet w największej złości.

Ławka stała w cieniu, ale nagle Wiesława poczuła na twarzy palące promienie; spojrzała w górę i zobaczyła, że słońce stoi już dość wysoko na niebie. Zerknęła na zegarek i niemal podskoczyła. Wpół do dwunastej! Basia z pewnością obudziła się już dawno temu i teraz zachodzi w głowę, co się z nią dzieje.

– Panie Józefie, muszę, niestety, wracać do hotelu. Córka na pewno się zamartwia.

– Tak… oczywiście.

Wiesława jednak nie ruszyła się z ławki. Nie mogła go tak tu zostawić. Nie po tym, co zrobiła jej córka, nie po tym, jak niesprawiedliwie sama go oceniła, nie po tym, jak Leszek odmówił mu pomocy.

Czując się bardzo niezręcznie, sięgnęła do torebki, wyjęła z portfela plik banknotów – mniej więcej połowę tego, co jej zostało – i podała Rajnfeldowi.

– Proszę to wziąć.

Odsunął się tak daleko, że niemal spadł z ławki.

– Panie Józefie, proszę mi pozwolić sobie pomóc. Na tyle, na ile mogę. Nie przewidziałam, że wojna będzie trwała tak długo, i nie żyłam zbyt oszczędnie, więc nie zostało mi wiele, ale chciałabym się z panem podzielić przynajmniej tym, co mam. Nie starczy tego na bilet na statek do Ameryki, ale być może wystarczy na powrót do Biarritz.

Wcisnęła w jego dłoń zwitek banknotów i przytrzymała ją drugą ręką.

– Przecież będzie pani potrzebowała tych pieniędzy. Ma pani na utrzymaniu córkę.

– Zostało mi jeszcze trochę biżuterii, poradzę sobie. Panie Józefie, proszę się nie unosić honorem. Proszę to potraktować jak pożyczkę, a nie jałmużnę.

– Dziękuję pani. – Odwrócił głowę, pewnie po to, by nie zobaczyła łez w jego oczach.

– Będzie dobrze – powiedziała Wiesława, choć w jej głosie nie było słychać przekonania. – Spotkamy się w Spale, jak to wszystko się skończy.

– Pojadę do Biarritz. To małe miasteczko, niedaleko do Hiszpanii. Zdaje się, że kuzyn wysłał pani adres. Gdyby pani potrzebowała jakiejkolwiek pomocy, proszę się nie wahać.

Wstali z ławki, na najbliższym skrzyżowaniu pożegnali się i Rajnfeld powlókł się w kierunku dworca. Wiesława ruszyła szybkim krokiem do hotelu, ale po paru metrach się odwróciła. Patrzyła za oddalającym się malarzem, czując, że widzi go po raż ostatni w życiu.

*

– Dałaś mu pieniądze?! – zawołała oburzona Basia, kiedy matka opowiedziała jej o spotkaniu. – Jak mogłaś to zrobić?!

– To ja będę decydowała, co mam robić ze swoimi pieniędzmi.

– Ale przecież wczoraj mówiłaś, że nam się kończą.

– To prawda – przyznała Wiesława zgnębionym głosem. – A dzisiaj mamy ich o połowę mniej.

– Nie wierzę! – krzyknęła dziewczyna. – Naprawdę dałaś mu połowę naszych pieniędzy!

– Moich, nie naszych – sprostowała matka, coraz bardziej zirytowana bezdusznością córki. – Potrzebował pomocy.

– Widziałaś tych ludzi wczoraj na drodze, ciągnących za sobą cały swój dobytek na taczkach, dziecięcych wózkach, na czym się tylko dało. Oni też potrzebowali. Więc dlaczego nie wysiadłaś z samochodu i nie oddałaś im tych „swoich" pieniędzy?

Wiesława była zbyt przygnębiona, żeby wdawać się w dyskusję z córką, więc się nie odezwała, ale dziewczyna nie odpuszczała.

– Jest tylu potrzebujących ludzi na świecie, ale ty postanowiłaś pokazać swoją wspaniałomyślność właśnie jemu!

– Nie uważasz, że właśnie jemu jestem coś winna, a jeśli się tak nad tym zastanowić, to właściwie ty jesteś mu coś winna – odparła Wiesława podniesionym głosem. – Otóż to! – Dotknęła wysadzanej szafirami bransoletki na nadgarstku córki. – Za to powinnyśmy dostać trochę więcej pieniędzy, niż zostawiłam Józefowi – powiedziała, choć wcale nie była tego taka pewna, zbyt wiele widziała wokół sępów, które kosztem innych próbowały wzbogacić się na wojnie.

– Nie myślisz poważnie, że... – Basia gwałtownie cofnęła rękę.

– Owszem, myślę.

– Nienawidzę cię, nienawidzę! – wrzasnęła dziewczyna, zalewając się łzami. – Nienawidzę ciebie i jego. Boże, jak ja go nienawidzę!

Wiesława pierwszy raz była świadkiem takiego wybuchu histerii u córki. Aż ją świerzbiła ręka, żeby wymierzyć jej policzek, bo czuła, że nic innego jej nie uspokoi. Nigdy jednak nie uderzyła Basi i wiedziała, że jeśli to zrobi, poczuje się tak, jakby poniosła klęskę. Poza tym zdawała sobie sprawę, że córce wcale nie chodzi o bransoletkę. Wiedziała, że kiedy wczoraj przedzierali się na drodze przez tłum uciekinierów, jej córka była gotowa nie tylko oddać swoje świecidełka, żeby pomóc komuś w potrzebie, ale i własne buty.

– Tata nigdy by nie pozwolił, żebyś dawała pieniądze temu... temu... pederaście!

Teraz Wiesława Szyling nie wytrzymała. Jej ręka sama zamachnęła się i wylądowała na policzku dziewczyny.

Basia przestała się wydzierać. Przestała płakać. Stała oniemiała.

I dopiero kiedy po kilku minutach, kiedy Wiesława wychodziła z pokoju, żeby pójść do toalety, usłyszała wypowiedziane niemal szeptem, ale bardzo wyraźne słowa:

– Nienawidzę go.

I przeszedł ją dreszcz.

*

Czternastego czerwca 1940 roku Paryż został ogłoszony miastem otwartym. Niemieckie wojska praktycznie bez jednego wystrzału wkroczyły do stolicy i przejęły wszystkie budynki rządowe. Francja miała zostać podzielona na część okupowaną i „nieokupowaną", w której władzę miał sprawować rząd marszałka Petaina z siedzibą w Vichy, znanym kurorcie w Masywie Centralnym.

Jan Lechoń i jego kuzynka z córką przebywali w tym czasie na ostatnim skrawku francuskiego terytorium, do którego nie dotarły jeszcze niemieckie wojska.

W Bordeaux roiło się od uciekinierów. Tylko dzięki kontaktom Lechonia udało się zdobyć dla Wiesławy i Basi ciasny pokoik na poddaszu w portowej części miasta, w budynku sąsiadującym z pocztą.

Przerażone czekały na niego, kiedy załatwiał jakieś swoje

103

sprawy. Przyszedł późnym wieczorem z kartonową wiązaną teczką z nadrukiem *Republic of Poland*.

– To są wasze dokumenty – powiedział, wręczając ją kuzynce. – Nie możecie tego zgubić i nie wolno wam się spóźnić na statek. Te papiery pozwolą wam wejść na okręt wojenny Royal Navy. Musicie być jutro w porcie punktualnie o czwartej.

– Dokąd dotarli już Niemcy? – zapytała Wiesława, obawiając się, że nie zdążą odpłynąć.

– Dotrą do Bordeaux za dwa, może trzy dni. Nie bój się, ty i Basia będziecie już w Anglii.

– Nie będziemy się w ogóle kładły – zadecydowała Wiesława.

Jej córka siedziała w kącie pokoju, udając, że czyta francuską gazetę, ale kiedy Lechoń nie patrzył, łypała na niego ze złością.

Wiesława widziała, że jej brat cioteczny jest rozdarty. Z jednej strony, bał się zostać we Francji, z drugiej strony, emigracja go przerażała. Był rozgoryczony postawą Francuzów, nie mógł się dogadać również z członkami rządu Sikorskiego. Zaproponowała, żeby został na skromną kolację. Tego dnia udało jej się sprzedać sznur pereł i zrobiła na targowisku zakupy: kilka gatunków sera, owoce, a nawet dwie świeże bagietki. Postanowiła otworzyć do kolacji jedną z butelek wina przywiezionych z Angers. Kto wie, kiedy następnym razem spotka się z Leszkiem?

Basia poskarżyła się, że w pokoju jest strasznie duszno, i powiedziała, że wyjdzie się przejść. Wiesława nie była zachwycona tym, że córka będzie sama wałęsać się po portowym mieście, ale w końcu uległa jej prośbom, zwłaszcza że w towarzystwie Basi byłoby trudno porozmawiać szczerze z Leszkiem.

Rozmawiali głównie o jego poezji. Wino jeszcze nasiliło melancholijny nastrój Lechonia i z każdego jego słowa przebijało przeświadczenie, że coś się kończy. Ostatnio znów zaczął dużo pisać i Wiesława, choć liczyła na to, że zanim wróci córka, uda jej się porozmawiać z kuzynem o czymś zupełnie innym, chętnie się zgodziła, żeby jej przeczytał jeden ze swoich ostatnich wierszy.

O Ty, coś się na chwilę nie rozstawał z chwałą!
Pamiętam maj w Paryżu i wieczór upalny,
Gdy nie chciał nikt uwierzyć w to, co już się stało,
I kiedy szedłem płakać pod Łuk Tryumfalny.

Jam odtąd nigdy Twego nie wzywał nazwiska,
Lecz jak Cię dziś nie wołać, gdy Wilno się pali
I milion znów bagnetów wśród dróg naszych błyska,
I słychać znów w Warszawie armaty Moskali*.

Czytał wzruszonym głosem, a kiedy skończył, Wiesława miała w oczach łzy. Na jej smutek z powodu rozstania z nim nakładała się niepewność tego, co je czeka w Anglii, ale przede wszystkim lęk o męża. Lechoń, który z całego serca nienawidził Sowietów i w głębi duszy uważał ich za wroga gorszego od Niemców, bynajmniej nie łagodził obaw kuzynki.

– Niemcy zabijają ludzi – powiedział. – Wykonują na Polakach egzekucje. Wiesz, że jeszcze przed ich inwazją na Francję dostaliśmy informacje z kraju, że w Palmirach pod Warszawą rozstrzelali przedstawicieli naszej inteligencji, profesorów uniwersyteckich, księży, arystokrację. Zginął Maciej Rataj.

---

* Jan Lechoń, *Do Wielkiej Osoby.*

– Marszałek sejmu? Zgroza...

– Ale Sowieci robią coś znacznie gorszego – dodał. – Oni zabiją nie tylko ciało, ale i duszę – powiedział z naciskiem. – Nigdy nie należy z nimi iść na żadne kompromisy. Nigdy nie wolno im wierzyć. Sowieci zawsze kłamią.

– Dlaczego mi to teraz mówisz?

– Bo mam złe przeczucia co do Edwarda. Obym się mylił. Kiedy dostałaś od niego ostatnią wiadomość? – zapytał.

– W kwietniu – odparła Wiesława.

– Hm... korespondencja może nie dochodzić z powodu wojny. Spróbuj napisać do Czerwonego Krzyża, choć wątpię, by to cokolwiek dało.

– Co masz na myśli, mówiąc, że masz złe przeczucia co do Edwarda? – zapytała Wiesława.

Lechoń zorientował się, że nie powinien był tego mówić, ale słów, które padły, nie da się już wycofać.

– Nic, nie przejmuj się – rzucił. – Na pewno się zobaczycie, w najgorszym razie po wojnie. No, ale na mnie już czas.

Wiesława nie dawała jednak za wygraną. Wstała z krzesła i chwyciła kuzyna za ręce; były tak zimne, że przemknęło jej przez głowę coś absurdalnego – że trzyma dłonie trupa. Tak ją to przeraziło, że potrząsnęła głową, żeby przegonić tę myśl. Nie mogło ją jednak opuścić przemożne wrażenie, że Leszek jest bardzo nieszczęśliwym człowiekiem.

– Co masz na myśli? – powtórzyła cicho.

Przez chwilę patrzyli sobie nawzajem w oczy. Wiesława zrozumiała.

– Najgorsze – odparł Lechoń. – Ale to tylko przeczucie poety. A poetom nie należy wierzyć. – Próbował się uśmiechnąć, lecz nie bardzo mu się to udało.

Wiesława nie mogła nie zapytać o Rajnfelda. Zdawała

sobie sprawę, jak bardzo bolesnej sprawy dotyka, ale czuła, że musi zadać to pytanie.

– Leszku, o nic cię nie oskarżam, ale w Angers spotkałam Józefa Rajnfelda. Znajdował się w strasznym stanie. Jak mogłeś...

Nie musiała kończyć tego pytania. Lechoń ukrył twarz w dłoniach. Ciężko oddychał. Było jasne, z jak strasznym ciężarem się zmagał. Po chwili jednak się opanował.

– Musiałem to zrobić. Przy mojej pozycji nikt w rządzie nie może wiedzieć, bo będę skończony. Muszę już iść – powiedział po chwili. Uciekał od tego pytania.

Uciekał od pytań przez całe życie, uświadomiła sobie nagle.

Wyściskali się serdecznie, ponieważ wiedzieli, że być może nigdy się już nie spotkają. Wiesława zorientowała się, że Basia już dawno powinna wrócić. Ale potem pomyślała, że córka wyszła specjalnie, by nie żegnać się z wujem. Nigdy za nim nie przepadała, a ostatnio wręcz nie potrafiła ukryć wrogości wobec niego. On też musiał to czuć.

– Pożegnaj ode mnie Basię. – Próbował się uśmiechnąć. – I nie martw się o nią, na pewno zaraz wróci... jak tylko zobaczy, że wychodzę z domu.

Wiesława chciała przeprosić za córkę, ale Lechoń uścisnął ją tylko po raz ostatni i wyszedł.

*

Pod domem czekał na niego czarny citroen traction avant. Za kierownicą siedział Jan Brzękowski, wysłannik polskiego rządu do ambasady w Madrycie, z którym Lechoń miał kontynuować podróż przez Pireneje, do kraju rządzonego przez generała Franco. Nacjonaliści wygrali wojnę domową w Hiszpanii, ale Franco zachowywał się neutralnie. Nie przystąpił do wojny po stronie Niemiec, co dało rządowi Sikorskiego nadzieję, że polska ambasada w Madrycie będzie mogła nadal działać.

Właśnie wsiadł do samochodu, kiedy zobaczył Basię.

– Basiu! – zawołał.

Dziewczyna udała, że nie słyszy. Lechoń chwilę się wahał, w końcu wysiadł z citroena i podszedł do niej w momencie, gdy otwierała drzwi wejściowe domu.

– Dlaczego tak mnie nie lubisz? – zapytał.

Wzruszyła ramionami.

– Sprawiłem ci jakąś przykrość?

– Mnie? Skąd? – Próbowała udawać obojętność, ale piętnastoletnim dziewczynkom raczej nie wychodzi to najlepiej.

– W takim razie życzę ci szczęścia i opiekuj się mamą. – Zdał sobie sprawę, że i tak niczego z niej nie wydobędzie.

Wyciągnął ręce i próbował ją objąć, lecz odskoczyła jak oparzona.

– Widziałam… widziałam w Spale ciebie i pana Rajnfelda… w nocy na tarasie, jak się… – Skrzywiła się z obrzydzeniem i pociągnęła za klamkę drzwi.

Chwycił ją za ramię, ale strzepnęła jego dłoń jak natrętną osę.

– Basiu, jesteś jeszcze za młoda, żeby zrozumieć pewne rzeczy.

– Mylisz się, wuju – odparła, kładąc nacisk na ostatnie słowo. – Ja wszystko rozumiem, chociaż wy traktujcie mnie jak dziecko. I wiesz co? Nienawidzę cię jeszcze bardziej niż Józia i postaram się, żebyście obaj cierpieli. Daję słowo, że się o to postaram. Kiedyś się dowiesz. Mam nadzieję, że się dowiesz.

– Czego miałbym się dowiedzieć?

– O tym, co zrobiłam przed chwilą, kiedy ty i moja mama gawędziliście sobie przy winie.

Lechoń pomyślał, że dziewczyna bredzi, pokręcił głową, odwrócił się i ruszył do samochodu. Siedząc już w citroenie, popatrzył jeszcze w jej stronę. Stała wciąż w wejściu z dłonią na klamce. Gdy spojrzał w jej oczy, zobaczył w nich coś takiego, że przeszył go dreszcz. Czuł dziwny lęk jeszcze długo po tym, jak opuścili Bordeaux i kierowali się w stronę Pirenejów.

Basia tymczasem poszła na górę i powiedziała matce, że spotkała na dole wuja i że wzruszająco się pożegnali, po czym napisała list z przeprosinami do pana Józefa do Biarritz.

Wiesława ucieszyła się, że córka wreszcie zmądrzała.

*

Dwa dni później Wiesława i Basia wciąż znajdowały się na pokładzie brytyjskiego niszczyciela HMS *Essex*. Okręt po wypłynięciu z portu w Bordeaux odbił na zachód, żeby jak najbardziej oddalić się od francuskich wybrzeży zajętych już przez Niemców i od ewentualnych ataków myśliwców, i dopiero po pokonaniu dobrych stu mil morskich skierował się na północ, a potem na wschód. Ocean był wzburzony i pod pokładem kołysało niemiłosiernie. Niemal wszyscy cywilni pasażerowie, bo nie były jedynymi uciekinierkami, cierpieli na chorobę morską. Basia dzielnie się trzymała, co zaimponowało jej matce.

Dziewczyna siedziała spokojnie na koi i coś czytała.

– Co to jest? – spytała Wiesława, która ostatnio, z wiadomych powodów, starała się kontrolować lektury córki.

– *Sezon w piekle* Arthura Rimbaud.

– Skąd to masz?

– Ukradłam tej Francuzce z Bordeaux.

– Jak mogłaś? To cenny tomik poezji. Ta kobieta będzie go szukać. Przecież to jest normalne złodziejstwo.

– Złodziejstwo? – Basia uśmiechnęła się i było w tym uśmiechu coś diabolicznego, zwłaszcza w zestawieniu z gładką, niewinną buzią piętnastolatki. – Znam większe grzechy.

Wiesława, która cierpiała na chorobę morską i jakieś piętnaście minut wcześniej wymiotowała, z trudem uniosła się na koi i uważnie przyjrzała się córce.

– Co ty mówisz? – spytała z niedowierzaniem.

– To, co słyszałaś. I chyba powinnaś wiedzieć, że popełniłam znacznie większy grzech niż kradzież tej książeczki.

Wiesława patrzyła na córkę z przerażeniem. Skąd w niej tyle agresji? Bała się, co może usłyszeć, a jednak musiała zadać to pytanie:

– Co takiego zrobiłaś?

– Zabiłam człowieka.

Matka pokręciła głową i pomyślała, że jednak Basia wcale nie znosi tej podróży tak dobrze, jak to z pozoru wyglądało. Musiała mieć gorączkę, bo inaczej skąd by się wzięło to bredzenie. Wiesława poczuła, że za chwilę znów będzie wymiotowała, i chwyciła wiadro, które stało koło koi.

Dwa dni później niszczyciel HMS *Essex* zawinął do portu w Southampton.

*

Rajnfeld dojechał do Biarritz za pieniądze, które dostał od Wiesławy Szyling. Miał tam kilkoro znajomych i obiecali, że pomogą mu załatwić legalne francuskie dokumenty. Jeszcze nie zdawano sobie sprawy, że za niemiecką armią pojawią się we Francji Gestapo i SS i zaczną się polowania na Żydów. Tymczasem jednak od kilkunastu dni mieszkał w willi, w której latem 1935 roku spędził tak piękne wakacje z Iwaszkiewiczami. Jarosław właśnie w Biarritz uległ urodzie Rajnfelda, a pani Iwaszkiewiczowa patrzyła na to przez palce.

Kiedy list od Basi dotarł do szefa francuskiej policji w Biarritz, ten dostrzegł szansę wykazania się przed oficerem SS, którego Niemcy mieli przysłać do poszukiwań wrogów Rzeszy.

Kiedy pod koniec czerwca 1940 roku policja zrobiła nalot na willę, w której zatrzymał się Rajnfeld, malarz był kompletnie zaskoczony. Nie bronił się. Gdy policjant poinformował go, że zostaje aresztowany za napaść seksualną na nieletnią dziewczynę, Rajnfeld nie powiedział ani słowa, ale wiedział, kto go wydał. Zrobiła to zadurzona w nim piętnastolatka. Poczuł się idiotycznie. Wpaść przez smarkulę. Ironia losu. Chichot jakiegoś złośliwego bożka.

Podczas przesłuchania na komisariacie konsekwentnie nie przyznawał się do zarzucanego mu czynu. Pech chciał, że w domu, w którym go zatrzymano, znajdowało się kilka cennych dzieł sztuki, i oficer SS wraz z francuskim szefem policji postanowili zatrzymać je dla siebie. Rajnfeld stał się kłopotliwym balastem. Francuz może pozwoliłby mu uciec, ale Niemiec uznał, że może upiec dwie pieczenie na jednym ogniu: wzbogacić się i zaprowadzić w kurorcie hitlerowskie porządki, pozbywając się Żyda.

Józef, wiedząc, że zginie, nie skamlał o litość. Do końca zachował się godnie. Poprosił jedynie, by pozwolono mu napisać list do przyjaciela, ostatnie pożegnanie. Esesman nie chciał się zgodzić, ale francuski szef policji okazał Rajnfeldowi pewną przychylność i przechował ów list.

Potem Rajnfelda, ubranego w niebieską flanelową koszulę, zawieziono nad morze. W ostatniej chwili swego życia patrzył na bezkres oceanu. Niemiec poderżnął mu gardło esesmańską brzytwą Henckela model 1940, po czym włożył mu ją do prawej ręki.

Francuski policjant sporządził protokół samobójstwa, w którym opisał wszystkie szczegóły. Mord w rękawiczkach, tak jak cała niemiecka okupacja we Francji.

Rozdział piąty

ŚMIERĆ NAD WISŁĄ

Warszawa, obecnie

W wieczornych wiadomościach Twojej Stacji wyświetlono materiał na temat hejtu, którego ofiarą padł uczeń jednego z warszawskich liceów. Wyraźnie sugerowano, że przyczyną fali prześladowań była jego orientacja seksualna. Widzowie dowiedzieli się, że mazowieckie kuratorium oświaty wszczęło dochodzenie i do czasu pełnego wyjaśnienia sprawy zawiesiło w pełnieniu obowiązków wychowawczynię i dyrekcję szkoły. Tego typu informacje nie były w mediach rzadkością. Ten materiał różnił się jednak od innych, bo po jego wyświetleniu szefowa redakcji wiadomości Twojej Stacji, Agata Wróblewska, wygłosiła apel, w którym prosiła zaginionego syna o powrót do domu.

„Materiał o hejcie w warszawskim liceum, który widzieliście państwo przed chwilą – dodała na koniec – dotyczył mojego syna".

W mediach znów rozgorzały dyskusje na temat tolerancji wśród Polaków, które jak zwykle nie doprowadziły do żadnych sensownych wniosków, no, może poza jednym, sprowadzającym się do tego, co kiedyś tak dobitnie wyraził

Piłsudski: że Polacy to naród wspaniały, tylko ludzie kurwy. Do hejterów pasowało to jak ulał.

*

Ida, już oglądając wieczorne wiadomości Twojej Stacji, wiedziała, że będzie musiała zmienić szkołę. Była wściekła, bo naprawdę nie spodziewała się, że jej akcja będzie miała takie konsekwencje. Z drugiej strony, wiedziała przecież, kto jest matką Dominika, więc czy nie powinna być bardziej ostrożna?

Chwyciła iPhone'a i wybrała numer.

Ewa odebrała natychmiast.

– Oglądałaś wieczorne wiadomości? – spytała Ida.

– No tak.

– I jesteś taka spokojna?

– A czym się mam denerwować?

– Czym?! Czym się masz denerwować? Kurwa, przecież będę miała przerąbane, nie rozumiesz?

– Chyba trochę przesadzasz.

– Nie przesadzam. I wiesz co? Na twoim miejscu też bym się denerwowała... I nie byłabym taka pewna, że twoje nazwisko nie wypłynie – zagroziła Ida.

– Nie tak się umawiałyśmy – przypomniała jej Ewa. – Umowa była taka, że ja z tym nie mam nic wspólnego. Między innymi za to dostałaś pieniądze.

– Gdybym wiedziała, jak to się skończy, nie poszłabym na to. A już na pewno nie za taką kasę.

– A za jaką?

Ida chwilę się zastanawiała.

– Jeszcze trzy tysiące – rzuciła w końcu.

– W porządku.

Żałowała, że nie podała wyższej sumy.

– I jeszcze coś – dodała. – Twój ojciec pomoże mi się przenieść do innej szkoły. Którą sama sobie wybiorę.

– Zobaczę, co da się...

– Nie zobaczę – przerwała koleżance Ida. Czuła, że Ewa w tej chwili jest gotowa zgodzić się na wszystko, i usilnie myślała nad tym, czego by tu jeszcze zażądać, niestety nic nie przychodziło jej do głowy.

– Załatwione – rzuciła Ewa. – To wszystko?

– Nie, nie wszystko. Musisz mi jeszcze powiedzieć, czym właściwie tak ci się naraził ten synalek Wróblewskiej.

– Nie znoszę pedałów, i tyle.

W głosie dziewczyny było coś takiego, że Iga poczuła, że więcej się od niej nie dowie. Wiedziała jednak, że musi się za tym kryć coś jeszcze.

*

Tożsamość chłopca, którego ciało z poderżniętym gardłem znaleziono nad Wisłą, wciąż była nieznana. Policja przeprowadziła drobiazgowe czynności; zrobiono mnóstwo fotografii, zebrano i wysłano do analizy wszystkie możliwe ślady. Anatomopatolog, na którego polecenie ciało przewieziono do kostnicy, dokonał wstępnych oględzin i jeszcze tego samego dnia wykonał pełną sekcję zwłok. Nie było wątpliwości, że gardło poderżnięto brzytwą znalezioną w ręce chłopaka, tyle że wydawało się mało prawdopodobne, by ofiara zrobiła to sama. Cięcie zadano od prawej do lewej strony, więc przy założeniu, że chodzi o samobójstwo, młody człowiek powinien być mańkutem, a tymczasem odciski na środkowym palcu prawej dłoni, przypuszczalnie od trzymania długopisu lub ołówka, i mięśnie nadgarstka – mocniej rozwinięte niż w lewej – wskazywały wyraźnie na to, że ofiara była praworęczna.

Anatomopatolog stwierdził, że stan narządów wewnętrznych był w normie jak na wiek denata, który oceniono na siedemnaście – osiemnaście lat. W krwi nie odnaleziono śladów alkoholu ani narkotyków. Udało się jednak ustalić, że krótko przed śmiercią młody człowiek zażył dużą dawkę środków uspokajających. Lekarz nie wykluczył, że ktoś mógł mu je podać, żeby uspokoić go przed śmiercią. To było logiczne.

Zaszył chłopaka, łącznie z raną na szyi, a technicy umyli zwłoki, po czym nagie ciało włożono do czarnego plastikowego worka i umieszczono w lodówce chłodzonej ciekłym azotem.

W kieszeni spodni denata znaleziono rachunek za brzytwę ze sklepu z zabytkową bronią na Nowolipiu. Ubranie – flanelową koszulę i spodnie – oraz rachunek zabezpieczono w policyjnym depozycie. Były do dyspozycji prokuratora. Czekano na wyniki badań DNA.

*

Sprawę martwego chłopaka znalezionego nad Wisłą powierzono młodemu prokuratorowi Michałowi Jastrzębskiemu. Była to jego pierwsza samodzielna sprawa. Przejrzał raporty policyjne i anatomopatologa. Zwrócił uwagę, że według lekarza sądowego, samobójstwo było mało prawdopodobne, ale niewykluczone, i chwycił się tego ostatniego słowa. Zastanowił go fakt, że denat zażył przed śmiercią środki uspokajające, ale to również nie wykluczało samobójstwa.

Wprawdzie dzięki aferze podsłuchowej, w której pierwsze skrzypce grała dziennikarka z Twojej Stacji Agata Wróblewska, Jastrzębski – po tym jak zwolniono jego szefa – awansował, ale na wspomnienie tamtej historii serce wciąż mu przyśpieszało. Pozostał mu po niej uraz do dziennikarzy, zwłaszcza do tej wścibskiej suki Wróblewskiej. Czyżby wreszcie trafiła mu się okazja, żeby się na niej odegrać?

Wieczorem w dniu znalezienia ciała nad Wisłą siedział odchylony na oparcie obrotowego fotela i mrużąc oczy, patrzył na rozłożone na biurku zdjęcia dołączone do akt, coraz bardziej przekonany, że właśnie nadszedł moment, kiedy jego kariera nabierze tempa, a on przy okazji dokopie tej wrednej suce.

Dziesięć minut wcześniej zadzwonił anatomopatolog i poradził mu włączyć Twoją Stację. Jastrzębski zrobił to i zobaczył swoją nemezis. Agata Wróblewska właśnie wygłaszała apel w sprawie zaginięcia syna. Jastrzębski wpatrywał się w telewizor, trzymając słuchawkę przy uchu.

– Mam nadzieję, że jeszcze raz pokażą jego zdjęcie – powiedział lekarz sądowy.

I rzeczywiście po wystąpieniu dziennikarki na ekranie ukazała się fotografia uśmiechniętego chłopca o delikatnej urodzie. Był zdecydowanie podobny do matki, która – choć pewnie kilkanaście lat starsza od Jastrzębskiego – była bardzo atrakcyjną kobietą, co niechętnie przyznawał. Ale przecież od dawna wiedział, że te ładne okazywały się największymi jędzami. Chłopak na ekranie był jednak podobny nie tylko do Wróblewskiej.

Jastrzębski przesunął wzrok z telewizora na zdjęcia na biurku.

Nie był pewien. Spojrzał jeszcze raz na ekran, ale wieczorne wiadomości właśnie się skończyły i leciała „lista płac".

– Myśli pan, że to on? – rzucił do słuchawki, choć nie wiedział, czy rozmówca się nie rozłączył.

– Jestem całkowicie pewien. Proszę porównać ze zdjęciami z miejsca zdarzenia i tymi robionymi podczas autopsji.

Tym drugim Jastrzębski wolał nie przyglądać się zbyt dokładnie, choć na tych pierwszych denat, z głową w kałuży krwi i rozpłatanym gardłem, nie wyglądał wiele lepiej.

– No, skoro pan tak mówi...

– Nie mam najmniejszych wątpliwości – zapewnił go anatomopatolog. – Proszę ją wezwać na rano do kostnicy.

*

Po opuszczeniu szkoły syna bojowy nastrój Agaty gdzieś się ulotnił. Nie była już znaną dziennikarką, z którą ludzie się liczyli w obawie, że ich obsmaruje w telewizji, była tylko matką, coraz bardziej niepokojącą się o syna.

Zadzwoniła do pracy i powiedziała, żeby na razie radzili sobie sami. Nie miała pojęcia, kiedy będzie mogła tam dotrzeć.

Volkswagena zostawiła dość daleko od szkoły, bo w pobliżu nie było wolnego miejsca parkingowego, i wracając do samochodu, przechodziła obok Costa Caffe. Wstąpiła więc, żeby wziąć na wynos kawę i wodę; kupiła też dwa muffiny, bo wiedziała, że tego dnia może nie mieć czasu, a choć nie czuła głodu, musiała coś zjeść, żeby nie opaść z sił. Tak, czuła, że będzie potrzebowała mnóstwo siły.

Wsiadając do samochodu, miała już plan. Zacznie od policji. Wiedziała oczywiście, że w przypadku siedemnastoletniego chłopaka policja raczej nie zacznie działać szybko, liczyła jednak na to, że jej rozpoznawalna twarz zadziała na jej korzyść.

– Zaginięcie możemy przyjąć po upływie czterdziestu ośmiu godzin – oświadczyła młodsza aspirantka, Anna Borek, której nazwisko Agata skrzętnie sobie zapisała, i to tak, żeby tamta miała tego świadomość. Z doświadczenia wiedziała, że to odnosi skutek.

– To nie jest prawda – odparła Agata spokojnie, choć w środku się gotowała. – Dowiadywałam się w fundacji ITAKA i wiem, że można to zrobić w dowolnej chwili.

Młoda kobieta z mocno wyskubanymi brwiami i nieskażoną myślą okrągłą twarzą przez chwilę uważnie przyglądała się Agacie.

– Już wiem! – zawołała nagle. – Wreszcie skojarzyłam, skąd panią znam.

Agata uśmiechnęła się, choć wcale nie było jej do śmiechu.

– Mogłabym prosić o autograf? – spytała nieśmiało młodsza aspirantka.

Czy to nie jest wykorzystywanie urzędu? – przemknęło przez głowę Agacie i zrobiła taką minę, że tamta zmusiła się do przyjęcia „profesjonalnej" postawy.

– Ile czasu minęło od zaginięcia? – spytała.

Bezradna Agata przez chwilę się zastanawiała.

– Mniej niż dwadzieścia cztery – odparła w końcu.

– Przykro mi, ale na razie nic nie mogę dla pani zrobić – powiedziała z uśmiechem policjantka, dostosowując się do rozporządzenia ministra spraw wewnętrznych dotyczącego zachowania funkcjonariuszy służb mundurowych wobec obywateli. Policjanci muszą być wobec nich uprzejmi. Władza musi być w Polsce dla obywatela zawsze uśmiechnięta, nawet jeśli nie może dla niego nic zrobić.

Agata nie miała siły, żeby skląć policjantkę. Zresztą i tak nic by to nie dało. Tamta podporządkowywała się tylko zasadom systemu, w którym obie funkcjonowały.

Postanowiła wrócić do pracy, ponieważ – bliska załamania – musiała znaleźć się w uporządkowanej przestrzeni, gdzie mogła się zastanowić, jak pomóc synowi i sprawić, by wrócił cały i zdrowy do domu.

Po apelu w telewizji rozdzwoniła się jej komórka. Odebrała kilka telefonów, ale każdy kolejny coraz bardziej ją przygnębiał. Czuła, że powinna powiadomić Barbarę. W nocy nie mogła spać; parę razy była już zdecydowana wybrać jej numer, ale nie chciała martwić matki. Wiedziała, że Barbara nie ogląda telewizji; nawet nie miała w domu telewizora. Kiedyś wydawało się to Agacie idiotyczne, teraz zaczęła dostrzegać głęboką mądrość tej starej kobiety. Po kilku godzinach wzięła tabletkę na sen, bo rano chciała być przytomna. Czekał ją kolejny dzień walki o syna. I nie zamierzała tej walki przegrać.

Wreszcie zasnęła i spała tak mocno, że nie usłyszała telefonu, choć dzwonił kilka razy. Ktoś ze Stanów Zjednoczonych, kto obejrzał program w Twojej Stacji i bardzo się zaniepokoił. Przyjaciel z Nowego Jorku, którego nie widziała od kilku miesięcy.

Nie zdawała sobie sprawy, że nadchodzi nieoczekiwana pomoc.

*

Prokurator Jastrzębski dzwonił już od w pół do ósmej rano. Zaspana i zmęczona, odebrała połączenie.

– Agata Wróblewska.

– Prokurator Jastrzębski. Bardzo mi przykro, że panią niepokoję o tej porze... Chciałbym panią prosić...

– O co? Zgłosiłam wczoraj zaginięcie syna, ale...

– Policja nie mogła pani pomóc. Żeby uniknąć zaangażowania w rodzinne niesnaski, musi upłynąć trochę czasu, zanim podejmą działania.

– Proszę przejść do konkretów.

– Jest mi trudno panią o to prosić, ale chciałbym przyjść do pani osobiście. Nie chcę tego mówić przez telefon...

Przez chwilę oboje milczeli.

– Dobrze, proszę przyjechać – odezwała się w końcu Agata. – Mieszkam...

– Znam pani adres. Jestem przed domofonem.

– Jak pan zdobył mój adres?

– Jestem prokuratorem...

– Rozumiem... Potrzebuję chwili, żeby się ogarnąć.

– Oczywiście. Zaczekam.

Co za tupet! – pomyślała, rozłączając się. Ale to nie była pora na oburzanie się. Musiało chodzić o jej syna. Ubrała się w ekspresowym tempie i nawet nie zawracała sobie głowy makijażem. Z walącym mocno sercem podeszła do domofonu i wpuściła Jastrzębskiego.

Był w eleganckim płaszczu i garniturze, chyba z Wólczanki. Kupował garnitury tylko polskich firm.

– Dzień dobry pani – powiedział, ściskając z szacunkiem wyciągniętą do niego dłoń dziennikarki.

– Jest pan dziwnie uprzejmy – zauważyła Agata, która nie miała ochoty ukrywać, że nie lubi gościa. – Kiedy widzieliśmy się ostatnim razem, próbował mi pan wyrwać laptopa.

Za Jastrzębskim ciągnął się smrodek po Lunatyku. Agata dała mu prztyczka w nos.

– Nie wracajmy do tego, co było. Przyjechałem w sprawie zaginięcia pani syna.

Serce Agaty zaczęło bić jeszcze szybciej.

– Tak, słucham pana. – Wciąż stali przy drzwiach; nie przyszło jej do głowy, żeby zaprosić gościa do salonu.

– Chciałbym, żeby pani ze mną pojechała... – nawet jemu ciężko było wymówić te słowa – do kostnicy... Mamy podstawy, by podejrzewać, że jedne ze znajdujących się tam zwłok mogą być ciałem pani syna, Dominika Wróblewskiego.

– Co pan powiedział? – Stała jak zamurowana, nie przyjmując do wiadomości tego, co mówi prokurator.

– Wczoraj rano nad Wisłą znaleziono ciało chłopaka w wieku zbliżonym do pani zaginionego syna. Na podstawie oględzin, porównania fotografii oraz informacji zawartych w pani wczorajszym programie przypuszczamy, że może chodzić o pani syna – wyrecytował wyuczoną formułkę. – Chce pani powiadomić o tym męża?

– Chodzi panu o ojca Dominika? Rozwiedliśmy się... Ale tak, zaraz do niego zadzwonię. – Blada jak prześcieradło Agata sięgnęła po telefon, zwracając się do Jastrzębskiego: – To niemożliwe. To nie może być Dominik.

– Chciałbym podzielać pani wiarę. Niezależnie od tego, czy mnie pani lubi, czy nie, chciałbym, żeby to była pomyłka.

Kiedy Agata zwięźle poinformowała Krzysztofa, dlaczego do niego dzwoni, ten nie był w stanie wydobyć z siebie słowa. W końcu udało mu się spytać, gdzie jest kostnica.

– Zakład Medycyny Sądowej Warszawskiego Uniwersytetu Medycznego. Na Oczki – wyjaśnił prokurator. Agata powtórzyła to byłemu mężowi.

Krzysztof powiedział, że już tam jedzie.

– Zapraszam panią do samochodu – zwrócił się do Agaty prokurator Jastrzębski, gdy przerwała połączenie.

*

W kostnicy nie było przyjemnie. To truizm, ale każdy, kto tam był, musi przyznać, że to jedno z najbardziej nieprzyjemnych miejsc. Białe kafelki, biurokracja, magazyn z lodówkami robią upiorne wrażenie.

Tomasz Adamczyk, lekarz, który wykonywał sekcję zwłok chłopaka znalezionego nad Wisłą, wiele razy widział reakcje ludzi, którzy przychodzili tu, by zidentyfikować swoich bliskich. Zawsze zachowywał się beznamiętnie. Ale w tym przypadku było inaczej. Agata Wróblewska była jego ulubioną dziennikarką i z przykrością patrzył, jak razem ze swoim byłym mężem przyszła do tej piwnicy z nadzieją, że jej obecność w tym miejscu to wynik pomyłki. Na oczach Adamczyka ta nadzieja umarła. Poprowadził Agatę i Krzysztofa Wróblewskich wąskim korytarzem do magazynu ze zwłokami, najbardziej bezosobowej części kostnicy. Prokurator Jastrzębski im towarzyszył.

– To nie będzie przyjemne. Czy są państwo gotowi? – zapytał anatomopatolog.

Agata i Krzysztof stali obok siebie. Instynktownie chwycili się za ręce; choć nie byli ze sobą już od dawna, teraz potrzebowali bliskości. Lekarz otworzył drzwiczki lodówki, jednym wprawnym ruchem chwycił za rączkę i wyciągnął półkę z ciałem silnie schłodzonym oparami ciekłego azotu, które wyglądały jak mgła. Zapalił bardzo mocne światło i rozsunął worek.

Agata cofnęła się przerażona. Krzysztof drżał, jakby miał atak febry. Podszedł do nich prokurator.

– Czy rozpoznają państwo swojego syna Dominika Wróblewskiego, urodzonego dwudziestego ósmego kwietnia tysiąc dziewięćset dziewięćdziesiątego ósmego roku w Warszawie? – wyrecytował. Sprawiał w tej chwili wrażenie jedynej osoby, która była w stanie poruszać się czy mówić.

Agata nie słyszała jego słów. Wpatrywała się w twarz syna. Trzy dni temu rozmawiał z nią w domu, a teraz leżał tu martwy – jak coś pośredniego między kawałkiem mięsa i soplem lodu. Kiedy w końcu dotarło do niej pytanie zadane przez prokuratora, nie była w stanie na nie odpowiedzieć. Zrobił to Krzysztof, któremu jakimś cudem udało się nie stracić kontaktu z rzeczywistością.

– Tak, to nasz syn.

Objął ledwo stojącą na nogach Agatę i wyprowadził ją z kostnicy. Denat został rozpoznany, autopsja się odbyła, nic więc nie stało na przeszkodzie, by oddać ciało rodzinie.

Gdy opuścili pomieszczenie, Agata straciła przytomność. Lekarz nakazał natychmiast przenieść ją do jego gabinetu i położyć na leżance. Po kilku minutach, po tym, jak zaaplikował jej dożylne środki uspokajające, trochę doszła do siebie.

*

Dla Agaty zaczęło się piekło. Dzień zlewał się z nocą, trwała między jawą i snem. Miała wrażenie – być może był to efekt środków uspokajających – że czas stał się rozciągliwy. Mogła przeciągać sceny z życia swojego i Dominika, jak gdyby przeciągała placem – wolniej lub szybciej – po dotykowym ekranie telefonu.

Podczas gdy przez jej głowę przelatywały sceny z krótkiego życia syna, próbowała odpowiedzieć sobie na pytanie, jak to się stało, że je przegapiła. Dlaczego nie poznała go lepiej? Dlaczego nigdy nie obejrzała jego szkiców? Dlaczego nie potrafiła porozmawiać z nim o tym, co naprawdę chciał robić? Dlaczego nie potrafiła go kochać takiego, jaki był? Dlaczego była złą matką i to pytanie stało się dla niej piekłem. I choć widziała bardzo plastycznie – pod każdym możliwym kątem, z dowolnej perspektywy – sceny, w których była z Dominikiem w różnych momentach jego życia, nie potrafiła odpowiedzieć na te pytania. W tych scenach, które przelatywały gdzieś obok niej, jak gdyby znajdowała się poza czasem, chciała coś powiedzieć, wykrzyczeć, żeby usłyszał to jedno proste zdanie.

Nie zdążyła mu powiedzieć, jak bardzo go kochała.

*

Dwa dni po tym, jak Agata zniknęła z wizji, Polska dowiedziała się, że fala hejtu w szkole doprowadziła do samobójstwa syna znanej dziennikarki. Rozpętała się jeszcze jedna ogólnonarodowa debata o nienawiści w szkole. Niewiele jednak z tego wynikło. Klasa w liceum, do którego chodził Dominik, została decyzją kuratora oświaty rozwiązana, a uczniów przeniesiono do innych szkół, w dużej części do prywatnych. Renomowane warszawskie licea publiczne nie przyjęłyby ich z oczywistych powodów. Starano się sprawę wyciszyć. Fakt, mówiły władze oświatowe, wydarzyła się tragedia, do której nie powinno dojść, ale nie można przecież rujnować życia młodym ludziom tylko dlatego, że raz popełnili błąd. Robiono, co się dało, żeby organizacje walczące o prawa mniejszości nie pochwyciły tematu. Prawicowy rząd miał inne priorytety edukacyjne. Reformę polskiej szkoły, żeby nie było przemocy. Likwidację gimnazjów. Na temat przyczyny fali hejtu nie wypowiedział się żaden przedstawiciel ministerstwa oświaty ani żaden z hierarchów Kościoła. Zapadła obłudna kurtyna milczenia.

Wszystkie formalności związane z pogrzebem spadły na Krzysztofa. Ogarnął sytuację, choć śmierć syna była dla niego straszliwym ciosem, ale w przeciwieństwie do Agaty, która normalnie tryskała energią, a teraz zapadła w coś w rodzaju letargu, działanie mu pomagało. Dominik miał zostać pochowany na Cmentarzu Bródnowskim, z księdzem. Mszę miał odprawić młody duszpasterz akademicki z klasztoru dominikanów przy ulicy Freta. Agata czasami tam chodziła, choć nie była osobą zbyt religijną, podobnie jak jej syn. Teraz jednak nie miało to już żadnego znaczenia.

*

Agata trwała właśnie w tym stanie między jawą a snem, gdy w sposób nieznośnie irytujący do obrazów z życia jej syna przedostał się natrętny dźwięk telefonu. Ktoś uparcie się dopominał o jej powrót do świata żywych. Nie miała ochoty z nikim rozmawiać. Ale nie czuła się nawet na siłach wyłączyć dźwięk. W końcu doszła do wniosku, że jeśli jednak odbierze i szybko spławi rozmówcę, będzie mogła powrócić do swoich wspomnień.

W głębi duszy wiedziała, że przesuwające się w jej głowie jak w kalejdoskopie obrazy, które mogła dowolnie przesuwać, nie są niczym innym niż sposobem jej mózgu na radzenie sobie z zaistniałą sytuacją. Matka po prostu broniła się przed przyjęciem do wiadomości prawdy o śmierci syna.

W końcu odebrała telefon przywracający ją do rzeczywistości.

Od razu rozpoznała głos Maxa.

– Od dwóch dni nie mogę się do ciebie dodzwonić – powiedział. – Słyszałem o zaginięciu Dominika. Oglądałem Twoją Stację.

Powinna powiedzieć coś miłego: „Jak się masz?", „Co u ciebie słychać?" czy coś w tym stylu. Ale nie potrafiła.

– On nie żyje – rzuciła.

– Co?!

– Mój syn nie żyje, Max.

– Jak to się stało?

– Policja twierdzi, że popełnił samobójstwo… ale ja w to nie wierzę.

Przez długą chwilę się nie odzywał. Agata słyszała tylko ciszę po tamtej stronie Atlantyku.

– Jutro wsiadam w samolot do Warszawy – odezwał się w końcu Max.

CZĘŚĆ DRUGA

Rozdział szósty

GOŚĆ Z NOWEGO JORKU

Nowy Jork, współcześnie

Max Kwietniewski, rocznik sześćdziesiąty dziewiąty, był synem Polki i czarnoskórego Amerykanina. Lubił dobrą whisky, Johna Steinbacka, a z literackich prywatnych detektywów najbardziej cenił Marlowe'a z powieści Raymonda Chandlera. Agatę Wróblewską poznał w latach dziewięćdziesiątych, kiedy pracował w warszawskim biurze Interpolu. Była przyjaciółką jego żony Moniki. Matka nauczyła go polskiego, a przez kilka lat spędzonych nad Wisłą jeszcze go podszlifował. Po tragicznej śmierci Moniki postanowił opuścić kraj swojej matki i żony i pędzić żywot prywatnego detektywa tam, gdzie się urodził. W Nowym Jorku, mieście, w którym czuł się najlepiej. Do czasu, kiedy los zmusił go do powrotu nad Wisłę, by zmierzyć się ze sprawą zabójstwa żony. I tak Max Kwietniewski, czarnoskóry Amerykanin z polską duszą, zderzył się z polskim piekiełkiem, badając sprawę operacji Lunatyk. Zalazł za skórę wielu ludziom. Dostał nawet zakaz wjazdu do Polski, ale jego wysoko postawiony znajomy Patrick Newmark nie tylko załatwił cofnięcie zakazu, ale i podsunął Maxowi pomysł, żeby postarać się o polski paszport. Paszport kraju należącego do Unii Europejskiej dawał Amerykanom możliwość pracy w Europie i swobodnego podróżowania.

Kilka dni wcześniej otrzymał zlecenie od pewnego Izraelczyka, Jehudy Rajnfelda, który chciał, by Max znalazł w polonijnych archiwach materiały mogące mieć związek z samobójczą śmiercią polskiego poety Jana Lechonia. W 1956 roku Lechoń zabił się, skacząc z okna hotelu na Manhattanie. Rajnfelda interesowały szczególnie materiały osobiste, w tym wszystkie wzmianki o związkach polskiego poety z niejakim Józefem Rajnfeldem, malarzem i – na co wskazywała zbieżność nazwisk – krewnym Jehudy. Zdecydował się na Maxa, ponieważ ten zamieścił na swojej stronie internetowej informację, że ma doświadczenie w sprawach polskich, które są zawsze bardzo skomplikowane. Max nigdy nie słyszał o takim malarzu, a zlecenie wydało mu się dość dziwne. Ale ponieważ w tym momencie nie prowadził żadnej sprawy – nie szukał na Brooklynie zaćpanego dzieciaka, nie jeździł po Stanach w pogoni za Romeem, który dobrał się do konta narzeczonej, zanim ta dowiedziała się, że jest zaręczony jeszcze z trzema innymi, a w ogóle to ma w Ohio żonę i trójkę dzieci, ani nie śledził męża na zlecenie zazdrosnej żony – przyjął je i otrzymał przelewem pięć tysięcy dolarów na pokrycie kosztów.

Czy wybrał mnie Pan tylko dlatego, że jestem związany z Polską? – zapytał w mailu zleceniodawcę.

Jest Pan pierwszy w wyszukiwarce – odpisał Jehuda Rajnfeld.

Trochę mnie kosztuje pozycjonowanie mojej strony internetowej – przyznał się Max.

Cennych informacji udzieliła mu matka, która doskonale znała nowojorską Polonię i oczywiście słyszała o Janie Lechoniu.

– To był wielki poeta, synu – powiedziała. – Nienawidził czerwonych.

– Prawie jak Słowacki albo Mickiewicz, który też wielkim poetą ...

– Nie kpij sobie z polskiej kultury narodowej, nie tak cię wychowałam! – skarciła go przez telefon. – Lechoń mieszkał w Nowym Jorku, założył tu Instytut Badań Polonijnych, w którym pracowałam przez czterdzieści lat.

Słuchając matki, szybko odnalazł ten instytut na interaktywnej mapie Manhattanu w swoim laptopie. Było mu trochę głupio, że nie skojarzył tego od razu z pracą matki. Choć z drugiej strony, trudno się dziwić, skoro, kiedy był jeszcze w domu, nie mówiła o niej inaczej niż „ta cholerna robota".

– Czy są tam jakieś papiery po nim? – spytał.

– Myślę, że tak. Zadzwonię zaraz i powiem, że chcesz przejrzeć dokumenty dotyczące Lechonia.

– Dziękuję, mamo.

– Nie dziękuj, tylko się ożeń. Chciałabym mieć wnuki.

Boże, czy ona nigdy nie przestanie suszyć mu o to głowy?!

– Musimy znów do tego wracać?

Zagryzł zęby, przygotowując się na to, co usłyszy: „Po prostu się o ciebie martwię. Jesteś moim synem".

– Niepokoję się o ciebie. Jestem twoją matką.

Trochę inny dobór słów, treść ta sama.

– Wiem, mamo. Nigdy o tym nie zapominam.

Rozmowy z matką zawsze były takie same. Ale można się do tego przyzwyczaić, jak do zapachu nowojorskiego metra. Jeśli ktoś od lat mieszka w Nowym Jorku, nie zwraca już uwagi na ten zapach.

*

Tego samego dnia Max dostał telefon z instytutu, że materiały związane z Lechoniem będą dostępne po południu.

– Mam farta – powiedział do siebie zadowolony.

Zadzwonił do swojej latynoskiej sekretarki. Przyjął ją do pracy niedawno i był z niej zadowolony. Pochodziła z Kolumbii, gdzie pracowała jako sekretarka. Miała czworo dzieci. I zieloną kartę, więc mógł ją zatrudniać legalnie.

Powiedział jej, że może wpadnie do biura po południu, wyszedł z domu i pojechał metrem z Brooklynu na Manhattan.

W Instytucie Badań Polonijnych przyjęto go bardzo profesjonalnie. Koledzy z pracy matki byli nieco zaskoczeni, że jest czarnoskóry – najwyraźniej nie spowiadała im się ze swojego życia. I słusznie, bo on też nie zamierzał. Archiwum tekstów – odezw, szkiców poetyckich i innych utworów – które powstały w czasie, gdy Lechoń mieszkał w Nowym Jorku, było ogromne. Maxa jednak interesowały wyłącznie papiery osobiste.

– Zazwyczaj nie pokazujemy takich rzeczy, ale panu… – powiedziała archiwistka, Polka. – Pańska mama zajmowała się katalogowaniem papierów po Lechoniu i robiła to naprawdę profesjonalnie.

Max był pod wielkim wrażeniem jej pracy i poczuł dumę. Matka okazała się niesłychanie pedantyczna. Ułożyła papiery chronologicznie, a ostatnia teczka zawierała „sprawy osobiste". Właśnie od niej zaczął.

Lechoń prowadził bardzo szczegółowe zapiski. Matka w zasadzie przygotowała je do druku; zrobiła nawet indeks osób. Instytut jednak nie miał pieniędzy na wydanie utworów Lechonia, które powstały w Stanach Zjednoczonych, komuniści pewnie chętnie by się ich pozbyli, a władze III Rzeczpospolitej nie interesowały się nimi. Poeta Jan Lechoń został najwyraźniej zapomniany.

Max znalazł fragmenty o Józefie Rajnfeldzie, ale nie przeczytał ich uważnie, tylko je po prostu zeskanował i zapisał w folderze na swoim pendrivie. Niewiele tego było: list z 1940 roku od Rajnfelda do Lechonia. Na rękopisie widniała adnotacja, że list ten znajdował się w kieszeni marynarki pisarza w dniu jego samobójstwa. Oczywiście go zeskanował i od razu wysłał do swojego izraelskiego zleceniodawcy. Gdyby był uważnym historykiem, zauważyłby także odręczny wpis z konsulatu PRL w Nowym Jorku z roku 1956. Ktoś z ambasady najwidoczniej interesował się śmiercią Lechonia i wysłał odpis listu do niejakiego Jarosława Iwaszkiewicza.

Zadowolony Max wrócił do swojego apartamentu na Brooklynie. Napił się piwa, zjadł odgrzewaną w mikrofalówce pizzę i włączył telewizor. Lubił oglądać Twoją Stację dostępną w Nowym Jorku przez telewizję satelitarną, zwłaszcza wieczorne wiadomości, w których występowała Agata.

Zakrztusił się piwem, gdy usłyszał, jak jego przyjaciółka opowiada o zaginięciu swojego syna Dominika. Zerwał się z kanapy i natychmiast do niej zadzwonił. Nie odbierała, choć jeszcze kilkanaście razy próbował się z nią połączyć.

W końcu, po kilkunastu godzinach, odebrała, lecz ulga, jaką poczuł, gdy usłyszał jej głos, trwała tylko chwilę.

Dopóki nie usłyszał:

– On nie żyje.

*

Wiadomość o śmierci Dominika zwaliła Maxa z nóg. Agata była jego przyjaciółką. Kiedy zeszłego lata odwiedziła go w Stanach, zawiózł ją do Wielkiego Kanionu, o którym Zbigniew Herbert w wierszu *Modlitwa pana Cogito – podróżnika* napisał, że *jest jak sto tysięcy katedr zwróconych głową w dół*. Gdy przylatywała do Nowego Jorku albo kiedy on

133

wybierał się na kilka dni do Polski, czasami lądowali w łóżku i, o dziwo, nie niszczyło to ich przyjaźni. A Max wiedział
z doświadczenia, że coś takiego to rzadkość.

Teraz nie miał wątpliwości, że musi pomóc przyjaciółce.

Zadzwonił do matki, żeby powiedzieć jej, że leci do
Polski.

– Znów napytasz sobie biedy – zaczęła, jak to ona, bia-
dolić.

– Daj spokój, mamo. Zostawiam ci klucze pod wycie-
raczką. Klucze do biura ma sekretarka. Powiedziałem jej, że
jadę na urlop.

Bilet na samolot kupił przez internet. Na bezpośrednie
loty z Nowego Jorku do Warszawy nie było już miejsc, nawet
w klasie biznesowej. Poleciał więc przez Frankfurt. W Warszawie wylądował w przeddzień pogrzebu Dominika.

*

Dzięki środkom uspokajającym i opiece byłego męża
Agata jakoś otrząsnęła się z pierwszego porażającego szoku.
Nie udało się im w życiu jako parze, a teraz nić, która mimo
wszystko ich łączyła, została brutalnie przerwana. Ich syn
nie żył. Agata zdawała sobie sprawę, że nie będzie mogła
długo liczyć na wsparcie Krzysztofa, który miał swoją rodzinę, małe dziecko. Wiedziała, że musi wziąć się w garść; zawsze była typem wojowniczki, walczącą o swoje nazwisko,
stawiającą sobie i bliskim dalekosiężne cele. Wraz ze śmiercią Dominika cała konstrukcja jej życia się zawaliła. Agata
uświadamiała sobie własną winę; opuściła syna, kiedy jej
najbardziej potrzebował. Wierzyła w to, że nie radził sobie
z falą hejtu, która go zalała, ale jakoś nie mogła uwierzyć,
że popełnił samobójstwo. Nie zwróciła się do policji z żądaniem wglądu w dokumenty ze śledztwa; czekała z tym,

aż przyleci Max. Jeśli ktoś mógł wyjaśnić do końca śmierć Dominika, to tylko Max. Tylko on dowie się wszystkiego, co trzeba, a nawet więcej.

W tym momencie Agacie trudno było zmusić się do jakiegokolwiek działania, czuła jednak, że nie może pozostawić samej sobie drugiej osoby, którą kochała. Wiedziała, że musi porozmawiać z matką, lecz potwornie się bała tej rozmowy.

– Jak mam jej to powiedzieć, Krzysztof? – spytała byłego męża.

– Sama musisz o tym zadecydować. Ale jeśli ona nie będzie na pogrzebie wnuka, nigdy ci tego nie wybaczy. Znasz ją.

– Nie mówiłam ci o tym – odezwała się cicho Agata. – Ona ma raka. Umiera.

Krzysztofa jeszcze bardziej to przygnębiło. Jak to możliwe, że na tę rodzinę spadają jednocześnie dwa tak ciężkie ciosy? – zastanawiał się. Był jednak człowiekiem myślącym racjonalnie i wiedział, że zadawanie sobie takich pytań do niczego nie prowadzi. Nie ma żadnego fatum. To czysty przypadek. A Barbara musi się dowiedzieć, że jej ukochany wnuczek nie żyje.

– Trzy tygodnie temu byliśmy u niej we dwoje – odezwała się Agata. – A teraz Dominik nie żyje.

– Musisz jakoś jej powiedzieć. Zanim zrobi to ktoś inny. Dziś przed twoim domem widziałem czyhających paparazzich.

– Gówno mnie obchodzą – powiedziała Agata, paląc papierosa – ale nie dam im satysfakcji.

Wyszedł do kuchni. Druga żona rozumiała, że Krzysztof musi się teraz zaopiekować swoją eks, matką jego syna. Postanowił ugotować coś dla Agaty – był przecież kucharzem i restauratorem.

W tym momencie rozległ się dzwonek. Krzysztof podszedł do okna i zobaczył odjeżdżającą taksówkę. Przed bramą stał elegancki czarnoskóry mężczyzna, w sportowej marynarce, dżinsach i mokasynach, z walizką na kółkach.

– Przyjechał Max! – zawołał Krzysztof.

Agata poczuła ulgę. Nie spodziewała się zobaczyć go w Warszawie tak szybko. Max stanął na wysokości zadania: przyjaciół poznaje się w biedzie. A tych prawdziwych jest jak na lekarstwo.

Po chwili przytulił ją mocno, tak mocno, że Krzysztof, obserwujący ich powitanie, miał wrażenie, że Agata po prostu utonęła w jego ramionach. Poczuł w sercu ukłucie zazdrości. Kiedyś przecież on ją tak tulił. Szybko jednak odgonił od siebie te myśli. Przecież miał już nową rodzinę. W jakiś sposób było mu lżej niż Agacie, jeśli w ogóle można mówić o czymś takim jak gradacja bólu po stracie syna.

Agata się rozpłakała, po raz pierwszy po tym, jak zobaczyła Dominika w kostnicy. Max nie wypuszczał jej z ramion. Nic nie mówił. Po prostu z nią był. Nie odezwali się słowem prawie przez godzinę.

*

Agata, która nadal brała leki uspokajające, dużo spała, i po rozmowie z Maxem zasnęła. On tymczasem rozpakował się w pokoju gościnnym dwustumetrowego mieszkania i mimo zmęczenia po locie postanowił od razu rozpocząć robotę detektywistyczną – od rozmowy z jej byłym mężem.

– Jak to się stało? – zwrócił się do niego.

Krzysztof zapalił w kuchni papierosa. Dziesięć lat temu udało mu się rzucić palenie, ale teraz wrócił do nałogu. Nalali sobie po dużej porcji whisky.

– Nie wiem. Ostatni raz widziałem Dominika w weekend. Wydawał się bardzo przygnębiony.

– Powiedział ci dlaczego?

– Nie.

– Nie rozmawiałeś z nim? Nie zapytałeś go o to? – zdziwił się Max.

Krzysztof pociągnął łyk ze szklaneczki. Kiedy wkładał do ust papierosa, drżały mu dłonie.

– To żałosne, co teraz powiem, ale nie miałem czasu dla własnego syna – wyznał. – Powinienem był go zapytać, ale tego nie zrobiłem. Dopiero po tym, jak zniknął, dowiedziałem się, że miał w szkole problemy.

– Jakie? – Max wyjął notatnik.

– Dzieciaki się na niego uwzięły... Wiem to od Agaty... Zaszczuli go.

– Człowieka nie zaszczuwa się ot tak. Musiał być powód.

Krzysztof zaciągnął się papierosem, dopił whisky. Był raczej typem macho i niezręcznie było mu się przyznać do innej orientacji seksualnej syna. Max przyjrzał się uważnie jego twarzy. Restaurator Wróblewski ledwo się trzymał. Kiedy podnosił szklankę, dłoń drżała mu jak w febrze. W oczach szkliły się łzy.

– Mój syn był pedałem – powiedział cicho, jakby nie chciał, by ktokolwiek to usłyszał.

Użył właśnie tego pogardliwego określenia, Max widział już zbyt wiele w swoim życiu – zwłaszcza że wychowywał się w nowojorskim środowisku polonijnym – żeby się temu bardzo dziwić. W jakiś sposób rozumiał, że Krzysztof, jak większość mężczyzn, chciał przecież, by wokół syna kręciły się dziewczyny, by kiedyś miał własne dzieci. A tymczasem jak, na przykład, za kilka lat wyglądałaby ich Wigilia, gdyby syn żył? Dominik przyszedłby na nią ze swoim chłopakiem, wprawiając w konsternację resztę bardzo polskiej i tradycyjnej rodziny. Coś takiego przy choince i opłatku byłoby dla Krzysztofa Wróblewskiego nie do przyjęcia.

– I właśnie z tego powodu zaszczuli go w szkole? – zapytał Max.

– Ktoś podobno wrzucił do internetu jego zdjęcie, na którym całował się z chłopakiem... Nie wiem, nie oglądałem tego obrzydlistwa...

Krzysztof rozpłakał się nad popielniczką, w której dopalał się papieros. Dla niego prawda o synu była ciężarem ponad siły, kto wie, czy nie większym niż jego śmierć. Max skwapliwie odnotowywał osoby, z którymi powinien się spotkać. Po pierwsze, musiał odszukać chłopaka ze zdjęcia. Czy z detektywami jest tak jak z emigrantami? – przemknęło mu przez głowę. Ktoś – chyba jakiś niemiecki pisarz – powiedział kiedyś: *Raz emigrant – zawsze emigrant*. Raz detektyw – zawsze detektyw? Max przyleciał wprawdzie, żeby pocieszyć Agatę po stracie dziecka, ale zaledwie dwie godziny po przybyciu do Warszawy już chciał poprowadzić swoje własne śledztwo w sprawie śmierci Dominika. Zaszczucie kogoś z powodu orientacji seksualnej nie mieściło się w jego liberalnej głowie ukształtowanej przez „New York Timesa". W Polsce było to jednak możliwe. Nie był w stanie uwierzyć, że nie znalazł się nikt, kompletnie nikt, kto stanąłby po stronie Dominika i mu pomógł.

– Czy on miał jakichś przyjaciół? – spytał.

Krzysztof opanował się i zapalił drugiego papierosa. Pół butelki whisky już zniknęło. Alkohol przynosił mu ulgę. Złudną, ale lepsza taka niż żadna.

– Tak, Patrycję. Ma ksywkę Mrówka. To wiem na pewno. Przychodzili czasem do mojej restauracji na coś dobrego. Lubili się. Myślałem, że to jego dziewczyna, choć dziwna jakaś jest.

– Dziwna?

– Jest gotką... no wiesz... należy do tej dziwnej subkultury. Maluje się na czarno i chodzi ubrana cała na czarno. W sumie wydawała mi się trochę stuknięta, ale skoro Dominik ją lubił...

To już coś. Max wszystko zanotował. Dwoje do rozmowy. Oczywiście hejterzy też go interesowali. Musiał do nich dotrzeć. Tak jak do tej Patrycji.

– Agata ma jej numer. Czekaj. – Krzysztof wstał i przyniósł telefon byłej żony, która pozwoliła mu na odbieranie połączeń, gdy będzie spała.

Max był biegły w sztuce znajdowania tego, co ukryte w komórkach. Dobrze wiedział, że telefon komórkowy podłączony do internetu może być straszliwą bronią, zwłaszcza w rękach ludzi nikczemnych. Szybko znalazł – Patrycja. Skopiował ten kontakt do własnego telefonu. Jest już jakiś punkt zaczepienia.

– Wiesz, kto prowadzi śledztwo? – zapytał Max.

– Nie wiem, kto z policji. Ale z ramienia prokuratury sprawą zajmuje się niejaki Jastrzębski – odparł Krzysztof.

Max przypomniał sobie to nazwisko z czasów afery z operacją Lunatyk. Jastrzębski był wtedy asesorem. Pomyślał, że to bardzo źle, że taki ktoś prowadzi sprawę Dominika.

*

Prokurator Jastrzębski miał przewagę nad Maxem – policja zdążyła już przesłuchać hejterów z klasy Dominika, wychowawczynię, dyrektora szkoły. Wypracował sobie własną teorię na temat śmierci chłopaka, doskonale pasującą do tego, co założył na samym początku: że było to samobójstwo. Jastrzębski był przede wszystkim pragmatykiem i miał zamiar dobrze żyć z ludźmi, którzy go „karmili". Media, szczególnie Twoja Stacja, zrobiły ze śmierci młodego Wróblewskiego krucjatę w obronie praw mniejszości seksualnych. To, oczywiście, go mierziło jako człowieka konsekwentnie homofobicznej prawicy. Więc mimo silnych nacisków społecznych nie miał ochoty grzebać się głęboko w tej sprawie. Powoli skłaniał się ku oficjalnemu uznaniu śmierci młodego Wróblewskiego za samobójstwo i zamknięciu śledztwa. Żeby kryć własny tyłek, zamierzał skierować do sądu akt oskarżenia przeciwko Idzie Frankowskiej – według zgodnej opinii wszystkich – głównej organizatorce hejtu, oraz przeciw wychowawczyni, która nie dopełniła obowiązków służbowych jako nauczycielka.

Jastrzębski wyszedł z pracy i ruszył w stronę placu Trzech Krzyży. Nagle tuż obok niego zatrzymał się samochód, czarna lancia. Gdy otworzyły się drzwi, zaciekawiony obrócił się w ich stronę.

– Podwieźć pana, prokuratorze? – zapytał elegancki mężczyzna koło pięćdziesiątki.

– To pan…?

– Owszem, to ja.

– Naprawdę dziękuję. Chciałbym się przejść po całym dniu pracy nad papierami w dusznych pomieszczeniach prokuratury.

– Przecież nie kopie pan węgla, prokuratorze, prawda?

– Nie, pracuję umysłowo.

– Nad śledztwem w sprawie syna Wróblewskiej?

Tego typu pytania powinny wywołać u każdego prokuratora jedną reakcję: zmieszanie pytającego z błotem. Jastrzębski myślał jednak o swojej karierze, a ten człowiek mógł ją popchnąć do przodu. W końcu bycie miłym nic nie kosztuje.

– Po przesłuchaniu świadków zaczynamy zmierzać w stronę zamknięcia śledztwa.

– Młody strzelił samobója? – upewnił się mężczyzna.

– Na to wygląda.

– Podobno był ciotą? – Zarechotał.

– Nie wiem, nie zaglądałem mu do dupy – odparł w takim samym stylu prokurator i zarechotali obaj.

– No to dobre wiadomości. Nie zapomnę o panu.

– Do widzenia.

Lancia spokojnie oddaliła się Alejami Ujazdowskimi w stronę centrum miasta.

Rozdział siódmy

LIST IWASZKIEWICZA

Rozmowę Maxa i Krzysztofa przerwało wejście Agaty. Max nigdy nie widział jej w tak złym stanie. Wyglądała strasznie, przez chwilę nawet się zastanawiał, czy nie będzie potrzebny psychiatra.

– Czy mogę ci jakoś pomóc? – zapytał.

– Możesz. Chciałabym, żeby ktoś pojechał ze mną do mojej mamy. Musi się dowiedzieć ode mnie, a nie od obcych ludzi.

– To prawda – przyznał smutno Krzysztof.

– A nie dowiedziała się już z telewizji? – spytał Max.

– Ona ma dziewięćdziesiąt lat. Nie ogląda telewizji – odparła Agata, zapalając papierosa.

Normalnie paliła kilka lekkich papierosów dziennie. Po śmierci Dominika – ponad paczkę.

– Oczywiście, że pojadę z tobą – powiedział, choć było późno i wiedział, że jej matka mieszka pod Warszawą.

Chciał tyle powiedzieć Agacie, ale kiedy siedział za kierownicą jej samochodu, nie miał odwagi się odezwać. Żadne jego słowa nie mogły ukoić jej bólu.

Gdy dotarli na miejsce, była już noc. Zaproponował, żeby może weszła do domu sama, ona jednak wolała, żeby jej towarzyszył.

Nie próbował się wykręcić. Wiedział, że Agatę czekają straszne chwile, i jeśli choć w minimalnym ułamku mógł przejąć na siebie ciężar tej rozmowy, był gotowy to zrobić.

– Przyjechałeś taki szmat drogi – odezwała się, gdy wysiedli z samochodu. – Naprawdę to doceniam.

Przytulił ją. Drżała z zimna. Wrześniowe noce bywają bardzo rześkie. Po chwili Agata poprowadziła go przez ogród na werandę domu. Miała klucz, ale postanowiła zapukać, żeby nie przestraszyć matki, która raczej się jej nie spodziewała, zwłaszcza o tej porze. Barbara nie lubiła, gdy ktoś wchodził do domu, nie pukając. Stare zasady.

Po chwili Agata usłyszała ruch w głębi domu. Pomyślała, że matka się ubiera. Jakąś minutę później Barbara otworzyła drzwi.

– Witaj, mamo – powiedziała córka, obejmując szczupłą, ale wciąż trzymającą się prosto staruszkę i całując ją w policzki. – To jest Max – przedstawiła przyjaciela.

Barbara mimo swoich dziewięćdziesięciu lat zachowała bardzo sprawny umysł. Natychmiast zauważyła, że coś nie jest tak.

– Dlaczego przyjechałaś bez Dominika? – zapytała.

Córka nie była w stanie wydobyć z siebie głosu; zaczęła płakać. Matka cofnęła się o kilka kroków i oparła o ścianę, ciężko oddychając. Już wszystko wiedziała.

– Kiedy?

– Przed dwoma dniami.

– Jak to się stało?

Agata łkała. Czasem się kłóciły, ale bardzo się kochały. Nie potrafiła opowiedzieć matce tego, co przeżyła przez ostatnie dni. Z jej gardła wydobywał się nie głos, ale przejmujący jęk. Podeszła do matki, znów ją objęła, po czym obie osunęły się na kolana i płakały przez kilkanaście minut. Max w milczeniu patrzył na tę przejmującą scenę.

*

Agata stała nieruchomo w oknie i paliła papierosa. Max i Barbara siedzieli przy stole w kuchni jej leśnego domu.

– Jak to się stało? – zapytała staruszka.

– Dominik wyszedł do szkoły, jak co dzień, ale już nie wrócił – odparła Agata. – Przyjechałam z pracy późnym wieczorem i myślałam, że śpi. Rano, kiedy odkryłam, że go nie ma, wpadłam w panikę. Pojechałam do szkoły, ale wychowawczyni mnie zbyła. Dopiero przyjaciółka Dominika, Patrycja, opowiedziała mi o tym, co działo się w szkole.

Zrobiła przerwę. Zaciągnęła się papierosem i kontynuowała:

– W klasie zorganizowano na niego nagonkę. Ktoś sfotografował go, jak całował się z chłopakiem. Niszczyli go przez kilka dni. Następnego dnia po tym, jak zniknął, rano znaleziono nad Wisłą jego ciało z gardłem poderżniętym brzytwą. Zabili mi syna tylko dlatego, że był inny. Nie wierzę w samobójstwo. Po prostu, kurwa, w to nie wierzę.

W normalnych okolicznościach Barbara z całą pewnością zareagowałaby na wulgaryzm w jej ustach, teraz jednak jakby go nie usłyszała. Skryła twarz w dłoniach i opuściła głowę. Chwilę po tym ją uniosła i spojrzała na córkę.

– Jak go znaleziono? – odezwała się drżącym głosem. – Powtórz, proszę.

– Mamo, nie mam siły.

– To ważne – powiedziała zdecydowanym tonem Barbara. – Muszę wiedzieć, jak i gdzie znaleziono mojego wnuka.

Agata opisała jej dokładnie miejsce oraz ułożenie ciała syna. Zrobiła to, bo matka ją o to prosiła, ale starała się nie myśleć o tych wszystkich szczegółach.

– Jakiego koloru była koszula, którą Dominik miał na sobie? – zapytała Barbara.

Max, słysząc to, poczuł mrowienie na plecach. Jego ciało mówiło mu, że śmierć Dominika nie była zwykłym przypadkiem samobójstwa, i czuł, że nie przyjechał do Polski na darmo. Tak odzywał się u niego detektywistyczny instynkt, jeśli w ogóle coś takiego istnieje. Jednak za cholerę nie mógł zrozumieć, dlaczego staruszkę interesuje to, w co był ubrany denat. Miał nadzieję, że mu to wyjaśni.

Tymczasem Agata pokręciła głową.

– Nie rozumiem, czemu zadajesz takie pytania. Jakie to ma znaczenie, w co był ubrany?

– Proszę cię, powiedz mi. Co miał na sobie?

– Niebieską flanelową koszulę, w kratkę. – Agata nagle uświadomiła sobie, że może pytanie matki miało jakiś sens. – Nigdy nie ubrałby się w coś takiego – dodała. – Znałaś go i wiesz, że lubił markowe ciuchy. Na pewno te gnojki go zabiły, ukradły mu ubranie i próbowały upozorować samobójstwo.

· Max, który cały czas przysłuchiwał się tej wymianie zdań, zwrócił uwagę, że pytania starszej pani miały głębszy sens, którego Agata zdawała się nie dostrzegać.

Barbara, uzyskawszy od córki odpowiedź, głęboko westchnęła. Po raz kolejny niemal dotknęła tajemnicy śmierci człowieka, którego kochała przed wieloma laty. Nigdy nikomu nie mówiła o tamtym uczuciu. Wstała i poszła do swojego pokoju, gdzie znajdowała się ozdobna komoda. Max zobaczył przez otwarte drzwi, jak starsza pani wyciąga z szuflady pudełko.

Podeszła do nich, usiadła i otworzyła je. Znajdowały się tam listy, ale staruszka wyraźnie szukała jakiegoś konkretnego. Po chwili znalazła go, wyciągnęła z koperty i zaczęła głośno czytać.

1 *września 1956 r.*

Droga Basiu!

Mam nadzieję, że mnie nie zapomniałaś, bo ja Ciebie nie mógłbym zapomnieć. Bardzo lubiłem Twoich rodziców. Jakże piękne chwile przeżyłem przed wojną w Waszym domu w Spale. Tamten świat był inny niż ten, w którym przyszło nam dzisiaj żyć.

Nie pytaj, proszę, jak Cię odnalazłem ani skąd wiem, jak się teraz nazywasz. Zmieniłaś nazwisko i starą skórę na nową, to dobrze. Ja jestem w niezłych relacjach z władzą ludową i mam z tego różnorakie korzyści, czasem mniejsze, czasem większe. Za cenę małego kurwienia się. Wybacz szczerość, ale tak chyba być musi.

Jak dobrze wiesz, po wojnie straciłem kontakt z Lechoniem, który znalazł się w Nowym Jorku. Jan nie wybaczył mi komuny, ja natomiast nie wybaczyłem mu Józia Rajnfelda. Postanowiłem Ci o tym napisać, bo przecież jako smarkula durzyłaś się w nim, moja biedna, a on nie mógł Cię kochać. Ja miałem to szczęście, że mogłem go kochać. Nie miej mi tego za złe. Jednakże gdy dotarła do nas wiadomość, że Lechoń wyskoczył z okna hotelu na Manhattanie, dotknęła mnie jego śmierć. Bo wiem, że on nie wybaczył sobie tego, jak potraktował Józia. Napisałem więc przez nasz MSZ do Nowego Jorku, gdzie bez większych trudności przekazano mi informację kompromitującą

Lechonia w oczach władzy Polski Ludowej. Zdołałem jednak w MSZ-cie jakoś to wytłumaczyć. Przesłano mi kopię listu, który Lechoń miał w kieszeni marynarki, gdy znaleziono go na ulicy martwego. Był to list Józia z francuskiego więzienia, myślę, że to ostatnie pożegnanie skierowane do Lechonia. Sądzę, że ten list był ostateczną przyczyną jego targnięcia się na życie. Skąd Lechoń go miał, nie wiem.

Z tego, co dowiedziałem się potem od Giedroycia w Maisons Laffitte – a musisz wiedzieć, że on ma własny doskonały wywiad – istnieją akta policyjne dotyczące śmierci Rajnfelda. Podobno było to samobójstwo. Francuska policja znalazła go martwego nad brzegiem morza, z brzytwą w dłoni, ubranego we flanelową koszulę w kratkę. Straszne! Myślę, że to nie było samobójstwo, choć Józio był w złym stanie po klęsce Francji i wkroczeniu Niemców.

Chciałem, żebyś to wiedziała, przez wzgląd na naszą przyjaźń kiedyś, w innym świecie. Dzięki Twoim rodzicom poznałem przecież Józia.

Oddany Ci
Jarosław Iwaszkiewicz

Agata wysłuchała tego listu w milczeniu. Było jej wstyd, ponieważ nie tylko nie znała swojego syna, ale nie wiedziała też wielu rzeczy o własnej matce. Na przykład tego, że znała Jarosława Iwaszkiewicza.

Barbara podniosła wzrok na Agatę i Maxa.

– Kogoś już tak kiedyś zabito – powiedziała. – Dokładnie w taki sam sposób ułożono jego ciało, tak samo był ubrany. Brzytwa znajdowała się w prawej ręce, prawda?

Dopiero teraz Agata odwróciła się przerażona.

– Mamo, co ty mi chcesz powiedzieć? Że Dominik zginął w taki sam sposób jak jakiś człowiek wiele lat temu? Jezu, o czym ty mówisz?

– Spokojnie – wtrącił się Max. To już nie było tylko uczucie, że nie na darmo przyleciał do Warszawy; teraz miał pewność, bo list Iwaszkiewicza był elementem tej misternej i straszliwej układanki. – O kim pani mówi? Czy może pani opowiedzieć, co pani wie? To bardzo ważne.

Staruszka przez chwilę milczała. Nie wahała się, czy wyjawić mu prawdę, po prostu nie wiedziała, jak to zrobić.

– Przed wojną znałam pewnego malarza, Józefa Rajnfelda, którego na swój sposób kochałam. On nie mógł odwzajemnić mojego uczucia, ale wtedy tego nie rozumiałam. Miałam piętnaście lat, a on był z dziesięć lat starszy. Zginął podczas wojny w taki sam sposób jak Dominik.

– Tu, w Warszawie? – zapytał Max; zastanawiał się, czy krótko obcięte włosy jeżą mu się na głowie, bo właśnie tak się czuł.

– Nie, we Francji. Rajnfeld był znaną postacią, przyjaźnił się z wieloma ludźmi kultury, z aktorami, poetami, na przykład z Janem Lechoniem. Jego śmierć, jak widać z listu, była dużym wstrząsem dla Jarosława Iwaszkiewicza. Zdaje się, że wspominał o nim także Czesław Miłosz. Dominik bardzo mi Rajnfelda przypominał, obaj mieli talent malarski, podobną wrażliwość. To nie może być przypadek, że zginęli w ten sam sposób.

– Tylko co śmierć Dominika może mieć wspólnego ze śmiercią malarza w czasach wojny? – zapytał Max, który zbladł jeszcze bardziej niż Agata.

Ona to dostrzegła i przeraziła się.

Barbara wyglądała na wykończoną. Wiadomość o śmierci wnuka była dla niej strasznym wstrząsem.

– Wiem, że tu nie chodzi o przypadek – zwróciła się do przyjaciela córki. – To chyba zadanie dla pana. Jest pan detektywem, prawda?

– Tak. Czy mogę pożyczyć ten list? – zapytał, a Barbara skinęła głową na znak, że się zgadza.

– Proszę znaleźć ludzi, którzy zabili mojego wnuka – zdążyła jeszcze powiedzieć, zanim straciła przytomność.

Agata natychmiast zdecydowała, że zawiezie matkę do szpitala.

*

Wieczorem, kiedy Barbara leżała już w Centrum Onkologii na Ursynowie, Max odwiózł Agatę do mieszkania. Nie była w stanie prowadzić. W tym momencie przypominała mu Hioba, który w wyniku zakładu Boga z szatanem stracił wszystko: majątek, pozycję, bliskich. Max nie był praktykujący, a do religii, zwłaszcza katolicyzmu, miał stosunek dość ambiwalentny, ale wychowanie zrobiło swoje, i czasami nie mógł się uwolnić od biblijnych skojarzeń.

To, czego wspólnie z Agatą dowiedzieli się od Barbary, było na tyle intrygujące, że postanowił zająć się dogłębnie sprawą śmierci Dominika. Gdy dotarli do mieszkania na Wilanowie, poprosił, by Agata opisała mu ze szczegółami to, co pamiętała z udostępnionych jej akt śledztwa.

Teraz żałowała, że nie przyjrzała się im uważniej. Prokurator Jastrzębski, czując ciężar sprawy, dałby jej do wglądu wszystko, czego by zażądała. Powiedziała więc Maxowi, tylko to, co zdołała zapamiętać. Potem poprosił ją o kontakty do kolegów i koleżanek Dominika.

– Wiemy, jak zginął twój syn – powiedział, gdy wydawało mu się, że ma już to, czego na razie potrzebował. – Został zamordowany tak jak malarz Józef Rajnfeld przed siedemdziesięcioma pięcioma laty. Był podobnie ubrany jak tamten i też znaleziono go w pobliżu wody. Wydaje mi się, że twoja matka wie dużo więcej, ale z jakichś powodów nie chce nam tego zdradzić. Ja…

Przerwał, bo nie miał pewności, czy powinien o tym mówić.

– Co? – zapytała Agata, intuicyjnie czując, że Max chce przed nią ukryć coś ważnego.

– Ja też już słyszałem to nazwisko… Rajnfeld. Myślę, że twoja mama może mi opowiedzieć więcej, niż wiem.

– Musisz poczekać, aż trochę lepiej się poczuje. Choć w jej przypadku nie liczyłabym na trwałą poprawę.

Oboje zamilkli.

– Chcę, żebyś przeprowadził śledztwo w sprawie śmierci mojego syna – odezwała się po dłuższej chwili Agata. – Tylko że dni mojej matki są policzone. Musisz się spieszyć.

– Dobrze. Wiemy niewiele. Mamy w tej chwili dwie osoby, które są punktem zaczepienia w śledztwie. Twoją mamę i koleżankę Dominika… Patrycja?

– Tak, Patrycja – dodała Agata. – W porządku dziewczyna, ale trochę zakręcona.

– No i jest jeszcze ten chłopak ze zdjęcia – dodał. – Ale teraz chodźmy już spać.

Nie mógł jednak zasnąć. Myślał o człowieku z Izraela, który trzy dni temu zlecił mu znalezienie materiałów dotyczących Jana Lechonia i Józefa Rajnfelda. Świadomość, że jego zlecenie, śmierć Dominika i matka Agaty są w jakiś straszny, nieznany mu sposób ze sobą powiązane, napawała go grozą. I ten list Iwaszkiewicza, który Barbara przechowała tyle lat. Raz jeszcze go przeczytał. Takie samo ułożenie zwłok.

W co ja wdepnąłem?

Odpowiedź przyszła szybko.

Znowu w polskie piekło.

*

Prokurator Michał Jastrzębski próbował poskładać to, co wiedział o śmierci młodego Wróblewskiego. Ciało zostało znalezione nad ranem, na nabrzeżu Wisły. Z pozycji zwłok wynikało jasno, że ktoś zadał sobie trud, żeby ułożyć tak, a nie inaczej. Jastrzębski wiedział, że syn dziennikarki miałby problem z popełnieniem tak spektakularnego samobójstwa. Z chwilą podcięcia sobie gardła straciłby niemal natychmiast przytomność. Ktoś zatem musiał go tak ułożyć. Hejterzy ze szkoły? Na chwilę zawahał się, czy nie powinien oskarżyć o zabójstwo kogoś z klasy chłopaka. Ale wiedział, że sąd tego nie kupi.

Jastrzębski miał dużo do zyskania na tej sprawie. Jako prokurator był oficjalnie niezależny, ale nie mógł sobie robić wroga z prezydenta Warszawy. Gość miał takie polityczne wpływy, że lepiej było nie wchodzić mu w drogę. Według lekarza wykonującego sekcję zwłok, młody Wróblewski zmarł kilka godzin przed tym, zanim został znaleziony – między drugą i trzecią w nocy. Dominikowi na pewno podano jakiś środek nasenny i otumanionego przebrano w ciuchy, które miał na sobie w chwili śmierci, a które, zgodnie z tym, co twierdziła Agata Wróblewska, na pewno nie należały do niego. Podobno nigdy nie nosił takich łachów. Jastrzębski uznał, że musi przycisnąć chłopców z dochodzeniówki i monitoring miejski, żeby przekazali mu nagrania z nocy.

Następną zagadką była brzytwa. Tę, którą chłopak trzymał w ręce, policyjni technicy zidentyfikowali jako model firmy Henckel z roku 1940. Piękna, śmiertelnie groźna brzytwa, którą można kupić za kilkaset złotych. Jastrzębski zdziwił się, kiedy czytał o tym w jednym z raportów.

Po co mu była taka brzytwa? – zastanawiał się. Czy nie mógłby sobie, kurwa, poderżnąć gardła zwykłą brzytwą za dwadzieścia złotych?

I pewnie już by zaproponował, by oficjalnie uznać śmierć chłopaka za samobójstwo i zamknąć śledztwo, gdyby nie ta brzytwa. No i gdyby nie środki uspokajające, które denat zażył – czy raczej mu zaaplikowano. Dlaczego, do kurwy nędzy, nie użył brzytwy marki Wapienica, która jest powszechnie dostępna w sprzedaży? Tamto cacko w ręku chłopaka musiało coś znaczyć. Tylko że on, Jastrzębski, nie wiedział co. Pewnie jakiś symbol, znak, być może tylko dla Agaty Wróblewskiej. Ze zgrozą pomyślał o tym, co będzie, jeśli ta śmierć jest politycznym rewanżem na dziennikarce, która walnie przyczyniła się do upadku poprzedniego rządu. Gdyby tak rzeczywiście było, czekałaby go niewyobrażalnie trudna praca, naciski, stres, nadgodziny i nieprzespane noce. Jastrzębskiego przyjęto przecież do prokuratury z politycznej rekomendacji zdymisjonowanego i ośmieszonego ministra Henryka Kudzi, szarej eminencji poprzedniej ekipy rządzącej.

I co ja mam teraz z tym wszystkim zrobić? – głowił się. Pomyślał, że w ostateczności śledztwo zawsze można przedłużyć. Był swoim własnym szefem i nie musiał się przed nikim tłumaczyć. Uznał jednak, że powinien się jakoś zabezpieczyć. Doszedł do wniosku, że gdyby mógł zmetaforyzować swoją wiedzę ze śledztwa, powiedziałby:

– Kurwa, co za bagno…

*

Niestety, prokurator Jastrzębski musiał się liczyć z naciskami rodziny i dziennikarzy. Nie było dnia, by koleżanki i koledzy po fachu Agaty Wróblewskiej nie telefonowali i nie prosili o informacje. Sprawa stała się medialnie bardzo nośna i dopóki sytuacja się nie uspokoi na tyle, by móc zamknąć śledztwo, musiał się liczyć z opinią publiczną i pismakami. Na domiar złego w przeddzień pogrzebu Agata Wróblewska zjawiła się u niego osobiście.

Max zastanawiał się, czy nie pójść z nią, żeby ją wspierać. Wiedział jednak, że Agata, wezwana na świadka, musi się stawić bez osób towarzyszących, chyba że z adwokatem, a nie chciała brać ze sobą prawnika.

– Pamiętaj, ten Jastrzębski to sukinsyn – przestrzegł ją Max. – Na pewno będzie ci chciał wmówić, że to ty jesteś odpowiedzialna za zniknięcie Dominika.

– Bo jestem – odparła.

– Nie daj sobie wmówić głupot – powiedział, potrząsając nią. – Jeśli to, co mówiła twoja matka, jest prawdą, to ta sprawa ma drugie dno. Spróbuj jak najwięcej się dowiedzieć o okolicznościach śmierci Dominika. Poproś o brzytwę.

– O co?

– O brzytwę, którą trzymał w dłoni. To bardzo ważne.

Popatrzyła w jego czekoladowe oczy. Max był bardzo poruszony śmiercią jej dziecka, ale zachował znacznie więcej zimnej krwi niż ona, co oczywiście było zrozumiałe. Pomyślała, że jest wspaniałym facetem. Uzbrojona przez niego w wiedzę, co ma mówić, a czego jej mówić nie wolno, pojechała do prokuratury.

Jastrzębski czekał na nią w swoim zawalonym papierzyskami gabinecie. Przywitał się i poprosił, by usiadła po drugiej stronie biurka.

– Jak się pani trzyma? – spytał, próbując zdobyć jej zaufanie.

– Dziękuję za troskę, panie prokuratorze. Interesują mnie

postępy w wyjaśnianiu przyczyny śmierci mojego syna. Proszę mieć na uwadze, że moi koledzy panu nie odpuszczą.

Aluzja do czwartej władzy nie była właściwie aluzją, raczej pogróżką... czy może zapowiedzią. I nie miał zamiaru jej lekceważyć, zwłaszcza po tym, jak ta suka Wróblewska doprowadziła do upadku ministra Kudzi i całego rządu. Trzeba na nią uważać. Postanowił przy zadawaniu jej pytań trzymać się ściśle scenariusza, który sobie przygotował.

Tylko że ona nie chciała mu na to pozwolić.

– Kiedy złapie pan morderców mojego syna? – zapytała.

– Nie ma żadnych dowodów, że to było zabójstwo. Młodzież, która zachowała się niewłaściwie wobec pani syna...

– „Niewłaściwie"! – prychnęła. – Żartuje pan, prokuratorze. Niewłaściwie to się może zachowywać nastolatka na domówce, kiedy pokazuje cycki!

– Nie łapmy się za słowa – poprosił niemal błagalnym tonem Jastrzębski. – W każdym razie ci młodzi ludzie ponieśli już karę. Będą mieli złamane życie, utrudnione kariery.

– Gówno mnie to obchodzi! Jutro jest pogrzeb mojego syna, a pan na dzisiaj wezwał mnie na przesłuchanie. W jakim charakterze?

– Świadka oczywiście.

Zaczął wypytywać ją szczegółowo o relację z synem, o to, co robiła w dzień poprzedzający jego zniknięcie, czy często się kłócili, z jakich powodów, czy Dominik sprawiał wrażenie wyobcowanego, pogrążonego w depresji.

Starała się odpowiadać szczegółowo na wszystkie pytania, choć wiele ją to kosztowało. Nie potrafiła zrozumieć, po co mu te informacje.

– Pani relacje z synem nie były najlepsze – stwierdził po czterdziestu pięciu minutach przesłuchania.

– Doprawdy? – rzuciła. – Nie mam zamiaru tłumaczyć

154

się przed panem. Co jeszcze wymyśli pan w swojej popieprzonej prokuratorskiej głowie? Że doprowadziłam syna do samobójstwa?

– Proszę zważać na słowa.

– To proszę zadawać konkretne pytania. Na przykład co sądzę o kolegach i koleżankach mojego syna.

– To nie jest przedmiotem śledztwa. Te osoby zostały przesłuchane lub będą przesłuchane w najbliższym czasie.

– Ależ mnie pan pocieszył, panie prokuratorze. – Mimo przygnębienia zdobyła się na ironię.

– Staram się wykonywać dobrze swoją pracę.

– Więc proszę znaleźć morderców mojego syna. Jestem pewna, że to było zabójstwo.

– To stwierdzę ja po przeanalizowaniu wszystkich dowodów w sprawie. Na razie nic nie wskazuje na udział osób trzecich – oświadczył zdecydowanie Jastrzębski, który wyczuł, że Agata rozpracowała jego strategię. Domyśliła się, że będzie próbował przeprowadzić to przesłuchanie tak, by ona wyszła na zołzę znęcającą się psychicznie nad synem.

– Otóż myli się pan, prokuratorze. Są dowody na to, że to było zabójstwo. Na przykład ubranie. Mój syn nigdy nie ubrałby się jak kloszard. Te ciuchy, w których go znaleziono, nie należały do Dominika. Rozumie pan? I proszę to zapisać do protokołu. Chcę zobaczyć narzędzie zbrodni.

– Co pani chce? – Był wyraźnie zbity z tropu.

– Chcę zobaczyć brzytwę, którą odebrano życie mojemu synowi.

Nie spodziewał się tego, ale jako matce i osobie poszkodowanej nie mógł odmówić okazania narzędzia. Po chwili wściekły jak osa chwycił za słuchawkę i poprosił o połączenie z magazynem policyjnym. Zarządził przerwę w przesłuchaniu. Brzytwa znajdowała się w zabezpieczonym magazynie w komendzie stołecznej. Przywiezienie jej stamtąd zajęło godzinę.

– Czy pani syn miał taką brzytwę? – Musiał zadać to pytanie, choć wiedział, jak idiotycznie brzmi.

Agata była wstrząśnięta. Nigdy nie widziała takiej brzytwy; zresztą nie była pewna, czy w ogóle kiedykolwiek miała przed oczami brzytwę. Dwa siostrzane ostrza, rękojeść wykonana z lśniącego czarnego drewna. Na uchwycie napis: HENCKEL ZWILLINGS, HAMBURG 1940.

– Mogę zrobić zdjęcie tego czegoś oraz rachunku, który mój syn miał w kieszeni spodni? – zapytała drżącym głosem.

Tego również Jastrzębski nie mógł jej odmówić, choć gdyby była jakąś bezrobotną matką, która utraciła syna w podobnych okolicznościach, zrobiłby to bez wahania. Kiedy sięgała po swoją komórkę, żeby zrobić zdjęcie, wiedział, że ten błąd będzie kogoś drogo kosztował.

Agata pstryknęła dwa zdjęcia: brzytwy i rachunku.

– Nie, mój syn nigdy nie miał czegoś takiego – zdołała odpowiedzieć mimo szoku.

Nagle poczuła, że robi jej się słabo. Dopiero teraz dotarło do niej w pełni, że patrzy na narzędzie, którym najprawdopodobniej zabito jej syna.

– Źle się pani czuje? – zapytał Jastrzębski, zachowując pewną klasę, po czym nie czekając na odpowiedź, podał jej szklankę niegazowanej wody mineralnej.

Wypiła łapczywie, wpatrując się w niemieckie ostrze.

– Na dziś dość – odezwał się po chwili prokurator. – Jutro ma pani pogrzeb.

*

Agata chciała przeżyć pogrzeb swojego dziecka świadomie, więc zrezygnowała z leków uspokajających. Krzysztof płakał jak małe dziecko. Ona milczała, zachowując niewzruszony spokój; oczy zasłoniła ciemnymi okularami. Ktoś, kto jej nie znał, mógłby pomyśleć, że to zimna suka. Ale Max wiedział, że pod tą twardą maską kryje się cudownie ciepła kobieta, której ktoś brutalnie wyrwał serce.

Rozglądał się po zgromadzonych. Na pogrzeb przyszło mnóstwo ludzi. Warszawiacy znali sprawę z telewizji, gazet i mediów społecznościowych i w większości solidaryzowali się z matką i zaszczutym chłopakiem. Kościół, choć Agata i Dominik nie byli specjalnie wierzący, nie robił żadnych problemów z pogrzebem i mszą. Odprawiający nabożeństwo młody dominikanin wygłosił przejmującą mowę. Wielu ludzi płakało. Max oczywiście nie znał większości z nich. Po mszy, już na cmentarzu, zobaczył podchodzącą do Agaty dziewczynę, ubraną na czarno, ale nie w taki sposób jak inni żałobnicy, którzy kolorem stroju oddawali cześć zmarłemu. Domyślił się, że to przyjaciółka Dominika, Patrycja. Nie składała kondolencji, po prostu przytuliła matkę chłopaka, którego kochała. Wszyscy to zauważyli. Max dostrzegł także, że z dala od miejsca, w którym pracownicy cmentarza wykopali grób, ktoś robił zdjęcia – mężczyzna w ciemnym garniturze, wyglądający na ochroniarza lub policjanta. Max zbyt dobrze znał ten typ ludzi, by się pomylić.

Nie po raz pierwszy odniósł wrażenie, że w tej sprawie nie chodzi wcale o to, co wszystkim się wydawało, i postanowił zaufać swojemu detektywistycznemu instynktowi. Chciał jednak przede wszystkim pomóc Agacie, tak jak ona kiedyś pomogła jemu.

I nie mógł pozbyć się uczucia, że jego zlecenie dotyczące malarza Rajnfelda i poety Lechonia w jakiś diaboliczny sposób łączy się z tym pogrzebem.

Rozdział ósmy

CIEŃ KATYNIA

Londyn, 1940 rok

Basia i jej matka przybyły do Wielkiej Brytanii na początku lipca. Nad wyspami zawisła groźba niemieckiej inwazji, a Londyn sprawiał wrażenie miasta czekającego na najgorsze, choć Brytyjczycy zachowywali pozory spokoju. Krewni przyjęli je serdecznie, ale dali wyraźnie do zrozumienia, że będą musiały poszukać sobie pracy. Sytuacja większości rodzin w Londynie była bowiem trudna.

Wiesława Szyling nie wracała do rozmowy, którą odbyła z córką na pokładzie brytyjskiego niszczyciela HMS *Essex*. Wciąż nie mieściło się jej w głowie, jak jej córka, dziecko jeszcze, mogła mówić tak straszne rzeczy. Postanowiła skupić się na walce o przetrwanie i nie myśleć o życiu uczuciowym nadpobudliwej nastolatki.

W sierpniu zaczęły się bombardowania Anglii. Wiesława zdołała znaleźć pracę tłumaczki przy polskim rządzie na uchodźstwie i przeczuwając najgorsze, zdecydowała się wysłać córkę na wieś, tak jak to robili inni mieszkańcy Londynu. Basia, która nie traciła żadnej okazji, by pokazać matce, jak bardzo jej nie lubi, wyglądała na uradowaną perspektywą rozstania. Wiesława nie zważała na dąsy smarkuli.

– Na wsi nauczą cię życia, moja droga – powiedziała.

Wiedziała, co mówi. Basia trafiła na wieś, do majątku dalekiej krewnej matki, i musiała codziennie pracować na swoje utrzymanie. Brytyjczycy w czasie wojny nauczyli się oszczędzania, a skoro prym wiodła w tym rodzina królewska, to polska emigrantka tym bardziej nie mogła sobie pozwolić na luksusy. Z matką Basia widywała się rzadko, właściwie tylko na Boże Narodzenie lub Wielkanoc. Przed Bożym Narodzeniem 1941 roku, kiedy Niemcy stali pod Moskwą, Wiesława otrzymała list z Nowego Jorku od Jana Lechonia, który znał adres londyńskich krewnych Szylingów.

Nowy Jork, 1 grudnia 1941

Droga kuzynko!

Dumam na nowojorskim bruku, dosłownie. Nigdy bym nie przypuszczał, że życie tutaj będzie tak niegościnne, tak ciężkie. Czas dla poezji niedobry, a jeszcze trudniejszy dla poetów. Doszło do tego, że przyjmuję zajęcia poniżej mej godności. Robię za małpę na przyjęciach i łażę na nie w pożyczonym garniturze. Piszę do Ciebie, kuzynko, bo nie wiem, jak Ty się masz, i zastanawiam się, czy nie mogłabyś mi pożyczyć trochę pieniędzy.

Nie żałuję, oczywiście, swojej decyzji o wyjeździe z Europy, bo nie potrafiłbym żyć w nadziei, że nasz kraj znów będzie wolny. Nie mam złudzeń. Kiedy Hitler ze Stalinem wzięli się za łby, dla naszej Polski mogiła, nie buława. Nadzieję upatruję tylko w pisaniu. Chciałbym napisać dużą rzecz o polskiej poezji romantycznej okresu zaborów, która podtrzymała nas na duchu, gdyśmy jęczeliśmy pod jarzmem zaborców.

Nie mam teraz jednak na to ani czasu, ani środków. Dowiedziałem się, że Gombrowicz uwił sobie gniazdko w Argentynie. Gdy przed rokiem opuszczałem Francję, myślałem, by tam się udać, ale teraz wiem, że Buenos Aires z tym swoim tangiem byłoby dla nas, dla mnie i Gombrowicza, za małe.

Jestem więc w Nowym Jorku. Tęsknię za tymi paroma przyjaciółmi, którzy mi zostali. Nie dostałem żadnych listów, ani strzępka wiadomości od Józia Rajnfelda. Czy został we Francji? Wiele wylałem łez na myśl, że go tak zostawiłem bez środków do życia. Teraz sam jestem w podobnej sytuacji. Jeśli więc możesz sobie na to pozwolić, kuzynko, to proszę, wyślij mi jakąś okrągłą sumkę.

Przed odjazdem z Bordeaux miałem przykrą rozmowę z Twoją córką. Nie poznaję tej dziewczyny. Wojna zmienia ludzi. Mam nadzieję, że żartowała.

Twój kuzyn,
Leszek

*

Wiesława Szyling zobaczyła się z córką na Boże Narodzenie. Od pierwszego grudnia, dnia, gdy Leszek napisał list, wiele się zmieniło. Siódmego grudnia Japonia napadła na Stany Zjednoczone, bombardując Pearl Harbor, a Hitler dwa dni później w kolejnym porywie swego obłędu wypowiedział wojnę USA. O mężu, który znalazł się w sowieckiej niewoli, nie miała żadnych wieści, chociaż próbowała dowiedzieć się czegoś przez Międzynarodowy Czerwony Krzyż. Znajomi Edwarda, którzy pełnili różne funkcje w rządzie Sikorskiego, nabierali wody w usta, gdy ich o niego pytała. Martwiła się także o córkę, a słowa z listu kuzyna jeszcze podsyciły jej niepokój. Ona także nie poznawała własnego dziecka. Przecież kiedyś była taką słodką dziewczynką.

Po kolacji wigilijnej Wiesława postanowiła wyciągnąć od córki, co takiego powiedziała wujkowi w Bordeaux.

– Po co do tego wracać? – rzuciła dziewczyna, wzruszając ramionami.

– Chciałabym wiedzieć, o czym rozmawialiście.

– A nie napisał ci o tym?

– Nie, ale najwyraźniej sprawiłaś mu jakąś przykrość.

– Nie martw się o niego – prychnęła Basia. – Na pewno szybko się pocieszy, tam, w Nowym Jorku.

– Jak ty mówisz o wujku?

Dziewczyna skrzywiła usta w czymś, co może miało być uśmiechem, ale na jej twarzy nie było cienia radości.

– Co mama w ogóle o nim wie? – rzuciła głosem ociekającym jadem.

– Coś ty mu powiedziała? – Wiesława starała się nad sobą panować. To przecież Wigilia; nie może doprowadzić do awantury z córką. Czuła jednak, że zbliża się ona nieuchronnie.

– Żeby sobie wsadził w tyłek tego swojego Rajnfelda – wycedziła z wściekłością Basia.

Wiesława nie wiedziała, czy to słowa, czy to ten straszny uśmiech dziewczyny sprawił, że jej ręka, jakby niewiedziona żadną myślą, uniosła się i wymierzyła córce policzek.

– Nigdy już się do ciebie nie odezwę! – krzyknęła Basia. – A kiedyś sama się przekonasz, jaki jest ten twój kochany kuzyn!

Po Bożym Narodzeniu wyjechała do Szkocji, do majątku, w którym otrzymała posadę służącej.

*

Koszmar zaczął się w kwietniu 1943 roku. Tego dnia Basia miała wolne i wybrała się do Inverness, żeby spotkać się z koleżankami. Spędziły razem przyjemny dzień i po podwieczorku, na który podano okropny pudding, dziewczyny postanowiły posłuchać najnowszych wiadomości z BBC. W pewnej chwili Basia usłyszała coś, co dotyczyło nie tylko sprawy polskiej, ale być może jej rodziny w sposób bezpośredni.

...niemieckie radio podało, że w okolicach Smoleńska w Rosji niemiecka armia odkryła masowy grób polskich oficerów, których zamordowano wiosną tysiąc dziewięćset czterdziestego roku. Polski rząd na uchodźstwie zamierza zwrócić się w tej sprawie do Międzynarodowego Czerwonego Krzyża. Rząd brytyjski stoi natomiast na stanowisku, że do niemieckich rewelacji należy podchodzić z dużym dystansem.

Sercem Basi zawładnął niewypowiedziany lęk; nie potrafiła już dłużej cieszyć się towarzystwem koleżanek. Pomyślała o matce i poczuła ucisk w dołku. Mimo tego, co powiedziała w Wigilię, kochała matkę i teraz bardzo by chciała przy niej być. Wspomnienie mamy nieuchronnie nasunęło inne wspomnienia: tego, co zrobiła w Bordeaux. Czuła, że zachowała się podle. Gdyby tylko mogła cofnąć czas... W głębi duszy miała nadzieję, że Józefowi Rajnfeldowi udało się umknąć przed jej zemstą.

Wieczorem wróciła do majątku pod Inverness; ojciec koleżanki był tak miły, że podrzucił ją samochodem. Basia, wiedziona nieokreślonym poczuciem niepokoju, poprosiła pracodawców, żeby pomogli jej wysłać telegram do matki. Dwa dni później Wiesława na niego odpowiedziała – również przysyłając depeszę. Chciała, by córka przyjechała do Londynu. Basia pożegnała się ze szkocką rodziną, u której pracowała, i wyposażona przez nią w prowiant oraz kilka funtów zapłaty, pojechała do matki.

Zastała ją w strasznym stanie. Wiesława Szyling skorzystała z przedwojennych kontaktów męża i jego znajomi z kręgów rządowych nieoficjalnie potwierdzili informację o znalezieniu przez Niemców w okolicach Smoleńska masowych grobów polskich oficerów.

Córka i matka padły sobie w objęcia.

– Tak dobrze, że jesteś – powiedziała Wiesława, kiedy w końcu ze łzami w oczach się od siebie oderwały.

– Mamo, musisz wierzyć, że tata żyje. Przecież on był oficerem.

Matka spojrzała Basi w oczy.

– Właśnie – rzuciła z goryczą w głosie. – W tym grobie byli sami oficerowie.

Następne dni przyniosły sporo nowych informacji. Dowiedziały się, że podobno w Krakowie i Warszawie Niemcy wywiesili na ulicach afisze z nazwiskami ofiar odnalezionych w lesie katyńskim. Wiesława Szyling postanowiła wykorzystać wszystkie możliwości, by dowiedzieć się, czy nie było na nich nazwiska Edwarda. Ale odpowiedź z okupowanego kraju do Londynu mogła iść tygodniami.

Basia tymczasem zgłosiła się do Pomocniczej Służby Kobiet przy armii brytyjskiej. Któregoś dnia pod koniec kwietnia, gdy wróciła z dyżuru do pokoju, który wynajmowały u angielskiej rodziny, zastała matkę kompletnie załamaną. Wiesława, do tej pory zaradna, walcząca i niepoddająca się przeciwnościom losu, siedziała na fotelu przed kominkiem, z twarzą osoby pogrążonej w całkowitej apatii.

– Co się stało? – zapytała Basia.

Matka milczała, patrzyła przed siebie niewidzącym wzrokiem, jakby w ogóle nie zarejestrowała, że córka weszła do pokoju.

Dziewczyna podeszła do niej, przyklękła i delikatnie nią potrząsnęła.

– Mamo, proszę cię, powiedz, co się stało?

Dopiero po dłuższej chwili Wiesława spojrzała na nią, jak gdyby ocknęła się z głębokiego letargu.

– Ojciec jest na liście katyńskiej – szepnęła.

Basia się nie odzywała. Pomyślała, że właściwie powinny się tego spodziewać. Ostatnią kartkę dostały od ojca wiosną 1940 roku. Od tego czasu minęły trzy lata. Gdyby żył, na pewno napisałby za pośrednictwem Czerwonego Krzyża. Powstrzymując łzy, bo wiedziała, że musi być teraz silna, przytuliła mamę i długo trzymała ją w objęciach.

*

Wiesława gasła z każdym dniem. Kiedy Basia wracała ze służby, widziała, że matka dalej wykonuje rutynowe codzienne czynności. Robiła wszystko to, czym kiedyś w ich willi w Spale zajmowała się służba – sprzątała, gotowała, prała – przygotowywała okropny *Yorkshire pudding* i namiastkę kawy, czyli prażoną cykorię zalewaną wrzątkiem i słodzoną odrobiną sacharyny, z kroplą mleka z puszki, ale sprawiała wrażenie martwej, pogodzonej już ze wszystkim, również ze śmiercią.

Czasami gdy odchodzi ktoś, kogo kochało się nad życie, to własne traci sens. Dla takich osób, „czarnych pszczół", śmierć wydaje się najlepszym rozwiązaniem. Bo Wiesława Szyling żyła dla męża. Dla niego urodziła córkę, dla niego dbała o ich dom, dla niego starała się być elegancka i piękna. Teraz, patrząc na Basię, która przez ostatnie miesiące w eks-

presowym tempie dojrzała, w pewnym momencie uświadomiła sobie, że córka jest już dorosła.

– Poradzisz sobie, kochanie, beze mnie – powiedziała,
gdy popijały „herbatę" po kolacji.

– Jasne, że sobie poradzę – odparła odruchowo dziewczyna i dopiero po chwili dotarło do niej, co się może kryć za
słowami matki. – Po co mi to mówisz? – spytała.

– Żebyś się nie martwiła.

– Czym?

– Jak umrę.

– Przestań, mamo! – krzyknęła Basia.

Teraz była już bardziej zirytowana niż zaniepokojona. Zawsze zresztą uważała, że matka ma skłonności do dramatyzo-
wania. Mimo to przemknęło jej przez głowę, że powinna powiedzieć mamie, że jej potrzebuje, że może nastąpiła pomyłka
i tata jednak żyje – chociaż w to drugie nie wierzyła. Gdyby
nie to, że wstała skoro świt i jutro znów miała być z samego rana na nogach, pewnie zostałaby jeszcze chwilę z matką
i spróbowałaby dodać jej otuchy.

Ale nie zrobiła tego. Umyła się pierwsza w miednicy za
parawanem i zostawiła ciepłą jeszcze wodę dla matki, po
czym zgasiła lampę i ledwie przyłożyła głowę do poduszki,
już spała.

Tej nocy Wiesława Szyling powiesiła się na pasku od
spódnicy przywiązanym do klamki drzwi.

Rozdział dziewiąty

BRATNIA MIŁOŚĆ

Londyn, 1944

Od śmierci matki, która w jakiś sposób stała się także kolejną ofiarą Katynia, minął ponad rok. Basia nauczyła się już żyć sama. Samobójstwo matki wstrząsnęło nią, ale większym ciężarem dla dziewczyny – właściwie młodej kobiety – było to, że nie wie nic o losach Józefa Rajnfelda. I to nie z powodu jej dziewczyńskiej niespełnionej miłości, po której pozostało zaledwie wspomnienie – bardzo wyraziste wprawdzie, ale jednak tylko wspomnienie. To nie tamto szczeniackie uczucie sprawiało, że czasami budziła się w nocy zlana potem, lecz to, co zrobiła w Bordeaux. A kiedy do Londynu docierało coraz więcej wiadomości o bestialstwach, jakich Niemcy dopuszczali się na Żydach, gnębiły ją coraz gorsze koszmary. Mogła mieć tylko nadzieję, że Józef zdołał się ukryć. Może walczył we francuskim ruchu oporu? Tym, co przerażało ją najbardziej, była możliwość, że nigdy się nie dowie, co się z nim stało.

Koleżanki zabierały ją czasem do modnych londyńskich klubów. Bo choć trwała wojna, toczyło się też życie. Młodzi ludzie bawili się, tańczyli, umawiali się na randki, zakochiwali się w sobie, chodzili do łóżka…

Poznali się w pubie na West Endzie, gdzie roiło się od żołnierzy, którzy liczyli na zawarcie niezobowiązujących znajomości.

Basia wpadła mu w oko. Był przystojnym brunetem w amerykańskim mundurze i, jak się wkrótce okazało, mówił po polsku.

– Postawić ci drinka?

Zawahała się, ale tylko sekundę. Była wojna. Ci chłopcy w mundurach dziś wieczorem byli tutaj, a jutro mogli zostać zestrzeleni nad kanałem. Nie było czasu na krygowanie się, gierki i konwenanse.

– Jasne – rzuciła. – Jesteś pewnie Polakiem z Chicago – dodała, bo tylko w ten sposób potrafiła połączyć jego mundur z tym, że mówił bezbłędnie po polsku.

– Nie z Chicago, tylko z Nowego Jorku. A czy Polakiem... hm... Owszem, jestem Polakiem, choć niektórzy mieliby pewnie wątpliwości.

– Nie rozumiem.

– Nazywam się Szymon Rajnfeld. Wyjechałem z Polski w trzydziestym szóstym. Zostawiłem w Warszawie całą rodzinę. Nie wiem, co się z nimi dzieje.

Basia zamarła. Przez jedną krótką chwilę znów miała przed oczami scenę w Spale w sierpniu 1939 roku, kiedy Józef Rajnfeld całował się z mężczyzną. Ten obraz długo ją prześladował, a teraz... Przypomniała sobie, że Józio wspominał coś o swoim bracie Szymonie.

Tak jej zaschło w ustach, że nie mogła wydobyć z siebie głosu. Musiała kilka razy odchrząknąć, zanim wreszcie z jej gardła wydobył się chrapliwy szept:

– Chyba znałam twojego brata. Był... – szybko się poprawiła – Jest malarzem, prawda? Nazywam się Barbara Szyling. Józio... Józef Rajnfeld przed wojną często bywał w naszym

domu w Spale. Malował u nas. Moja matka była mecenasem
młodych artystów.

– Mecenasem... – powtórzył Szymon. – Mój brat miał
różnych mecenasów. Niestety, rodzina nie była tym zachwycona. Nie miałem z nim najlepszych kontaktów. Właściwie
rzadko się widywaliśmy.

Basia udała, że nie rozumie.

– Ależ ten świat jest mały! – zmienił temat Szymon. – Co
właściwie robisz w Londynie?

Wyczuła niechęć w jego wzroku i domyśliła się, skąd się
ona bierze. Dom w Spale, matka mecenaska sztuki... Niepotrzebnie o tym wspomniała. Uznał pewnie, że Basia jest
rozpuszczoną panienką z bogatego domu. I nie myliłby się,
gdyby nie wojna.

– Mieszkam z trzema dziewczynami w pokoiku wynaj-
mowanym przez Pomocniczą Służbę Kobiet. – Uniosła głowę
i prowokująco spojrzała mu w oczy. – Nie ma we mnie już
nic z rozwydrzonej bogatej smarkuli, jaką byłam kiedyś.

– Wojna sprawia, że ludzie dorastają.

– Moi rodzice nie żyją. Ojciec jest na liście katyńskiej,
a matka się powiesiła.

– Bardzo mi przykro.

– Jakoś z tym żyję. Są ludzie, którzy na tej przeklętej wojnie stracili więcej niż ja. – A teraz twoja kolej. Powiedz mi
coś o sobie.

Uciekł z Polski przed falą antysemityzmu, która nie pozwalała absolwentowi architektury znaleźć pracy. Trafił do
Nowego Jorku. Pomogli mu krewni ojca z Brooklynu.

– A co z rodziną z Polski? – spytała Basia.

– Nie mam z nimi żadnego kontaktu – odparł Szymon. –
Wiem tylko, że w kwietniu w warszawskim getcie wybuchło
powstanie. Nie mam złudzeń, że ktoś z moich bliskich przeżył.

168

– Miałeś rodzeństwo...? Poza Józefem.

– Trzy siostry.

– I nie dostałeś od nich żadnych wiadomości?

– Ostatni list przyszedł w trzydziestym dziewiątym. – Popatrzył na nią smutnym wzrokiem. – Naprawdę znałaś Józka?

Basia z trudem starała się ukryć emocje.

– Tak.

Szymon zmarszczył czoło, jakby się nad czymś intensywnie zastanawiał.

– Teraz sobie przypominam! Napisał mi, że jedzie z Lechoniem i panią Szylingową... pewnie chodziło o twoją matkę... do Paryża. Nie masz pojęcia, jak się cieszę, że cię spotkałem. Wiesz, co się z nim stało?

Po plecach Basi przebiegł dreszcz. W pierwszym odruchu pomyślała, że powinna wyrzucić z siebie całą prawdę. Może jeśli wyznałaby komuś, co zrobiła, przestałyby ją dręczyć koszmary. Ale nie mogła się zdobyć na odwagę. Zwłaszcza że stał przed nią brat człowieka, wobec którego zachowała się tak podle.

– Kiedy dotarliśmy do Francji, Józef zamieszkał z Lechoniem i straciliśmy kontakt – skłamała. – Rozumiesz... – Choć w lokalu było dość ciemno, a wiszące w powietrzu chmury dymu z papierosów sprawiały, że niewiele było widać, Basia zdawała sobie sprawę, że Szymon musi widzieć jej zaczerwienioną twarz.

I zobaczył ten rumieniec, który rozlał się aż na szyję. Przyjrzał się jej uważnie.

– Co mam rozumieć? – spytał. – Wiem, że Józek i Lechoń się przyjaźnili.

Basia zerknęła na niego z politowaniem.

– Byli kochankami.

Szymon Rajnfeld duszkiem wypił kieliszek koniaku, po czym poprosił kelnera, by przyniósł butelkę. Domyśliła się, że wiedział. Ale co innego wiedzieć, a co innego usłyszeć o tym od kogoś.

– Wiedzieliśmy i nie chcieliśmy wiedzieć – potwierdził po chwili jej przypuszczenia. – Ojciec i matka byli religijnymi ludźmi i nigdy by go nie zrozumieli. A my dwaj... – Rozejrzał się, szukając wzrokiem kelnera, jakby nie mógł się doczekać, kiedy napełni sobie kieliszek. – Mówiłem ci już, że nie byliśmy ze sobą zbyt blisko.

Gdy kelner pojawił się z butelką koniaku podrzędnego gatunku – ceny francuskich alkoholi w Londynie tak poszły w górę, że te przednie kosztowały majątek – Szymon nalał sobie, wypił w kilku łykach, wstrząsnął się i zwrócił do Basi:

– Opowiedz mi, jak trafiłaś do Londynu.

– Ja i mama próbowałyśmy się wydostać z Francji, kiedy Niemcy zdobyli Paryż. Jedyna droga wiodła przez Bordeaux. Pomógł nam wujek Leszek... Lechoń. Załatwił mamie i mnie papiery, z którymi weszłyśmy na pokład brytyjskiego niszczyciela.

– A mój brat?

– Wiem, że Józio też bardzo chciał wydostać się z Francji. Sam rozumiesz, Niemcy zajmowali kraj, a on jako Żyd... Nie wiem, czy w ogóle powinnam ci to mówić.

– Proszę. – Szymon napełnił kieliszki sobie i Basi.

– Bardzo prosił Lechonia, żeby mu pomógł, ale wujek Leszek odmówił. Nie mam pojęcia dlaczego... Może się bał, że ludzie się o nich dowiedzą, a może po prostu chciał to przerwać. Wiesz, że on jest teraz w Ameryce?

– Oczywiście. Spotkałem skurwysyna w Nowym Jorku. Szukał pracy. Szukał znajomości.

170

Basia zrobiła wielkie oczy.

– Nie mów, że mu pomogłeś?

– Przedstawił się jako przyjaciel Józka. Jak mogłem mu nie pomóc? Został współpracownikiem „New York Herald Tribune" specjalizującym się w sprawach sowieckich. Nie znosi komunistów. Gdybym wiedział to, co wiem teraz, kazałbym mu iść w diabły.

Basia mogła triumfować. Zatuszowała mroczną historię o sobie i swojej zdradzie, wskazując na zdradę kogoś innego. Wiedziała, że kiedy Szymon Rajnfeld poinformuje swoich amerykańskich znajomych, jak wobec jego brata zachował się Lechoń, tego drugiego czeka w kręgach nowojorskiej Polonii ostracyzm. Ale wcale mu nie współczuła; uważała go za wyjątkowego łajdaka.

Tego wieczoru w londyńskim pubie Basia poczuła, że uśmiechnęło się do niej szczęście. Miała obok siebie mężczyznę, który jej wierzył, przy którym czuła się bezpiecznie. I nagle przemknęło jej przez głowę, że oto nadarzyła się szansa na spełnienie tamtej sierpniowej miłości. On miał trzydzieści kilka lat, a ona zaledwie dziewiętnaście. Nie znała w ogóle Szymona, JEGO brata, ale czyż w Piśmie nie jest napisane, że brat zmarłego mężczyzny powinien wziąć jego kobietę i spłodzić za niego potomstwo?

Położyła rękę na jego dłoni.

– Chodźmy do łóżka.

Spojrzał na nią zaskoczony.

– Nie patrz tak na mnie. Nie myśl, że jestem zepsuta... Wszystkie dziewczyny mają jakiegoś żołnierza. Żadna się z tym nie kryje.

– Nie jesteś na to za młoda?

Basia się obruszyła. Była gotowa stać się kobietą.

– Kochałam twojego brata – wyznała. – Ale on nie mógł kochać mnie. Możesz to naprawić. Skończyłam już osiemnaście lat.

Szymon, po pierwsze, był mocno podpity. Po drugie, spotkanie z kimś, kto znał jego brata, bardzo go wzruszyło. Po trzecie, ta dziewczyna cholernie mu się podobała. I to trzecie chyba przesądziło.

– W pobliżu jest mały hotelik – powiedział. – Chodźmy tam.

– Wynajmą nam pokój?

– Anglia nie jest miłosiernym miejscem dla ludzi takich jak my. Ale spróbujmy.

*

Szymon Rajnfeld był zaskakująco czułym i dojrzałym kochankiem. Przy nim Basia poznała własne ciało. Dla niego seks był odskocznią od przygnębiających myśli o rodzinie pozostawionej w Polsce i od poczucia zagrożenia związanego z tym, że był żołnierzem; dla niej był czymś nowym, cudownym, ekscytującym – nie miała go nigdy dość.

Dość szybko poczuła, że patrzą inaczej na ten związek. Szymon nie ukrywał, że dla niego liczy się tylko to, żeby po wojnie znaleźć wszystkich członków swojej rodziny, którzy przeżyli, i wyjechać do Palestyny.

– Jak tylko to będzie możliwe, pojadę do Bordeaux i spróbuję dowiedzieć się czegoś o losie Józka – powiedział kiedyś, gdy palił papierosa w łóżku. Zawsze po seksie palił, choć ona marzyła o tym, żeby ją przytulił.

– Po co? – Tym razem ucieszyła się, że tego nie zrobił, bo wtedy na pewno poczułby, że zadrżała.

– Jak to po co? Chcę wiedzieć, co się stało z moim bratem.

– On nie jest wart twojego wysiłku. Pomyśl o nim i Lechoniu.

– Ciągle o tym myślę. Ale to nie zmienia faktu, że jest moim bratem.

– Był twoim bratem – poprawiła go Basia.

– Jak możesz tak mówić?!

Dopiero kiedy wstał bez słowa z łóżka i zaczął się ubierać, zorientowała się, że przesadziła. Pożegnał się z nią chłodno i wyszedł.

*

Kiedy spotkali się następnym razem, Szymon, paląc po seksie papierosa, powiedział:

– Dostaliśmy rozkaz nieopuszczania koszar. To może oznaczać tylko jedno: lada dzień nastąpi inwazja. Nie możemy się już spotykać.

Zostawiał ją! Tak po prostu. Nie mogła w to uwierzyć. Chociaż, kiedy się nad tym głębiej zastanowiła, zaczęła wyrzucać sobie, że przecież powinna była się tego domyślać, że wcześniej czy później do tego dojdzie – ze wskazaniem na wcześniej.

Dotknęła swojego brzucha, wciąż był idealnie płaski, wiedziała jednak, że jeśli czegoś nie zrobi, wkrótce się to zmieni. Była w trzecim miesiącu ciąży. Nie jej jednej się to przytrafiło. Co raz któraś z dziewcząt z Pomocniczej Służby Kobiet pojawiała się na dyżurze zapłakana, szeptała z innymi i po kilku dniach przychodziła, wprawdzie blada i z podkrążonymi oczami, ale z wyraźną ulgą malującą się na twarzy. Była pewna kobieta, emerytowana pielęgniarka, która pomagała dziewczętom znajdującym się w kłopotach. Basia już u niej była, tyle że tamta żądała pieniędzy za swoje usługi, a te nędzne kilka funtów, które dziewczyna dostawała z PSK, ledwie starczały na jedzenie i nędzny pokoik dzielony z koleżankami.

– Zostawiasz mnie… – powiedziała drżącym głosem.

– Jadę na front i nie wiem, czy wrócę. Spędziliśmy kilka miłych chwil. Jestem ci za nie bardzo wdzięczny, ale nigdy ci niczego nie obiecywałem.

– Ty sukinsynu! – wrzasnęła Basia, rzucając się na niego. – Jesteś taki sam jak twój brat!

Gdy z bezsilnej wściekłości tłukła go po piersi i ramionach, nawet nie próbował się uchylać. Kiedy uderzyła go w twarz, nie oddał.

– Jestem w ciąży! – wykrzyczała w końcu. – Z tobą.

Uśmiechnął się cynicznie.

– To twój problem.

W tym momencie zdała sobie sprawę, że nie może liczyć na pomoc Szymona, i spojrzała na niego z nienawiścią. Bracia Rajnfeldowie… Jak mogła być tak głupia, żeby zakochać się najpierw w jednym, a potem w drugim?! Po Józefie powinna trzymać się od tej rodziny jak najdalej.

– Możesz nie szukać swojego brata! – zawołała w szale wściekłości, widząc, że Szymon zbiera się do wyjścia. – Niemcy się nim zajęli.

Zatrzymał się przy drzwiach i spojrzał na nią, mrużąc oczy.

– Zanim wypłynęłyśmy z matką z Bordeaux, zadbałam o to, żeby wiedzieli, gdzie go znaleźć.

– Co?! – Zrobił parę kroków w stronę łóżka. Przed chwilą pozwolił jej się tłuc i nie podniósł na nią ręki, ale teraz, patrząc na jego wykrzywioną gniewem twarz, nie była już pewna, że mogłaby to robić tak bezkarnie.

Przerażona usiadła na łóżku, zakryła piersi sztywną i ciężką od wilgoci kołdrą i przylgnęła plecami do metalowych prętów wezgłowia.

Mimo to, jakby pchana jakąś destrukcyjną siłą, odezwała się cichym, zimnym głosem:

– Czekając, aż Lechoń załatwi nam dokumenty, mieszkałyśmy z matką w pobliżu portu w Borderaux. – Szymon zrobił kolejny krok w jej stronę, lecz to nie powstrzymało jej przed wyrzucaniem z siebie potoku słów. – W sąsiednim domu była poczta. Napisałam anonim, w którym poinformowałam żandarmerię, że Józef jest Żydem, który molestował nieletnią i zrabował w Paryżu biżuterię o dużej wartości. Opisałam dokładnie, gdzie go można znaleźć.

Szymon zbliżył się o kolejny krok. Nie miała już dokąd uciekać; pręty i tak boleśnie wbijały się w jej łopatki.

– I postarałam się, żeby ten anonim dotarł do właściwych rąk – dodała, mimo że Szymon stał już przy łóżku.

Szymon Rajnfeld, blady jak ściana, wpatrywał się w oczy dziewczyny i widział w nich czyste szaleństwo. Uniósł rękę, ale nagle poczuł, że jeśli uderzy ją raz, nie będzie się już mógł powstrzymać. Bał się, że ją zabije. Odwrócił się i wybiegł z pokoju.

*

Ciąży nie dało się długo ukrywać. Koleżanki, z którymi mieszkała, były w porządku i żadna nie doniosła na nią do PSK. Jedna z przełożonych, zasuszona, sztywna panna Milford, zauważyła jednak, że Basia w trakcie posiłków w kantynie często zrywa się od stołu i biegnie do toalety. Za którymś razem postanowiła za nią pójść i usłyszała, że dziewczyna wymiotuje. Aborcja w tamtych czasach była w Wielkiej Brytanii nielegalna, a mimo związanego z wojną pewnego obyczajowego rozprężenia utrzymywanie pozamałżeńskich stosunków było bardzo źle widziane. Choć od śmierci królowej Wiktorii minęło już ponad czterdzieści lat, to sześćdziesiąt trzy lata zasiadania na tronie tej pruderyjnej kobiety odcisnęło swoje piętno na społeczeństwie. Panna Milford nie lubiła Polaków, ponieważ uważała, że zbytnio panoszą się w Anglii, podkreślając swój antykomunizm. Tymczasem jej ukochany zginął w konwoju PQ-17 płynącym do Związku Radzieckiego. Dla niej ten wielki kraj walczył z Hitlerem, a Polacy... cóż, sami byli sobie winni. Postanowiła się pozbyć Basi, która podpadła jej swoją hardą i nieprzejednaną postawą wobec Rosji. Panna Milford uznała to za arogancję i postanowiła jej pokazać, kto tutaj rządzi. Oskarżyła ją o niemoralne prowadzenie się, o zaniedbywanie obowiązków oraz kradzież jedzenia z kantyny. Żywność w Anglii wciąż była racjonowana, a Basia chciała się dobrze odżywiać dla dziecka.

Panna Milford postarała się zatem o to, by Barbara Szyling trafiła do szpitala o zaostrzonym rygorze i po urodzeniu dziecka miała odpowiedzieć za naruszenie obowiązków, a przez to osłabienie Pomocniczych Służb Kobiecych w czasie wojny, gdy ojczyzna najbardziej potrzebowała poświęcenia.

Chłopczyk urodził się w Boże Narodzenie 1944 roku. Poród był długi i ciężki, ale Basia zniosła go nadzwyczaj dzielnie. Nazwała go Józef, bez cienia wahania. Nazwisko dostał po matce. Józef Szyling. W rubryce „ojciec" podano: Simon Reinfeld.

Mogła cieszyć się swoim dzieckiem tylko przez chwilę. Jednego dnia karmiła je piersią, a następnego pielęgniarka odebrała jej syna.

– Nie możesz wychowywać dziecka bez ojca. Twój syn zostanie umieszczony w sierocińcu i będzie mu tam dobrze.

Basia płakała przez cały dzień. Nigdy dotąd tak nie cierpiała. Gdy dziecko się urodziło, zapragnęła być dla niego taką mamą, jakiej sama nie miała. Kochała je. Czuła, że coś się w niej przełamało. Nie była już tym samym człowiekiem.

*

Słowa Basi dźwięczały Szymonowi Rajnfeldowi w uszach tuż przed inwazją, kiedy wsiadał do samolotu, gdy wyskakiwał z niego ze spadochronem nad Normandią i potem brał udział w najcięższych walkach z dywizjami SS w rejonie Caen i Bayeux. Słyszał je również, kiedy rannego transportowano go do szpitala. W końcu, żeby nie oszaleć, założył, że dziewczyna, rozgoryczona rozstaniem, po prostu plotła trzy po trzy.

Kilka miesięcy później, gdy cała Francja była już wolna, a pod rządami de Gaulle'a trwało rozliczanie się ze zdrajcami z kolaboranckiego rządu Vichy, Szymon podczas przepustki, w mundurze amerykańskiego żołnierza, pojechał do Bordeaux. Na policji złożył wniosek o wszczęcie poszukiwań brata, Józefa, artysty malarza, który latem 1940 roku najprawdopodobniej przebywał w okolicach Bordeaux.

Ku jego zdziwieniu, francuska policja, próbując się wykazać, dość szybko zabrała się do pracy i wkrótce wezwano go na rozmowę. Był bardzo podekscytowany. Głupia dziewczyna, pomyślał, kiedy szedł na policję, i nawet zrobiło mu się jej żal. Nie wiedział, czy urodziła jego dziecko, czy też pozbyła się go w jakiejś londyńskiej fabryczce aniołków. Prawdę powiedziawszy, nie miał pojęcia, czy w ogóle była w ciąży; może wymyśliła to na poczekaniu, próbując go przy sobie zatrzymać. Kiedy przyszedł na komendę policji w Bordeaux, został przyjęty przez komendanta. Tego samego człowieka, który w 1940 roku sfabrykował relację z samobójstwa Rajnfelda. Francuz był jak inni mieszkańcy Francji w tym czasie.

W 1940 roku wszyscy ochoczo witali marszałka Petaina oraz rząd Vichy, a teraz każdy należał do Résistance, każdy pluł Niemcom w twarz, ba, każdy miał na koncie jakiegoś uratowanego Żyda. Komendant Jacques Clicheau musiał zrobić wszystko, by sprawa nie wyszła na jaw.

– Zapewniam pana, sierżancie Rajnfeld, że dołożyliśmy wszelkich starań, żeby odnaleźć pańskiego brata. Jest mi bardzo przykro, ale Józef Rajnfeld, malarz, pod koniec sierpnia czterdziestego roku popełnił w Biarritz samobójstwo.

Szymon stracił w jednej chwili nadzieję. Bezsilny opadł na krzesło.

– Jak to się stało? – zapytał po francusku, którym władał doskonale, tak jak Józef.

– Znaleziono go martwego nad brzegiem oceanu. W prawej dłoni trzymał brzytwę. Najprawdopodobniej poderżnął sobie gardło.

– Dlaczego? – zapytał z rozpaczą w głosie Szymon.

– Ścigało go Gestapo. Nie chciał dać się wziąć żywcem – wyjaśnił Clicheau.

– W jaki sposób Niemcy dowiedzieli się o moim bracie? – zapytał Szymon, mając w pamięci słowa Basi.

Komendant się zmieszał.

– To właśnie jest najdziwniejsze – odparł po chwili. – O samobójstwie Józefa Rajnfelda wiele pisano w miejscowej prasie. Nikt jednak nie wiedział o tym... – Wyciągnął pożółkłą teczkę z anonimowym donosem. – Ktoś przysłał to policji. Ktoś, kto oskarżył Józefa Rajnfelda o obcowanie cielesne z nieletnią i kradzież.

– To kompletna bzdura! – oburzył się Szymon. – Mój brat nie mógł tego zrobić – powiedział zdecydowanie.

– Należałoby to wyjaśnić. Z powodu tego oskarżenia pański brat nie może zostać uznany przez nową francuską republikę za ofiarę niemieckiego ludobójstwa. Niezręcznie mi to mówić – komendant zaczerwienił się aż po cebulki włosów – ale francuska policja nie mogła go ochronić. Wszystkie donosy dotyczące wrogów Rzeszy niemieckiej i Żydów trafiały automatycznie do Gestapo.

– Zapewniam pana, że to są brednie szalonej dziewczyny – odparł spokojnie Szymon. – Mój brat nie mógł jej napastować, ponieważ był... – Szymon zawahał się na moment – ...ponieważ był homoseksualistą. Między innymi dlatego wysłała ten anonim. Panienka zadurzyła się, poczuła się odrzucona i postanowiła się zemścić.

– Rozumiem. Nie wiem jednak, co mógłbym z tym zrobić. – Francuz wskazał głową na list i prosił w duszy Boga, by ten amerykański Żyd nie zapytał o nazwisko policjanta, który prowadził sprawę w 1940 roku.

– Proszę mi go skopiować. Sam wymierzę sprawiedliwość. Nie chcę niczego od francuskich władz.

Komendant Jacques Clicheau w sumie był bardzo zadowolony. Wykonano odpis donosu potwierdzony przez francuską policję. Podsunął do podpisu dokument o zrzeczeniu się przez rodzinę denata jakichkolwiek roszczeń wobec Francji i przekazał kopię listu Szymonowi.

Honor Francji został ocalony. Honor Clicheau również.

Rozdział dziesiąty

TAJEMNICA STARSZEJ PANI

Warszawa, współcześnie

Po pogrzebie Dominika Max czuł się przybity. Miał przeświadczenie graniczące z pewnością, że w jego życiu dzieje się coś, nad czym nie ma kontroli. Kilka dni wcześniej w Nowym Jorku wykonał zlecenie dla kogoś o nazwisku Rajnfeld dotyczące malarza, którego śmierć była w jakiś nieznany mu sposób powiązana ze śmiercią siedemnastolatka. Musiał się dowiedzieć czegoś więcej o tym malarzu, a intuicja podpowiadała mu, żeby z pytaniami o niego nie zwracać się – przynajmniej na razie – do izraelskiego zleceniodawcy.

– Znasz kogoś, kto mógłby mi powiedzieć coś o Rajnfeldzie, tym malarzu, o którym wspomniała twoja matka?

Agata popatrzyła na niego nieco zaskoczona.

– Chcesz rozpocząć poszukiwania morderców mojego syna od tego, co usłyszałeś od dziewięćdziesięcioletniej kobiety?

Jej też wolał nie wspominać o swoim ostatnim zleceniu.

– Mam nosa w takich sprawach. Myślę, choć na razie nie mam na to dowodów, że śmierć Dominika może mieć głębsze podłoże, niż przypuszczasz.

– Dlaczego tak uważasz? – spytała, zapalając papierosa.

– Twoja mama wprawdzie ma swoje lata i jest poważnie chora, ale według mnie, jej umysł wciąż jest bardzo sprawny.

Agata skinęła głową, bo musiała przyznać mu rację.

– Jeśli ona twierdzi, że ciało Józefa Rajnfelda znaleziono w takiej samej pozycji jak ciało Dominika, że był tak samo ubrany, że również miał bose stopy, to ja jej wierzę. Poza tym ma dowód w postaci listu Iwaszkiewicza. Nie zastanowiło cię, dlaczego tak znany pisarz jak Iwaszkiewicz pisze do twojej mamy? Musieli się znać, a w liście jest dość dokładny opis zwłok Rajnfelda. Twój syn nie był kolekcjonerem starych brzytew, prawda? Kto w ogóle w dzisiejszych czasach ma coś takiego jak brzytwa?!

– Nie mam pojęcia, skąd Dominik ją wytrzasnął.

– Nie wytrzasnął – odpowiedział z przekonaniem Max. – Sprawdziłem w internecie. Sama wiesz, że można w nim znaleźć wszystko, również strony, na których kolekcjonerzy różnych dziwnych przedmiotów dzielą się swoimi doświadczeniami. Jedni zbierają pamiątki po pierwszej komunii świętej, drudzy znaczki pocztowe, jeszcze inni są kolekcjonerami brzytew.

– Czy ci ludzie już naprawdę nie mają się czym zajmować? – prychnęła Agata.

– No więc – ciągnął Max – znalazłem taką stronę, na której gość z Lublina chwali się swoimi brzytwami. Jedna z Paryża z czasów secesji i Alfonsa Muchy, inne brytyjskie z czasów kolonialnych. A teraz słuchaj uważnie, bo to jest najciekawsze: ów fan białej broni twierdzi, że ma również narzędzie, które służyło do podrzynania gardeł czarnuchom i Żydom, czyli brzytwę firmy Henckel model tysiąc dziewięćset czterdziesty, rękojeść wykonana z czarnego orzecha. Po prostu cacko.

– Po co mi to mówisz? – zapytała Agata.

– To jest właśnie ta brzytwa, której zdjęcie przesłałaś mi, kiedy wyszłaś od Jastrzębskiego. Zadzwoniłem do tego gościa do Lublina i przedstawiłem się jako napalony kolekcjoner brzytew ze Stanów, czym wzbudziłem jego zainteresowanie, bo doskwiera mu brak amerykańskich brzytew. Powiedział mi, że ta ze zdjęcia była hitlerowskim ostrzem do golenia czystych rasowo esesmańskich gardeł.

– Nie mieści mi się to w głowie.

– To jeszcze nie wszystko. Postanowiłem sprawdzić rachunek i zadzwoniłem do sklepu, w którym został wystawiony. Nigdy nie mieli takiej brzytwy, a poza tym nie zgadza się NIP.

Agata poczuła dreszcz grozy, gdy uświadomiła sobie, że jej syn był zamieszany w coś takiego. Z drugiej strony, nie wierzyła, że Dominik mógłby się zaangażować w zabawy skrajnej prawicy. Po raz pierwszy przemknęło jej przez głowę, że egzekucja na jej synu może być czymś w rodzaju przesłania. Które należało właściwie odczytać. Pomyślała, że ta sprawa ją całkowicie przerasta.

– Kiedy dokładnie zginął Rajnfeld? – spytała po chwili.

– Wyczytałem w Wikipedii, że w tysiąc dziewięćset czterdziestym.

– Siedemdziesiąt pięć lat temu. Jezu… Ktoś ułożył Dominika tak samo po tylu latach?

– Na to wygląda.

Agata zakryła dłońmi twarz i przez chwilę siedziała z opuszczoną głową, pocierając palcami czoło.

– Chyba znam kogoś, od kogo będziesz się mógł dowiedzieć czegoś więcej o tym malarzu.

– Kto to taki?

– Wanda Raczkiewicz-Ottenberg, dyrektorka działu polskiego malarstwa współczesnego w Muzeum Narodowym. Moja dobra koleżanka.

– Daj mi numer jej telefonu.

Znalazła numer w swojej komórce i przedyktowała Maxowi.

– Pojadę do mamy do szpitala – powiedziała, wstając.

Kiedy został sam, siedział, intensywnie myśląc. Coś w tym wszystkim nie dawało mu spokoju. Ta zbrodnia była... Szukał odpowiedniego słowa. Zbyt wydumana? Zbyt teatralna! Tak, to było właściwe. Tylko kto był reżyserem tego makabrycznego przedstawienia? Na razie do głowy przychodziła mu tylko jedna osoba – jego izraelski zleceniodawca. Człowiek, dla którego odszukał w Nowym Jorku materiały związane z Lechoniem.

*

Tymczasem Patrycja „Mrówka" Mrówczyńska zdobywała kolejne namiary na koleżanki i kolegów z rozwiązanej klasy. Nie daruje im śmierci Dominika, przysięgła sobie. Patrycja miała kilka ukrytych talentów, z którymi raczej się nie afiszowała. Na przykład potrafiła włamywać się do komputerów. Zamierzała się włamać do komputerów wszystkich hejterów i zainfekować je jakimś wyjątkowo paskudnym wirusem. Właśnie zabierała się do pracy, kiedy zadzwonił telefon; numer nieznany. Chwilę się wahała, czy go nie zignorować, ale w końcu odebrała.

Usłyszała nieznajomy głos.

– Nazywam się Max Kwietniewski, jestem prywatnym detektywem – przedstawił się. – Przyjacielem Agaty Wróblewskiej, matki Dominika.

– Nigdy pana u nich nie widziałam.

– Nie mogłaś mnie widzieć. Przyleciałem niedawno z Ameryki.

– To znaczy skąd?

– Z Nowego Jorku.

Na chwilę zapadła cisza. Jedną z umiejętności, która przydawała się Maxowi w pracy detektywa, było to, że czasami potrafił bezbłędnie interpretować milczenie rozmówcy, nawet jeśli ten był po drugiej stronie linii telefonicznej. Domyślił się, że dziewczyna nie przepada za Amerykanami.

– Rozumiem, że nie darzysz specjalną sympatią supermocarstwa zza Atlantyku.

Słyszał wręcz, jak Patrycja się zachłystuje, zaskoczona, że ją rozpracował.

– Nie przejmuj się, nie ty jedna – rzucił ze śmiechem, a potem dodał już bardzo poważnie: – Prowadzę śledztwo w sprawie śmierci Dominika. Nie spotkałabyś się ze mną?

– Tak, ale pod warunkiem że jest pan ciekawym gościem, a nie jakimś zjebem, który myśli, że po ulicach Warszawy chodzą białe niedźwiedzie, wydaje mu się, że Stany Zjednoczone to ósmy cud świata i ostoja demokracji, i jest za wolnym dostępem do broni palnej... – Przerwała, żeby zaczerpnąć powietrza, i szybko dodała: – Chociaż akurat teraz nie miałabym nic przeciwko temu, żeby dostać do ręki berettę i wystrzelać wszystkich tych gnoi, którzy zabili Dominika.

Max zerknął na zegarek. Nie rozmawiał z tą dziewczyną dłużej niż dwie minuty, a już ją lubił.

Roześmiał się.

– Jestem tylko w połowie Amerykaninem.

– A w połowie Polakiem – domyśliła się Mrówka. – No tak, przecież inaczej nie mówiłby pan tak dobrze po polsku.

– Ale chyba jestem inny niż większość Polaków – odparł Max.

– Tak jak Dominik? – zapytała dziewczyna.

– Nie, nie w takim sensie. Widziałaś mnie na pogrzebie Dominika.

– Nie patrzyłam. Nie byłam w stanie rozglądać się po ludziach.

– Jestem czarnoskóry.

– To pan?! Jasne, że pana widziałam. Jest pan zatem nienormatywnym osobnikiem gatunku *Homo sapiens*, tak jak ja.

– Jesteś gotką? – zaskoczył ją.

– Przeszkadza to panu?

– Nie, w Nowym Jorku każdy ma prawo wyglądać tak, jak chce.

– Kiedy i gdzie się spotkamy? – spytała, teraz już przekonana, że powinna z nim porozmawiać.

– Znasz restaurację Wróbel i Przyjaciele?

– Jasne, wszyscy ją znają. No i Dominik czasami mnie zabierał do knajpy swojego ojca.

– W takim razie spotkajmy się tam o osiemnastej.

*

Dopóki matka Agaty nie dojdzie do siebie na tyle, by Max mógł ją wypytywać, doktor Wanda Raczkiewicz-Ottenberg wydawała się idealnym źródłem informacji o życiu i twórczości Józefa Rajnfelda. Max uznał zresztą, że dobrze będzie mieć jakie takie pojęcie o tym malarzu, zanim wysłucha Barbary.

Zadzwonił do Wandy ze swojego zabezpieczonego telefonu komórkowego, powołał się na Agatę i pokrótce wyjaśnił, o czym chciałby porozmawiać. Zaproponowała, żeby przyjechał od razu. Wsiadł więc w autobus 522 – lubił poruszać się po Warszawie środkami komunikacji miejskiej – wysiadł na rogu Marszałkowskiej i Alei Jerozolimskich i doszedł pieszo do Muzeum Narodowego.

Doktor Raczkiewicz-Ottenberg przyjęła go w magazynie. Była typem intelektualistki; niezbyt ładna, ale świetnie ubrana – designerskie ciuchy, ale z tych droższych kolekcji, żadnych znaczków firmowych, stonowane kolory, prosty krój. Jej oczy kryły się pod doskonale dobranymi okularami.

– Pewnie dziwi się pan, że zaprosiłam pana właśnie tutaj – powiedziała, kiedy już się przywitali.

Rozejrzał się.

– Ma pani bardzo ciekawe miejsce pracy.

Ściany magazynu były dawno nieodnawiane. W powietrzu czuło się zapach... staroci. No ale czym miało tu pachnieć? Chanel No.5?

– W czasach Polski Ludowej mieliśmy tu znacznie gorzej. Przez dwadzieścia lat moje biurko stało w piwnicy. Tylko że to miało swoje zalety. W piwnicy można znaleźć dzieła sztuki, których z różnych powodów nie pokazuje się publicznie, lub takie, o których po prostu zapomniano.

Max znowu się rozejrzał. Przysłonięte płachtami obrazy jak gdyby czekały na dawnych właścicieli.

– Czy Józef Rajnfeld był znanym malarzem? – zapytał.

– W swoim czasie tak, ale to było dawno temu. Dlaczego pan się nim interesuje? – zapytała Wanda.

– Mam podstawy, by przypuszczać, że ktoś chce go pomścić. Czy pani coś wie na temat jego śmierci?

Wanda nie tylko świetnie znała się na polskiej sztuce XX wieku, ale była bardzo bystrą kobietą. Domyśliła się, że chodzi o syna jej koleżanki Agaty.

– Czy to ma związek z Dominikiem? – spytała. – To straszne, co się stało.

Przez chwilę uważnie się jej przyglądał, w końcu doszedł do wniosku, że nie ma sensu jej okłamywać. Na swoim telefonie komórkowym miał zdjęcie listu Iwaszkiewicza do Barbary z roku 1956. Pokazał go jej. Wanda Raczkiewicz-Ottenberg przeczytała go i zrobił na niej wrażenie.

– W zasadzie ten list potwierdza to, co wiemy o jego śmierci. W czerwcu czterdziestego roku Rajnfeld chciał ukryć się przed Gestapo w Biarritz, kurorcie nad Atlantykiem, do którego zjeżdżała śmietanka intelektualna Drugiej Rzeczypospolitej. Teza o jego samobójstwie zawsze wydawała mi się bardzo naciągana.

– Dlaczego? Niemcy ścigali przecież Żydów, prześladowali ich.

– Tak, tylko że natężenie prześladowań było różne, w zależności od miejsca i okresu. Mówimy o lecie czterdziestego roku. Niemcy świętowali powalenie Francji na łopatki i wyeliminowanie jej z wojny. Uważa pan, że dwa miesiące po kapitulacji Paryża Gestapo nie miało nic lepszego do roboty niż ściganie żydowskiego artysty?

– Podaje pani w wątpliwość oficjalną wersję? – chciał się upewnić Max.

– Nie, analizuję fakty. Może ktoś go zadenuncjował; niestety, nie mam pojęcia kto. Mogło też chodzić o napad rabunkowy, tylko że zabójca albo zabójcy się przeliczyli, ponieważ Rajnfeld nie miał ani grosza. Ciało ułożono tak, żeby wszystko wyglądało na samobójstwo. Ale zaznaczam, że to tylko moje domysły. Ludzie, którzy wówczas go znali, a przyjaźnił się przed wojną z wieloma wpływowymi postaciami z polskiego świata sztuki, z malarzami i literatami, nie pomogli mu, gdy znalazł się w opałach.

– Dlaczego? – zapytał zainteresowany Max.

– Był gejem... używając dzisiejszej terminologii.

– I?

– Przedwojenna warszawska elita była w stanie przymknąć oko na różne układy towarzyskie, ale nigdy nie zaak-

187

ceptowano by ich oficjalnie. Wszyscy wiedzieli, na przykład, że Karol Szymanowski zawsze miał obok siebie jakiegoś przystojnego młodego człowieka. Pisał o tym nawet w swoich dziennikach Jarosław Iwaszkiewicz, zdeklarowany biseksualista, który też był kochankiem Rajnfelda. Pewnie pan o tym nie słyszał, ale kiedy Szymanowski zmarł na gruźlicę, rodzina zniszczyła wszystkie listy prywatne, w których pozostał choćby ślad jego skłonności homoseksualnych. W ten sposób zniszczono bezcenny materiał biograficzny. Wiemy, że Rajnfeld właśnie latem czterdziestego roku zwrócił się o pomoc do swojego kochanka, poety Jana Lechonia, zresztą bardzo prawicowego, nawet jak na owe czasy. Lechoń odmówił mu pomocy, ponieważ nie chciał, aby ich romans się wydał.

– To podłe – powiedział Max.

– Owszem. Myślę jednak, że bardzo tego żałował, zwłaszcza kiedy dowiedział się o jego śmierci. I Iwaszkiewicz z pewnością wiedział więcej, niż mógł napisać. – Wanda przerwała na chwilę; spojrzała w oczy Maxa. – Mogę pana o coś zapytać?

– Oczywiście.

– Skąd pomysł, by łączyć śmierć Rajnfelda ze śmiercią Dominika? Co jeden z drugim miał wspólnego? Minęło siedemdziesiąt pięć lat. To szmat czasu. Nie widzę związku, proszę mi wybaczyć szczerość.

Wolał jej nie opowiadać o ułożeniu ciał, ubraniach, narzędziach zbrodni. Ale pytanie sprawiło, że znów pomyślał o podobieństwie, o stylizacji śmierci Dominika na śmierć Rajnfelda. I jego teoria o tym, że ktoś – z sobie tylko znanych powodów – koniecznie chciał je połączyć, jeszcze się wzmocniła.

– Po prostu mam pewną poszlakę – odparł. – Bardzo pani dziękuję. Naprawdę mi pani pomogła, choć w tym momencie prawdopodobnie nie jestem jeszcze w stanie należycie tego ocenić.

Wanda po raz kolejny dała dowód bystrości swojego umysłu. Domyśliła się, że przyjaciel Agaty nie może zdradzić jej wszystkiego, i nie wypytywała.

– Coś panu pokażę – powiedziała i zaprowadziła go do pomieszczenia, gdzie przechowywano prace Rajnfelda. Wyciągnęła pejzaż. Obraz nie miał tytułu; został namalowany we Włoszech, w Umbrii. Przedstawiał katedrę w Orvieto, jedno z najdoskonalszych dzieł architektonicznych włoskiego średniowiecza. Na obrazie Rajnfelda wyłaniała się z październikowej mgły jak statki na marynistycznych obrazach Williama Turnera.

Max nie znał się na sztuce, ale pomyślał, że nie trzeba być ekspertem w tej dziedzinie, by wiedzieć, że ten pejzaż jest wartościowym dziełem. Polacy to jednak bardzo dziwny naród, który często zapomina o swoich artystach. Tyle że ten akurat artysta miał podwójnego pecha: był Żydem i homoseksualistą. Prawdziwi Polacy nie lubią ani jednych, ani drugich.

*

Hejterzy, którzy doprowadzili Dominika do śmierci, starali się nie rzucać w oczy. Ida drżała na myśl o tym, że w jej nowej szkole wszystko się wyda – ludzie dowiedzą się, że brała udział w zaszczuwaniu syna Wróblewskiej. Kilka razy zadzwoniła do Ewy, ale ta, po przekazaniu jej trzech tysięcy, powiedziała, żeby więcej nie próbowała się z nią kontaktować.

Ida bała się coraz bardziej. Przestała się z kimkolwiek spotykać, nocami miała koszmary. Któregoś razu przyśnił jej się Dominik, jak podchodzi do niej z poderżniętym gardłem. Obudziła się z krzykiem. W końcu bezradni rodzice zaprowadzili ją do Ośrodka Leczenia Nerwic Młodzieżowych. Lekarze z miejsca zdiagnozowali depresję i przepisali psychotropy. Niestety, jak to się czasem zdarza w pierwszej fazie ich przyjmowania, depresja się pogłębiła i cztery dni po wizycie od psychiatry Ida próbowała się powiesić, tyle że hak żyrandola nie wytrzymał jej ciężaru, kabel się urwał, powodując spięcie w instalacji elektrycznej, a Ida tylko potłukła sobie kolana. Rodzice, przerażeni tym, że córka targnęła się na życie, zdecydowali się zawieść ją do szpitala psychiatrycznego na Sobieskiego.

*

Restauracja Wróbel i Przyjaciele była tego dnia wyjątkowo pusta, jakby wszyscy stali klienci w jakiś cudowny sposób dowiedzieli się, że jej właściciel przeżywa żałobę, i wybrali inne lokale, żeby nie burzyć spokoju tego miejsca.

Siedzieli przy dwuosobowym stoliku w kącie sali. Max od razu zauważył, że dziewczyna czegoś się boi. W Nowym Jorku widział wiele takich pokiereszowanych przez życie dzieciaków jak ona. Miała ufarbowane czarne włosy, kolczyki w nosie, na języku oraz w uszach.

– Dlaczego nazywają cię Mrówka?

– To z kreskówki o takim samym tytule. Podobała mi się i jakoś tak przylgnęła do mnie ta ksywka.

– Nie wciskaj mi kitu o kreskówkach. Jestem na to za stary i za bardzo doświadczony.

Popatrzyła na tego elegancko ubranego mężczyznę o bystrych brązowych oczach i czekoladowej barwie skóry.

– To ksywka ze środowiska hakerów – przyznała się. – Czasami warto wiedzieć, co nasi bliźni trzymają i oglądają w swoich komputerach. Poza tym nazywam się Mrówczyńska.

– I co takiego oglądają twoi bliźni w internecie? – zapytał rozbawiony Max.

– Porno. – Nie wiadomo dlaczego, ale czuła, że może, i powinna, mu zaufać. Wydawał się zupełnie inny niż wszyscy ludzie, których znała. Ona też czuła się inna. Sojusz outsiderów. – Niech pan pyta, ale ja też będę chciała dowiedzieć się czegoś o panu.

– Po co ci wiedza o mnie? – zapytał rozbawiony Max.

– Bo ja wiem? Może mi się pan podoba? – Uśmiechnęła się nieco kokieteryjnie, co zupełnie do niej nie pasowało.

Nieco się odsunął razem z krzesłem i spojrzał na nią, mrużąc oczy.

– A nie jestem przypadkiem trochę dla ciebie za stary? Poza tym nie wyglądasz mi na dziewczynę, która kolekcjonuje facetów.

– Nie kolekcjonuję, ale to ja ich sobie wybieram.

– Ty wybrałaś Dominika?

Uciekła wzrokiem przed Maxem.

– Trudno powiedzieć, żebym go wybrała – odparła, wpatrując się w blat stołu. – Bardzo ukrywał przed wszystkimi swoje życie osobiste. Bał się napiętnowania. Może pan tego nie wie, ale żyjemy w popierdolonym kraju. – A wracając do pana pytania, to tak, wybrałam go.

Popatrzył na nią nieco zdziwiony.

– To nie tak, jak pan myśli – pospieszyła z wyjaśnieniem. – Dominik był po tęczowej stronie z przekonania i z natury. Ale mnie to nie przeszkadzało. Kochał pan kiedyś kogoś?

– Oczywiście, nie raz – odparł poważnie.

– Ale czy pan kochał tak naprawdę?

– A co to, według ciebie, znaczy: kochać kogoś naprawdę?

– To jest ból. Nie do zniesienia. Jest pod czaszką, w każdej kropli krwi i w każdej komórce ciała.

Max nie dał po sobie poznać, jak bardzo ujęła go ta odpowiedź. Myślał przez chwilę o swoich kobietach, które odeszły. O żonie Monice, której grób znajdował się w Warszawie, i o Elisabeth, która tak bardzo go zraniła.

Tymczasem Mrówka mówiła dalej:

– Właśnie tak go kochałam, chociaż wiedziałam, że nigdy nie pójdzie ze mną do łóżka, nawet z litości. Dał mi to jasno do zrozumienia. Zresztą on już kogoś miał.

– Tego chłopaka ze zdjęcia?

– Tak.

– Co to za jeden?

– Ma na imię Grzegorz, jest studentem ASP. Poznali się niedawno, zresztą Dominik nie mówił mi wszystkiego o swoich łóżkowych sprawach. Nie musiał mi się spowiadać.

– Rozumiem. – Max przyglądał jej się chwilę, a potem powiedział: – Zamierzam znaleźć zabójców Dominika.

– Jest pan pewny, że to było morderstwo?

– Tak.

– Chciałabym panu pomóc. Od śmierci Dominika nic już nie jest takie samo. Jestem głupią i nielojalną idiotką.

– Dlaczego?

– Mogłam przerwać tę falę hejtu, ale nie zrobiłam tego. Dwa dni przed tym, jak Dominik zniknął, przyszedł do mnie do domu, ale go nie wpuściłam. Następnego dnia miał być sprawdzian z matmy... – Pokręciła głową. – Nie, tak naprawdę nie o to chodziło. Po prostu stchórzyłam. Bałam się, że jeśli oficjalnie stanę po jego stronie, to mnie też zgnoją. Już i tak się mnie czepiali...

Wargi jej zadrżały; widać było, jak walczy ze łzami. Max ujął jej dłoń i ścisnął po przyjacielsku.

– Dlaczego oni to zrobili? – spytał.

– Pyta mnie pan, dlaczego Ida się na niego uwzięła? Chyba miała osobisty powód. Przed rozpoczęciem roku szkolnego ja i Dominik byliśmy u niej na domówce. Widziałam, że ze sobą rozmawiali. Ona chyba się do niego przystawiała, a on ją spławił. No i sam pan wie, jak to się skończyło.

– Skąd wzięli to zdjęcie?

– Nie mam pojęcia. – Zmarszczyła czoło.

– Co? – rzucił Max, widząc, że dziewczyna intensywnie się nad czymś zastanawia.

– Może się mylę, ale według mnie Ida jest za głupia, żeby to zorganizować. Ktoś jej w tym musiał pomóc. Mnie to wygląda na szerzej zakrojoną intrygę.

– Dlaczego tak uważasz?

– Ja i Dominik byliśmy w klasie nowi. Było jeszcze za wcześnie na konflikty w grupie. W sumie, pomijając to, że wtedy na imprezie Dominik spławił Idę, to nawet nie miał kiedy narobić sobie wrogów.

To się wszystko nie trzyma kupy, pomyślał Max. I po raz kolejny przy tej sprawie przyszło mu do głowy słowo: teatr. Ktoś chce, by śmierć Dominika Wróblewskiego wyglądała na samobójstwo, które chłopak popełnił po tym, jak go zaszczuto z powodu jego orientacji seksualnej. Ktoś to wszystko rozgrywa, stylizuje na śmierć Rajnfelda z 1940 roku.

– A wracając do zdjęcia – powiedział. – Chciałbym porozmawiać z tym chłopakiem.

– Tym ze zdjęcia? To Grzegorz. Mówiłam już. Student malarstwa. Zadzwonię do niego, ale on niewiele wie. Jest kompletnie rozbity. Nie był w stanie nawet iść na pogrzeb...

Max od kilku minut miał wrażenie, że ta dziewczyna może mu pomóc w śledztwie, już choćby dlatego, że znała aktorów dramatu. No i była cholernie bystra.

– Czy policja już skontaktowała się z Grzegorzem? – spytała Patrycja.

– Nie wiem... Wiem tylko, że na pomoc policji nie bardzo możemy liczyć.

– Dlaczego? Przecież Dominik był synem znanej dziennikarki.

– Właśnie dlatego, że był jej synem, sprawa może być utrudniona. Demaskując ludzi związanych z operacją Lunatyk, naraziła się wielu osobom. – Spojrzał na dziewczynę, żeby się zorientować, czy wie, o czym on mówi. – Słyszałaś o tej aferze?

Skinęła głową.

– Cała Polska słyszała, a ja wiedziałam pewnie nawet więcej niż inni, bo opowiadał mi o tym Dominik.

– W każdym razie ja i Agata zaleźliśmy za skórę kilku wpływowym ludziom w tym kraju. Dostałem nawet na jakiś czas zakaz wjazdu do Polski. Więc nie bardzo możemy liczyć na współpracę z władzami. Zwłaszcza że śledztwo w sprawie Dominika prowadzi prokurator, z którym się wtedy zetknęliśmy, i to w mało przyjemny sposób.

Max rozważał, czy śmierć Dominika może mieć jakiś związek z tamtymi wydarzeniami. Na razie nic na to jednak nie wskazywało.

– A wracając do twojej teorii o szerzej zakrojonej intrydze...

– To nie żadna teoria – sprostowała Mrówka. – To tylko moje przypuszczenie.

– Jak zwał, tak zwał. Ale myślę, że możesz mieć rację. – Przez chwilę zastanawiał się, ile może jej zdradzić, i doszedł do wniosku, że może jej ufać. – Babcia Dominika twierdzi, że sposób ułożenia jego zwłok przypomina jej sprawę sprzed siedemdziesięciu pięciu lat. W tysiąc dziewięćset czterdziestym roku, podczas wojny, na plaży w pobliżu Biarritz znaleziono zwłoki Józefa Rajnfelda, polskiego malarza żydowskiego pochodzenia. Uznano, że popełnił samobójstwo. To nie wszystko, Rajnfeld również miał podcięte gardło i w ręce trzymał brzytwę.

Patrycja wpatrywała się w Maxa, chłonąc każde jego słowo.

– To nie wszystko – dodał. – Obaj byli bardzo podobnie ubrani.

Pokręciła głową z niedowierzaniem.

– Widziałaś kiedyś, żeby Dominik miał brzytwę? – zapytał Max i pokazał jej na blackberrym zdjęcie zrobione przez Agatę.

Dziewczyna pochyliła się nad stołem i drgnęła, spojrzawszy na ekran.

– Nie, nigdy – odparła zdławionym głosem.

Chociaż starała się sprawiać wrażenie silnej, Max wiedział, że tak naprawdę jest bardzo krucha, i przemknęło mu przez myśl, że może nie powinien jej w to wszystko mieszać.

Zanim zdążył powiedzieć, że lepiej, jeśli będzie się trzymała od tego z daleka, Mrówka spojrzała na niego swoimi wielkimi zielonymi oczami.

– Musimy dopaść tych skurwieli, którzy zabili Dominika – wyrzuciła z siebie.

– To może być niebezpieczne.

– Gówno mnie to obchodzi! – zawołała i Max, rozejrzawszy się automatycznie po restauracji, ucieszył się, że jest pusta. Tylko barman na chwilę uniósł wzrok, a potem wrócił do swojej pracy... czy raczej do udawania, że pracuje. – Chcę panu pomóc, a jak nie...

Domyślił się, co od niej usłyszy.

– W porządku – rzucił szybko. Nie miał wątpliwości, że jeśli odsunie ją od swojego śledztwa, dziewczyna zacznie działać na własną rękę, a wtedy może sobie naprawdę napytać biedy. – Więc co mamy?

– Idę. Zwariowała albo zaraz zwariuje. Próbowała się powiesić. Jest w psychiatryku na Sobieskiego.

– Skąd wiesz?

Mrówka opuściła głowę.

– Włamałam się do jej komputera.

Jakoś go to nie zdziwiło.

– No, pięknie…

– Zawsze wiedziałam, że jestem zdolna – rzuciła z łobuzerskim uśmiechem.

– Musimy tam pojechać. Jutro… Ale ty masz przecież szkołę.

– Pierdolę tę szkołę, cały ten wyścig szczurów.

*

Tego dnia Max musiał odbyć jeszcze jedną rozmowę. Po południu zadzwoniła Agata. Jej matka koniecznie chciała mu coś powiedzieć. Pojechał więc na Ursynów do Centrum Onkologii.

Barbara czuła się nieco lepiej. Agata siedziała obok na krześle przy łóżku.

– Zostaw mnie i pana Maxa samych, kochanie – zwróciła się do niej matka.

Agacie średnio się to podobało, ale postanowiła się nie sprzeciwiać. Gdy wyszła, Barbara wskazała krzesło, które przed chwilą zwolniła jej córka.

– Urodziłam ją późno – zaczęła, odczekawszy chwilę. Słowa padały wolno, jakby mówienie sprawiało jej kłopot, czemu trudno się było dziwić. – Dobrze po czterdziestce. Ciąża w takim wieku często wiąże się z komplikacjami, i tak właśnie było w moim przypadku. Przeleżałam więc w szpitalu trzy ostatnie miesiące, żeby donosić tę ciążę.

196

Przerwała; może chciała chwilę odpocząć, Max przypuszczał jednak, że to, co zamierza mu powiedzieć, nie będzie proste, i kobieta nie wie, jak zacząć. Nie popędzał jej. Patrzył na bladą, pomarszczoną twarz, która kiedyś musiała być piękna. Czekał cierpliwie, ale w końcu pomyślał, że może Barbara też czeka, aż on się odezwie. Zrobił to.

– Proszę mnie poprawić, jeśli się mylę, ale...

– Tak?

– Wydaje mi się, że to, co stało się z pani wnuczkiem, nie było dla pani aż tak wielkim zaskoczeniem. Mam wrażenie, że pani wie, dlaczego to się stało...

Nieznacznie skinęła głową i znów chwilę trwało, zanim się odezwała. Pokazała mu przecież niezbity dowód na związek między tymi dwiema tak odległymi od siebie w czasie zdarzeniami. Spojrzała mu w oczy.

– Myślę, że ktoś ukarał mnie za to, co zrobiłam wiele lat temu. Ukarał w najbardziej bolesny sposób.

Patrząc na tę drobną, bezbronną staruszkę, Max nie potrafił sobie wyobrazić, że zrobiła coś, co pchnęło kogoś do tak straszliwej zemsty.

– Wiem, nad czym się pan teraz zastanawia – powiedziała. – Za co zostałam ukarana. Co takiego potwornego mogła zrobić stara kobieta hodująca pszczoły.

– To prawda – przyznał Max. – Choć wiem od pani córki, że nie zawsze zajmowała się pani hodowlą pszczół.

Barbara uśmiechnęła się blado.

– Dowiedział się pan czegoś o Józefie Rajnfeldzie? – zapytała.

Ani słowem nie wspomniał o swoim izraelskim zleceniodawcy. Powtórzył tylko to, co usłyszał od Wandy Raczkiewicz-Ottenberg.

– Ona uważa, że Józef Rajnfeld nie popełnił samobójstwa, ale został zabity i upozorowano samobójstwo. List Iwaszkiewicza w żaden sposób tego nie wyklucza.

Barbara cicho westchnęła. Nieodparcie czuł, że ta kobieta wie na ten temat dużo więcej. I był przekonany, że nie ściągnęłaby go tutaj, gdyby zamierzała to zachować dla siebie. Postanowił więc cierpliwie czekać.

– Kochał pan kogoś, kiedy był pan chłopcem? – zapytała w końcu.

– Oczywiście – odparł, po czym, czując, że Barbara chce mówić o czymś, co zdarzyło się w okresie jej młodości, dodał: – Tylko że dziewczyny w czasach, gdy byłem nastolatkiem, były dosyć... hm... głupie.

Staruszka uśmiechnęła się gorzko.

– Ale pewnie nie podłe – rzuciła.

Max wzruszył ramionami.

– Kiedy przypominam sobie dziewczynę, jaką byłam przed wojną... – Pokręciła głową. – Bo widzi pan, byłam wtedy nie tylko straszliwie głupia, ale także podła. Po szczeniacku zakochałam się w Rajnfeldzie, nieprzytomnie. To był jakiś amok, toksyczna miłość, która całkowicie mną zawładnęła. Nie miałam pojęcia, że jest inny. Prawdę mówiąc, nie wiedziałam, że coś takiego w ogóle jest możliwe, że mężczyzna może z mężczyzną... i tak dalej. Tak czy inaczej Rajnfeld nie interesował się kobietami.

– Jak pani wnuk – dorzucił Max.

Barbara popatrzyła na niego swoimi zapadniętymi, ale bardzo przejrzystymi oczami.

– Tak. Czy to nie jest dziwne? To naprawdę niesamowite, ale mój wnuk pod wieloma względami, nie tylko jeśli chodzi o sprawy intymne, był podobny do Józia. Obaj byli bardzo szlachetni, niezdolni do wyrządzenia innym podłości i, niestety, żaden z nich nie potrafił się bronić, gdy go krzyw-dzono. Mój wnuk nie miał nikogo, bo z całym szacunkiem dla Agaty, całkowicie go zdominowała, musiał żyć pod jej dyktando. Moja córka nie rozumiała własnego syna. Teraz zdaje sobie z tego sprawę, i to jest dla niej najgorszą udręką. Szkoda, że to pan nie był jego ojcem.

Parsknął śmiechem.

– Dlaczego pan się śmieje? Odwiedzała przecież pana w Stanach. Myślałam, że wy dwoje...

– Ja i pani córka jesteśmy przyjaciółmi – przerwał jej – choć były chwile, kiedy byliśmy ze sobą blisko.

Tym razem to ona parsknęła śmiechem.

– Mój drogi, między kobietą i mężczyzną nigdy nie ma czystej przyjaźni. Zawsze jest to „coś".

Max zrozumiał, że starsza pani rozumie i widzi więcej, niż sama przyznaje. Nie było jednak czasu na dywagacje o stosunkach damsko-męskich. Postanowił więc wrócić do Dominika i Rajnfelda.

– Wygląda to tak, jakby pani wnuk, nie mając żadnych związków krwi z Józefem Rajnfeldem, stał się jego drugim wcieleniem. Ja oczywiście nie wierzę w takie rzeczy, ale wychowywałem się na Brooklynie, więc siłą rzeczy miałem wielu kolegów Żydów. Jeden z nich powiedział mi kiedyś, że Żydzi wierzą, że człowiek, którego bardzo skrzywdzono, może po śmierci, jako duch, dybuk, opętać innego człowieka lub się w niego wcielić. Nieodpokutowane zostaje, jątrzy i niszczy. Więc jeśli wierzyć w taką teorię, pani wnuk miałby być narzędziem do naprawienia zła.

Barbara pokiwała głową.

– Oczywiście nie wierzę w duchy, ale coś w tym jest. – Przerwała na chwilę, sięgnęła do szafki po plastikowy kubek z wodą, wypiła kilka łyków i spytała: – Czy pan wie, że przed wojną nazywałam się Szyling?

– Nie.

– Byłam córką bardzo bogatego warszawskiego fabrykanta. Moja matka obejmowała mecenatem utalentowanych artystów i jednym z nich był właśnie Józef Rajnfeld. Przyjeżdżał do nas także Iwaszkiewicz. Ostatnie przedwojenne lato Rajnfeld spędził w naszym domu w Spale. Nie wiedziałam wtedy o nim zbyt wiele. Był delikatnym, przystojnym mężczyzną... mógł się podobać młodym dziewczynom, takim jak ja. No i zakochałam się w nim na zabój. Co więcej, byłam przekonana, że on musi kochać mnie. Którejś nocy postanowiłam pójść do jego pokoju. Nie zastałam go tam, więc wyszłam na balkon i zobaczyłam go na dole, na tarasie, całującego się z mężczyzną.

Znowu zrobiła pauzę i wypiła trochę wody. Max czekał w milczeniu.

– To był dla mnie szok – podjęła opowieść Barbara. – Jak już panu mówiłam, nie wiedziałam, że coś takiego jak homoseksualizm w ogóle istnieje. I kiedy teraz o tym myślę, wydaje mi się, że byłam strasznie głupia. Powinnam była się domyślić. W końcu przyjeżdżał do nas Karol Szymanowski i Iwaszkiewicz, którzy byli tacy sami. Przyjeżdżał też Jan Lechoń. Pewnie pan nie wie, ale to był jego pseudonim.

Max zachował kamienną twarz, bo nie chciał zdradzić tego, co wiedział o Lechoniu. Korciło go, żeby poprosić starszą panią, by powstrzymywała się od dygresji i opowiadała tylko o tym, co mogłoby rzucić jakieś światło na związek śmierci Rajnfelda i Dominika. Z drugiej strony, pomyślał, warto by było dowiedzieć się o Lechoniu czegoś więcej.

– Lechoń to poeta, prawda? – spytał.

Barbara spojrzała mu w oczy.

– Wybitny polski poeta – uściśliła. – I... to on był tym mężczyzną, którego zobaczyłam z Józiem... to znaczy z Rajnfeldem. Mieli romans.

Opowiedziała, jak znienawidziła wujka i potem, kiedy tuż przed wybuchem wojny wyjechali do Paryża – Józia, który ją odtrącił. Jak po zajęciu Francji przez Niemcy musieli uciekać i Lechoń odmówił pomocy swojemu kochankowi.

– Może nie mógł pomóc? – wtrącił w tym momencie Max.

– Mnie i mojej matce pomógł – odparła Barbara. – Załatwił nam papiery i miejsce na brytyjskim niszczycielu odpływającym z Bordeaux. – A Józia... Rajnfelda zostawił na łasce losu. Spotkał go za to ostracyzm środowiska. Wypominali mu to Miłosz i Iwaszkiewicz. Sam bardzo tego żałował. A ja zadbałam o to, żeby do końca życia był przekonany, że to on jest winny śmierci Rajnfelda.

– Zadbała Pani? Nie rozumiem...

Staruszka głęboko westchnęła. Zbladła tak, jakby cała krew odpłynęła z jej twarzy.

– Mówiłam panu, że byłam podłą dziewczyną. Naprawdę złą. Pokłóciłam się z matką, ponieważ przed opuszczeniem Francji dała Rajnfeldowi pieniądze, chociaż niewiele nam już zostało. Byłam wściekła, postanowiłam się zemścić, na niej, na nim, na całym świecie. W Bordeaux poszłam na pocztę i wysłałam anonimowy donos na Rajnfelda. Napisałam, że próbował zgwałcić nieletnią dziewczynę i ukradł w Paryżu biżuterię o dużej wartości. No i podałam miejsce, w którym przebywał.

Max słuchał tego wstrząsającego wyznania w całkowitej ciszy. Nie wiedział, które z uczuć wobec Barbary jest w nim silniejsze – wściekłość, że zrobiła coś tak nieludzkiego, czy współczucie, że musiała tyle lat żyć z brzemieniem tego straszliwego czynu, ze świadomością, że prawdopodobnie doprowadziła do śmierci człowieka. Lecz nie przyszedł tu po to, by ją osądzać.

– Współczuję pani – powiedział cicho. – Ale nie mam władzy, by odpuścić pani grzechy.

Barbara zaśmiała się gorzko.

– Wierzy pan w Boga? – zapytała.

– Nie – odparł bez wahania, choć zaraz dodał: – Wierzę w porządek we wszechświecie, wierzę, że nic nie jest dziełem przypadku. I może czasami, kiedy na Boże Narodzenie idę w Nowym Jorku z matką na mszę do katedry, nazywam ten porządek Bogiem.

– Ja kiedyś, w okresie PRL-u byłam niewierząca. Takie były czasy. Teraz jednak mam wrażenie, że naszym życiem kieruje jakaś siła, która jest poza nami. I została mi wymierzona kara za to, że siedemdziesiąt lat temu zabiłam Józefa Rajnfelda… nawet jeśli to nie ja poderżnęłam mu gardło.

Max zerwał się na równe nogi.

– Rozumiem, że nie może pan znieść obecności osoby, która ma krew na rękach – powiedziała Barbara.

– Nie… Proszę powtórzyć to, co pani powiedziała.

– O tym, że rozumiem…?

– Nie, to wcześniejsze.

– O tym, że została mi wymierzona kara?

– Właśnie o tym.

Nie rozważał tego, co usłyszał, w kategoriach teologicznych. Dla niego był to trop. Motyw zabójstwa.

I zaraz po tym przyszło mu do głowy coś jeszcze. Tak jak wcześniej podejrzewał, że fala hejtu przeciwko Dominikowi mogła być tylko zmyłką, żeby uwiarygodnić samobójstwo, tak teraz zastanawiał się, czy przypadkiem ktoś nie próbuje stworzyć wrażenia, że zabicie chłopaka było zemstą za śmierć Józefa Rajnfelda, podczas gdy tak naprawdę chodziło o coś jeszcze innego.

Tylko o co?

Rozdział jedenasty

POŚRÓD CIENI

Warszawa, nazajutrz

Prokurator Jastrzębski przyszedł rano do pracy w doskonałym humorze, zdecydowany zamknąć śledztwo w sprawie śmierci Dominika Wróblewskiego. Akta sprawy, trzy opasłe tomiska w kremowej teczce, z czerwonym pasem, oznaczone sygnaturą, miały zostać tego dnia wysłane do sądu. Prokurator występował z oskarżeniem tylko jednej osoby, która prześladowała ofiarę i nakłaniała do tego czynu nieletnich. Zdawał sobie jednak sprawę, że w najgorszym przypadku skończy się to dla Idy Frankowskiej kuratorem sądowym i po kilku miesiącach sprawa rozejdzie się po kościach.

W głębi duszy – mimo niechęci do Agaty Wróblewskiej – współczuł jej śmierci syna. Pomyślał nawet, że to dobrze, że sam nie ma dzieci. Ale za bardzo zależało mu na karierze, by zwykłe ludzkie odruchy mogły wpłynąć na jego decyzję. A człowiek, od którego wiele zależało, zasugerował mu niedwuznacznie, by jak najszybciej zamknąć tę sprawę. Tego dnia, kiedy Jastrzębski rozmawiał z nim na ulicy i napomknął, że jest skłonny zamknąć sprawę, wieczorem dostał przesyłkę z dwudziestoletnią malt whisky.

Nadawca prezentu trochę na wyrost okazał swoją wdzięczność, więc prokurator nie mógł go zawieść. Prawdę powiedziawszy, jako wierny wyznawca dobrej czystej, nie potrafiłby pewnie odróżnić whisky za cztery tysiące – tak, cztery tysiące, sprawdził to w internecie – od zwykłego jacka daniel'sa, no ale liczył na to, że tamten przewidział również inne wyrazy wdzięczności. Na początek Jastrzębski zadowoliłby się stanowiskiem podsekretarza stanu w Ministerstwie Sprawiedliwości.

No trudno, pomyślał. Nic się nie stanie, jak ta suka Wróblewska trochę sobie popłacze.

I, jak przekonywał sam siebie, miał silne argumenty przemawiające za tym, że śmierć jej syna była samobójstwem.

Mimo to drżał na myśl, że będzie ją musiał o tym powiadomić. Przemógł się jednak i zadzwonił.

*

Agata wpadła w szał, gdy Jastrzębski przez telefon zrelacjonował jej postępy śledztwa i powiedział, że prokuratura właściwie je już zamknęła i że śmierć jej syna była samobójstwem.

– Naprawdę rozumiem pani ból – odezwał się, gdy skończyła. – Nie jestem jednak w stanie zmienić faktów. Osoby, które doprowadziły do śmierci pani syna, są niepełnoletnie, więc więzienie nie wchodzi w rachubę. Prokuratura postawi zarzuty tylko jednej osobie, Idzie Frankowskiej.

– Samobójstwo?! – wrzasnęła Agata. – Może mi pan wyjaśnić, skąd mój syn miał w ręce brzytwę?

– Kupił ją w sklepie. Sama pani widziała rachunek. Jeśli się nie mylę, nawet zrobiła pani zdjęcie.

– Tak? I pan lub pana ludzie oczywiście poszli do tego sklepu i upewnili się, że ta brzytwa została w nim zakupiona.

– No tak – bąknął Jastrzębski; wyraźnie stracił dużą część pewności siebie, z jaką rozpoczynał tę rozmowę. – Policja dobrze wykonuje swoją robotę.

– To nieprawda – rzuciła Agata. – Otóż sprawdziłam to. Takiego sklepu w ogóle nie ma. To fikcyjny rachunek, który ktoś wsadził do kieszeni mojego syna... Wróć. Do kieszeni spodni, w które ktoś ubrał mojego syna. Ma pan nagrania z monitoringu?

– Przepraszam, że co? – zapytał zbity z tropu.

– Monitoring. Nagrania.

Zapadło milczenie.

– Ze względu na panią – odezwał się w końcu Jastrzębski – jestem gotowy przedłużyć śledztwo. Ale muszę wziąć pod uwagę niekaralność tych młodych ludzi... koleżanek i kolegów pani syna... ich skruchę i kontekst społeczny.

– Kontekst społeczny? Co za bzdury mi pan tu opowiada?! Niech pan wreszcie przestanie pierdolić!

Jastrzębski aż się zachłysnął, ale kiedy opanował się na tyle, by coś powiedzieć, Agata nie dała mu dojść do głosu.

– Wie pan co? Szkoda mi czasu na rozmowę z panem – ucięła. – Przysięgam panu, że znajdę morderców mojego syna, a pana rzucę na pożarcie najbardziej głodnym spośród wszystkich dziennikarskich hien w tym kraju!

Kiedy przerwała połączenie, cała się trzęsła. Czuła, że powoli wychodzi z letargu, w który zapadła po śmierci Dominika, i wkracza w fazę walki.

Max siedział naprzeciw niej w kuchni, gdy rozmawiała z Jastrzębskim.

– Daj mi papierosa – poprosiła.

Bez słowa poczęstował ją jednym z ostatnich lucky strike'ów ze swojej paczki. Ostatnio stanowczo za dużo palił.

– I co teraz?

– Będę walczyła z tym złamasem. On albo ja.

– Czy mógłbym ci coś zasugerować?

– Co?

– Myślę, że powinnaś się zdystansować od śledztwa.

– Żartujesz! – rzuciła oburzonym głosem. – To mój syn!
Jak możesz mówić coś takiego?!

– Agata, twoje emocje nie są najlepszą pomocą w śledztwie. Mam pewną teorię na temat śmierci twojego syna, ale muszę zbadać kilka tropów. Będę cię informował na bieżąco, obiecuję. A ty, zajmij się, proszę, matką. Ona jest kluczowa dla naszego śledztwa.

– O czym ty mówisz? – zapytała zaskoczona.

– Chyba nie wiesz wszystkiego o swojej mamie. W tej chwili bardzo ważne jest, by zachowała jasność myśli. Nie wiem, na ile możesz mieć na to wpływ, ale zrób co w twojej mocy, by była w miarę przytomna. Będę musiał jeszcze z nią porozmawiać, i to pewnie nie raz.

– Powiedz mi, co wiesz.

– Jeszcze nie teraz. Mówiłem ci, że będę cię informował na bieżąco, ale wolałbym mówić już o faktach, a nie o swoich przypuszczeniach. Ufasz mi?

– Jak nikomu innemu. – Agata uśmiechnęła się, chyba po raz pierwszy od pogrzebu Dominika.

Jaka ona jest piękna, przemknęło mu przez głowę.

– Dziękuję ci.

– Wiem, że ich dopadniesz.

Pocałowała go w usta, ale oboje wiedzieli, że teraz nie mogą posunąć się dalej.

*

Drugą próbę samobójczą Ida Frankowska podjęła w szpitalu. Następnego dnia po tym, jak została przyjęta na oddział, próbowała sobie podciąć żyły nożem. Nie kuchennym, tylko zwykłym sztućcem, nic więc dziwnego, że jej się nie udało. Przecięła, czy może raczej przepiłowała żyły na wysokości nadgarstka, szybko ją jednak opatrzono i nie wynikły z tego żadne komplikacje, poza tym, że przeniesiono ją do pokoju, w którym była uważniej obserwowana. Nadal można ją było odwiedzać, ale jakoś nikt z jej koleżanek i kolegów nie kwapił się, żeby przyjść z wizytą. Jedyną osobą – poza rodzicami, którzy zjawiali się codziennie – była Ewa.

Ida nie mogła uwierzyć, gdy zobaczyła ją, wchodząc do pokoju odwiedzin. Przecież nie tak dawno temu Ewa zabroniła jej się z nią kontaktować.

– Ty... tutaj...?

– Musiałam cię odwiedzić – powiedziała słodko Ewa. Rozejrzała się po pomieszczeniu, zastanawiając się, czy nie ma tu kamer lub podsłuchów. Wolała nie ryzykować.

– Nie masz pojęcia, jak się boję – wyznała Ida.

– Czego? – Ewa pochyliła się nad stołem i tamta odruchowo zrobiła to samo. Siedziały, niemal dotykając się nosami. – Masz teraz małe załamanie nerwowe, ale wszystko będzie w porządku, zobaczysz.

– Zabiję się. On tutaj przychodzi do mnie.

– Kto?

– Dominik.

– Przecież on nie żyje.

– Wiem, co mówię, kurwa. On mnie prześladuje. Przychodzi, choć drzwi są zamknięte, i przypatruje mi się. Stoi z poderżniętym gardłem i na mnie patrzy.

Tego tylko brakowało, pomyślała Ewa.

– Posłuchaj, wiem, że jest ci ciężko. Ale to przecież nie twoja wina, że ten... – Chciała powiedzieć „świr", lecz ugryzła się w język. Szczerze mówiąc, miała ochotę się ro-

ześmiać. Nazwać kogoś „świrem" przy świrze... zabawne. –
...że Dominik popełnił samobójstwo. Rozejrzała i zniżyła
głos. – Wiem od ojca, że prokurator właśnie zamyka śledztwo. Dostaniesz dozór kuratora sądowego, ale to nic takiego. Będziesz się z nim spotykała raz na tydzień i mówiła
mu o sobie. – Znów się rozejrzała i dodała prawie szeptem: – Tylko ani słowa o mnie. Pamiętasz o naszej umowie,
prawda?

– Gdybym wiedziała, co się stanie, nie wzięłabym od
ciebie tej kasy.

– Ale wzięłaś. I to cię zobowiązuje, prawda?

– Tak – powiedziała potulnie Ida, wpatrując się zapłaka-
nymi cielęcymi oczami w starszą koleżankę.

Ewa była wysoką, bardzo szczupłą szatynką, jak zawsze
ubraną w odlotowe ciuchy.

– Super wyglądasz w tej bluzce – zachwyciła się Ida. Nie
pochodziła z biednego domu, ale jej rodziców raczej nie byłoby stać na ciuchy za kilka tysięcy, jak te, które nosiła tamta.

– Też by ci było w niej dobrze – odparła Ewa, a w duchu
pomyślała: o rany, ale by się z niej wylewała.

– Najpierw musiałabym mieć za co ją kupić.

– Posłuchaj. – Ewa położyła dłoń na jej ręce. – Jak się
uspokoisz i wyjdziesz ze szpitala, dostaniesz jeszcze pięć tysięcy. Mój tata powiedział, że nie zostawi cię bez pomocy.
Jeśli będziesz chciała studiować za granicą, on ci pomoże.

– Chętnie wyjechałabym z tego pojebanego kraju.

Ewa uznała, że właściwie załatwiła już to, z czym tu
przyszła, i miała ochotę jak najszybciej uciekać. Nie chciało
jej się już dłużej gadać z tą idiotką. Poza tym śmierdziało
tutaj.

– Powinnam już lecieć – rzuciła, wstając od stołu. – Gdybym dowiedziała się czegoś nowego, dam ci znać.

– Dzięki, że mnie odwiedziłaś – powiedziała Ida, choć w głębi duszy wiedziała, że Ewa nie przyszła tu z dobrego serca.

*

Zaraz po wyjściu ze szpitala, idąc przez parking, Ewa wyjęła iPhone'a i wybrała numer. Ojciec odebrał po pierwszym sygnale.

– I jak, córeczko?

– Wszystko chyba jest okej. Obiecałam jej jeszcze pięć tysięcy.

– W porządku. Dostanie je. Co to jest pięć tysięcy za...? – Nie dokończył; lepiej uważać. – Dziękuję ci, córeczko. Mądra z ciebie dziewczynka. Wiedziałem, że mogę na ciebie liczyć. Wracaj do domu.

Ruszyła na parking i wsiadła do swojego pomarańczowo-czarnego mini coopera, prezentu od ojca na osiemnastkę. Nie miała pojęcia, że ktoś zrobił jej w tym momencie lustrzanką cyfrową kilka zdjęć.

*

Max uznał, że nie może być tylko skazany na warszawską komunikację miejską, więc wypożyczył w małej firmie szarego nierzucającego się w oczy opla astrę. Odebrał Mrówkę ze stacji metra Wilanowska i pojechali na Sobieskiego. Właśnie wjeżdżali na parking, kiedy Patrycja podskoczyła.

– Co jest? – spytał Max, który zauważył jej gwałtowną reakcję.

– Chyba znam ten samochód – powiedziała, kiedy znalazł lukę i zaparkował. Nagle osunęła się na siedzenie, tak że jej głowa znalazła się poniżej szyb; zorientowała się bowiem, że się nie myliła: przez parking szła dziewczyna z klasy maturalnej, ta, którą widziała na domówce u Idy Frankowskiej. Gdyby nie to, że rozmawiała z kimś przez telefon, pewnie zauważyłaby Mrówkę. – Widzisz tego pomarańczowo-czarnego mini coopera po prawej? I tę laskę, która za chwilę do niego wsiądzie.

– Aha. – Max uznał, że Patrycja musi mieć jakiś powód, żeby się tak ukrywać. – Widzę. Znasz ją? Może mieć coś wspólnego z Dominikiem?

– Nie jestem pewna. – Nadal nie unosząc głowy, sięgnęła do plecaka, wyjęła aparat, nieco się uniosła na siedzeniu i w momencie, kiedy tamta wsiadała do samochodu, pstryknęła jej kilka zdjęć.

Max patrzył, jak wysoka, ładna szatynka trochę nieporadnie wycofuje samochód i wyjeżdża z parkingu.

– Możesz się już podnieść – powiedział. – Co to za jedna?

– To dziewczyna z naszej szkoły, z ostatniej klasy. Nigdy cipy nie lubiłam.

– Ale to chyba nie powód, żeby ją obfotografowywać – odparł, gasząc silnik.

– Nigdy nic nie wiadomo – rzuciła Mrówka, wzruszając ramionami. – Myślisz, że to zbieg okoliczności, że była w szpitalu, w którym akurat leży Ida? Nie są chyba przyjaciółkami... chociaż na tej imprezie, o której ci mówiłam, widziałam, jak ze sobą rozmawiają.

Max nie lubił szpitali. Wszystkie publiczne szpitale na świecie mają jedną wspólną cechę: kiedy człowiek się w nich znajdzie, marzy tylko o tym, by z nich wyjść. Molochy pełne wszystkowiedzących lekarzy, zmęczonych do granic pielęgniarek i umierających, ciężko chorych ludzi.

– Dziś wizyty się już skończyły – rzuciła skrzekliwym głosem kobieta w recepcji, mierząc najpierw Maxa, a potem Mrówkę krytycznym wzrokiem.

Patrycja ze swoją jasną cerą z całą pewnością nie mogłaby być wzięta za jego córkę. A przy jej drobnej budowie – mimo mocnego makijażu – nikt nie dałby jej więcej niż piętnaście lat. Pewnie myśli, że czarnuch uwiódł małolatę, dodał w myślach i uśmiechnął się.

Zerknął na zegarek; była dopiero czternasta.

– Proszę pani – zwróciła się do niej Mrówka z przejęciem w głosie. – Chcę odwiedzić swoją najlepszą przyjaciółkę, Idę Frankowską. Przyszedł ze mną nasz profesor, doktor Jones z Harvardu, który bardzo polubił Idę. Wkrótce wraca do Stanów i chciał się z nią pożegnać.

Kobieta przesunęła okulary na czubek nosa i jeszcze raz zmierzyła wzrokiem Maxa i dziewczynę. Uśmiechnął się do niej tak, że aż się zaczerwieniła. Wyglądał trochę jak ten czarny aktor... Zaraz... jak on się nazywał... jak któryś z prezydentów. Lincoln? Nie, zresztą mniejsza z tym.

– Na długo chcecie wejść? – zwróciła się do Patrycji. Co ta dziewucha naprzyczepiała sobie do tej twarzy?

– Nie, na chwilę – odpowiedziała Mrówka i odebrała identyfikator, którym można było otworzyć drzwi na oddział zamknięty. – Proszę. Odwiedziny do piętnastej.

– Dziękujemy bardzo!

Mrówka i Max ruszyli przed siebie, on z trudem powstrzymując się od śmiechu.

– Doktor z Harwardu?

Spojrzała na niego zielonymi oczami spod rzęs ciężkich od czarnego tuszu.

– Nawet gdybym powiedziała, że jest pan doktorem z Hogwartu, ta kwadratowa cipa najprawdopodobniej nie zauważyłaby różnicy.

*

Ida była zaskoczona, gdy opiekunka poprosiła ją jeszcze raz do pokoju odwiedzin. Gdy zobaczyła Mrówkę i siedzącego obok niej nieznajomego – czarnoskórego faceta – jej twarz przybrała trupioblady odcień. Usta jej drżały.

– Chcielibyśmy chwilkę porozmawiać – powiedział Max bardzo spokojnym głosem.

– Tylko porozmawiać – dopowiedziała Mrówka, ale gdyby jej wzrok potrafił zabijać, Ida nie musiałaby już się zmagać z żyrandolami czy nożami.

Ida przysiadła na brzeżku krzesła i próbowała naciągnąć na dłoń bluzę, tak by zasłonić bandaż na nadgarstku.

– To jest Max – powiedziała Mrówka.

– Domyślam się, że przyszliście, żeby porozmawiać o Dominiku...

– Tak. – Max postanowił od razu przystąpić do rzeczy. – Musimy wiedzieć, czy zorganizowałaś hejt przeciwko niemu sama, czy ktoś ci w tym pomógł? To bardzo ważne. Pomóż nam ustalić prawdę o śmierci Dominika.

Skrzywiła się.

– Nie rozumiem – rzuciła cichym, zachrypniętym głosem.

Mrówka podskoczyła na krześle, ale Max uniósł rękę, dając jej znak, żeby się nie wtrącała.

– Masz wyrzuty sumienia z powodu jego śmierci, prawda? – zwrócił się do bladej dziewczyny siedzącej po drugiej stronie stołu. – Zorganizowałaś przeciwko niemu bezprzykładną kampanię nienawiści.

Ida opuściła głowę, zmagając się z rękawem bluzy.

– Mogłabyś chociaż częściowo to naprawić – ciągnął Max. – Powiedz mi, kto zrobił zdjęcie Dominika i jego chłopaka?

Nagle Ida jak oparzona zerwała się z krzesła, cofnęła się kilka kroków i przylgnęła plecami do ściany. Max przez chwilę zastanawiał się, czy dziewczyna nie odstawia przedstawienia, ale była zbyt przerażona. Nie mogła złapać powietrza. Jej twarz, i tak już blada, stała się biała jak prześcieradło i pojawiły się na niej krople potu.

– Co się stało? – zapytała Mrówka.

– On tutaj jest...

Max dostrzegł, że Ida wpatruje się w punkt w ścianie za ich plecami. Nie wierzył w duchy, ale poczuł dreszcz. Mrówka prychnęła.

– Co zobaczyłaś? – Max pomyślał, że jeśli to nie jest teatr, jeśli tej dziewczynie naprawdę wydaje się, że ujrzała ducha Dominika, powinien spróbować to wykorzystać. – Widzisz go tam?

Nie spuszczając wzroku z punktu na ścianie, skinęła głową.

– Jeśli tak, to jak myślisz: dlaczego ci się ukazał?

Tym razem pokręciła głową.

– To chyba proste – szedł za ciosem Max. – On chce, żebyś nam powiedziała wszystko, co wiesz.

Dopiero teraz spojrzała na Maxa. Podniósł się z krzesła i podszedł do niej. Stał tak blisko, że czuł zapach jej potu; już dawno temu odkrył, że pot ludzi przerażonych ma specyficzny zapach.

Dziewczyna potrząsnęła głową, jakby chciała się obudzić, po czym popatrzyła ponad ramieniem Maxa w ten sam punkt na przeciwległej ścianie. Najwyraźniej to, co widziała przed chwilą, nadal tam było. Zasłoniła twarz dłońmi.

Chwycił ją za ręce, nie przejmując się, że może urazić obandażowaną ranę, i pociągnął je w dół. Niech się boi, pomyślał. Niech umiera ze strachu. Tym większa szansa, że coś od niej wyciągnę.

– Dominik chce, żebyś nam wszystko powiedziała – wycedził wolno.

– To ona kazała mi to zrobić – wyrzuciła z siebie Ida.

– Kto?

Pokręciła głową.

– Kto kazał ci to zrobić?

– Ewa...

– Jaka Ewa?

Znów pokręciła głową.

– Chodzi ci o tę laskę, co tu była przed nami?

– Tak – wyszeptała i w tym momencie do sali weszła pielęgniarka.

Widząc stojącą pod ścianą pacjentkę, w której oczach malował się obłęd, popatrzyła groźnie na Maxa i Patrycję.

Max zrozumiał, że niczego więcej nie dowie się dzisiaj od Idy, dał Mrówce znak spojrzeniem i wyszli bez słowa.

– Musisz dowiedzieć się wszystkiego o tej Ewie – powiedział. – Znajdź ją na profilu społecznościowym. Kim jest, z kim się spotyka, co porabia w wolnych chwilach. To bardzo pomoże mi w śledztwie.

Mrówka ucieszyła się, że może pomóc.

*

Jastrzębski wiedział, że nie ma innego wyjścia – będzie musiał przedłużyć śledztwo. Zdawał sobie sprawę, że pokazując narzędzie zbrodni matce chłopaka, popełnił błąd. Z Agatą Wróblewską i stojącą za nią murem Twoją Stacją, największą prywatną telewizją w Polsce, będzie mu trudno wygrać. Pomyślał jednak, że może warto by się zastanowić, dlaczego człowiekowi, na którego wsparcie liczył, tak bardzo zależy na tym, żeby zamknąć sprawę śmierci Dominika Wróblewskiego. Są dwa sposoby na to, by uzyskać czyjeś poparcie. Albo oddać mu przysługę, albo mieć na niego haka. Skoro więc z przysługą niespecjalnie wychodziło, to może warto by było znaleźć haka?

Rozdział dwunasty

NOWY SZCZĘŚLIWY ŚWIAT

Warszawa, jesień 1946 roku

Basia Szyling nie poznawała miasta. Z przedwojennej Warszawy, którą dość dobrze pamiętała, nie zostało na lewym brzegu w zasadzie nic. Rok po wojnie w centrum miasta widma sterczały wypalone kikuty kamienic. Patrząc na to, po raz pierwszy uświadomiła sobie, czego uniknęła, wyjeżdżając z matką z Polski pod koniec sierpnia 1939.

Po tym, jak odebrano jej synka, podjęła dwie próby samobójcze. Umieszczono ją w szpitalu i po kolejnej próbie brytyjskie władze, powiadomione przez dyrekcję szpitala, postanowiły pozbyć się z kraju kłopotliwej Polki. Wsadzono ją na pokład statku płynącego do Gdyni. Zaraz po zejściu na ląd zorientowała się, że przybyła do kraju, którego nie znała. Na nabrzeżu orkiestra dęta witała schodzących po trapie pasażerów *Międzynarodówką*; wszędzie powiewały biało--czerwone oraz czerwone flagi, a wszyscy zwracali się do niej „obywatelko". Nie znała realiów nowego świata, więc bez wahania podała urzędnikowi imigracyjnemu swoje prawdziwe imię i nazwisko, miejsce urodzenia, imiona rodziców. Kiedy padło pytanie o przynależność klasową, zaniemówiła.

– Przepraszam, ale o co pan pyta?

– Jaką macie świadomość klasową? – zapytał urzędnik, mężczyzna koło czterdziestki, w wytartej marynarce.

– Jak to jaką?

– Jaki rodzice panienki mieli zawód?

– Ach, zawód?! – żachnęła się Basia. – Ojciec był przed wojną właścicielem dużej fabryki i kilku mniejszych zakładów. Miał też bank. Matka nie pracowała. Zajmowała się domem.

Urzędnik, znużony wypełnianiem nudnych papierzysk, ze zdumieniem przetarł okulary wymiętoszoną chusteczką nie pierwszej świeżości.

– Czyli był przedstawicielem burżuazji? – zapytał dociekliwie.

Szczerze rozbawiło ją to pytanie.

– Można tak to nazwać. Mieliśmy przed wojną służbę.

– Gdzie mieszkaliście?

– W wielu miejscach. W Warszawie mieliśmy willę, fabryka była na Woli, bank w centrum Warszawy, ale ja najbardziej lubiłam dom w Spale. Tam się wychowałam. Mój ojciec nazywał się Edward Szyling i jeśli to pana tak interesuje, mieliśmy też mieszkanie we Lwowie. Zamierzałam studiować tam malarstwo, ale wybuchła wojna.

Urzędnik skwapliwie zapisał wszystkie informacje. Trwało to dość długo, ale w końcu wystawił tymczasowy dokument tożsamości.

Gdy odchodziła z walizką otrzymaną od brytyjskich władz w Londynie, przez chwilę odprowadzał ją wzrokiem.

– Burżuazyjna suka – wysyczał i tego samego dnia wysłał raport na komendę Milicji Obywatelskiej w Gdyni. Z MO raport trafił do Urzędu Bezpieczeństwa.

Basia w tym czasie zmierzała już do Warszawy. Pociągi kursowały tak nieregularnie i były tak zatłoczone, że nawet nie próbowała jechać koleją. Zanim więc dotarła na miejsce, musiała się kilka razy przesiadać, głównie do ciężarówek. Ostatni odcinek pokonała z rozwożącym nabiał człowiekiem, który – tak się akurat szczęśliwie złożyło – przejeżdżał przez Spałę.

Mam nadzieję, że Niemcy za bardzo nie rozkradli pałacyku, pomyślała, idąc z walizką w stronę swojego ukochanego domu.

*

Stanęła przed pałacykiem, do którego latem 1939 roku przyjechała Hanka Ordonówna i w którym często gościł Józef Rajnfeld. Brama z kutego żelaza z ornamentami w kształcie stylizowanych liści była taka, jak ją zapamiętała. Ktoś wyciął miłorzęby, które ojciec zasadził po wojnie z bolszewikami w roku 1921. Dom nie sprawiał wrażenia opuszczonego. Basia właśnie rozglądała się za dzwonkiem, kiedy jak spod ziemi wyrosło przed nią dwóch żołnierzy z pepeszami na ramionach.

– Co panienka tu robi? – zapytał jeden z nich, wymierzając w nią broń.

– Przyjechałam do domu.

Popatrzyli po sobie, jakby zobaczyli wariatkę.

– Mieszkałam tutaj przed wojną – wyjaśniła. – Wróciłam z Wielkiej Brytanii.

– Znaczy się z Anglii?

– Tak – potwierdziła.

– Jak wasze nazwisko?

– Nazywam się Barbara Szyling.

– Dokumenty!

Wsunęła między stopy walizkę z całym swoim dobytkiem, sięgnęła do wewnętrznej kieszeni płaszcza i wyjęła dokument wyrobiony w gdyńskim porcie i wręczyła go żołnierzowi.

– Zaczekajcie tutaj, obywatelko – powiedział. – Zaraz wszystko wyjaśnimy.

Zostawiwszy z nią swojego kolegę, sam ruszył do pałacyku. Basia czekała przez dłuższą chwilę, zastanawiając się, czy przypadkiem nie popełniła błędu, ale na wycofanie się było już za późno. Obawiała się, że Niemcy rozkradli majątek, a tymczasem wyglądało na to, że został zarekwirowany na potrzeby komunistycznego państwa.

W końcu żołnierz wrócił.

– Możecie wejść – powiedział.

Basia, nie mogąc uwierzyć w swoje szczęście, szła, jakby wyrosły jej skrzydła, w ogóle nie czując ani zmęczenia po kilkudniowej podróży, ani ciężaru walizki.

Gdy weszła do holu, zauważyła pewne zmiany, ale wnętrze zachowało swój charakter. Ktoś musiał zadbać o ten dom przez te wszystkie lata. Postawiła walizkę przy drzwiach i postanowiła się rozejrzeć.

– Panna Basia?

Na dźwięk swojego imienia odwróciła się. Poznała prostacką twarz człowieka, który przed wojną budził w niej jakiś niewyjaśniony lęk. Leopold Sztajcher wyglądał jednak zupełnie inaczej niż wtedy. Teraz miał na sobie dobrze skrojony szary garnitur z porządnej wełny, wąski, ciemny krawat i czystą białą koszulę, zamiast liberii kamerdynera. Był starannie ogolony.

– A, to ty, Leopoldzie... – odezwała się protekcjonalnym tonem. – Niech Leopold zaniesie walizkę do mojego pokoju.

Zaczął rechotać i nie mógł przestać. Dziewczyna stała zdezorientowana i dopiero po dłuższej chwili uświadomiła sobie, że nawet jeśli wnętrze tego domu aż tak bardzo się nie zmieniło, to wszystko inne owszem.

– To już nie jest, kurwa, twój domu, paniusiu – powiedział Sztajcher, którego twarz poczerwieniała.

– A czyj?

– Towarzysza ministra Radkiewicza.

Myślała, że zakrztusi się własną śliną.

– Co takiego?

– W tym domu mieszka teraz towarzysz Radkiewicz, szef Ministerstwa Bezpieczeństwa Publicznego.

– Można tak po prostu zabrać czyjąś własność? – zapytała Basia. Lęk, który przed wojną wzbudzał w niej ten człowiek, odżył i musiała bardzo się starać, żeby w jej głosie nie było słychać strachu.

– Czyją? – parsknął. – Może twoją? Ten dom został skonfiskowany przez władzę ludową dla potrzeb rządowych. Czy ty spadłaś z Księżyca?

– Wróciłam z Anglii – powiedziała dumnie Basia.

– To dużo tłumaczy.

– A co Leopold tutaj robi?

– Jestem szefem ochrony towarzysza ministra – odparł z dumą. – No i co teraz? Polecisz do tatusia ze skargą na władzę ludową? – mówił, wolno się do niej zbliżając. – A może powiesz mamusi, że stary Sztajcher położył łapę na waszym domu? No, co zrobisz?

Dzieliło go od niej zaledwie kilka kroków, gdy zdała sobie sprawę, że ten człowiek nie ma przyjaznych zamiarów, i zaczęła się cofać w stronę ściany. Naprawdę się go bała.

– Pan wie o ojcu?

– Pewnie. Został zastrzelony przez Niemców w Katyniu – rzucił z ukrytą radością w głosie.

– Ja znam inną wersję.

– Słucham. Jaką?

– A taką, że mojego ojca w Katyniu zabili tacy jak ty.

– To znaczy jacy?

– Tacy komunistyczni, sowieccy złodzieje jak ty, Sztajcher.

Wiedziała, że w razie fizycznego starcia nie ma żadnych szans z tym potężnym mężczyzną. Był wysoki, ważył ze sto dwadzieścia kilogramów, a ona szczupła, drobna, wymizerowana po tym brytyjskim szpitalu-więzieniu.

– Jesteś więźniem Urzędu Bezpieczeństwa – powiedział Sztajcher. – Co ty sobie myślałaś, ty burżuazyjna pizdo? Że gdzie ja niby pracuję? Że kim jestem, gówniaro jedna?

Podszedł do niej i chwyciwszy ją lewą ręką za ramię, prawą uderzył w twarz. Basia poczuła w ustach krew z rozciętej wargi. Za drugim razem uderzył mocniej, z pięści, tylko że wtedy już jej nie trzymał, więc poleciała do tyłu i upadła na marmurową posadzkę. W tym momencie straciła przytomność.

*

Kiedy się ocknęła, czuła głód i drżała z zimna. Otworzyła oczy, uniosła głowę i rozejrzała się. Przez brudną szybę wąskiego poziomego okienka pod sufitem wpadały do ciasnego pomieszczenia blade promienie słońca – albo świtało, albo zapadał zmierzch, nie potrafiła tego ocenić – oświetlając wielkie plamy grzyba na otynkowanych, ale niepomalowanych ścianach. Były też inne plamy, brunatne, umysł podsunął jej wytłumaczenie, ale nie chciała go zaakceptować. Nie, to nie jest krew, powiedziała sobie. Śmierdziało moczem i stęchlizną.

Kiedy spróbowała się podnieść, zdała sobie sprawę, że bolą ją wszystkie mięśnie – pewnie od leżenia na wilgotnym, brudnym i cienkim sienniku. Nie miała pojęcia, gdzie jest ani jak się znalazła się w tym miejscu. Chwilę trwało, zanim udało jej się zebrać myśli i ustalić, że ostatnie, co pamięta, to cios wymierzony jej przez Sztajchera.

Czy wciąż była Spale? Mało prawdopodobne. Nie pamiętała piwnic w pałacyku, chyba nigdy w nich nie była, ale jakoś nie mogła uwierzyć, by w jej ukochanym domu znajdowała się tak ohydna nora jak ta. Najwyraźniej trafiła do więzienia.

Jakoś udało jej się wstać i podejść do drzwi. Przyłożyła ucho do chłodnego metalu i zaczęła nasłuchiwać. Po ich drugiej stronie panowała jednak całkowita cisza.

– Wypuście mnie! – krzyknęła, uderzając w nie pięściami. Odpowiedziało jej milczenie, więc zaczęła walić mocniej. – Jest tu ktoś? Wypuście mnie!!!

Dłonie zaczęły ją już boleć, kiedy po drugiej stronie drzwi rozległy się kroki. Ktoś się zbliżał, w podkutych buciorach. Po chwili zatrzymał się i uniósł klapkę judasza.

– Czego się tłuczesz i wydzierasz?

– Gdzie ja jestem?! I dlaczego mnie zamknęliście? Chcę wyjść!

– Dowiesz się wszystkiego w swoim czasie. Kiedy towarzysz pułkownik wezwie cię na przesłuchanie – odpowiedział jej beznamiętny męski głos i klapka judasza opadła.

Odszedł, nie bacząc na jej krzyki. Jeszcze chwilę bezsilnie waliła w drzwi, a potem wróciła na swój wilgotny barłóg. Wściekłość ustąpiła miejsca rezygnacji. W końcu – mimo smrodu, głodu i zimna – zamknęła zapłakane oczy i przysnęła. Obudził ją zgrzyt zamka. Kiedy przetarła oczy, zobaczyła nad sobą umundurowanego mężczyznę z pałką i pękiem kluczy.

– Wstawaj! Na przesłuchanie!

Nie patrząc na niego, zwlokła się z posłania. Żołądek ściskał jej się z głodu, ale zdawała sobie sprawę, że to jest więzienie, a nie hotel Bristol, więc na śniadanie nie ma co liczyć... czy może raczej na obiad, bo przez małe okienko, choć było brudne, wpadały teraz ostre promienie słońca, przez co cela sprawiała jeszcze bardziej przerażające wrażenie. Basia nie mogła się już łudzić, że te ciemniejsze plamy na ścianach to nie krew.

Szła przed strażnikiem długim korytarzem; po prawej i lewej mijając drzwi, takie same jak te w jej celi.

Zaprowadził ją do jasno oświetlonego pokoju. Po lewej stronie stało kilka drewnianych szaf z mnóstwem teczek i innych papierów. Na wprost wejścia stało biurko, a za nim siedział... Leopold Sztajcher w polskim mundurze wojskowym, z żółtymi naszywkami na kołnierzu.

– Siadaj – rzucił.

Teraz już rozumiała, dlaczego się go bała przez wszystkie lata swojego dzieciństwa. Zawsze był strasznym człowiekiem, tylko że wtedy nie miał jeszcze władzy. Dopiero teraz, kiedy ją otrzymał, mógł w pełni rozwijać i okazywać swą podłość.

– Jesteś oskarżona o zdradę i spisek z agentami brytyjskiego imperializmu. Zostałaś tutaj przysłana przez Anglików.

– Co? – Przez ostatnie lata życie nie obchodziło się z nią zbyt łagodnie; stawiało na jej drodze ludzi złych, a także głupich, ale to, co teraz usłyszała, wydało jej się głupotą nie do przyjęcia. – To jakaś kompletna bzdura, absurd! Co...

– Przyznajesz się do winy?

– Nie jestem niczemu winna. Aresztował mnie pan w moim własnym domu i nie wiem, dlaczego się tutaj znalazłam.

– Nie wiesz? – Sztajcher wyszczerzył zęby. – Dwa dni temu próbowałaś się włamać do domu towarzysza ministra Radkiewicza celem dokonania sabotażu.

– Czego?

– Sabotażu. Musimy się tylko dowiedzieć, jakie miałaś rozkazy. Czy chodziło o podłożenie bomby?

Basi naprawdę nie było do śmiechu, ale się roześmiała.

– Najpierw musiałabym ją mieć.

– Ja na twoim miejscu tak bym się nie cieszył. Jeśli nie będziesz chciała odpowiadać dobrowolnie, mamy metody, żeby cię do tego skłonić.

Przypomniały się jej brunatne plamy w celi... Do Londynu, jeszcze w czasie wojny, dochodziły słuchy, co Gestapo robi z Polakami na Szucha, ale nie była w stanie uwierzyć, że teraz to samo mogą robić Polakom Polacy.

Pokręciła głową. Nie, naprawdę nie potrafiła w to uwierzyć.

– Gdzie jest twój ojciec? – zapytał Sztajcher.

– Zginął w Katyniu. Zabiliście go, wy albo Związek Radziecki, wszystko jedno – powiedziała odważnie.

– Nie pierdol mi tutaj! Zabili go Niemcy, słyszysz NIEMCY!!! Jak nie będziesz po ludzku odpowiadać, to cię jebnę tak, że popamiętasz!

– Niemcy! – prychnęła.

– Gdzie jest twoja matka?

– Zmarła w czterdziestym trzecim w Londynie.

– W jakich okolicznościach?

– Wkrótce po ogłoszeniu listy katyńskiej powiesiła się w naszym mieszkaniu w Londynie. – Nie widziała powodu, by kłamać.

Sztajcher zmrużył oczy i przez chwilę przyglądał się jej podejrzliwie.

– Powiesiła się, powiadasz.

Jakim trzeba być człowiekiem, żeby uśmiechać się na wieść o czyimś samobójstwie? Basia dałaby sobie głowę uciąć, że zobaczyła uśmiech na jego wstrętnej twarzy.

– Masz jeszcze jakąś rodzinę?

– Przecież pan wie, że byłam jedynaczką.

– Nie pyskuj, gówniaro, dobrze ci radzę. Pewnie, że wiem, że byłaś jedynaczką. I wiesz co? Bardzo dobrze, że nie było więcej tego pierdolonego burżuazyjnego nasienia! Im mniej chodzi tego po świecie, tym lepiej. Ale ty masz odpowiadać na moje pytania, jasne? Masz jakieś ciotki, wujów, stryjów?

– Nie wiem. Rodzina taty pochodziła z Wiednia. W czasie wojny nie mieliśmy kontaktu. Oni...

– Faszyści, pierdoleni faszyści. Stanęli po stronie Hitlera.

– Ktoś jeszcze?

– Wuj Lechoń – odparła, wiedząc, że ukrywanie tego nie miałoby sensu. Sztajcher pracował przecież w ich domu w Spale i doskonale wiedział, że Lechoń był bratem ciotecznym jej matki.

Oparł się łokciami na biurku i przez chwilę drapał się po głowie, jakby to pomagało mu w myśleniu, bo wyraźnie się nad czymś zastanawiał.

– Jak długo będziecie mnie tu trzymać? – spytała Basia.

– To się okaże. – Wzruszył ramionami, wstał, podszedł do drzwi, otworzył je i wysunął głowę na korytarz. – Do czternastki z nią!

Do pokoju wkroczył ten sam strażnik, który ją tu przyprowadził.

– Tak jest, towarzyszu pułkowniku – powiedział i dał znak Basi, żeby z nim poszła.

Zaprowadził ją do innego korytarza i zatrzymał się dopiero wtedy, gdy dotarli do drzwi na jego końcu. Te były znacznie niższe niż w jej poprzedniej celi, więc musiałaby się mocno schylić, żeby wejść do środka. Kiedy otworzył drzwi, poczuła przerażenie i cofnęła się o krok. Strażnik nie patyczkował się z nią. Wielką jak bochen chleba łapą chwycił ją za kark, z całej siły przygniótł, tak że niemal zgięła się wpół, i wepchnął do środka. Kiedy rozejrzała się po ścianach, stwierdziła, że niepotrzebnie się tak bała. Poza tym, że zamiast okna była tu zwisająca z sufitu goła żarówka, pomieszczenie nie różniło się specjalnie od tego, w którym dziś się obudziła: grzyb, brunatne plamy... Ale w tym momencie strażnik popchnął ją jeszcze raz, tak że spadła ze stopnia i poczuła, że stoi w lodowatej wodzie, która sięga jej powyżej kostek. Usłyszała trzask zamykanych drzwi, szczęk klucza w zamku i odwróciwszy się, zorientowała się, że stopień, na którym przed chwilą stała, pozostał po ich drugiej stronie. Trafiła do podtapianej celi, w której nie było ani centymetra suchej podłogi.

Jak długo tu wytrzyma? Ile czasu minie, zanim dostanie zapalenia płuc i umrze? Jeszcze nie tak dawno temu uznałaby, że to dobrze. Chciała przecież ze sobą skończyć. Ale gdyby teraz ktoś ją zapytał, co takiego stało się od ostatniej próby samobójczej, że tak desperacko zapragnęła żyć, nie potrafiłaby odpowiedzieć, wiedziała jednak, że zrobi wszystko – absolutnie wszystko – żeby się wydostać z tego piekła.

Przez pierwsze pół godziny próbowała się rozgrzewać, intensywnie masując skórę, byle tylko skrzesać odrobinę ciepła. Potem jednak się poddała, wpadła w histerię i zaczęła krzyczeć wniebogłosy, tak głośno, jak tylko potrafiła.

*

Leopold Sztajcher doskonale wiedział, że zarzuty wobec córki jego byłych chlebodawców są wyssane z palca, że dziewczyna nie ma żadnych powiązań z poakowskim podziemiem czy narodowcami. Miał jednak swoje własne cele.

226

Jej ojciec, Edward Szyling, z pewnością zwolniłby z pracy swojego kamerdynera, gdyby wiedział, że ten sympatyzował z Komunistyczną Partią Polski. W 1937 roku Leopold Sztajcher nie podążył za polskimi komunistami do Hiszpanii, gdzie wielu z nich poległo w wojnie domowej, nie wyjechał również – jak inni polscy komuniści – do Związku Radzieckiego, gdzie stracili życie albo wylądowali w syberyjskich łagrach w wyniku stalinowskich czystek. Sztajcher miał instynkt – siedział cicho i to pozwoliło mu przeżyć.

Na początku wojny pałacykiem w Spale oficjalnie zaopiekowali się Hanka Ordonówna i jej mąż, hrabia Tyszkiewicz, lecz tak naprawdę na miejscu przebywał Leopold Sztajcher, który poczuł się tam jak pan na włościach. Niestety, nie dane mu było długo się tym cieszyć, posiadłość wpadła bowiem w oko butnemu oficerowi SS, który zatrudnił własną służbę, i były kamerdyner Szylingów, Żyd, musiał ratować się ucieczką.

Przed gettem uratowała go Hanka Ordonówna, chociaż sama miała poważne problemy – za sprawą Igo Syma, aktora, którego przywiozła kiedyś do Spały. Sym, który podpisał volkslistę, zadenuncjował ją i Ordonówna trafiła na Pawiak. Na szczęście dzięki koneksjom męża, hrabiego Tyszkiewicza, Gestapo popatrzyło na nią przed palce i mogła wyjechać do Wilna. Zaproponowała Sztajcherowi, który krótko przed tym zwrócił się do niej o pomoc, by towarzyszył jej jako służący.

Antysemityzm Litwinów utrudniał mu jednak życie na tyle, że zaczął szukać ratunku w Związku Radzieckim. Obrotny Sztajcher znalazł sposób na skontaktowanie się z sowiecką policją polityczną NKWD. Ci byli gotowi pomóc komuniście i Żydowi uciekającemu z Warszawy, ale postawili mu warunek.

– Musicie, towarzyszu, udowodnić, że potraficie poświęcić wszystkich i wszystko dla Związku Radzieckiego – powiedział mu urzędnik radzieckiej ambasady w Wilnie, a w rzeczywistości rezydent NKWD.

– Co mam dla was zrobić?

– Mówicie, że jesteście służącym... Co za podłe słowo! Że pracujecie dla hrabiego Tyszkiewicza i jego żony, polskiej reakcyjnej aktorki Hanki Ordonówny?

– Tak, służę im, ponieważ uratowali mnie przed Niemcami – odparł Sztajcher.

– Gdzie wasza świadomość klasowa? – zapytał Rosjanin. – Gdzie wasza godność robotniczo-chłopska?

– Chyba rozumiem, czego ode mnie chcecie.

– Więc udowodnijcie to.

I tak, kiedy w maju 1940 roku na Litwę wkroczyła Armia Czerwona, niosąc temu krajowi szczęście i dobro, Sztajcher bez wahania wskazał NKWD dom, w którym ukrywała się Ordonówna. Została aresztowana razem z mężem. Sztajcher nie krył się z tym, że to on ich zadenuncjował. Przyszedł razem z enkawudzistami.

– Niech ci Bóg wybaczy – powiedziała na jego widok Ordonówna. Ona i jej mąż trafili do łagru.

Gdy Niemcy w 1941 roku napadły na ZSRR, Sztajcher wstąpił do Armii Czerwonej. NKWD szybko dostrzegło w nim cechy, które mogły im się przydać, i prędko został oficerem politycznym. Gdy armia Andersa opuszczała Związek Radziecki, postanowił pozostać w Kraju Rad. Na wiosnę 1943 roku, w tym samym czasie, kiedy Wiesława Szyling popełniła w Londynie samobójstwo, Sztajcher został oficerem politycznym w nowym wojsku polskim, powołanym dzięki staraniom sterowanego przez Stalina Związku Patriotów Polskich na czele z Wandą Wasilewską. Razem z Pierwszą Armią Ludowego Wojska Polskiego

Leopold Sztajcher wrócił do Polski i od dwudziestego drugiego lipca 1944 roku, dnia ogłoszenia manifestu PKWN, robił zawrotną karierę w Urzędzie Bezpieczeństwa.

Sprytny służący nie zapomniał jednak o fortunie swoich przedwojennych chlebodawców. Jesienią 1945 roku Krajowa Rada Narodowa, spełniająca rolę komunistycznego zaplecza parlamentarnego, uchwaliła dekret *O własności i użytkowaniu gruntów na obszarze m. st. Warszawy*, który nacjonalizował całą własność prywatną na obszarze stolicy. Sztajcher pomyślał sobie jednak, że skoro tyle lat pracował dla Szylingów – wyzyskujących jego, klasę robotniczą – to coś mu się należy z wielkiego majątku jaśniepaństwa, który miał zostać znacjonalizowany. Coś mu się należało jak psu kość. I zaczął szukać kogoś, kto pomógłby mu w najbezczelniejszym szwindlu w powojennej Warszawie.

*

Powrót młodej Szylingówny był dla Sztajchera przykrą niespodzianką. Krzyżował plany. A wszystko było już tak doskonale zorganizowane. Papiery sporządzone z podziwu godną precyzją. Wystarczyło przymknąć znanego w Warszawie notariusza, Janusza Grydzewskiego, pod zarzutem sfałszowania aktu przeniesienia własności. Ten, trzęsąc się ze strachu, zgodził się na wszystko, co zaproponował mu Sztajcher, teraz już pułkownik UB. Warszawa w roku 1945 była morzem gruzów; większość aktów własności, dokumentacji Drugiej Rzeczypospolitej spłonęła w powstaniu warszawskim. Już większej przysługi Sztajcherowi i Grydzewskiemu Niemcy zrobić nie mogli. W ten sposób ubek i notariusz stali się łowcami spadków.

Niestety, na scenę wkroczyła prawdziwa spadkobierczyni olbrzymiego majątku: pałacu w Spale, który i tak zawłaszczył minister bezpieczeństwa Stanisław Radkiewicz, banku przemysłowego, przejętego przez państwo, oraz trzech nieruchomości, ogromnego placu na terenie getta, gdzie przed wojną stała wielka fabryka konserw Szylingów; dużej kamienicy czynszowej na Pradze, gdzie bankier Edward Szyling przechowywał swoje dokumenty (które Sztajcher znalazł); i pięćdziesięciu hektarów ziemi na Wilanowie oraz mniej więcej tyle samo w Ursusie. Właśnie te ziemie na Wilanowie i w Ursusie szczególnie zainteresowały Sztajchera i Grydzewskiego, ponieważ przewidzieli, że Warszawa po wojnie zacznie się rozwijać i działki budowlane będą w cenie. Chodziło jednak o to, by tereny nie przekraczały wielkości podlegającej konfiskacie przez państwo w ramach reformy rolnej. Grydzewski, dwojąc się i trojąc, podzielił te ziemie na kilkadziesiąt mniejszych działek o takiej wielkości, by nie podlegały już reformie rolnej. Po pierwsze, dlatego, że widział w tym interes swojego życia, a po drugie, zdawał sobie sprawę, że jego nowy wspólnik z taką samą łatwością, z jaką wyciągnął go z więzienia, może go do niego z powrotem wpakować. Szwindel polegał na tym, że Barbara Szyling przeniesie prawo własności do działki w ruinach getta oraz nieruchomości na Pradze na Skarb Państwa, ziemię na Wilanowie i w Ursusie na „przyjaciela rodziny", Sztajchera, który potem miał się zrzec tych w Ursusie na rzecz Grydzewskiego.

Spotkali się w domu Sztajchera w Rembertowie tego dnia, kiedy młoda Szylingówna wylądowała w czternastce.

– Myślisz, że ona się zgodzi? – spytał Grydzewski, gdy pułkownik przedstawił mu swój plan.

– Pracuję nad nią. Jutro wszystko nam podpisze – odparł Sztajcher, nalewając sobie do kieliszka wódki – papiery muszą wyglądać podobnie. Te same nagłówki, ta sama czcionka. Powiem jej, że przenosi prawo własności na skarb państwa, a podpisując wszystko, pięćdziesiąt hektarów daje nam. Odrolniłeś już tę ziemię?

– Oczywiście – odparł Grydzewski – dałem w łapę kilku znajomym w Ministerstwie Rolnictwa. To jest teraz ziemia pod zabudowę.

Za ścianą pokoju zapłakało niemowlę. Notariusz wiedział, że jego wspólnik ma żonę Nataszę, małomówną Rosjankę, którą poznał podczas wojny. Kilka miesięcy temu urodził im się syn Witold. Grydzewski pomyślał, że to z myślą o nim Sztajcher chce tej ziemi.

– To dla syna?

– Dostanie, jak dorośnie.

– Jak to ukryjemy przed władzami? – Grydzewski nie sypiał po nocach, obawiając się, że zostaną zdemaskowani. Władza ludowa surowo karała tych, którzy próbowali ją oszukać czy okraść.

– Nie bój się – uspokoił go Sztajcher. Miał już mocno w czubie. – Wpadają tylko szabrownicy. Urząd Bezpieczeństwa stanowi władzę w tym kraju.

– To my nie szabrujemy? – zapytał notariusz.

– Nie, my robimy duży interes. I robimy go z głową.

Szabrowali wszyscy. Nawet inteligenci jeździli wynajmowanymi od wojska ciężarówkami na tereny poniemieckie, żeby zdobyć meble, wyposażenie domów, narzędzia gospodarskie. Sztajcher to rozumiał, w Warszawie praktycznie niczego nie było. Warszawa była lasem zrujnowanych kikutów i gruzów cuchnących trupami. Grydzewski trochę się uspokoił. Przemknęło mu przez głowę, że to, co robią, jest szabrem w świetle prawa. Bo prawo w tym kraju to Urząd Bezpieczeństwa.

– Na zdrowie! – powiedział, unosząc kieliszek.

*

Nie miała pojęcia, jak długo siedziała już w tej celi. Brak okna uniemożliwiał jej stwierdzenie, czy jest dzień, czy noc.

Jakiś czas temu przez wąski otwór w dole drzwi wsunięto jej blaszany talerz z czerstwym czarnym chlebem i kubek obrzydliwej lury, która mogła być kawą zbożową, ale równie dobrze mogła być pomyjami. Wstrząsnęła się ze wstrętem i odłożyła. Dopiero kiedy to zrobiła, uświadomiła sobie, że wszystko jest zalane szarą mętną wodą. Kiedy jakiś czas później – godzinę, dwie, dobę, tydzień albo całą wieczność – zaczęło ją skręcać z głodu, sięgnęła po przemoknięty chleb i zbliżyła go do twarzy. Znów nią wstrząsnęło, ale tym razem wycisnęła z niego wodę i zmusiła się, żeby włożyć go do ust. Zjadła wszystko i dopiero kiedy przełknęła ostatnią gliniastą grudę, przypomniała sobie, że jakiś czas temu, nie mogąc się powstrzymać, posikała się. Zrobiło jej się niedobrze na myśl, że zjadła chleb, który leżał w wodzie zmieszanej z jej moczem. Nagle pomyślała, że nie jest pierwszą osobą, którą zamknęli w tej celi, i poczuła, jak wszystko, co zjadła, się cofa. Całą siłą woli zmusiła się, żeby nie zwymiotować. Nie miała pojęcia, ile czasu minęło od tego momentu. Na pewno dużo – bo znów oprócz przejmującego zimna czuła głód – gdy po raz kolejny usłyszała kroki. Tym razem jednak, kiedy zatrzymały się przy drzwiach, nie uniosła się klapka; ktoś włożył klucz do zamka i go przekręcił.

– Wychodź! – zawołał mężczyzna, wsuwając głowę do środka.

Basia, szczękając z zimna zębami, uniosła się z kucków – w tej pozycji spędziła najwięcej czasu.

Strażnik – inny niż poprzednim razem – zaprowadził ją do pokoju, w którym przesłuchiwał ją Sztajcher.

Sztajcher tym razem okazał się nadspodziewanie uprzejmy. Poczęstował ją nawet bułką z serem, dał jej kubek gorącej herbaty i szary szorstki koc, żeby mogła się okryć. Właśnie tak nakazywała instrukcja NKWD: jednego dnia być jak najsurowszym wobec opierającego się więźnia, a drugiego – „dobrym wujkiem". Tyle że o tym Basia nie wiedziała. Rzuciła się na bułkę i łapczywie jadła, a Sztajcher przypatrywał się jej bez słowa.

– Grzeczna dziewczynka – pochwalił ją, gdy skończyła. – Już teraz będziesz rozsądna?

Była gotowa zrobić wszystko, żeby nie wrócić do czternastki.

– Czego pan ode mnie oczekuje?

– O, i to jest właściwe pytanie – powiedział z zadowoleniem, wstał z krzesła i wygładził mundur. Wyglądał jak wojskowy, lecz miał żółte naszywki.

– Czego od ciebie oczekuję? A gdybym ci powiedział, że chcę, żebyś podpisała mi kilka papierów, zrobiłabyś to?

– Podpiszę panu wszystko, co pan chce – odparła bez wahania.

– Zaraz, zaraz. A coś ty taka w gorącej wodzie kąpana? Nie wiesz nawet, o jakie papiery chodzi.

Basia przyjrzała się jego okrutnej twarzy oszpeconej przez dzioby po ospie, którą przeszedł w dzieciństwie.

– Mamy teraz w Polsce władzę ludową i budujemy kraj, w którym nie będzie miejsca dla takich ludzi jak twoja rodzina, wyzyskiwaczy. A majątek, który twój ojciec zdobył dzięki krwawicy klasy robotniczej, teraz powinien wrócić do tych, którym się prawowicie należy: do ludu pracującego. Pałac w Spale, kamienica na Pradze, działki na Wilanowie, place w Warszawie, na których stał bank twojego ojca i fabryka... Uważasz, że to sprawiedliwe, że to wszystko należało do was, podczas gdy lud pracujący miast i wsi przymierał głodem? Jeśli jako spadkobierczyni tego wszystkiego podpiszesz mi papiery przeniesienia własności na Skarb Państwa, to cię wypuszczę. Zrozumiałaś?

Nie miała pojęcia, że jej rodzina była aż tak bogata. Przed wojną była za młoda, żeby się nad tym zastanawiać. Wiodła beztroskie życie i, owszem, widziała tu i ówdzie biedę, ale jakoś nigdy nie przyszło jej do głowy, że luksusy, którymi ona była otoczona, mogą mieć jakiś związek z nędzą innych ludzi. Ale rozpamiętywanie przeszłości nic nie da; wszystko się zmieniło, a ona była tutaj i nie mogła – po prostu nie mogła – wrócić do tej strasznej celi.

– Tak, rozumiem – odparła.

Powiedziałaby wszystko, nawet odę do Stalina.

Nie czytała dokumentów, które Sztajcher wyjął z szuflady biurka i rozłożył przed nią. Stawiała tylko podpisy we wszystkich miejscach, które jej wskazywał. Dopiero kiedy skończyła, przemknęło jej przez głowę, że przecież, skoro właścicielem majątku jej rodziny był jego prawowity właściciel, czyli polski lud pracujący, to po co właściwie te jej podpisy? Na dokumentach widniała data: *10 października 1946 roku*. Zaraz po podpisaniu ich została zwolniona z więzienia.

Kiedy odbierała z depozytu swoją walizkę – jedyny dobytek – pojawił się Sztajcher i odciągnął ją na bok.

– Mądrze zrobiłaś – powiedział. – A teraz dam ci dobrą radę: zmień nazwisko, zapisz się na studia, znajdź pracę i zapomnij o tym, co się tutaj stało.

Zniknął i zobaczyła go dopiero po dwudziestu dwóch latach.

Rozdział trzynasty

PRZEŁOM

Warszawa, współcześnie

Mrówka nie próżnowała. Nie znała ludzi ze szkoły, do której zaczęła chodzić z Dominikiem we wrześniu, a zwłaszcza tych z ostatniej klasy; ci trzymali się raczej z daleka od młodszych kolegów. Dziewczynę, którą widziała pod szpitalem na Sobieskiego – zakładała, że to ona jest tą Ewą – znali wszyscy; była typem szkolnej gwiazdy.

Niestety, poszukiwania w internecie na niewiele się zdały, co Mrówkę bardzo zdziwiło. Weszła na strony facebookowe wszystkich Ew ze szkoły, ale żadna z nich nie była tą, o którą jej chodziło. To wręcz nieprawdopodobne, żeby dziewczyna wyglądająca tak jak ona nie zamieszczała w internecie setek swoich zdjęć. Gdyby w sali widzeń nie pojawiła się pielęgniarka, Mrówka już by miała nazwisko tej Ewy. Teraz, niestety, było za późno. Dziś rano Ida podjęła kolejną próbę samobójczą i tym razem jej się udało. Mrówce przemknęło nawet przez głowę, czy ich odwiedziny nie pogorszyły jeszcze stanu Idy.

Nie dowiedziawszy się niczego z internetu, uznała, że nie ma wyjścia, musi ruszyć dupę i popytać ludzi osobiście. Wyglądający na nerda chłopak z klasy maturalnej – pierwsza zapytana osoba – popatrzył na Mrówkę ze zdziwieniem, kiedy wskazała idącą szkolnym korytarzem Ewę w asyście swojej świty.

– Naprawdę nie wiesz, kto to jest?

Wzruszyła ramionami. Dopiero niedawno zaczęła chodzić do szkoły. Nie mogła znać wszystkich.

– A powinnam?

– To Ewa Grydzewska, córka prezydenta Warszawy.

– O kurwa...

Czegoś takiego się nie spodziewała. Natychmiast wysłała Maxowi SMS-a.

*

Choć Ewa Grydzewska została wychowana w przekonaniu, że pieniądze mogą załatwić wszystko – co dotychczas potwierdzało się co do joty – teraz, po śmierci Idy, zaczęła się niepokoić. Sprawa Dominika Wróblewskiego już dawno powinna przycichnąć, a tymczasem zataczała coraz szersze kręgi.

Jej ojciec Antoni Grydzewski, pięćdziesięciopięcioletni prawnik z inteligenckiej rodziny, syn znanego warszawskiego notariusza, który zmarł na raka wątroby w 1983 roku, był uosobieniem sukcesu. Ku rozczarowaniu rodziny, nie udało mu się wprawdzie zostać adwokatem, ale realizował się bardzo sprawnie w stołecznym samorządzie i w zawrotnym tempie wspinał się po szczeblach kariery politycznej. Do roku 1989 należał do PZPR, potem na kilka lat związał się z Socjaldemokracją, która powstała na trupie nieboszczki partii jedynej. Pod koniec lat dziewięćdziesiątych wystąpił z partii lewicowej i związał się biznesowo i politycznie ze Stronnictwem Demokratycznym. Robił polityczne targi z ludźmi Kwaśniewskiego, Kaczyńskiego i wszystkimi, którzy chcieli jak najwięcej z samorządu wyciągnąć dla siebie. W końcu na prezydenta stolicy wystawiła go partia premiera Potockiego, ale wstrząs po sprawie Lunatyka spowodował, że Grydzewski odciął się od swojego politycznego zaplecza, tworząc własny komitet obywatelski. To pod jego szyldem po raz drugi został wybrany na prezydenta stolicy. Wyprowadził miasto z długów, dbał o szkoły, budował za unijne pieniądze drugą linię metra. Bardzo sprawny prezydent, do bólu pragmatyczny, ale niekierujący się sentymentami. To do Grydzewskiego poczłapał minister Kudzia skompromitowany po aferze związanej z operacją Lunatyk.

– Antek, kurwa, załatw mi jakąś pracę w urzędzie miasta – powiedział z błaganiem w oczach.

– Heniek, powiem ci szczerze: za dużo w życiu nawpierdalałeś się ośmiorniczek, choć to kiepskie żarcie moim zdaniem jest, dlatego teraz czeka cię kilka lat postu. To niezdrowo tyle jeść. Musisz przejść na dietę.

I odprawił Kudzię z kwitkiem. Interesy z nim to był mały szwindelek, w porównaniu z tym, czym Grydzewski zajmował się teraz.

Ten wieczór spędzał w swojej luksusowej willi w Konstancinie. Latał po kanałach telewizyjnych, aż w końcu zatrzymał się na Twojej Stacji. Od kiedy ta suka Wróblewska po śmierci syna przestała się pojawiać w wiadomościach, oglądał je z nieco mniejszym wstrętem.

Gdy Ewa weszła do salonu i przysiadła obok niego na kanapie, objął ją i przytulił.

– No i co tam, córeczko?

– Boję się, tato.

– Nie ma czego – uspokoił ją. – Nic ci nie grozi. Wszystkim się zajmę.

– Ale oni węszą.

– Kto?

– W szkole jest taka dziewczyna, mówią na nią Mrówka... Gotka.

– Co to jest „gotka", na miłość boską?

– Wiesz, taka zakolczykowana, czarne ciuchy, czarny makijaż, nawet usta czarne... okultyzm i te sprawy...

– Ohyda – prychnął Grydzewski i pomyślał z dumą, że udało mu się wychować córkę tak, że nie przychodzi do domu z kolczykami w nosie, na języku i Bóg wie gdzie jeszcze.

– Kolega z klasy powiedział mi, że dzisiaj o mnie pytała.

– Ewuniu, to naprawdę nie jest powód do obaw. Pewnie pytała o ciebie, bo jesteś śliczna, ładnie się ubierasz i po prostu ci zazdrości. Nie wiesz, jakie są dziewczyny?

Doskonale wiedziała, jakie są dziewczyny, lecz intuicja podpowiadała jej, że ta dziwaczka nie tylko udaje, że jest inna. Ona jest inna.

– Przyjaźniła się z Wróblewskim – dodała.

– No, jak jakąś dziewczynę kręci, żeby zadawać się z pedałem, to już jej wybór – odparł lekceważącym tonem.

Córka nie wydawała się przekonana, więc ojciec wypuścił ją z objęć, odsunął się nieco na kanapie i popatrzył jej w oczy.

– Dominik Wróblewski popełnił samobójstwo, poderżnął sobie gardło, jasne? – powiedział poważnym głosem. – Prokuratura lada dzień zamknie śledztwo.

– Mówią, że ktoś go zabił – rzuciła cicho Ewa.

– Kto tak mówi?

– Takie chodzą słuchy w internecie.

– Bzdury! W ogóle nie zaprzątaj sobie tym głowy. Musisz się teraz skupić na maturze i na niczym innym.

Znów przytulił córkę i poczuł, że udało mu się ją uspokoić.

– No to pójdę trochę się pouczyć – powiedziała już pogodnym tonem i cmoknąwszy ojca w policzek, poszła do swojego pokoju.

Grydzewski podszedł do wielkiego barku pełnego najróżniejszych alkoholi z całego prawie świata i nalał sobie piętnastoletniej szkockiej single malt whisky Bowmore. Pociągnął łyk i trunek przyjemnie spłynął przez przełyk i rozlewał się po żołądku. Pan prezydent miasta stołecznego Warszawy postanowił raz jeszcze rozważyć wszystkie wątki całej sprawy. Miał zamiar wyjść z niej zwycięsko.

*

Rano Max dostał SMS-a od Mrówki.

Ida strzeliła w szpitalu samobója. Dowiedziałam się od ludzi ze szkoły.

Niedobrze, pomyślał, przeczytawszy wiadomość. Stracili ważnego świadka. Trudno, trzeba będzie zadowolić się tymi, którzy im jeszcze zostali. Postanowił jak najszybciej spotkać się z chłopakiem, z którym Dominik został sfotografowany, i zadzwonił na jego komórkę; numer dostał od Mrówki.

Kiedy przedstawił się Grzegorzowi, ten był wyraźnie zaskoczony.

– Chciałbym porozmawiać o tym, co się stało – powiedział Max. – Wiem, że to może być dla ciebie trudne.

Słyszał nierówny, nerwowy oddech chłopaka.

– Nie wiem, czy chcę o tym rozmawiać – odpowiedział Grzegorz po długim wahaniu.

– Nie zajmę ci dużo czasu, obiecuję.

– Dobrze, spotkajmy się gdzieś na Krakowskim Przedmieściu.

– W Bristolu, w wejściu z boku, jest taka przyjemna kawiarnia w secesyjnym stylu. Może tam? – zaproponował Max.

– W porządku. Kiedy?

– Jak najszybciej, jeśli możesz. Ja mogę tam dotrzeć w pół godziny.

– No to za pół godziny. Jak cię poznam?

– Jestem czarny.

– Brunet...

– Nie. Czarnoskóry.

To jest właśnie jedna z nielicznych zalet bycia czarnym w takim kraju jak Polska; można się bez problemu umówić z nieznajomym, nie obawiając się, że on cię nie rozpozna.

Chłopaka Dominika nie było jeszcze w kawiarni, choć Max z powodu korków spóźnił się ponad pięć minut. Na szczęście jako nowojorczyk miał dość elastyczne podejście do kwestii punktualności. Wyjął właśnie książkę noblistki Swietłany Aleksiejewicz o końcu czerwonego człowieka, ale zanim zdążył ją otworzyć, do lokalu wszedł młody mężczyzna. Max zawsze się zastanawiał, czy o mężczyznach można mówić, że są piękni, ale jeśli tak, to o tym z całą pewnością można było tak powiedzieć.

Grzegorz rozejrzał się po sali i ruszył do jego stolika.

– Max? – spytał z miłym uśmiechem.

– Tak. – Max wstał i podał mu rękę. – Max Kwietniewski.

– Grzegorz Michalak. Przepraszam za spóźnienie.

– Nie szkodzi. Ja też przyszedłem dopiero przed chwilą. Utknąłem w korku w Alejach Ujazdowskich.

Młody mężczyzna wyglądał na speszonego, i Max chyba rozumiał dlaczego. Dominik miał siedemnaście lat, był niepełnoletni, a jego kochanek wyglądał na co najmniej pięć lat starszego.

– Dziękuję, że zechciałeś się ze mną spotkać – powiedział Max. – Napijesz się kawy? – spytał, widząc, że kelnerka oderwała się od baru i zmierza w stronę ich stolika. – Oczywiście ja zapraszam.

– Poproszę latte, jeśli można.

– Jasne. – Max, jak zawsze, zamówił americano.

– Ta sytuacja jest dla mnie bardzo krępująca – odezwał się Grzegorz, gdy kelnerka odeszła.

Max poczuł, że go nie lubi, i orientacja seksualna z całą pewnością nie miała z tym nic wspólnego. To, że znalazł sobie niepełnoletniego kochanka, owszem. Ale było coś jeszcze – ten facet miał w sobie coś oślizgłego i nieszczerego. Nie patrzył w oczy; jego wzrok biegał nerwowo po całej kawiarni. Max miał ochotę powiedzieć: „Halo, tu jestem", ale ugryzł się w język. Zastanawiało go, co widział w tym fircyku syn Agaty. Zdawał sobie jednak sprawę, że jeśli już na początku okaże mu antypatię, trudniej będzie cokolwiek od niego wyciągnąć.

– Niepotrzebnie się krępujesz – powiedział. – Jestem ostatnim człowiekiem, który by cię oceniał. Pochodzę ze świata, który nie jest homofobiczny. Z Nowego Jorku.

– Dziękuję.

– Czy media interesowały się tobą w związku ze sprawą śmierci twojego chłopaka?

Grzegorz chwilę się zastanawiał, zanim odpowiedział.

– Ja i on... właściwie nie byliśmy parą.

– To znaczy?

– Pierwszy raz zobaczyłem go w lipcu na dniu otwartym Akademii Sztuk Pięknych. Znaliśmy się zaledwie dwa miesiące.

– To za krótko, żeby być parą?

– To zależy, co przez to rozumiesz. Dla niego to był chyba pierwszy raz...

Dla ciebie z całą pewnością nie, pomyślał Max i poczuł, że coraz bardziej go nie lubi.

– Nie będę wnikał w wasze intymne relacje – zastrzegł się i zapytał: – Byłeś przesłuchiwany przez prokuraturę?

Najoczywistsze pytanie na świecie, ale zupełnie wytrąciło Grzegorza z równowagi.

– Przez prokuraturę? – rzucił przestraszony. – A czego oni mogliby ode mnie chcieć?

– Na przykład odpowiedzi na kilka pytań. Nie chcę cię w żaden sposób kłopotać, ale najwyraźniej ja jeden prowadzę śledztwo w tej sprawie... prywatne śledztwo. Jestem detektywem i pracuję dla matki Dominika. Ty też pewnie chciałbyś, żeby łajdacy, którzy zabili bliską ci osobę, znaleźli się za kratkami.

Kiedy jednak Max popatrzył na twarz siedzącego przed nim młodego mężczyzny, wcale nie wydało mu się to takie oczywiste.

– No, tak... oczywiście – odezwał się w końcu Grzegorz niepewnym głosem. – Ale myślałem, że prokuratura już postawiła zarzuty koleżance Dominika... tej... Idzie.

– Owszem, tylko że ona już nie żyje. Dzisiaj rano powiesiła się w szpitalu psychiatrycznym.

Michalak zbladł. Wypił duży łyk latte, którą przed chwilą postawiła przed nim kelnerka.

– Widziałeś się z Dominikiem tego dnia, kiedy nie wrócił do domu? – zapytał Max.

Tamten opuścił głowę i zaczął mieszać łyżeczką w wysokiej szklance, chociaż nie wsypał do niej cukru. Był potwornie zdenerwowany i jego zachowanie wydawało się Maxowi coraz bardziej podejrzane.

– Tak czy nie? – ponaglił go.

– Tak, widziałem się z nim po południu. Przyszedł do

mnie na uczelnię, powiedział, że dłużej tego nie wytrzyma, że coś sobie zrobi.

Max upił łyk americano. Dobra kawa – a ta była całkiem niezła – zawsze pomagała mu zebrać myśli.

– Co studiujesz? – spytał.

– Malarstwo oczywiście. Jestem na trzecim roku.

– Hm... w takim razie masz szansę zostać dobrym malarzem, bo aktorem to raczej nie byłbyś dobrym.

Grzegorz zasłonił twarz dłońmi i kiedy po chwili je opuścił i spojrzał na Maxa, ten zobaczył w jego oczach łzy.

– Zmusili mnie – odezwał się łamiącym się głosem.

– Kto cię zmusił? I do czego?

– Zadzwonili do mnie. Kazali mi wystawić Dominika.

– Co na ciebie mieli? – spytał Max. Grzegorz był w kompletnej rozsypce, więc trzeba było korzystać, póki się nie pozbiera, i wyciągać od niego co się da.

– Dwa lata temu miałem kłopoty finansowe. Zagrałem w filmie.

– W pornosie?

Michalak skinął głową.

– Zgorszyłem cię?

– Nie, mnie już nic nie gorszy ani nie dziwi. – Max patrzył mu w oczy, wzrokiem tak twardym i przenikliwym, że tamten nie śmiał się poruszyć. – Zdajesz sobie sprawę, co zrobiłeś? Przyczyniłeś się do śmierci siedemnastolatka, który ci ufał. I naprawdę nie potrafię zrozumieć, jak to możliwe, że prokurator jeszcze cię nie przesłuchał.

– Doniesiesz na mnie? – spytał Grzegorz przerażonym głosem.

– Naprawdę miałbym ochotę to zrobić. Uwiodłeś siedemnastoletniego licealistę tylko po to, żeby go mogli zabić.

Grzegorzem wstrząsnął spazmatyczny szloch.

– Nie chciałem tego – odezwał się niemal szeptem, bo widział, że kilka osób odwróciło się w jego stronę. – Nie miałem pojęcia, co oni zamierzają. Sądziłem, że chodzi o wyduszenie kasy od matki Dominika.

– Co miałeś dostać w zamian? – szedł za ciosem Max.

– Dziesięć tysięcy, ale nie dostałem jeszcze ani grosza.

Max miał ochotę mu przyłożyć, powstrzymał się jednak, bo wyobraził sobie komentarze: „Murzyn bije białego, Polaka!".

– Chcę mieć numer, z którego do ciebie dzwonili – wysyczał, pochylając się nad stolikiem.

– Musiał być zastrzeżony, nie wyświetlał się.

– Daj mi swoją komórkę.

– Nie mogę – zaprotestował Grzegorz. – Potrzebuję jej.

– Gówno mnie to obchodzi. Przez ciebie zginął młody człowiek, syn mojej przyjaciółki. Chcę twój telefon.

W głosie Maxa zabrzmiał taka nuta, że tamtemu nie przyszło do głowy dłużej się przeciwstawiać. Bez słowa sięgnął do kieszeni spodni, wyjął komórkę i położył ją na stoliku.

Max wyjął z niej kartę chipową i włożył do czytnika w swoim blackberrym, podłączanym do amerykańskiej sieci Centralnej Agencji Wywiadowczej. Dwa lata temu dostał ten telefon od wysoko postawionej osoby z centrali, Patricka Newmarka. Teraz dzięki temu cacku w ciągu krótkiego czasu będzie miał wszystkie połączenia z dnia zaginięcia Dominika i z kilku poprzednich dni. Po chwili wyjął kartę chipową i oddał ją Grzegorzowi.

– Nie będzie mi już potrzebna – rzucił. – Jak to się odbyło?

– Co?

– Jak im go wystawiłeś?

Grzegorz podniósł szklankę, ale dłoń tak mu drżała, że w połowie drogi do ust zrezygnował i odstawił ją na stół.

– Już mówiłem. Dominik przyszedł do mnie na uczelnię. Właśnie skończyłem zajęcia i poszliśmy do mnie.

– Czyli dokąd?

– Wynajmuję kawalerkę przy placu Starynkiewicza. Miałem go zatrzymać u mnie.

– I oni po niego przyszli?

– Tak.

– Kto to był?

Cisza.

– Kim byli ci ludzie?

– Takie byczki w typie kiboli. Buty nabijane ćwiekami, czarne skórzane kurtki. Nie wiem, jak się nazywali. Znali hasło do domofonu, ponieważ im je podałem wcześniej przez telefon. Wpuściłem ich do mieszkania. Dominik był akurat w łazience, brał prysznic. Błagałem ich, żeby go nie bili, żeby nie robili mu krzywdy. Naciągnęli mu jakieś czarne robociarskie gacie i ubrali we flanelową koszulę.

– Niebieską? – zapytał Max.

– Tak, niebieską. Narzucili mu na głowę worek i wyprowadzili. Mieszkam na pierwszym piętrze, więc wyszli szybko z domu i odjechali samochodem, furgonetką. Nie zauważyłem, jaka to była marka.

– Dominik się nie bronił? Trenował przecież pływanie, był wysportowany.

– Na początku trochę tak, ale zastali go w łazience, był nagi. Wzięli go z zaskoczenia.

– Coś mówił?

– Wołał do mnie: „Grzesiu, zadzwoń do mamy, pomóż mi!" czy coś takiego... Ale...

– Ale nie zadzwoniłeś i nie pomogłeś mu – dokończył Max. – Wiesz, kim ty jesteś?

– Nie miałem wyjścia. Oni mieli ten film...

– Jesteś ludzką gnidą, śmieciem, który wydał na śmierć niewinnego młodego człowieka. A teraz wypierdalaj stąd, bo nie ręczę za siebie!

Chłopak zerwał się jak oparzony.

– I radziłbym ci uciekać szybko i daleko – dodał Max. – Chociaż to ci nie pomoże, bo oni i tak cię znajdą i wykończą, ponieważ jesteś świadkiem porwania, które zakończyło się zabójstwem.

Michalak wybiegł przerażony z kawiarni. Przez chwilę klienci rzucali Maxowi podejrzliwe spojrzenia, ale w końcu wszyscy zajęli się swoimi sprawami.

Całą rozmowę nagrał komórką.

Chyba będę musiał przypomnieć się prokuratorowi Jastrzębskiemu, pomyślał, upewniając się jeszcze, czy plik z nagraniem rozmowy się zapisał.

Oto miał w ręce dowód na porażającą niekompetencję prokuratury. Dopił spokojnie kawę, zastanawiając się, kto stoi za śmiercią Dominika, bo nie miał już wątpliwości, że nie była związana z orientacją seksualną. Kluczem do tego zabójstwa okazywało się słowo „teatr", bo że było to przedstawienie, nie miał już żadnych wątpliwości.

Kiedy wyszedł z Bristolu i szedł Karową w dół w stronę zaparkowanej astry, przyszło mu do głowy, że Dominik też został wydany, tak jak siedemdziesiąt pięć lat wcześniej Rajnfeld, i pomyślał, że czas na następną rozmowę z Barbarą...

Wsiadł do samochodu i zanim ruszył, zadzwonił do Mrówki.

– Co robisz? – zapytał.

– Śledzę tę dziewczynę, którą widzieliśmy wczoraj na Sobieskiego.

– Bądź ostrożna.

– Wiesz, kim ona jest?

– Nie.

– To Ewa Grydzewska, córka prezydenta Warszawy.

*

Prezydent Warszawy usiadł ze szklanką szkockiej w swoim fotelu z bawolej skóry i zaczął rozmyślać nad sprawą, która irytowała go coraz bardziej. Gdy zgodził się wziąć udział w tym przekręcie, nie przypuszczał, że to wszystko tak bardzo się pogmatwa. Chociaż w głębi duszy uważał, że ta suka Wróblewska zasłużyła sobie na to, co ją spotkało; nie miał co do tego żadnych wątpliwości. Zniszczyła jego politycznych przyjaciół: premiera Potockiego i Henryka Kudzię. Nieważne, że Kudzia był kiedyś w PZPR – w końcu on sam należał do tej partii – ale był prawdziwym Polakiem, który nigdy nie zaakceptowałby w kraju nad Wisłą ciapatych „uchodźców". Publicznie prezydent Grydzewski nie wypowiadał się na takie tematy, przekonany, że milczenie bardziej się opłaca. Z tego też powodu odesłał z kwitkiem ministra Kudzię. Nie chciał być kojarzony z aferą, która zmiotła rząd Potockiego. Nie zabraniał jednak córce jeździć na obozy młodzieży narodowej.

– Przynajmniej znajdzie tam porządnego chłopaka, prawdziwego Polaka, i będziemy mieli polskie wnuki – mówił do żony.

W całej tej sprawie z Wróblewskim zawahał się tylko raz, kiedy poprosił kolegów Ewy, żeby zorganizowali „zbicie dupska" pewnemu pedałowi, synowi liberalnej suki Agaty Wróblewskiej. Rola jego córki w tej intrydze pierwotnie miała się ograniczać jedynie do znalezienia kogoś dostatecznie głupiego, żeby hejtować Dominika. Jednak Grydzewski nie wymyślił sobie tego wszystkiego sam. I to ten drugi nalegał, by młody Wróblewski zginął. Chłopak, babka i Agata Wróblewska muszą umrzeć.

Wstał z fotela, poszedł do swojego gabinetu, włączył komputer i napisał maila po angielsku.

Nasze sprawy nabierają rozpędu. Syn Wróblewskiej nie żyje. Zrobiliśmy to dokładnie tak, jak Pan zaplanował. Na razie nie wydaje mi się, żeby ktoś sprawił nam kłopoty. Stara matka Wróblewskiej i tak niedługo umrze. Dostałem informację ze szpitala onkologicznego, że jest śmiertelnie chora, a w jej wieku... sam Pan rozumie. Zostaje nam jeszcze tylko sama Wróblewska, ale to wymaga profesjonalisty. Ci gówniarze, którzy załatwili jej synalka, też powinni zniknąć. Może mógłby Pan załatwić im pracę? Muszą pilnie wyjechać z Polski.

Wysłał maila i zamknął laptopa. Adresat tego maila odpowiadał rzadko i bardzo lakonicznie. Grydzewski liczył na to, że wkrótce przyjedzie on do Polski.

*

Po rozmowie z Maxem Grzegorz Michalak tak się przestraszył, że postanowił wyjechać do rodziny w Karkonosze. Kiedy wrócił do kawalerki przy Starynkiewicza, w kuchni czekało na niego dwóch wygolonych na łyso mężczyzn, bliźniaków.

– Patryk, kurwa, ta ciota chyba chce spierdalać – powiedział tęższy z braci, Jarek.

– Chyba masz rację.

Grzegorz nawet nie zdążył krzyknąć. Przydusili go poduszką i zaczęli kopać w brzuch i w nerki. Sprawiało im to przyjemność. Polskę należy oczyszczać z takich śmieci. Nie czerwona, nie tęczowa, tylko Polska narodowa! Takie mieli ideały ci patrioci.

Spuścili mu ostry wpierdol, jak określił to jeden z braci, ale doszli do wniosku, że to za mało. Był niewygodnym świadkiem. Za dużo wiedział, i to było niebezpieczne. Jarek szybko znalazł żelazko, wyrwał sznur i zarzucił go na szyję Grzegorza. Chłopak zaczął wierzgać nogami, lecz po minucie walki znieruchomiał.

– Śmieć – powiedział Patryk, plując na trupa.

Musieli pozbyć się ciała. Solidny turecki dywan należący do właścicieli wynajmowanego mieszkania zastąpił Michalakowi trumnę.

Znieśli go ostrożnie z piętra, a mijanej wścibskiej sąsiadce wyjaśnili, że zlecił im wytrzepanie dywanu. Zapakowali go do furgonetki, pojechali do Lasu Kabackiego, gdzie organizacja narodowa miała swoją melinę, i w nocy go zakopali.

Rozdział czternasty

SUITA PAŹDZIERNIKOWA

Warszawa, rok 1956

Basia stała w tłumie na placu Defilad. Usłyszała w zasadzie całe przemówienie Gomułki. Był koniec października 1956 roku. Od jej aresztowania i krótkiego pobytu w ubeckim więzieniu minęło już dziewięć lat. Szmat czasu. Nie zapomniała jednak upokorzenia i strachu, jaki przeżyła, stojąc albo kucając w lodowatej wodzie po kostki. Skorzystała z rady towarzysza Sztajchera: zdała eksternistycznie maturę i dostała się na studia. Od roku była asystentką na Wydziale Prawa Uniwersytetu Warszawskiego. Jako bezpartyjna była poddawana presji, ale Polacy wiązali nadzieje z polityczną odwilżą.

Zapamiętała słowa Gomułki o wypaczeniach ustroju socjalistycznego. W wyniku tych wypaczeń zrabowano jej rodzinny majątek. Teraz była już pewna, że aresztowanie jej przez Sztajchera miało właśnie taki cel: pozbawić ją dziedzictwa. I nie zamierzała tego darować, zwłaszcza że atmosfera rozliczeń ze stalinowskimi niegodziwościami sprzyjała jej sprawie. Właśnie rozwiązano Ministerstwo Bezpieczeństwa Publicznego, a wszechwładny do tej pory minister Stanisław Radkiewicz stracił stanowisko. Szeptano tu i ówdzie, że naj-

250

bardziej bestialscy pracownicy UB, w tym Józef Różański oraz Julia Brystygierowa, poszli w odstawkę, a może nawet postawi się im zarzuty nadużywania władzy.

Następnego dnia po historycznym przemówieniu Gomułki na wydziale prawa panowała atmosfera entuzjazmu.

– Dasz się zaprosić na obiad? – zagadnął Basię Ryszard Siemieński, młody asystent z katedry prawa karnego.

W zeszłym roku razem zaczęli asystenturę, choć u innych profesorów Basia specjalizowała się w prawie pracy. Zdawała sobie sprawę, że jej katedra jest w dużym stopniu poddana ideologicznej presji, która bynajmniej nie kończyła się wraz ze zmianą ekipy rządowej. Teraz jednak najmniej się tym przejmowała. Rysiek podobał się jej, najwyraźniej z wzajemnością. Lubiła jego towarzystwo. On imponował jej intelektualnie, ona ujmowała go kulturą, no i urodą. Wszyscy na wydziale uważali ich za dobraną parę. Akademiccy koledzy nie wiedzieli nic o przeszłości Basi. Ludzie nie chcieli wracać do czasów wojny i okupacji, nurzać się raz jeszcze w koszmarze, o którym wszyscy próbowali zapomnieć. Choć w Warszawie nie przychodziło to łatwo, ponieważ w 1956 roku centrum miasta wciąż było w ruinie. Starówkę odbudowano, ale po Zamku Królewskim nadal ziała pustka. Basia nie chciała mówić o wojnie, a Ryszard ją rozumiał. Tamtego dnia wróciła jednak na chwilę do przeszłości.

– Rysiek, wiesz, że jestem z domu Szyling.

– Wiem. I co z tego?

– To, że moi rodzice mieli przed wojną wielki majątek.

Dla niego ta wiedza była nieco kłopotliwa.

– Nie wspominaj o tym nikomu. To ci nie przysporzy przyjaciół na wydziale.

– Nie wiem, czy interesuje mnie praca naukowa. Chciałabym dostać się do sądu albo do prokuratury.

– Tam kiepsko płacą – zauważył.

– A u nas na uniwersytecie to co? Lepiej? – Na chwilę zamilkła, jakby się zastanawiała, czy powiedzieć to, co zamierzała. – Jest jeszcze coś – odezwała się w końcu. – W czterdziestym szóstym, zaraz po powrocie z Anglii, zostałam aresztowana.

Nie ukrywał, że jest zaskoczony.

– Co tam robiłaś?

– Dostałam się do Londynu jak inni ludzie z armii Andersa – skłamała.

Ryszard zauważył, że trzęsą się jej ręce, więc czule położył na nich dłonie.

– Opowiedz mi o tym.

Opowiedziała o aresztowaniu, o domu w Spale, w którym mieszkał znienawidzony szef UB, przede wszystkim jednak skupiła się na Leopoldzie Sztajcherze.

– Wydaje mi się, że on cię po prostu okradł – wyraził swoją opinię Ryszard, gdy skończyła. – Sama mówisz, że nawet nie wiedziałaś, co podpisywałaś.

Patrzyła na niego i zastanawiała się, czy nie uważa jej za idiotkę, ale niczego takiego nie zobaczyła w jego oczach.

– Pójdziemy z tym do sądu – oświadczył.

*

W angielskim miasteczku Cheltenham Boże Narodzenie w 1956 roku obchodzono jak zawsze. Mieszkali tu bardzo majętni ludzie i choć Wielka Brytania wciąż nie mogła się podnieść po wojnie, to w tym zadbanym kurorcie nie widać było śladów biedy.

Pan Boyle, dyrektor spółki posiadającej kilka kopalń węgla w pobliskiej Walii, rzadko bywał w domu, a jego żona spędzała czas, głównie czekając na męża, i ogromnie się nudziła. Największą ich bolączką był brak dziecka. Mimo lat starań pani Boyle miała kłopoty z zajściem w ciążę i choć raz się udało, nie donosiła dziecka. Nigdy nie zrezygnowała jednak z marzeń o potomstwie i postanowiła namówić męża na adopcję.

– Zgódź się, Patricku – błagała. – Ty masz swoje kopalnie, a ja nie mam nic dla siebie.

Pan Boyle spojrzał na nią zza gazety. Zawsze w piątek po powrocie z pracy oddawał się lekturze prasy, siedząc w wygodnym fotelu ze szklaneczką szkockiej w dłoni.

– W porządku. Ale sama się zajmiesz jego wychowaniem.

– Oczywiście, kochanie! – Niemal podskoczyła z radości.

– Nie chcę niemowlaka – zastrzegł jej małżonek. – Nie masz już do tego zdrowia. Ma być chłopiec, i to odchowany. Damy mu wszystko, czego zapragnie.

Razem udali się do lokalnego ośrodka pomocy społecznej w Cheltenham i wpisali się na listę par oczekujących na adopcję. Dzięki koneksjom pana Boyle'a nie rzucano im kłód pod nogi, a że procedury adopcyjne nie były w tamtych czasach aż tak skomplikowane, wkrótce przedstawiono im jedenastoletniego chłopca, który przyszedł na świat w 1945 roku w więziennym szpitalu. Po ojcu wszelki słuch zaginął, a matka została wydalona z Wielkiej Brytanii rok po jego narodzinach. W akcie urodzenia wpisano imię chłopca, *Józef*, oraz nazwisko matki, *Szyling*. Pan Boyle miał wątpliwości, czy dziecko, które przyszło na świat w takim miejscu, będzie dostatecznie zdolne i zaspokoi pokładane w nim nadzieje. Żona płakała jednak i błagała, dopóki się nie zgodził.

I tak w 1956 roku Józef Szyling, syn Basi, o której istnieniu nie wiedział, został Josephem Boyle'em i odtąd kształcił się w prywatnych elitarnych szkołach opłacanych przez adopcyjnych rodziców. Chłopiec rósł zdrowo i nie przysparzał im kłopotów. Był niezwykle inteligentny; zdradzał zainteresowanie matematyką. Kochał przybranych matkę i ojca tak, jak potrafił, lecz w głębi duszy cierpiał z powodu porzucenia przez biologicznych rodziców. Przysiągł sobie, że gdy tylko dorośnie, zrobi wszystko, żeby dowiedzieć się, kim byli.

*

W listopadzie 1956 roku Barbara i Ryszard złożyli w warszawskiej prokuraturze zawiadomienie o przestępstwie, którego dopuścił się wysoki oficer zlikwidowanego Ministerstwa Bezpieczeństwa Publicznego, pułkownik Leopold Sztajcher. Złożyli także pozew w sądzie. Urzędnik bardzo się zdziwił, gdy wpisał do dziennika podawczego tytuł sprawy. Była ona bowiem precedensowa. Barbara i Ryszard mieli tego pełną świadomość.

– Przygotujcie się na piekło – powiedział.

– Pozywamy konkretnego człowieka, a nie Skarb Państwa – zaznaczyła Basia.

Wiedziała, że na odzyskanie ogromnego majątku rodziców raczej nie ma szans. Miała nadzieję, że odzyska choćby „coś", ale tak naprawdę nie potrafiła sprecyzować, czym mogłoby być to „coś". Po spalonej przez Niemców fabryce pozostał zapuszczony plac, a bank został przejęty przez państwo. Kilka miesięcy później sprawa weszła na wokandę.

Okazało się, że przeciwko Leopoldowi Sztajcherowi toczy się jeszcze jedno postępowanie sądowe. Ktoś w ministerstwie połapał się w meandrach gry, jaką prowadził sprytny ubek.

Sztajcher musiał się czuć niesłychanie pewnie, ponieważ ani razu nie pofatygował się osobiście do sądu. Barbara została w końcu przesłuchana w charakterze świadka. Obrońca Sztajchera powołał jednak innego świadka, notariusza Grydzewskiego, który zeznał, że Barbara Szyling osobiście zrzekła się w kancelarii notarialnej, w jego obecności, swoich gruntów.

– Sztajcher wymusił to na mnie – powiedziała.

– Proszę to udowodnić. Ja mam wszystko na piśmie – zwrócił się do sądu notariusz. – Ta obywatelka chce wyłudzić od Skarbu Państwa majątek, którego sama się zrzekła.

Dopiero teraz, w sądzie, mogła zobaczyć, co przed dziewięciu laty podpisała w więzieniu UB. Patrzyła i nie wierzyła własnym oczom. Zrzekła się na rzecz Skarbu Państwa całego majątku rodziców, szczegółowo opisanego na dwóch stronach papieru, w tym działki pofabrycznej, kamienicy, domu w Spale. Sztajcher od Skarbu Państwa odkupił lwią część majątku i za to po październiku 1956 poszedł siedzieć.

Mimo to nie chciała odpuścić. Była w końcu prawnikiem.

– Chwileczkę, Wysoki Sądzie – powiedziała. – Na dokumentach, które przedstawił pan Grydzewski, widnieje data dziesiątego października tysiąc dziewięćset czterdziestego szóstego roku, prawda?

Kiedy sędzia potwierdził, wyjęła dokument, który otrzymała po wyjściu z więzienia, z którego wynikało, że znajdowała się w areszcie śledczym na Rakowieckiej od dwudziestego trzeciego września do piętnastego października 1946 roku.

– Jak jest możliwe, że zrzekłam się dobrowolnie mojej własności dziesiątego października, w kancelarii pana notariusza Grydzewskiego, skoro dopiero pięć dni później wyszłam na wolność z więzienia Urzędu Bezpieczeństwa? To znaczy, że zrzeczenia się majątku dokonałam jako więzień w okresie wypaczeń socjalizmu i jest ono prawnie nieważne, ponieważ podpisałam dokumenty pod groźbą utraty życia.

Sędzia uważnie przeczytał dokument, który mu wręczyła, i długo się nie odzywał. Było jasne, że notariusz kłamał i dokument zrzeczenia się własności, który przedstawił sądowi, został podpisany w więzieniu.

Basia tymczasem zastanawiała się, jak to możliwe, że ten cwany Sztajcher nie dopilnował czegoś tak fundamentalnego jak postawienie właściwej daty na dokumencie. Buta i arogancja. Tylko takie wytłumaczenie przyszło jej do głowy.

Gdy sąd odroczył sprawę w celu przeanalizowania materiału dowodowego, Barbara poczuła satysfakcję, niestety przedwczesną. Do następnej rozprawy nie doszło. Komunistyczne władze, zaalarmowane przez sędziego o grubym szwindlu związanym z warszawskimi gruntami, dokonanym przez notariusza i oficera UB, uznały, że sprawa jest zbyt żenująca, by ciągnąć ją w sądzie. W końcu, po roku przerwy, sąd zaocznie wydał orzeczenie. Barbarze Szyling teoretycznie oddano zrujnowaną kamienicę na Pradze, ale z uwagi na interes społeczny – mieszkała tam biedota – wypłacono jej ekwiwalent pieniężny.

– To skandal – oburzyła się, kiedy dostała z sądu pismo.

– Zrozum, Sztajcher i jego machlojki są dla tej władzy niewygodne – próbował ją uspokoić Ryszard. – Weź te pieniądze i daj sobie z tym spokój.

– A Sztajcher? Przecież to złodziej!

– Owszem. Ale co z tego? Ukręcą sprawie łeb, zapewniam cię. Nie ma sensu toczyć dalej walki o coś, czego nie wygramy. Jeśli będziesz ciągnąć tę sprawę, boję się o twoje życie. Zostaw to, powtarzam – przekonywał Ryszard.

Pół miliona złotych za kamienicę na Pradze Barbara i Ryszard Siemieńscy – wtedy byli już małżeństwem – przeznaczyli na zakupienie domu w Kampinosie.

Zrezygnowała z asystentury na uniwersytecie i dostała się do pracy w warszawskiej prokuraturze. Będąc w środku

„systemu", mogła dalej krok po kroku śledzić to, co działo się z jej majątkiem.

To jeszcze nie koniec, pomyślała.

I nie myliła się.

*

Nowy Jork, czerwiec 1956

Od kiedy w 1941 roku Jan Lechoń przybył do Nowego Jorku, jego życie nie układało się tak, jak tego pragnął. Stanowczo przecenił swoje możliwości finansowe i musiał utrzymywać się z pracy. Udało mu się wspólnie z kilkoma osobami założyć Instytut Polski w Nowym Jorku i utrzymywać dobre kontakty z Polonią. Przyjaźnił się z wieloma Amerykanami polskiego pochodzenia, których wichry wojny zawiały na Manhattan. Nie był jednak szczęśliwy. Utrzymujący z nim bliskie kontakty Kazimierz Wierzyński wiedział o podwójnym życiu Lechonia, który po zakończeniu wojny starał się podtrzymywać opinię o sobie jako o twórcy niepogodzonym z komunizmem. Regularnie pisywał dziennik, co było dla niego formą terapii.

Na początku czerwca 1956 roku Lechonia mieszkającego w północnej części Manhattanu w okolicach Uniwersytetu Columbia odwiedził pewien człowiek. Zanim zjawił się w skromnym mieszkanku, które poeta zajmował razem ze swoim kochankiem Aubreyem Johnsonem, amerykańskim literatem, zadzwonił do poety.

– Jestem z Izraela – powiedział. – Przyjechałem na stypendium na Columbii. Numer pańskiego telefonu dał mi Kazimierz Wierzyński. Chciałbym się z panem spotkać.

– Przepraszam, ale czy mógłbym wiedzieć, jak pan się nazywa? – spytał Lechoń.

W słuchawce na dłuższą chwilę zapadła cisza.

– Symcha Rajnfeld – odparł w końcu nieznajomy.

Lechoń struchlał na dźwięk tego nazwiska. A więc przeszłość go dopadła. Nie sposób się od niej uwolnić.

– Proszę przyjść – powiedział cicho.

Symcha, czyli Szymon Rajnfeld, zjawił się godzinę później. Lechoń był bardzo zmieszany, przyjmując go w swoim mieszkanku. Gość to zauważył.

– Dziękuję, że zechciał się pan ze mną zobaczyć. Jestem bratem...

– Wiem, czyim pan jest bratem – przerwał mu Lechoń. – To nie była moja wina...

Symcha uśmiechnął się w duchu. Nie przyszedł tu po to, by robić sceny kochankowi nieżyjącego brata.

– Pan mnie źle zrozumiał. O nic nie będziemy się kłócić.

– To doskonale, w przeciwnym razie musiałbym pana wyprosić.

– Rozumiem. Czy mógłbym usiąść?

Lechoń właściwie dopiero teraz zauważył, że przyjął gościa w drzwiach. Zaprosił go do małego saloniku, gdzie znajdowało się pianino i stolik z dwoma fotelami. Bardzo skromne życie, pomyślał Symcha, siadając w fotelu. Przez otwarte okno do pokoju wpadało duszne powietrze Manhattanu.

– Czego pan chce? – zapytał w mało wyszukany sposób Lechoń.

– Nie przyszedłem pana osądzać. Chcę tylko uzyskać informacje na temat tego, co stało się latem tysiąc dziewięćset czterdziestego roku we Francji.

– To dawno temu.

– Właśnie mija szesnaście lat, a ja od ponad dziesięciu próbuję się dowiedzieć, co się wtedy stało.

Lechoń drżał. Wspomnienie Józefa, jego największej miłości, musiało być, mimo upływu lat, niesłychanie bolesne. Czas wcale nie leczy ran, tylko je konserwuje.

– Nie mogłem wtedy nic zrobić... – próbował się tłumaczyć, ale kiepsko mu to wychodziło.

– Owszem, mógł pan, tylko że nie o to teraz chodzi. Wiem, że Józef po tym, jak pan odmówił mu pomocy, otrzymał pieniądze od Wiesławy Szyling. Pamięta ją pan?

– Tak, to moja kuzynka. Nie wiem, co się z nią stało.

– Powiesiła się w Londynie w czterdziestym trzecim.

– Jak to? – zapytał zaskoczony Lechoń.

– Wiem to od jej córki, Basi – powiedział wolno Symcha Rajnfeld, przypatrując się badawczo reakcji poety, widział jednak tylko zaskoczenie. – Józef ukrył się we Francji, w Biarritz. Jego adres znał pan i jeszcze dwie osoby.

Lechoń całkiem przytomnie spojrzał na twarz gościa, jak gdyby szukał podobieństwa do jego brata.

– Adres Józefa w Biarritz znały moja kuzynka Wiesława Szyling i jej córka Basia.

– Właśnie – rzucił gość z Izraela i wyciągnął z wewnętrznej kieszeni marynarki kartkę. Była to kopia donosu, który Basia wysłała w Bordeaux.

– Jak pan wie, francuska policja współpracowała z Niemcami w tropieniu Żydów. Jestem pewny, że to właśnie ten donos stał się przyczyną śmierci mojego brata.

Lechoń ukrył twarz w dłoniach i zaczął płakać. Kiedy uniósł głowę i spojrzał na gościa, w jego oczach widać było rozpacz, ale chyba również ulgę, jakby spadł mu z serca wielki ciężar, który przytłaczał go od wielu lat. A więc to Basia, ta nieszczęsna istota, doprowadziła Józefa do śmierci, a nie on.

– Mam dla pana jeszcze coś – odezwał się Symcha Rajnfeld. – W czterdziestym czwartym pojechałem do Bordeaux i rozmawiałem z policjantem prowadzącym sprawę. Przekazali mi drobiazgi znalezione po śmierci Józka. Kilka zdjęć rodzinnych, które teraz, po Zagładzie naszego narodu, są na wagę złota: jakiś scyzoryk, portfel i notatnik. Były tam różne osobiste notatki, szkice do obrazów... Jest też list dla pana.

– Co? – Lechoń aż podskoczył.

– Przed śmiercią napisał do pana list. Zastanawiałem się przez lata, co z tym zrobić. Nie akceptowałem tego, jak żył mój brat, ale myślę, że chciałby, żeby pan go dostał.

Symcha Rajnfeld wyciągnął pożółkłą kartkę wyrwaną z notatnika. Położył ją na stoliku. Zrobiło mu się po prostu żal tego starszego, samotnego mężczyzny zmagającego się ze swoimi demonami.

– Powinienem już pójść.

Podali sobie ręce i Symcha Rajnfeld wyszedł.

Lechoń był w tym czasie w bardzo kiepskiej formie. Jego nerwica pogłębiała się z każdym tygodniem. Nowojorscy psychiatrzy nie potrafili mu pomóc.

Został sam z kartką, krótkim listem od nieżyjącego człowieka. Sięgnął po nią i przeczytał. A potem podjął ostateczną decyzję.

Za długo zwlekałem...

*

Warszawa, listopad 1956 roku

Kiedy jeszcze toczyła się sprawa w sądzie, Barbara mieszkała z mężem u jego rodziców na Ochocie. To oni pomogli im znaleźć działkę w Kampinosie z wybudowanym jeszcze przed wojną domkiem myśliwskim, dość obszernym, wygodnym i całkowicie odpowiadającym potrzebom młodego małżeństwa.

Ryszard sobie tylko znanymi sposobami organizował egzemplarze zakazanej przez władze literatury emigracyjnej. Tego dnia przyniósł „Kulturę" paryską z lipca. Numer poświęcony był przede wszystkim Janowi Lechoniowi, który ósmego czerwca skoczył z dwunastego piętra nowojorskiego hotelu Hudson. Zginął na miejscu. W numerze było sporo artykułów poświęconych twórczości zmarłego poety, w tym tekst Adama Ciołkosza, który napisał wprost, że Lechoń popełnił samobójstwo z miłości do Polski zniewolonej przez władze komunistyczne.

Przeczytawszy informację o śmierci Lechonia, Barbara upuściła magazyn.

– Co się stało, Basiu? – zapytał zaniepokojony Ryszard.

– Lechoń nie żyje.

– Wiem, czytałem o tym, to straszne.

– Był bratem ciotecznym mojej matki – dodała cicho Barbara.

– Nie miałem pojęcia. Bardzo mi przykro – powiedział, przytulając żonę.

W „Kulturze" przytaczano gwałtowną polemikę Lechonia z Tuwimem oraz słowa potępienia kierowane przez tego pierwszego pod adresem Miłosza i Gombrowicza. Uwagę Barbary przykuło jednak coś innego: relacje policjantów prowadzących śledztwo w sprawie samobójstwa poety. Według francuskich śledczych, w jego kieszeni znaleziono pożółkłą kartkę z listem od niejakiego Józefa R.

Dwa tygodnie później na adres prokuratury rejonowej przyszedł do Barbary list od Jarosława Iwaszkiewicza dotyczący sprawy Lechonia i zabitego Rajnfelda. Przeczytała go i potem przez wiele lat zastanawiała się, kto może wiedzieć o tym, że to ona wysłała latem 1940 roku donos na Józia. Bo miała przeczucie, że ktoś wie.

Rozdział piętnasty

PRO PUBLICO BONO

Warszawa, współcześnie

Max i Mrówka nie byli ostatnimi osobami, które odwiedziły Idę Frankowską. Następnego dnia z samego rana przyjechał do niej prokurator Jastrzębski.

Kto rano wstaje, temu pan Bóg daje, pomyślał, uśmiechając się od ucha do ucha, gdy wychodził ze szpitala. Przycisnął gówniarę tak, że w końcu pękła. Nie przejmował się specjalnie tym, że zostawił ją w strasznym stanie, w takim, że pół godziny później pękła całkiem – ale to już nie jego wina, że szpital na Sobieskiego nie jest w stanie upilnować swoich pacjentów ze skłonnościami samobójczymi. On, Jastrzębski dostał to, czego potrzebował, i wiedział już, z jakiego powodu prezydentowi Warszawy tak bardzo zależało na zamknięciu śledztwa. To jego córka Ewa namówiła Idę Frankowską do zorganizowania hejtu przeciwko młodemu Wróblewskiemu.

Perspektywa stanowiska podsekretarza stanu rysowała się coraz wyraźniej. A co tam podsekretarza! Z tym, co teraz wiedział, mógł mierzyć od razu w sekretarza!

Kamery monitoringu miejskiego wykazały niezbicie, że około drugiej w nocy – tego dnia, gdy Dominik Wróblewski nie wrócił do domu – na nadwiślany bulwar zajechała czarna furgonetka marki Volkswagen i dwóch zamaskowanych drabów wyjęło z niej bezwładne ciało. Ułożyli je na nadbrzeżu, po czym jeden z nich wyjął z kieszeni spodni coś, co przypominało brzytwę, i poderżnął chłopakowi gardło. Młody Wróblewski był albo zupełnie nieprzytomny, albo martwy. Morderca włożył chłopcu w prawą dłoń zakrwawioną brzytwę. Kamery umieszczone na Centrum Nauki Kopernik pokazywały to wszystko bardzo dokładnie.

Koniec z wersją o samobójstwie.

Czas zadzwonić do Grydzewskiego. Miał numer jego telefonu, podobnie jak numery wielu VIP-ów, którym prokuratura od czasu do czasu świadczyła drobne uprzejmości – a to wszczynała śledztwo w sprawie wścibskiego i nieprzyjemnego sąsiada, a to umarzała śledztwo w sprawie jazdy po pijaku i tak dalej.

Grydzewski odebrał po drugim dzwonku.

– Dzień dobry, panie prokuratorze – powiedział, zanim Jastrzębski zdążył się odezwać.

– Dzień dobry, panie prezydencie. Chciałbym się z panem spotkać.

– A w jakiej sprawie?

– W sprawie pańskiej córki.

– Nie rozumiem.

Prokurator szybko, ale nie pomijając ważnych szczegółów, podał mu najnowsze informacje ze śledztwa w sprawie śmierci Dominika Wróblewskiego.

– No, dobrze – rzucił Grydzewski. – Ustalił pan, że śmierć tego szczeniaka nie była samobójstwem, tylko zabójstwem. Tylko co ma z tym wspólnego moja córka?

– Panie prezydencie, jakiś czas temu zagadnął mnie pan na ulicy. Odniosłem wrażenie, że bardzo panu zależy na szybkim zamknięciu śledztwa. Powiedziałbym nawet, że nie było to wrażenie. Panu zależało na tym, by tej sprawie ukręcić łeb. Teraz już wiemy, że miał pan w tym osobisty interes. – Jastrzębski niemal słyszał, jak jego rozmówcę zalewa krew. Uśmiechnął się. – Ale obaj jesteśmy rozsądnymi ludźmi, możemy się dogadać.

– W porządku – rzucił prezydent. – Zapraszam pana w takim razie na kolację do restauracji Sen o Warszawie.

– To w Śródmieściu?

– Tak, w centrum.

– Kiedy? – zapytał Jastrzębski.

– Może jutro o dziewiętnastej?

– Doskonale. Tylko... hm... – Jastrzębski się zawahał.

– Tak?

– Mam nadzieję, że nie przyjdą panu do głowy jakieś niemądre pomysły, na przykład nagrywanie rozmowy, a potem emisja w Twojej Stacji – nawiązał do afery podsłuchowej związanej z operacją Lunatyk i poczuł się już tak pewnie, że zarechotał.

– Jesteśmy dżentelmenami, panie prokuratorze, a dżentelmeni nie sięgają po takie metody.

Akurat! – pomyślał Jastrzębski. Taki sam z ciebie dżentelmen jak ze mnie.

*

Jadąc na Wilanów, Max zamierzał powiedzieć Agacie o wszystkim, czego się dowiedział od Grzegorza Michalaka. Zastał ją w strasznym stanie. Właśnie łykała tabletki na uspokojenie i popijała je szkocką. Sądząc po prawie pustej butelce na stoliku przy kanapie, nie był to jej pierwszy drink.

– To nie jest najlepsze rozwiązanie – odezwał się łagodnie Max.

– Widziałeś ścianę przy drzwiach wejściowych do budynku?

– Nie, nie zwróciłem uwagi.

– Ktoś napisał sprejem: WRÓBLEWSKA, TY KOMUNISTYCZNA CIPO.

– Takie coś naprawdę cię dotyka?

– To nie wszystko.

– A co, jesteś może „komunistką, złodziejką i gorszym sortem Polaków"?

– Nie, ale moja matka już tak. Napisali: CÓRKO KOMUNISTYCZNEJ KURWY Z PROKURATURY. Moja matka rzeczywiście była prokuratorem w czasach PRL-u. Na emeryturę odeszła dopiero w osiemdziesiątym dziewiątym.

– Powinnaś to zgłosić.

– Na policję? Zrobiłam to już rano. Przez ponad dwie godziny mnie przesłuchiwali. Mnie, osobę poszkodowaną. To upokarzające!

– Trzeba to zamalować.

– Zgłosiłam dozorcy. Jutro ma ktoś przyjechać i coś z tym zrobić.

Agata chyba jeszcze nie miała pojęcia, jak głęboko sprawa zabójstwa Dominika łączyła się z jej matką. Podejrzewał, że te obraźliwe napisy również mogą mieć z tym jakiś związek, ale dopóki nie wiedział jaki, wolał z nią o tym nie mówić. Na razie puścił jej nagranie ze swojej rozmowy z Grzegorzem.

Paliła jednego papierosa za drugim i słuchała w skupieniu.

– Za bardzo ufał ludziom. Zawsze taki był – powiedziała łamiącym się głosem, gdy nagranie się skończyło.

– W zasadzie to nie jest wada – odezwał się cicho Max.

– Tylko jak się to dla niego skończyło? – Przetarła ręką

oczy i potrząsnęła głową. – Kto to zrobił, Max? Kto to, kurwa zrobił?

– Jeszcze nie wiem, ale obiecuję ci, że się dowiem. – Zamilkł i przez chwilę siedział, pocierając skronie.

– Co? – zapytała, bo domyśliła się, że nad czymś intensywnie się zastanawia.

– Nie wiem, ale w tej sprawie jest coś bardzo dziwnego.

– Co masz na myśli?

– Tu jest jakieś drugie dno, a może nawet niejedno drugie dno. Jestem prawie pewien, że Dominika wcale nie porwano dlatego, że był gejem. A wystylizowanie tego zabójstwa miało stanowić zakodowany sygnał, który może odczytać tylko jedna osoba.

– Kto? Nie baw się ze mną w kryminalne zagadki – poprosiła Agata.

– Twoja mama.

– Moja mama?! A co ona ma z tym wspólnego?

Max opowiedział jej o tym, czego się dowiedział od Barbary Siemieńskiej.

– Ona jest przekonana, że ktoś się na niej zemścił za to, że w czasie wojny zadenuncjowała Rajnfelda.

– O Boże! Nie dość, że nie znałam rodzonego syna, to nie znam jeszcze własnej matki. Skąd to wiesz?

– Od niej. Tylko że nie powiedziała mi wszystkiego. Myślę, że klucz do rozwiązania tej sprawy tkwi w przeszłości twojej mamy. Muszę się z nią szybko zobaczyć, póki jeszcze może mówić.

– Oszczędzaj ją, proszę... Wiesz, w jakim jest stanie.

– Wiem, ale sama widzisz, że wszystko prowadzi do twojej matki. Nawet te dzisiejsze napisy na murze. Może to przypadek, ale jakoś nie potrafię w to uwierzyć.

Umilkł, splótł palce na karku i wpatrywał się w punkt na

ścianie przed sobą. Agata znała go już na tyle, by wiedzieć, że przyjmuje taką pozycję, kiedy się nad czymś intensywnie zastanawia. Tak robił zawsze, kiedy rozpracowywał operację Lunatyk.

– O czym myślisz? – zapytała, zapalając kolejnego papierosa.

Myślał o swoim izraelskim zleceniodawcy, ale o nim na razie wolał jej nie wspominać. Nagle przyszedł mu do głowy pewien pomysł.

– Nad czymś ryzykownym – odparł.

– Mów.

– Moją tezę, że klucz do zabójstwa Dominika tkwi w przeszłości twojej matki, można zweryfikować tylko w jeden sposób.

– Oświeć mnie, Herkulesie Poirot.

– Musisz powiedzieć coś w telewizji o przeszłości swojej mamy. Sprowokuj ich, kimkolwiek są te sukinsyny.

Uznała, że to dobry pomysł. Każdy pomysł, który mógł choćby o krok przybliżyć ją do poznania prawdy, był dobry. Zadzwoniła do prezesa i kiedy ten się zgodził, ściągnęła ekipę.

W wieczornym wydaniu wiadomości Polacy zobaczyli Agatę stojącą przy wejściu do swojego domu; obok był wulgarny napis. W krótkim wystąpieniu powiedziała, że nie boi się tych, którzy zabili jej syna i próbują zeszmacić jej matkę.

*

– Kurwa mać! – zaklął Grydzewski, kiedy zobaczył na ekranie Wróblewską.

Wszystko się sypało. Ta prokuratorska gnida będzie go szantażować, co do tego nie miał wątpliwości. Był jednak w stanie zrobić wszystko, żeby chronić jedyną osobę, którą w życiu kochał – córkę. Musiał się skontaktować, i to jak najszybciej, ze swoim wspólnikiem z zagranicy. Ten zastrzegł wprawdzie, by dzwonić do niego tylko w ostateczności, ale Grydzewski uznał, że właśnie znalazł się w takiej sytuacji. Agata Wróblewska prawdopodobnie czegoś się dowiedziała... może od mamusi, może od kogoś innego.

Wyjął tanią komórkę na kartę i wybrał jeden z kilku numerów zapisanych w jej pamięci: jedenastocyfrowy numer w Wielkiej Brytanii. Po dłuższej chwili usłyszał męski głos. Mężczyzna mówił bezbłędnie po angielsku.

– Dlaczego pan do mnie dzwoni? Stało się coś, o czym powinienem wiedzieć?

– Tak. Prokurator czegoś się domyśla. – Grydzewski mówił w miarę poprawnie; ale z wyraźnym polskim akcentem. – Zadzwonił do mnie i najprawdopodobniej będzie chciał wymusić łapówkę.

– To proszę mu zapłacić.

– Nie taka była umowa. Nie mogę teraz wydawać pieniędzy, dopóki do końca nie załatwimy sprawy w sądzie.

– Twierdził pan, że z księgami wieczystymi nie będzie problemu.

– Bo nie będzie. Tylko że prokurator na karku to nie jest dobra wiadomość. Jeśli Jastrzębski połapie się, o co naprawdę chodzi, nie będziemy mogli go tak łatwo spławić. Mam pewien pomysł.

– Jaki?

– Żeby przyjąć trzeciego do spółki.

– Mowy nie ma! Zbyt długo czekałem, żeby teraz dzielić się z jakimiś przypadkowymi osobami. Na prokuratora jest sposób. Wy, Polacy, podobno lubicie miód.

– Że co przepraszam? – parsknął Grydzewski.

– *Nerium oleander*. To łacińska nazwa tej rośliny. Miód, panie prezydencie, dokonuje cudów, szczególnie ten pozyskany z kwiatów oleandra. Mam człowieka w Izraelu, który mi go dostarczy. Oleandry to na Bliskim Wschodzie bardzo pospolita roślina. Nie wiedział pan?

– Nie. Ale co to ma wspólnego z nami? – Grydzewski nie po raz pierwszy nie nadążał za tokiem rozumowania wspólnika.

– Właśnie w ten sposób rozwiązuje się problemy. Czytał pan o Liwii, żonie cezara Augusta? Żona cezara musiała być nieskazitelna. I taka była, a problemy rozwiązywała, korzystając z oleandra.

Grydzewski miał w szkole z historii słabą trójkę, nie miał pojęcia, jak nazywała się żona Augusta, ale mógł się obyć bez tej wiedzy – zrozumiał, o co chodzi wspólnikowi.

– Jutro wyślę panu kurierem słoik tego miodu. Proszę zrobić z niego użytek. Nie możemy sobie pozwolić na wścibskiego prokuratora, zwłaszcza teraz, kiedy jesteśmy tak blisko celu.

– Jest jeszcze ta dziennikarka, Wróblewska. Wystąpiła dziś w wiadomościach. Sądzę, że ona coś wie.

– Niemożliwe. Nie wydaje mi się, żeby matka cokolwiek jej powiedziała. Proszę działać. Wróblewska nam nie przeszkodzi.

– Rozumiem.

*

Mrówka postanowiła nie odpuścić. Kombinowała przez prawie całą noc i w końcu udało jej się włamać do komputera Ewy i wejść do wszystkich jej skrzynek mailowych. Jedno konto zwróciło jej szczególną uwagę – założone na chińskim serwerze. Nikt nie zakłada konta na chińskim serwerze, żeby umawiać się z koleżankami do klubu albo na kawę. W skrzynce znajdowały się maile przysyłane z dwóch adresów. Z ostatniej wiadomości dowiedziała się, że Ewa jest na wieczór z kimś umówiona. Była mowa o przekazaniu jakichś pieniędzy i o tym, by uważała, żeby nie ciągnąć za sobą ogona. Niestety, nie podano miejsca spotkania, Mrówka uznała więc, że będzie musiała śledzić Ewę po tym, jak ta wyjdzie ze szkoły.

Zdawała sobie jednak sprawę, że swoim wyglądem, zwraca na siebie zbyt dużą uwagę, więc rano, zamiast pójść do szkoły, wybrała się do Rossmana i kupiła jakieś świństwo do dekoloryzacji włosów i szampon koloryzujący. W drodze powrotnej wstąpiła do sklepu z używanymi ubraniami i nabyła kilka ciuchów, których normalnie nigdy w życiu by nie włożyła. Kiedy przed drugą, gotowa do wyjścia – z włosami w kolorze ciemny blond nakręconymi lokówką od mamy, ustami pociągniętymi różowym błyszczykiem, też od mamy, bez ćwieków na twarzy, w obcisłych dżinsach i krótkiej kurteczce – spojrzała na siebie w lustrze, pokręciła głową z niedowierzaniem. Sama się nie rozpoznawała, więc była duża szansa, że Ewa też jej nie rozpozna.

Pojechała do szkoły, ale nie weszła do budynku, tylko usiadła w kafejce naprzeciwko i pijąc zieloną herbatę, obserwowała wyjście. Kiedy po siódmej lekcji ze szkoły wylewał się tłum, siedziała coraz bardziej podenerwowana. A jeżeli Ewa dzisiaj w ogóle nie przyszła do szkoły? Jeśli pojedzie na spotkanie prosto z domu? Zerkała to na wejście do szkoły, to na pobliski postój taksówek. Zanim usiadła w kawiarni, rozejrzała się po okolicy i nigdzie nie zobaczyła pomarańczowo-czarnego mini coopera. Liczyła się jednak z tym, że Ewa mogła zaparkować gdzieś dalej albo ktoś po nią podjedzie. Mrówka była więc gotowa wydać swoje ostatnie pieniądze i jechać za nią taksówką.

Poszczęściło się jej. Ewa wyszła ze szkoły i pewnym krokiem ruszyła do ronda de Gaulle'a. Kiedy stanęła na przystanku tramwajowym, Mrówka zatrzymała się zaledwie pięć metrów o niej. Ewa nawet w pewnym momencie odwróciła głowę i prześlizgnęła się po niej wzrokiem, ale najwyraźniej nie zauważyła niczego ciekawego w pospolicie wyglądającej blondynce – blond cipie, jak myślała teraz o sobie Mrówka, która zwróciła uwagę, że tego dnia córka prezydenta Warszawy ubrała się wyjątkowo skromnie, tak żeby nie rzucać się w oczy. Kiedy wsiadła do tramwaju jadącego w stronę Pragi, Mrówka niemal równocześnie wsiadła do tego samego, tylko drugim wejściem.

Ewa wysiadła przy rondzie Wiatraczna i od razu wskoczyła do trójki. Mrówka nawet się nie pofatygowała, żeby skorzystać z innego wejścia. Dojechały do Dworca Wileńskiego. Mrówka zatrzymała się na przystanku, ściągnęła włosy w kitkę na karku, narzuciła na kurtkę poncho niesione w torbie i ruszyła za Ewą, która właśnie przeszła przez ulicę i zniknęła w barze z kebabami. Mrówka pobiegła w tamtą stronę, zanim jednak weszła do baru, rozejrzała się, na wypadek gdyby musiała uciekać. Uspokoiła się, widząc, że całkiem blisko jest stacja metra.

Ewa siedziała z dwoma wygolonymi na łyso drabami w czarnych kurtkach nabijanych ćwiekami. Mrówka nie zaryzykowała, żeby przyglądać im się zbyt uważnie, ale wydawało jej się, że są bliźniakami.

Pierdoleni patrioci z ONR, pomyślała.

Przyszedł jej do głowy pomysł, żeby się do nich przysiąść i zapytać, czy nie przyjęliby jej do swojej wspaniałej organizacji, no ale nie była szalona, w każdym razie nie aż tak. Podeszła do lady, zamówiła falafel i usiadła za dużą, tandetną sztuczną palmą. Była odwrócona plecami do Ewy i jej kumpli, ale miała w zanadrzu broń, w którą wyposażył ją Max – mały mikrofon kierunkowy – i ustawiła go w ich stronę. Podłączyła go do telefonu komórkowego, tak żeby rozmowa się nagrywała. Do lewego ucha włożyła bezprzewodową słuchawkę zsynchronizowaną z mikrofonem.

Mrówka nie była głupia; zdawała sobie sprawę, że gdyby córka prezydenta Warszawy ją rozpoznała, ona prawdopodobnie nie wyszłaby z tego lokalu na własnych nogach. Wiedziała, że podejmuje ryzyko. Ale było warto.

*

– Kiedy dostaniemy kasę, Ewka? Ja i brat musimy pryskać – powiedział pierwszy z mięśniaków.

– Przyniosłam wam kasę. Nie bój się, Jarek, ja dotrzymuję słowa – uspokoiła go Ewa. Mrówka nie widziała momentu przekazania pieniędzy, ale usłyszała, że ktoś kładzie coś na blacie stołu... Może kopertę? – Dwadzieścia tysięcy w używanych banknotach, tak jak się umawialiśmy. Potem dostaniecie więcej. Powinniście na jakiś czas zniknąć. Pojedziecie do Anglii.

– Będziemy tam mieli jakąś robotę?

– Jasne. Nie jedziecie w ciemno. Ktoś się tam wami zajmie. Załatwi pracę i mieszkanie.

– W Londynie?

– Albo w Manchesterze, w dużym mieście, w którym można zniknąć na jakiś czas.

– W porządku. Po tej robocie przydadzą się nam wakacje – powiedział drugi z braci.

– Aż tak ciężko było, Patryk?

Chwila milczenia, a potem:

– Nie przypuszczałem, że to jest takie trudne. Pedał się popłakał. Nawet mnie, kurwa, po butach całował. No ale zrobiliśmy to.

– Zrobiliście to dla Polski – powiedziała Ewa. – Jesteście patriotami, którzy usuwają niepotrzebne śmieci z naszego społeczeństwa. Z tej cioty nie wyrosłoby nic dobrego.

– Co racja, to racja – odezwał się ten pierwszy, Jarek.

– Zgadza się – powiedział ten drugi.

– Co, że nic dobrego by z niego nie wyrosło?

– Nie, kasa. Dwadzieścia patoli.

– Jak mówiłam, dostaniecie jeszcze. Mam nadzieję, że pozbyliście się furgonetki?

– Niech cię o to głowa nie boli – odparł Patryk. – Jest przemalowana, przebiliśmy numery silnika. Za kilka dni pojedzie na Ukrainę i ślad po niej zaginie.

– Napijesz się z nami piwa? – zaproponował Jarek.

Przywołali kelnera i zamówili trzy piwa. Ewa poprosiła o karmelowe, bezalkoholowe. Kobiece. Byli bardzo z siebie zadowoleni. Odkąd się poznali w organizacji, trzymali się razem. Przez szeregi Narodowej Młodzieży Polskiej przewinęły się dziesiątki młodych ludzi. Niektórzy z nich zrobili ciekawe kariery; zostali prawnikami, policjantami, wielu trafiło do wojska, może dzięki temu, że środowisko trzymało się razem. Ewa stała się młodą liderką w pełnym znaczeniu tego słowa. Namawiała kolegów, by przejść od słów do czynów. Zaczęli więc podpalać samochody emigrantom – głównie Arabom i innym muzułmanom, których w Warszawie mieszkało kilka tysięcy – i napadać na bary i kluby, gdzie zbierały się środowiska mniejszości seksualnych.

Gdy kelner przyniósł im piwo, Ewa zaczęła się dopytywać o szczegóły.

– Było, kurwa, strasznie, Evita – powiedział Jarek. Lubiła, gdy chłopcy z organizacji tak się do niej zwracali.

– Dlaczego? Był silny?

273

– Nie, nie oto chodzi. – Jarek upił łyk piwa. – On po prostu wiedział, że nie wyjdzie z tego żywy. Płakał. Bez przerwy wzywał matkę.

– No i co z nim zrobiłeś? – Ewa sprawiała wrażenie, jakby świetnie się bawiła.

– Jak to co? – Patryk zaśmiał się. – Jareczek po prostu zajebał mu kilka razy z buta.

Mrówka z trudem się powstrzymywała, żeby nie wstać i nie napluć im w twarz.

– I co dalej?

– Najśmieszniej było, jak musieliśmy go przebrać w te stare ciuchy. Kto dzisiaj, kurwa, nosi coś takiego?

– To miało być tak dla jaj – wtrąciła Ewa. – Kto go przebierał?

– A idź ty! Brzydziliśmy się go dotykać, przecież mógł być zahiviony. – Zarechotał, ubawiony własnymi słowami, no, może nie do końca własnymi – Kazałem mu się przebrać. Nie chciał, musiałem jeszcze raz zajebać z buta, i wtedy się przebrał bez problemu. Później, tak jak kazałaś, daliśmy mu jeść. Jarek kupił coś wcześniej w MacDonaldzie.

– Dosypałem do coli środek na sen, w podwójnej dawce, żeby nic nie czuł, i zawieźliśmy go nad Wisłę. A potem to już sama wiesz – powiedział posępnie Jarek.

– Ale co? – Ewa była dalej bardzo rozbawiona i nie dostrzegła, że z jej kompanów uleciała cała wesołość.

– Wiesz dobrze co – syknął z wściekłością. – Poderżnąłem mu gardło tą starą brzytwą, którą kazałaś kupić.

– Jarek, no co ty... – próbowała go pocieszyć Ewa. – Usunąłeś śmiecia z naszego zdrowego narodu. Kochasz przecież Polskę?

– Kocham, kurwa, kocham – mówił, chlipiąc. – Ale wciąż go widzę.

Nie ty pierwszy widzisz go po śmierci, pomyślała Mrówka. I mam nadzieję, że skończysz tak samo jak Ida.

– Gdzie go widzisz?

– A wszędzie. Stoi mi czasem na drodze, to tu, to tam. Jak się idę odlać do kibla, to go, kurwa, w lustrze widzę. Widzę go we śnie i w dzień, czasami po drugiej stronie ulicy.

– To są wytwory twojego umysłu. Jesteś w szoku po brudnej robocie.

– Nie wiem... Ja się po prostu boję, Evita. Nie powinniśmy byli brać tej roboty.

Słyszała już coś takiego... od Idy Frankowskiej. I nagle z niej też uleciała cała wesołość.

– Pójdę do łazienki – rzuciła.

*

Mrówka usłyszała w słuchawce, że córka prezydenta Warszawy wstaje. Wiedziała, że idąc do łazienki, Ewa będzie musiała przejść obok niej. Mrówka starała się zachowywać naturalnie, podparła się niedbale dłonią, tak by sprawiać wrażenie zasłuchanej w muzyce. W uchu miała wyraźnie widoczną słuchawkę bezprzewodową.

Ewa minęła ją, spoglądając na nią z boku. Gdy zniknęła w łazience, Mrówka poczuła niewysłowioną ulgę, ale dwie sekundy później drzwi toalety się otworzyły i Ewa zajrzała do baru, żeby się przekonać, czy dziewczyna, którą przed chwilą mijała, jest tą popieprzoną przyjaciółką Dominika Wróblewskiego, czy tylko kimś bardzo do niej podobnym. Ich spojrzenia się spotkały. Mrówka zorientowała się, że tamta ją poznała, i rzuciła się do ucieczki. Gdy wypadała z baru, usłyszała za plecami krzyk:

– Zatrzymajcie tę dziwkę!

Zanim Patryk i Jarek się zorientowali, Mrówka biegła

już ile sił w nogach w stronę stacji metra. Słyszała, że jeden z chłopaków rzucił się za nią, sypiąc przekleństwami. Odtrącała przechodniów. Na światłach przebiegła przez ulicę, nie bacząc na hamujących z piskiem i wygrażających jej kierowców. Nie patrzyła za siebie. Dotarła do schodów i zaczęła przeskakiwać po kilka stopni naraz.

– Uważaj, kurwa, jak chodzisz! – zawołał ktoś, kogo potrąciła.

Wyrzucała sobie, że nie pomyślała wcześniej o tym, by wyjąć z torby bilet miesięczny. Uznała jednak, że szukanie go teraz – nawet w biegu – zabrałoby jej kilka cennych sekund, więc przeskoczyła przez barierki, zbiegła kolejnymi schodami i wpadła do stojącego na peronie ostatniego wagonu składu, dosłownie sekundę przed tym, jak zamknęły się drzwi.

Gdy pociąg ruszył, zobaczyła zbiegającego na peron Patryka albo Jarka. Usiadła zziajana, wyjęła komórkę, wrzuciła nagranie na dysk Google i wysłała link do niego Maxowi i matce Dominika. Oni już będą wiedzieli, co z tym zrobić. Postanowiła dojechać metrem na lewy brzeg Wisły i tam zmylić pościg. Zdawała sobie sprawę, że tamci tak łatwo jej nie odpuszczą.

Rozdział szesnasty

Z DEKRETU BIERUTA

Warszawa, tego samego dnia

W drodze do Centrum Onkologii Max zadzwonił do doktor Wandy Raczkiewicz-Ottenberg z Muzeum Narodowego.

– Dzień dobry – powiedziała, gdy się przedstawił.

– Przepraszam, że zawracam pani głowę, ale jest coś, z czym mogę sobie nie poradzić. Nie jestem historykiem.

– Czy to jest w jakiś sposób związane ze śmiercią Dominika?

– Owszem. Chodzi mi o rodzinę Agaty. Czy wie pani cokolwiek o przedwojennych dziejach Szylingów? Matka Agaty, Barbara Siemieńska, nazywa się z domu Szyling.

– Nie miałam o tym pojęcia. Ale chyba dobrze pan do mnie trafił. Mój mąż robił doktorat na temat przedwojennej wielkiej własności przemysłowej w Warszawie. I właśnie Szylingowie byli jedną z rodzin, których majątek badał. Wiem o tym, bo przepisywałam jego pracę na maszynie.

Max poczuł, że to jego szczęśliwy dzień.

– Czy mogłaby mi pani powiedzieć wszystko, co pani wie? – poprosił.

Doktor Raczkiewicz-Ottenberg westchnęła i chwilę się nie odzywała; najwyraźniej przeczesywała swoją pamięć.

– Nie pamiętam wszystkiego – zaczęła w końcu – ale fortuna Szylingów opierała się na banku, który obywatel Rosji niemieckiego pochodzenia, Josef Schilling, założył w Warszawie... zdaje się, że w latach osiemdziesiątych dziewiętnastego wieku, w okresie pozytywizmu. Bank odziedziczył jego jedyny syn Edward, który spolszczył pisownię nazwiska. Podczas pierwszej wojny światowej dzięki niemieckiemu pochodzeniu udało mu się ochronić majątek banku, który w międzywojennej Polsce działał jako bank inwestycyjny. Szyling był jednym z głównych pomocników Władysława Grabskiego podczas reformy monetarnej. Dorobił się ogromnego majątku. Wielka fabryka, pałacyk w Spale, jakieś działki budowlane, kamienice, które w większości zostały zburzone przez Niemców po powstaniu warszawskim...

– Do kogo ten majątek należy teraz? – zapytał Max.

– Ciekawe pytanie. Pewnie pan o tym nie wie, ale po wojnie, w październiku czterdziestego piątego roku, zdominowana przez komunistów Krajowa Rada Narodowa uchwaliła tak zwany dekret Bieruta, który pozwalał władzy na nacjonalizację, często z naruszeniem prawa własności, wszystkich gruntów, które przed wojną należały do osób prywatnych na terenie miasta stołecznego Warszawy. Do dziś w sądach toczy się kilka tysięcy postępowań w tej sprawie. Na przykład moja rodzina próbowała odzyskać grunt, na którym przed wojną stała kamienica.

– I udało się?

– Ależ skąd! Sądy nie chcą tego ruszać, ponieważ jeden wyrok natychmiast spowoduje lawinę pozwów o odszkodowanie, które są poważnym obciążeniem dla budżetu państwa. Matka Agaty naprawdę jest z tych Szylingów?

– Tak mi się wydaje.

– To wręcz nieprawdopodobne. Żyjąca właścicielka gruntów wartych setki milionów złotych!

Max właśnie na te słowa czekał. Miał już motyw. Dominik Wróblewski był wnukiem jednej z najbogatszych warszawianek. Podziękował doktor Raczkiewicz-Ottenberg i powiedział, że jest jej dłużnikiem.

– Żaden problem. Jeśli jeszcze coś mogłabym dla pana zrobić, proszę się nie wahać. – powiedziała Wanda.

No, skoro była tak chętna do pomocy, to czemu tego nie wykorzystać?

– Czy Józef Rajnfeld, ten malarz, o którym rozmawialiśmy... czy on miał rodzinę? – spytał.

– Hmmm... – Zastanowiła się przez chwilę. – Wydaje mi się, że wszyscy zginęli podczas wojny, ale mogę spróbować się dowiedzieć. Mam w Instytucie Yad Vashem w Jerozolimie przyjaciółkę, która nie odmawia mi przysług, gdy ją o nie poproszę.

– Byłbym pani bardzo wdzięczny.

– Dam znać, jak tylko czegoś się dowiem – obiecała.

*

Prokurator Jastrzębski nie czuł się tego dnia dobrze. Drapało go w gardle, więc wypił resztę syropu Tusipec, który znalazł w kuchennej szafce, a idąc do pracy, wstąpił do apteki i kupił Neo-Angin i bayerowską aspirynę. Wieczorem miał się spotkać z Grydzewskim, więc nie mógł się rozłożyć. Wiedział, że prezydent Warszawy to szczwany lis. Jastrzębski musiał być w dobrej formie, jeśli chciał wygrać ten mecz. Przez cały dzień zastanawiał się nad tym, dlaczego córka Grydzewskiego, dziewczyna chodząca do starszej klasy, zainteresowała się na tyle synem Wróblewskiej, że napuściła na niego młodszą koleżankę... ba, nawet jej zapłaciła za zorganizowanie hejtu. Jakoś mu to wszystko do siebie nie pasowało. Próbował rozgryźć, jaki cel mogła mieć młoda Grydzewska, ale żaden nie przychodził mu do głowy.

*

Okolice Dworca Wileńskiego

Zasapany Jarek dobiegł z powrotem do tureckiej knajpy, gdzie czekała na niego Ewa Grydzewska i jego brat. Był wściekły i ze zmęczenia czerwony na twarzy.

– Uciekła metrem. Co teraz?

– Dzwoń do ojca – zwrócił się Patryk do Ewy.

– Nie mogę. Ma dziś ważne spotkanie, zresztą on nam nie pomoże jej zatrzymać. Musimy to zrobić sami. Mamy kogoś w komisariacie w centrum?

Jarek zmarszczył czoło.

– Tak – rzucił po chwili. – Kolegę z organizacji. Staszka Krajewskiego. Jest chyba młodszym aspirantem. Pomoże nam.

– Więc dzwoń do niego – nakazała mu Ewa.

Wyjął telefon i odnalazł numer. Po chwili policjant odebrał połączenie.

– Cześć stary. Jest sprawa. Oddaję telefon Ewie.

Wytłumaczyła młodszemu aspirantowi, kim jest osoba, którą musi postarać się zatrzymać na stacji metra Świętokrzyska, i podała jej szczegółowy rysopis. Założyła, że Mrówka właśnie tam przesiądzie się do drugiej linii albo pojedzie dalej autobusem, i wiedziała, że Krajewski zrobi wszystko, żeby ją namierzyć.

*

Max dojechał tymczasem do Centrum Onkologii. Kiedy przemierzał długie korytarze gmachu, przyszedł właśnie SMS od Mrówki, ale zaaferowany tym, czego za chwilę mógł się dowiedzieć, nie zarejestrował jego nadejścia.

Barbara Siemieńska była w zaskakująco dobrym stanie.

– Czekałam na pana – powiedziała, kiedy stanął w drzwiach szpitalnej sali. – Agata dzwoniła do mnie, że ma pan coś ważnego do powiedzenia.

– Właściwie to raczej ja mógłbym się dowiedzieć od pani ważnych rzeczy – sprostował. – Chciałbym panią poprosić, żeby opowiedziała mi pani coś więcej o sobie. Sądzę, że odpowiedź na pytanie, kto i dlaczego zabił Dominika, kryje się w pani przeszłości.

Starsza pani się ożywiła. Dała znak Maxowi, aby zdalnym pilotem podwyższył część łóżka przy wezgłowiu, tak by mogła go lepiej widzieć.

– Pani nazwisko rodowe brzmi Szyling, tak? – zaczął Max.

– Zgadza się. Co to jednak ma wspólnego z Dominikiem?

– W mojej pracy czasami jeden szczegół mówi więcej o przyczynach morderstwa niż całe tygodnie żmudnego przesłuchiwania świadków. Dzisiaj już wiem, że śmierć Dominika nie miała nic wspólnego z jego orientacją seksualną.

– Mówiłam już panu, że to była kara boża. Za to, że zdradziłam Rajnfelda.

– Z całym szacunkiem, pani Barbaro, nie wierzę w karę bożą. Wszystko na tym świecie ma jakieś logiczne wytłumaczenie. Słyszała pani o brzytwie Ockhama?

– Oczywiście, miałam na studiach logikę i filozofię. Mimo że była to Polska komunistyczna, to proszę sobie wyobrazić, że czegoś się uczyliśmy.

– Nie miałem zamiaru pani urazić. Po prostu odrzucam wyjaśnienia mistyczne na rzecz logicznych. Wiem, kto wydał pani wnuka w ręce zabójców.

Spojrzała na niego szeroko otwartymi oczami.

– Kto?

– Ten młody mężczyzna, z którym pani wnuk obejmował się na tym nieszczęsnym zdjęciu. Z pewnością miejski monitoring musiał coś zarejestrować, ale tego dowiemy się, gdy przycisnę prokuratora. Mam z nim zadawnione rachunki do wyrównania.

– To przerażające, co pan mówi. A ma pan motyw?

– Jeszcze nie. Nie znalazłem przekonującego. Przesłuchując koleżankę Dominika, która organizowała kampanię nienawiści, doszedłem do wniosku, że to wszystko jest szyte grubymi nićmi. Ta dziewczyna zdradziła mi, że do szczucia Dominika namówiła ją koleżanka z trzeciej klasy, niejaka Ewa Grydzewska. Czy to nazwisko coś pani mówi?

Dostrzegł reakcję Barbary Siemieńskiej i poczuł, że jest już blisko.

– Tak, znam to nazwisko – odparła niemal szeptem. – To zapewne córka prezydenta Warszawy.

– Owszem. Dlaczego córka prezydenta Warszawy organizuje kampanię nienawiści przeciwko Dominikowi, który przecież nie nosi nazwiska Szyling, tylko Wróblewski? – Zdawał sobie sprawę, że to pytanie zabrzmiało prowokacyjnie, ale właśnie o to mu chodziło. Musiał w jakiś sposób skłonić tę starą kobietę, by wyjawiła mu wszystkie swoje tajemnice.

Barbara popatrzyła na niego przytomnym, ale zimnym wzrokiem. Max pomyślał, że jako prokurator musiała być ostra. Jak osa.

– Jak dużo pan już wie? – zapytała.

– Wiem tyle, że pani rodzina była przed wojną jedną z najbogatszych w Warszawie.

Uśmiechnęła się.

– Hm... rzeczywiście, moi rodzice byli bardzo bogaci. Ojciec miał bank, fabrykę, ale to już pan pewnie wie. Zginął w Katyniu. Matka powiesiła się w czterdziestym trzecim roku w Londynie, nie mogła się pogodzić z jego śmiercią. Zostałam zupełnie sama.

– Czy majątek, który pani odziedziczyła, został znacjonalizowany na mocy dekretu Bieruta?

– Oczywiście, ale wtedy nie zdawałam sobie z tego sprawy. Wróciłam do Polski w czterdziestym szóstym roku, rok po tym, jak ten dekret został wydany. Rodzinny majątek i tak przepadł, bo Warszawa leżała w gruzach.

– Ale zostały grunty – zauważył Max.

– Tak. I wciąż stała kamienica na Pradze – powiedziała Barbara. – Wypłacono mi za nią ekwiwalent pieniężny. Pół miliona złotych, za które kupiliśmy z mężem, ojcem Agaty, dom w Kampinosie i mieszkanie na Woli. Agata mieszkała tam w czasie studiów. Potem je sprzedała.

Max czuł, że starsza pani nadal nie mówi wszystkiego.

– Czy zna pani osobiście prezydenta Warszawy? – spytał wprost.

Zmierzyła go wzrokiem.

– Znałam jego ojca – odparła po chwili. – To nie był sympatyczny człowiek.

– Córka Grydzewskiego, Ewa, nie zniszczyła życia pani wnukowi tylko dlatego, że nie akceptuje gejów. Musiała mieć inny powód, i zastanawiam się, czy nie miał on związku z jej ojcem.

Barbara sięgnęła na szafkę po wodę, wypiła łyk, odstawiła kubek, odchyliła głowę na poduszkę i zamknęła oczy.

Leżała bez ruchu tak długo, że Maxowi przyszło do głowy, że zasnęła... albo... Przerażony, dotknął jej pokrytej plamami wątrobowymi dłoni.

– W porządku – powiedziała, gwałtownie unosząc głowę, a kiedy zobaczyła strach w jego oczach, uśmiechnęła się lekko i dodała: – Jeszcze nie umarłam.

Widząc, że zmaga się z poduszką, Max zerwał się i pomógł jej się wygodnie ułożyć.

– Miałam nadzieję, że te stare sprawy nie dotkną Agaty, ale pomyliłam się – odezwała się Barbara Siemieńska.

– Dotknęły pani wnuka.

Westchnęła ciężko.

– Wkrótce umrę. Mnie te miliony nie są do niczego potrzebne. Ojciec prezydenta Grydzewskiego był notariuszem i najprawdopodobniej także współpracownikiem Urzędu Bezpieczeństwa. Kawał drania. On i Leopold Sztajcher, nieżyjący już od wielu lat przedwojenny służący moich rodziców, który po wojnie został ubekiem, uknuli diabelną intrygę. Zostałam aresztowana przez UB i po torturach zrzekłam się majątku.

– Tak po prostu?

– Nie ma pan pojęcia, jakie to były czasy. Nic nie mogłam zrobić. Byłam młoda, chciałam wyjść z więzienia i jakoś żyć. Więc podpisałam wszystko, co mi podsunęli.

– Ale to nie był koniec sprawy? – domyślił się Max.

– Nie, w pięćdziesiątym szóstym, na fali rozliczeń okresu stalinowskiego, zdecydowałam się na założenie sprawy sądowej. Jak już panu mówiłam, otrzymałam pieniądze za kamienicę na Pradze.

– I co dalej?

– Potem był rok sześćdziesiąty ósmy. Znów spotkałam się ze Sztajcherem i Grydzewskim, ojcem dzisiejszego prezydenta Warszawy. Tyle tylko, że zmieniły się pozycje.

– To znaczy?

– Zostałam prokuratorem, zapisałam się do partii. Byłam... jak to się dzisiaj mówi, wściekłą suką. Grydzewski... ojciec prezydenta Warszawy... okazał się jednak bardzo trudnym przeciwnikiem.

W tym momencie zadzwonił telefon Maxa.

– Przepraszam panią, to Agata – zwrócił się do starszej pani. – Jestem w szpitalu u twojej mamy – rzucił do aparatu.

– To dobrze, nie zamęcz jej, proszę.

– Obiecuję.

– Pomogła ci w czymś? – spytała Agata.

Poparzył na śmiertelnie chorą kobietę, która leżała teraz z zamkniętymi oczami.

– Tak, bardzo – powiedział. I nagle zdał sobie sprawę, że usłyszał w głosie Agaty coś, co go zaniepokoiło. – Coś się stało?

– Dostałam wiadomość od Patrycji.

W pierwszej chwili nie skojarzył, o kim mówi.

– Od kogo?

– Od Patrycji... Mrówki. Znalazła zabójców Dominika. To dwa zbiry z jakiejś prawicowej organizacji. I nie uwierzysz, kto jeszcze...

– Córka prezydenta Warszawy.

– Skąd wiesz? – zdumiała się Agata.

– Powiem ci, jak wrócę.

– Ty pewnie też dostałeś wiadomość od Patrycji.

– Zaraz sprawdzę.

– Wysłała mi z metra linka do nagrania rozmowy między córką Grydzewskiego a tymi dwoma sukinsynami. Niestety, nie mogę się do niej dodzwonić. A przed chwilą słyszałam w wiadomościach, że coś się stało na stacji metra Świętokrzyska.

Max od początku miał świadomość, że Mrówka, włączając się w śledztwo, naraża się na zbyt duże niebezpieczeństwo. Teraz był na siebie wściekły, że jej na to pozwolił. Zakończył rozmowę i przeprosił Barbarę. Tak wiele pytań chciał jej zadać. Nie zdradziła jeszcze wszystkich swoich tajemnic.

– Niestety, muszę już iść – zwrócił się do niej, zakończywszy rozmowę z Agatą.

– Dobrze, bo zmęczył mnie pan prawie tak jak Sztajcher na ubecji w czterdziestym szóstym – powiedziała starsza pani, uśmiechając się; wciąż pozostało jej jeszcze poczucie humoru. – Lekarze zabraniają mi wysiłku, ale ja i tak stąd wyjdę. Martwię się tylko o moje pszczoły.

– Będzie dobrze, wyzdrowieje pani. – Zanim skończył, wiedział, że nie powinien tego mówić. Matka Agaty była spostrzegawcza; widziała, że sam w to nie wierzy. – Chciałbym z panią jeszcze porozmawiać.

– Hm… – Chwilę się zastanawiała. – To będzie zależało od tego, czy pomoże mi pan pojechać do domu.

– Słucham?

– Chciałabym, żeby zawiózł mnie pan do Kampinosu.

– Agata się na to nie zgodzi.

– Nie musi o tym wiedzieć. Czasami trzeba ją stawiać przed faktami dokonanymi.

– Kiedy?

– Jutro. Proszę przyjść jutro.

*

Młodszy aspirant Stanisław Krajewski zaraz po telefonie od kolegi z organizacji zabrał się do pracy. Poszedł do dyspozytorni, gdzie znajdowało się centrum monitoringu metra, i poprosił kolegę, który prywatnie miał wobec niego dług hazardowy, o pokazanie nagrań z kamer ze stacji Dworzec

Wileński. Szybko zobaczył dziewczynę wyglądającą dokładnie tak, jak opisał ją Jarek – wyraźnie przed kimś uciekającą. Wskakiwała w ostatniej chwili do pociągu. Kiedy w kadrze pojawił się pędzący Jarek, aspirant Krajewski nie miał już wątpliwości, że to ona.

– Cofnij i powiększ mi tę dziewczynę – nakazał koledze. – To jest złodziejka, okradła mojego kumpla. Mógłbyś rozesłać jej zdjęcie na wszystkie stacje metra, i to szybko? Zależy mi bardzo, żeby ją przymknięto.

– Nie ma sprawy, stary. Już się robi.

W tym momencie Mrówka stała się zwierzyną łowną. W ciągu kilku minut jej zdjęcie, powiększone i wyostrzone przez technika policyjnego, rozesłano do wszystkich posterunków w Warszawie. I nikt nie zapytał, kim jest naprawdę ta dziewczyna i dlaczego ma być zatrzymana. Złodziejka, i tyle.

Mrówka, nie mając pojęcia, że policja rozesłała jej zdjęcie, wysiadła na stacji metra Świętokrzyska i postanowiła się przesiąść do pociągu linii Kabaty–Młociny i pojechać do babci na Żoliborz. Szybko przeszła na drugi peron i czekała, rozglądając się czujnie. Wypatrywała jednak jednego z dwóch mięśniaków, więc w ogóle się nie zaniepokoiła, kiedy zbliżyło się do niej dwóch policjantów.

Dwa leszcze, prosto po szkole w Szczytnie, bardzo chciały się wykazać, więc kiedy jeden z nich rozpoznał w stojącej na peronie dziewczynie tę ze zdjęcia, które właśnie otrzymali, skontaktował się z centralą i spytał, co robić. „Prewencyjnie zatrzymać", brzmiał rozkaz.

– Dzień dobry – zwrócił się do niej. – Poprosimy, żeby pani poszła z nami. – Drobna dziewczyna o delikatnej, ładnej buzi w ogóle nie wyglądała mu na złodziejkę. No ale rozkaz to rozkaz.

– Czego, kurwa, chcecie?

– Proszę się liczyć ze słowami – odezwał się drugi policjant.

– Wyjaśnimy sobie wszystko w komisariacie.

Mrówka nie grzeszyła nigdy opanowaniem. Zobaczyła, że wjeżdża pociąg, i pomyślała, że musi do niego wsiąść.

– Odpierdolcie się! Nic nie zrobiłam!

Wokół nich zbierało się coraz więcej osób. Policjanci uznali więc, że nie mają innego wyjścia – muszą użyć siły wobec stawiającej się i używającej niecenzuralnych słów dziewczyny. Chwycili ją z obu stron, a ona zaczęła krzyczeć jeszcze głośniej i wierzgać nogami.

– Puszczaj mnie, kurwa! Ratunku!!!

Pociąg się zatrzymał, drzwi się otworzyły i ludzie zaczęli wsiadać. Jedyną osobą, która zareagowała, był młody mężczyzna w dobrze skrojonym garniturze, wyglądający na prawnika.

– Co wy robicie? – zapytał, podchodząc do policjantów, którzy mieli wyraźny problem z utrzymaniem dziewczyny.

– Proszę się nie wtrącać – rzucił jeden z nich.

– Ta pani ma swoje prawa, a wy nie musicie jej szarpać. Poza tym widziałem, jak pana partner wykręcił jej do tyłu ręce. Ten środek przymusu bezpośredniego stosuje się wobec osób wybitnie niebezpiecznych. A ta dziewczyna nie ma broni, więc proszę ją puścić.

Policjanci zbaranieli na krótką chwilę, a Mrówka skorzystała z okazji i wyrwała się. Pociąg miał zaraz odjechać, od otwartych drzwi dzieliło ją może dziesięć metrów. Nie tracąc czasu na dziękowanie nieznajomemu, rzuciła się w ich stronę.

– Proszę się zatrzymać! – krzyknęli obaj policjanci równocześnie.

Mężczyzna w garniturze stał, patrząc w przerażeniu na to, co się dzieje.

Jeden z policjantów skoczył w pogoń za dziewczyną, już prawie sięgał ręką jej kurtki, kiedy drzwi się zamknęły. Mrówka nie zdołała wyhamować i z impetem uderzyła o nie całym ciałem, dokładnie w chwili gdy pociąg ruszył. Policjant, który za nią pobiegł, instynktownie odskoczył dwa kroki, a drobne ciało dziewczyny osunęło się między peron a wagon pociągu, który napierał rozpędu.

*

Niecałe pół godziny po wypadku na stacji metra Świętokrzyska pojawiła się Agata z kamerzystą, ale policja zdążyła już zamknąć teren i na razie nie dopuszczała reporterów do miejsca zdarzenia.

Max przyjechał kilkanaście minut później, bo utknął w korku na Puławskiej. Zauważył wóz Twojej Stacji i stojącą obok niego Agatę, poruszoną niemal tak, jak zaraz po śmierci syna.

– Co się stało? – zapytał, podbiegając do niej.

– Patrycja... wpadła pod pociąg.

CZĘŚĆ TRZECIA

Rozdział siedemnasty

SYJONIŚCI

Warszawa, czerwiec 1967 roku

Ciało chłopca było nagie, brudne i ciężko okaleczone. Milicjant, który pierwszy je zauważył w szuwarach nad brzegiem Wisły, wyciągnął je z wody. Był początek wakacji; wokół kręciło się mnóstwo ludzi, ciekawych, co się stało. Ciało chłopaka nosiło ślady tortur. W miejscu genitaliów widniała straszna rana. Ktoś dosłownie wyszarpał młodemu mężczyźnie przyrodzenie i obciął mu prawą dłoń. Chcąc zasłonić ten potworny widok, milicjant zdjął górę od munduru i przykrył nią trupa.

– Co się tak, ludzie, gapicie? Rozejść się, pókim dobry! – krzyknął. – Hej, ty! – zwrócił się do młodego żołnierza na przepustce, który przyszedł nad Wisłę z dziewczyną.

– Tak jest – powiedział karnie żołnierz.

– Zawiadom najbliższy posterunek milicji.

– Który? – zapytał żołnierz, obejmując przestraszoną dziewczynę.

– Na Powiślu. Ludna dziewięć.

– Robi się. – Żołnierz ruszył niemal biegiem, tak że dziewczyna, drobiąc swoimi krótkimi nóżkami, ledwie za nim nadążała.

Piętnaście minut później przyjechała karetka i dwie niebieskie warszawy z włączonymi kogutami. Funkcjonariusze, którzy wysiedli z radiowozów, odsunęli na dużą odległość coraz liczniej zbierających się gapiów. Ciało chłopaka zostało zabrane karetką do prosektorium na Oczki.

Tego samego dnia w Warszawie lotem błyskawicy rozeszła się plotka o mordzie nad Wisłą i krążyła w różnych wersjach. W ówczesnej Polsce władze niechętnie przyznawały, że coś takiego jak morderstwa w ogóle istnieje. W zdrowym społeczeństwie – a takie przecież było społeczeństwo Polski Ludowej – nie może być takich wynaturzeń jak w, dajmy na to, imperialistycznej Ameryce. Ale o tym zabójstwie wiedziało zbyt wiele osób, żeby można je było całkowicie zatuszować. Starano się jednak ukryć fakt, że ciało było nagie i w bestialski sposób okaleczone.

*

Warszawa, czerwiec 1967

Kiedy zadzwonił telefon, Barbara Siemieńska, w upragnionej ciąży, słuchała nudnego i wstrętnego przemówienia Gomułki transmitowanego przez radio. Towarzysz Wiesław rozwodził się w swoim stylu nad piątą kolumną „syjonizmu" i nad tym, że „obywatele polscy mają tylko jedną ojczyznę, Polskę Ludową".

Była prokuratorem z niezbyt jeszcze długim stażem. Do tej pory prowadziła sprawy sutenerów i złodziei, od których socjalistyczna Warszawa bynajmniej nie była wolna. W niczym nie przypominała już tej głupiej istoty, jaką była w 1939 roku. Była twarda i bezwzględna w pracy. Zapisała się do partii, bo taka była konieczność, jednak coraz bardziej uwierał ją ciasny gorset gomułkowskiej siermiężnej Polski Ludowej. Słowa pierwszego sekretarza odnoszące się do Żydów uważała za wstrętne, ale miała odwagę powiedzieć o tym tylko mężowi. Byli dobranym małżeństwem, lecz zwlekali z decyzją o dziecku, a kiedy wreszcie ją podjęli, Barbara długo nie mogła zajść w ciążę. Teraz była już po czterdziestce, więc ciąża wiązała się z ryzykiem. Za dwa tygodnie Barbara miała pójść na zwolnienie. Lekarze mówili jej, że powinna uważać, jeśli chce donosić. Jakże się cieszyła na to dziecko!

Telefon odebrał jej mąż.

– Do ciebie, Basiu – powiedział i podał jej słuchawkę na długim kablu.

– Słucham, Barbara Siemieńska – rzuciła, a potem długo milczała. Ryszard widział, jak żona przygryza zębami dolną wargę; po ponad dziesięciu latach małżeństwa wiedział, że robi tak zawsze, kiedy pojawiają się problemy. – Dobrze, towarzyszu prokuratorze generalny – odezwała się w końcu i podała mężowi słuchawkę, żeby odłożył ją na widełki.

– Co się stało? – zapytał Ryszard.

– Nie mogę iść na zwolnienie. Dopiero za miesiąc.

– Sukinsyny. Oni cię wykończą.

Tak długo starali się o to dziecko.

– Nic się nie stanie. To dopiero piąty miesiąc.

– Czego on od ciebie chciał? – Ryszard doskonale wiedział, że prokurator generalny nie dzwoniłby osobiście, gdyby nie wydarzyło się coś naprawdę ważnego.

– Słyszałeś o tym zabójstwie nad brzegiem Wisły?

– Coś niecoś, na uczelni. Podobno jakiś chłopak.

– Wygląda na to, że to syn Sztajchera.

– Tego Sztajchera? – spytał z niedowierzaniem.

Barbara skinęła głową.

– Jak go zidentyfikowali?

– Cztery dni temu ojciec zgłosił na milicji jego zaginięcie. Był przecież w ubecji, więc zachował sporo dawnych znajomych. Podany rysopis się zgadzał. Muszę jechać do pracy. Odwieziesz mnie?

– Jest siedemnasta.

– Prokurator generalny wyznaczył mnie do tej sprawy. O osiemnastej jest identyfikacja zwłok.

Ryszard się zasępił.

– Jak myślisz, dlaczego wyznaczył do tej sprawy akurat ciebie? – zapytał po chwili.

– Ne mam pojęcia. Może to tylko przypadek… a może nie.

– Kurwa!

– Nie klnij przy dziecku – upomniała męża Barbara.

Ryszard ubrał się i zawiózł ją do prosektorium na Ochocie.

*

Poznała Sztajchera natychmiast, mimo że odkąd był panem jej śmierci i życia, upłynęło ponad dwadzieścia lat. Teraz, przygarbiony, wyglądał jak stary, zniszczony człowiek. On najwyraźniej jej nie rozpoznał, czemu się nie dziwiła, bardzo się bowiem zmieniła przez te lata; nie była już wychudzoną dziewczyną, lecz dobrze ubraną kobietą z elegancką fryzurą.

Podczas identyfikacji zwłok był obecny lekarz sądowy, którego Barbara widziała pierwszy raz, i trzech umundurowanych milicjantów, z którymi Sztajcher przyjechał. Barbarze przemknęło przez myśl pytanie, co robił przez wszystkie te lata, ale wiedziała, że prędzej czy później dowie się tego z akt śledztwa. Jutro rano powinny na nią czekać na biurku w prokuraturze.

Kiedy w chłodni wysunięto szufladę i ukazało się mlecznobiałe ciało chłopaka z odciętą dłonią, wyglądające upiornie w jaskrawym świetle, zerknęła na Sztajchera, który drżał jak osika na wietrze.

Ja też tak drżałam w tamtej podtapianej celi, przemknęło jej przez głowę i choć bardzo się przed tym broniła, odczuła gwałtowną chęć zemsty na tym starym człowieku. Podeszła bliżej, ale nie patrzyła na zwłoki chłopca, tylko na jego ojca.

– Czy rozpoznaje pan ciało swojego syna Witolda, urodzonego dwudziestego sierpnia tysiąc dziewięćset czterdziestego piątego roku w Lublinie?

Sztajcher, nie parząc na nią, odpowiedział cicho:

– Tak, to mój syn.

– Głośniej, nie usłyszałam.

– To mój syn, Witek.

– Proszę jutro rano pojawić się w prokuraturze Śródmieście na przesłuchanie. Czy pan mnie zrozumiał?

Skinął głową, lecz nadal na nią nie patrzył. Cały czas spoglądał na ciało. Nieruchoma twarz. Żadnych emocji, tylko drżenie rąk.

Barbara poczuła, że nie zniesie przebywania w prosektorium ani minuty dłużej. Pomyślała o swoim dziecku. Nie o tym, które rosło pod jej sercem, tylko o tym pierwszym, które odebrano jej wiele lat temu. Parząc na scenę pożegnania ojca z synem, zdała sobie sprawę, że jej syn był rówieśnikiem zabitego Witolda Sztajchera.

*

Oksford, Anglia, lato 1967

Dwudziestodwuletni student matematyki stosowanej, Joseph Boyle, został najmłodszym doktorem w historii King's College. Zajmował się teorią ciągów i krzywych sferycznych.

Wszyscy starsi studenci zazdrościli młodemu geniuszowi tego, że władze King's College zezwoliły mu od razu na pisanie doktoratu, bez konieczności zdawania wszystkich egzaminów.

Rodzice byli niezwykle dumni. Młody Boyle miał jednak w Oksfordzie opinię dziwaka i samotnika stroniącego od rozrywek, alkoholu i kobiet. Były oczywiście dziewczyny, którym się podobał, ale żadna nie zdobyła jego serca, a tymczasem rodzice mieli nadzieję, że Joseph da im wnuki. Na to liczyła zwłaszcza pani Boyle, która naprawdę kochała przybranego syna i chciała dla niego wszystkiego, co najlepsze.

– Daj chłopcu spokój – upominał ją mąż, kiedy za wszelką cenę próbowała wyswatać Josepha. – On interesuje się matematyką, nie kobietami.

W epoce dzieci kwiatów, kiedy młodzi ludzie na prawo i lewo głosili miłość, Joseph Boyle nie potrafił komunikować swoich emocji i tak naprawdę nie lubił ludzi. W dzisiejszych czasach pewnie uznano by go za osobę autystyczną, wtedy uchodził po prostu za dziwaka, którego interesowały tylko równania sprzeczne, krzywe sferyczne, rachunek różniczkowy. Nie, była jeszcze jedna rzecz, która go interesowała: tajemnica własnego pochodzenia. Chciał wiedzieć, kim byli jego prawdziwi rodzice.

Po obronie doktoratu Joseph Boyle zaprosił profesorów, starszych kolegów naukowców i rodziców na wykwintny, choć niezbyt ekstrawagancki obiad, a kiedy wyszli z restauracji, powiedział rodzicom, że potrzebuje czasu na przemyślenie swojego życia.

– Czego zatem oczekujesz od nas, synu? – zapytała pani Boyle.

– Spokoju – odparł. – Wrócę za pół roku – dodał beznamiętnie.

Państwo Boyle'owie popatrzyli po sobie bardzo rozczarowani. Nie tego się spodziewali. Miał przecież objąć katedrę na Oksfordzie, i ojciec mu o tym przypomniał.

– Profesor już wie. Katedra będzie na mnie czekała – odpowiedział chłopak.

– Czy jakoś możemy ci pomóc? – spytała matka, zawsze gotowa przychylić mu nieba.

– Tak. Przydałoby mi się pięć tysięcy funtów.

Oczywiście się zgodzili, przekonani, że syn wreszcie postanowił się wyszaleć.

– Dokąd zamierzasz się wybrać? – zapytała podniecona pani Boyle. – Pewnie do Włoch. Toskania jest taka piękna. – Rozmarzyła się, przypominając sobie swój miesiąc miodowy.

– Ja bym ci radził Paryż. – Jej mąż natomiast przypomniał sobie kilka szalonych miesięcy, które jako młody porucznik brytyjskiej armii spędził zaraz po Wielkiej Wojnie we Francji.

Joseph pokręcił głową.

– Pojadę odnaleźć rodziców. Tych prawdziwych.

Odwrócił się i ruszył w stronę swojego oksfordzkiego mieszkania, zostawiając osłupiałych państwa Boyle'ów samych z pytaniem, kim naprawdę jest ten małomówny chłopak, którego wychowywali.

*

Warszawa, koniec czerwca 1967

Przygotowując się do przesłuchania Sztajchera, Barbara dokładnie przestudiowała raporty. Nie miała jednak najlepszej opinii o metodach śledczych Milicji Obywatelskiej. Kilka lat wcześniej w Krakowie skazano na śmierć, na podstawie poszlak, młodego maturzystę oskarżonego o kilka zabójstw.

Znała tę sprawę, ponieważ jako młody asesor prokuratury jeździła na wizje lokalne. Była pierwszą kobietą w PRL-u, która chciała zostać prokuratorem śledczym.

Sprawa zabójstwa Witolda Sztajchera nie wyglądała na łatwą. Koledzy prokuratorzy, którzy najchętniej pozbyliby się „tej wścibskiej baby", uśmiechali się ukradkiem. Życzyli jej porażki. Jeden z nich powiedział nawet, że ta sprawa jest dużo bardziej śmierdząca niż seryjne zabójstwa z Krakowa. Barbara miała tego świadomość, ale czuła, że przydzielenie jej tego śledztwa nie jest przypadkowe. Z drugiej strony, nie potrafiłaby wyjaśnić, w jaki sposób prokurator generalny mógłby się dowiedzieć, że ją i ojca ofiary łączy mroczna przeszłość. W jej aktach osobowych nie było nic na temat pobytu w więzieniu Urzędu Bezpieczeństwa. Sztajcher stawił się na przesłuchanie punktualnie. Przemknęło jej przez głowę, żeby mu się przypomnieć, ale doszła do wniosku, że byłaby to najgorsza rzecz, jaką mogłaby zrobić, a przynajmniej w tym momencie.

– Panie Sztajcher, na początku chciałabym wyrazić w imieniu Polskiej Rzeczypospolitej Ludowej wyrazy współczucia z powodu śmierci pańskiego syna. Jestem tutaj po to, by odnaleźć zabójcę lub zabójców...

Starszy mężczyzna dał jej znak ręką, że nie życzy sobie żadnych wyrazów współczucia.

– Niczego pani nie osiągnie – powiedział zrezygnowanym głosem.

Barbara wciąż widziała w nim swojego oprawcę. Nie mogła, lub nie chciała, dostrzec w nim ojca, który cierpi po stracie syna.

– Dlaczego pan tak uważa? Mamy w Polsce Ludowej wysoką wykrywalność zabójstw.

Spojrzał na nią niemal rozbawionym wzrokiem, co było dość niezwykłe, zważywszy na okoliczności.

– Podobnie jak produkcja przemysłowa znajduje się od lat na stale zwiększającym się poziomie. Wiemy, ile wyprodukowano par butów, ile dzieci poszło do szkoły, ile było zgonów... Ale ile jest morderstw w tym kraju...? Naprawdę niech się pani nie wysila.

– Zdumiewa mnie pański ton, panie Sztajcher. Odnosi się pan z ironią do osiągnięć społecznych Polski Ludowej – wyrecytowała formułkę, w którą sama nie wierzyła.

– Nie znajdzie pani morderców mojego syna – upierał się stary człowiek.

Zaczęła się irytować, a czuła, że to zdenerwowanie nie służy jej dziecku. Ciekawe, czy zauważył, że jestem w ciąży, pomyślała.

– Może mi pan powiedzieć, co pan wie o okolicznościach tego zabójstwa?

– To kara.

– Za co?

– Za moją chciwość.

– Proszę wybaczyć, ale nie jesteśmy w kościele, a ja nie jestem księdzem. Jest pan w prokuraturze.

Sztajcher uśmiechnął się krzywo.

– Niech pani sobie da spokój. To na nic. Ja i tak za chwilę będę musiał wyjechać z tego kraju.

Po przemówieniu Gomułki Barbara spodziewała się, że wielu obywateli żydowskiego pochodzenia opuści Polskę.

– Proszę mnie uważnie posłuchać. Niezależnie od tego, czy się to panu podoba, czy nie, będę prowadziła to śledztwo. – Przez chwilę patrzyła mu prosto w oczy, a on nie uciekł przed jej wzrokiem. – Czy zabójstwo pańskiego syna może mieć związek z tym, że do pięćdziesiątego szóstego roku był pan pracownikiem Urzędu Bezpieczeństwa?

Sztajcher drgnął.

– Skąd... skąd pani wie, że...

– Że pracował pan w Urzędzie Bezpieczeństwa? Proszę sobie wyobrazić, że z autopsji.

Wpatrywał się w nią z niedowierzaniem; zapewne przeczesywał pamięć i próbował umieścić jej twarz albo wśród ludzi, których przesłuchiwał, albo wśród swoich współpracowników.

– Nazywam się Barbara Siemieńska, z domu Szyling. Nadal pan sobie mnie nie przypomina? Tysiąc dziewięćset czterdziesty szósty, Spała, dom moich rodziców...

Sztajcher milczał. Patrzył ze strachem, niedowierzaniem i nienawiścią. Dopiero teraz zauważył, że prokurator, która go przesłuchuje, jest tą samą dziewczynką, która beztrosko bawiła się w pałacyku w Spale, kiedy on był tam kamerdynerem. Życie lubi płatać figle, pomyślał gorzko.

– Kto pani przydzielił sprawę Witka? – zapytał po chwili.

– Niech pan zgadnie.

– Dostała ją pani z samej góry.

– Próbuję rozgryźć to, dlaczego zostałam wyznaczona do tej sprawy, ale nie potrafię.

Sztajcher skrył twarz w dłoniach. Ciężko oddychał.

– Dlaczego zginął pański syn? – zapytała po chwili.

W końcu podniósł wzrok.

– Nie domyśla się pani?

– Chodziło o jakiś akt własności?

Westchnął ciężko.

– Po pięćdziesiątym szóstym roku, kiedy wylano mnie z Ministerstwa Bezpieczeństwa, dostałem wyrok w zawiasach za tak zwane nadużywanie władzy. Znalazłem sobie posadę w przedsiębiorstwie budowlanym Warszawska Przemysłówka. Dobra fucha. Nikt nie podejrzewał, że byłem w UB. Nikt też nie zadawał mi pytań, czy jestem Żydem.

– A Grydzewski, ten notariusz?

– Zaszył się w sądzie. Pracował dalej, mimo skandalu, do którego doszło po tym, jak złożyła pani pozew, po dojściu do władzy Gomułki. Nieruchomości, do których podpisała pani w czterdziestym szóstym roku akty przeniesienia własności, zostały przekazane do Skarbu Państwa. Zrobili wszystko, żeby zatuszować tamtą aferę. Gdyby pani wtedy nie przyjęła odszkodowania za tę kamienicę na Pradze, już by pani nie żyła.

– Ale pan sobie coś zostawił, prawda? – domyśliła się Barbara.

– Oczywiście. Ja i Grydzewski postanowiliśmy się zabezpieczyć, na wypadek gdyby pani dalej próbowała odzyskać majątek rodziców.

– Co sobie zostawiliście?

Sztajcher nie bardzo miał ochotę odpowiadać na to pytanie. Basia pracowała w prokuraturze już na tyle długo, że była wyczulona na każdą nutę fałszu, zwłaszcza że często sama musiała fałszować.

– Jedno moje słowo, i pójdzie pan siedzieć na co najmniej miesiąc za utrudnianie śledztwa przez zatajenie ważnych informacji dotyczących zabójstwa.

Groźba poskutkowała.

– Przepisałem na siebie działki na Wilanowie. W planach zagospodarowania przestrzennego miasta zostały zamienione na grunt budowlany.

– A Grydzewski?

– Ursus. Tam pani ojciec też miał działkę. Razem działki na Wilanowie i w Ursusie miały ponad pięćdziesiąt hektarów.

– Nie wiedziałam.

– Nie mogła pani wiedzieć. Kupił ją w trzydziestym dziewiątym. Dwa miesiące przed wybuchem wojny.

Wtedy kiedy ja interesowałam się Rajnfeldem, pomyślała. Jaką byłam wtedy głupią dziewczyną!

– A działki na Wilanowie?

– W tym samym czasie – odrzekł Sztajcher. – Pani ojciec kupił je za dwieście tysięcy złotych od Ministerstwa Obrony, bo rząd potrzebował pieniędzy na zakup broni.

Basia parsknęła śmiechem. Jakie to polskie! Ojciec dostał potem kulkę w Katyniu, a ja teraz służę tym, którzy go zabili, pomyślała gorzko.

– Ktoś do pana przyszedł. – Postanowiła zagrać *va banque*. – Kto?

Sztajcher zaczął się trząść, tak jak w kostnicy, gdy identyfikował syna.

– Przyszli do mnie jacyś goście… już po wybuchu wojny między Izraelem i Arabami… jakoś tak na początku czerwca.

– Przesłuchali pana?

– Skąd! Poznałem ich. Służba Bezpieczeństwa. Zawieźli mnie do lasu pod Warszawę. Przywiązali do drzewa. Chcieli wiedzieć wszystko o tych działkach. Pytali o poprzednią właścicielkę.

Basia poczuła, że robi się jej gorąco.

– Powiedziałem, że cała rodzina Szylingów zginęła podczas wojny. Ale oni do pani dojdą w swoim czasie. Komuś w Komitecie Centralnym zależy na tych działkach. Ten ktoś musi wiedzieć o majątku, który kiedyś należał do pani rodziny. Majątek Szylingów to jest wielki kapitał w Warszawie.

– To Służba Bezpieczeństwa zabiła pańskiego syna?

Sztajcher trząsł się coraz bardziej; z jego oczu popłynęły łzy. Po chwili skinął głową, potwierdzając, że to SB stała za śmiercią jego syna.

– Dlaczego okaleczyli ciało?

– Bo odmówiłem im sądowego przepisania majątku na rzecz Skarbu Państwa. W księgach wieczystych ja i mój syn Witek jesteśmy właścicielami.

– Ale ta ziemia na Wilanowie nie jest przecież pańską własnością. Jest moja – powiedziała Barbara.

Popatrzył na nią smutnym wzrokiem.

– Powiedziałem, że nie podpiszę, choćby mi rękę ucięli.

– Więc ucięli synowi.

– Esbecy to skurwysyny.

– I kto to mówi?!

Opuścił głowę i przez chwilę w pokoju panowała cisza.

– Wydaje mi się, że wszystko już wiem – odezwała się w końcu Barbara.

Sztajcher wstał i pożegnał się.

– Co pani z tym zrobi? – zapytał w drzwiach.

– Pewnie nic. Nie zabiję się. Te działki nie są tego warte, tak jak nie były warte życia pańskiego syna. Ja potrafiłam z nich zrezygnować.

Nigdy już nie zobaczyła Sztajchera.

W marcu 1968 roku, kiedy przez Polskę Ludową przetaczała się fala antysemickich czystek, które dotknęły partię, wojsko, uniwersytety i instytucje kultury, Sztajcher został zmuszony do wyjazdu. Z paszportem w jedną stronę wyjechał z Dworca Gdańskiego do Wiednia, by stamtąd udać się do Izraela, Szwecji lub do Stanów Zjednoczonych. Nie dotarł jednak do stolicy Austrii; zmarł w pociągu.

O księgach wieczystych wiedział pewien tajny współpracownik Służby Bezpieczeństwa, który stał za zamordowaniem Witka Sztajchera. Notariusz Grydzewski.

*

Prokurator generalny PRL-u Kazimierz Kosztirko był przedwojennym polskim komunistą, twardym stalinowcem od brudnej roboty. Mimo to nawet po październikowej odwilży umiał się ustawić na pozycjach rewizjonistycznych i zyskał przychylność Gomułki. Barbara Siemieńska musiała się udać do Kosztirki, żeby zdać sprawozdanie z postępów śledztwa w sprawie „nadwiślańskiej zbrodni", jak mawiano w prokuraturze.

Był komunistą ideowym, ale też ściśle przywiązanym do regulaminów oraz wszelkich reguł postępowania prokuratorskiego. Przyjął ją swoim gabinecie w Alejach Ujazdowskich. Siermiężne wyposażenie, choć prokurator generalny był przecież nie lada dygnitarzem, wynikało z tego, że Władysław Gomułka fanatycznie nienawidził wszystkich udogodnień, luksusów i zachodnich „nowinek" ułatwiających ludziom życie. Nie dalej jak w maju Kosztirko opowiadał Barbarze autentyczną anegdotę z plenum partyjnego. Ponoć w czasie przerwy Gomułka poszedł do łazienki w budynku KC i widząc elektryczną suszarkę do rąk, dostał szału. Administrator budynku został zwolniony.

Barbara, idąc do gabinetu szefa, przypomniała sobie tę historyjkę, bo wiedziała, że wieść o znalezieniu okaleczonych zwłok nad Wisłą na pewno dotarła do towarzysza Wiesława i jej kariera mogła zależeć od tego, co za chwilę powie prokuratorowi generalnemu.

– Dzień dobry, towarzyszko prokurator – przywitał ją Kosztirko, wyciągając rękę.

Barbara podała mu dłoń.

– Dzień dobry, towarzyszu prokuratorze generalny. Chciałabym porozmawiać o moim zwolnieniu lekarskim.

Wiedział o ciąży Barbary.

– Który to już miesiąc?

– Piąty.

– Rozumiem. W normalnych okolicznościach kobiety w naszym ludowym państwie idą na zwolnienie na dwa tygodnie przed rozwiązaniem. Ale rozumiem, towarzyszko, że to dziecko wymaga szczególnej troski.

– Tak, towarzyszu prokuratorze – odpowiedziała Barbara. – Mam już ponad czterdzieści lat. Nie mogę ryzykować, muszę postępować zgodnie z zaleceniami lekarzy.

– No dobrze, dobrze. Co z zabójstwem tego chłopaka? Podobno był synem działacza partii z lat pięćdziesiątych.

Od przebiegu tej rozmowy zależało to, czy zostanie w Warszawie, czy pojedzie jako prokurator na przykład do Jasła albo jakieś innej dziury na wschodzie Polski.

– Są dwie wersje zdarzeń, towarzyszu prokuratorze. Obie równie prawdziwe.

Z tego, co Kosztirko słyszał już o tej sprawie, wiedział, że zabójstwo nie było wynikiem porachunków bandziorów.

– Proszę mówić o tej prawdziwszej – powiedział.

– W pierwszej wersji zabójstwo ma charakter zbrodni seksualnej. Nieznani sprawcy. Prawdopodobnie grupa pederastów o skłonnościach sadystycznych. Niezwykle ciężkie śledztwo. Nikt niczego w nocy nie widział, nikt niczego nie słyszał.

– To wstrząsające, co mówicie, towarzyszko. Zdajecie sobie sprawę, jak bardzo poruszy to towarzysza Wiesława? Wie pani, jak ważna jest dla niego kwestia moralności socjalistycznej. Zbrodnie o charakterze seksualnym zdarzają się przecież głównie w zdegenerowanych krajach kapitalistycznych – wyrecytował wyuczoną formułkę.

Barbara jakoś nie mogła uwierzyć, że on naprawdę wierzy w te bzdury.

– W pełni się z panem zgadzam, towarzyszu prokuratorze. – Dziwiła się, jak gładko przeszło jej to przez gardło. – Myślę, że znaczącą rolę mógł tu odegrać pewien czynnik.

– Jaki?

– Pochodzenie ofiary.

– Sztajcher jest żydowskiego pochodzenia? – Prokurator generalny sprawiał wrażenie naprawdę zaskoczonego.

– Oczywiście. Towarzysz prokurator nie wiedział tego? Myślę, że takie zakwalifikowanie sprawy będzie szło po linii partii, którą ostatnio nakreślił towarzysz Gomułka.

Barbara zaproponowała pójście za hasłem SYJONIŚCI DO SYJONU, ale oboje wiedzieli, że to jest wersja, która ma służyć zatuszowaniu prawdziwych motywów. Kosztirko tego właśnie oczekiwał: ukrycia prawdy. W PRL-owskim systemie prawnym prawda zależała od aktualnej linii partii.

Barbara Siemieńska zasłużyła sobie na to, żeby zostać w prokuraturze Warszawa Śródmieście. Kosztirko uśmiechnął się do niej i poczęstował ją papierosem.

– Dziękuję, nie. Normalnie nie odmówiłabym, ale w ciąży...

Nie bacząc na jej stan, zapalił.

– A tak nieoficjalnie... Kto go wykończył? – zapytał po chwili. – Ludzie Moczara?

Zza chmurki niebieskawego dymu papierosowego Barbara dostrzegła prawdziwe oczy swojego szefa, zielone, diabelnie inteligentne, niepozbawione swoistej ironii wobec rzeczywistości, jaka ich otaczała. Pytanie o Moczara było pytaniem o to, po której stronie w wojnie frakcji partyjnych opowie się prokurator Siemieńska.

– Moczar tępi wprawdzie syjonistów w partii, lecz zapewniam was, że to nie on – powiedziała, mogąc sobie pozwolić w tej nieoficjalnej części rozmowy na szczerość. – Zabójstwo Witolda Sztajchera ma związek ze szwindlem, jakiego dopuścił się jego ojciec w czasach wypaczeń stalinowskich.

– Czyli porachunki?

– Niezupełnie. To był wyrok śmierci na synu niepokornego człowieka. Wiem, że Sztajchera szantażowała w tej sprawie Służba Bezpieczeństwa. Chodzi o dużą działkę na Wilanowie.

Nie musiała mówić nic więcej. Prosiła niebiosa, by nie zapytał, komu Sztajcher ukradł ziemię. I nie zapytał. Prokurator Kosztirko doskonale rozumiał, że czasem pewnych rzeczy lepiej nie wiedzieć. A ta sprawa i tak nie mogła ujrzeć światła dziennego. Barbara pożegnała się z szefem, zadowolona, że może iść na zwolnienie.

Barbara po rozmowie z prokuratorem Kosztirko miała wrażenie, że zdała egzamin lojalności przed peerelowskim dygnitarzem. Podejrzewała, że dobrze wiedział, czyje naprawdę były działki na Wilanowie i w Ursusie, to pięćdziesiąt hektarów, z powodu których SB zabiła Witka Sztajchera. Nie zapytał o to, ponieważ wiedział, że ona nie zrobi nic, by je odzyskać. Kosztirko po jej wyjściu postanowił spłatać esbekom przykrego psikusa. Zakazał dokonywania jakichkolwiek zmian w księgach wieczystych działek, na które tak wielką ochotę miał współpracownik SB, notariusz Grydzewski. Prokuratorowi generalnemu zamarzyło się mieć większą władzę niż esbecy.

Zmierzając do wyjścia korytarzami prokuratury, rozmyślała o tym, że jedyną rzeczą wciąż obecną w jej życiu od tego koszmarnego lata 1940 roku, kiedy zdradziła Rajnfelda, jest kłamstwo.

Dalej musiała żyć w kłamstwie. Wracając do domu, już

wiedziała, jak da na imię dziecku, jeśli to będzie chłopak. Józio.

Urodziła się dziewczynka. Dostała na imię Agata.

*

Rok 1968, Londyn

Joseph Boyle po długich poszukiwaniach odnalazł w Home Office dokument ze szpitala, w którym się urodził. Napisano w nim, że matka jest Polką. Jego prawdziwe nazwisko brzmiało Szyling, nie bardzo po polsku. W rubryce „ojciec" podano: *Simon Reinfeld, sierżant piechoty USA*. Ten dokument, wystawiony w szpitalu w Boże Narodzenie 1944 roku, był jedynym śladem po jego rodzicach. Młodego doktora matematyki dręczyło pytanie, czemu go zostawili. Może to dziwne, ale większy żal, coraz bardziej przeradzający się w gniew, odczuwał wobec matki. Ojciec mógł zginąć podczas walk na kontynencie – było to dość prawdopodobne – ale matka? Jak mogła go zostawić?!

Wiedział jednak, że łatwiej będzie znaleźć ojca – albo odkryć, że zginął – zaczął więc od niego.

Napisał do Departamentu Obrony USA. Odpowiedź przyszła po dwóch miesiącach. Zidentyfikowano sześciu Amerykanów, którzy nosili nazwisko Reinfeld i w 1944 roku przebywali w Londynie. Departament zaznaczył, że trzech nie dożyło końca wojny, czwarty poległ w wojnie koreańskiej w czerwcu 1950 roku. Zostało zatem dwóch. Simon J. Reinfeld mieszkający w Oklahomie, pastor Kościoła Babtystów, i Simon Reinfeld, obecnie najprawdopodobniej przebywający w Izraelu.

Joseph Boyle popatrzył do lustra. Czarne włosy, dość ciemna karnacja, ale niebieskie oczy, zapewne po matce.

– Czyżbyś był synem rabina? – spytał swojego odbicia i roześmiał się.

Zadzwonił do adopcyjnych rodziców i poinformował ich, że wyjeżdża. Na pytanie dokąd, odparł, że wybiera się do Izraela.

*

Rok 1968, Tel Awiw

Po wojnie sześciodniowej w 1967 roku i zajęciu strefy Gazy sytuacja w Izraelu była bardzo napięta. Doktor Boyle przyleciał do Tel Awiwu i zameldował się w hotelu. Poszukiwania ojca rozpoczął od udania się na policję. Choć był dość powściągliwym młodym człowiekiem, udało mu się opowiedzieć dramatyczną historię o tym, jak w czasie wojny sześciodniowej dowiedział się o swoich żydowskich korzeniach, ale przybrani rodzice nie pozwolili mu wstąpić do izraelskiego wojska.

Tak się złożyło, że słuchający go policjant był walijskim Żydem, który wyemigrował z Wielkiej Brytanii po zakończeniu drugiej wojny światowej. Zachwycił się, że rodak chce odnaleźć ojca, i pomógł mu przeszukać wojskowe kartoteki. Poszukiwania trwały długo, a kiedy w końcu udało się odnaleźć Symchę Rajnfelda, armia nie chciała Josephowi udostępnić jego aktualnego adresu. W końcu, po błaganiach młodego człowieka, zdecydowano, że do kibucu nad Jeziorem Galilejskim uda się w towarzystwie izraelskich żołnierzy. Jechali ponad dwie godziny nowo oddaną autostradą. Gdy dotarli na miejsce, żołnierze poprosili naczelnika kibucu, by przyprowadził Symchę Rajnfelda.

Musieli jednak zaczekać, bo Symcha pracował jako nauczyciel matematyki i był w szkole. Przyszedł do budynku po lekcjach. Na widok gawędzącego z naczelnikiem kibucu młodego przystojnego mężczyzny Symcha Rajnfeld poczuł dziwne zdenerwowanie. Wydawało mu się, że widział już jego twarz, ale nie mógł sobie przypomnieć gdzie. Nieznajomy wstał, zdjął z krzesła kraciastą marynarkę w angielskim stylu, włożył ją i ruszył w jego stronę.

– Kim pan jest i czemu zawdzięczam pana wizytę? – zapytał po hebrajsku Symcha, patrząc w niebieskie oczy młodego człowieka.

– Mówię tylko po angielsku. Przyleciałem z Londynu.

Podali sobie dłonie. Zaskoczony Symcha wciąż wpatrywał się w jego twarz.

– Jestem pańskim synem – powiedział Anglik. – Nazywam się Joseph Boyle, a właściwie Szyling. Czy to nazwisko coś panu mówi?

Symcha Rajnfeld zbladł jak ściana. Wiedział, że młody człowiek nie kłamie. Ta twarz, te niebieskie oczy... Jej oczy. W jednej chwili zrozumiał, że grzechy mają długie cienie.

– Po co przyjechałeś... synu? – zapytał.

– Chcę wiedzieć, kim jest moja matka.

Rozdział osiemnasty

TRUJĄCY OLEANDER

Warszawa, obecnie

Prokurator Jastrzębski miał ochotę przełożyć kolację z Grydzewskim, bo aspiryna, tabletki na gardło i syrop niewiele pomogły i z upływem dnia czuł się coraz gorzej, ale wiedział, że nie może tego zrobić. To spotkanie było na tyle ważne, że zawlókłby się na nie, nawet gdyby miał czterdzieści stopni gorączki.

Po południu prezydent Warszawy zadzwonił do niego na komórkę.

– Coś pan dzisiaj kiepsko brzmi, panie prokuratorze – zauważył od razu.

– Dopadło mnie jakieś świństwo. Myślałem nawet, żeby odwołać nasze spotkanie, ale chyba sprawiłbym panu zawód. Wiem, jak bardzo chce pan podzielić się ze mną swoim słodkim torcikiem.

– Oczywiście, czułbym się zawiedziony! A co do pańskiego przeziębienia, to mam dla pana nieoceniony lek.

– Cóż takiego? – zainteresował się Jastrzębski.

– Zobaczy pan. Czyli o której się spotykamy?

– Wolałbym jak najwcześniej.

– W takim razie siedemnasta. Przyjadę po pana.

– Dziękuję.

Jastrzębski czuł się coraz gorzej, ale postanowił kuć że-
lazo, póki gorące. Śledztwo trudno będzie umorzyć; zdawał
sobie sprawę, że Agata Wróblewska do tego nie dopuści.
Prokurator mógł się jednak postarać, by nie wypłynęło nazwisko córki prezydenta Warszawy. Nagrywał wprawdzie
na dyktafonie nieoficjalne przesłuchanie Idy Frankowskiej,
ale przeprowadził je sam i był na tyle przezorny, by na razie
o nim nikomu nie mówić i nie umieszczać informacji o nim
w jakimkolwiek raporcie.

Wiedział, że Grydzewski zrobi wszystko – absolutnie
wszystko – by ukryć udział córki w śmierci młodego Wróblewskiego, i uznał, że może żądać za to naprawdę dużo.
W tej sytuacji stanowisko sekretarza stanu byłoby stanowczo zbyt skromnym żądaniem. Może wystarczyłoby jako do-
datek… do kasy. Dużej kasy. Zastanawiał się, ile może zażądać? Pół miliona? Nie, taka suma byłaby śmieszna. Milion,
i to nie złotówek. Dolarów, euro czy franków szwajcarskich?
Nie mógł się zdecydować.

Na razie wiedział tylko, że musi się napić herbaty.

*

Max stał z Agatą przed wejściem na stację metra Świętokrzyska i nie mógł uwierzyć w to, co przed chwilą usłyszał.
Nie, to niemożliwe, powtarzał sobie, to się nie stało. To na
pewno pomyłka. Nie Mrówka! Nie ta trochę zwariowana,
ale odważna i bystra dziewczyna, którą tak polubił.

– Nie wierzę! – powiedział głośno, potrząsając głową.

– Max – odezwała się przybita Agata. – Ona wpadła pod
pociąg. Wiem tylko tyle.

Przeszli przez tłum oraz policyjną żółtą taśmę oddzielającą gapiów od miejsca wypadku. Pociągi metra nie kursowały, co powiększało chaos w mieście, które w popołudniowych godzinach, kiedy ludzie wylewają się z pracy, i tak pęka w szwach. Policjanci prowadzący dochodzenie w sprawie wypadku natychmiast poznali Wróblewską. Bali się jej, więc popatrzyli po sobie, nie wiedząc, jak zareagować. Żaden z nich nie chciał jej się narażać. Poza jednym mundurowym, który zastąpił drogę Agacie, Maxowi i kamerzyście.

– Przepraszam, ale nie wolno przekraczać żółtej taśmy – powiedział. – Proszę się cofnąć.

Max wyjaśnił, że są zaprzyjaźnieni z osobą poszkodowaną, i chcą się dowiedzieć, co się z nią stało.

– Jest w stanie ciężkim.

– Ale żyje? – zapytali jednocześnie Agata i Max.

– Tak. Zostanie przetransportowana do szpitala MSW. Ma rozległe obrażenia. Tylko tyle mogę państwu powiedzieć.

– Jak to się stało? – zapytała Agata.

Gliniarz widział włączoną kamerę. Od czasu afery związanej z operacją Lunatyk policji bardzo zależało na naprawieniu swojego niekorzystnego wizerunku. Wtedy została zdemaskowana jako służba podatna na wpływy polityczne i mająca nieczyste powiązania ze światem wielkiego biznesu. Funkcjonariusz nie chciał więc niczego ukrywać.

– Dziewczyna została zatrzymana na peronie przez patrol policyjny. Próbowali ją wylegitymować.

– Zatrzymana? Z jakiego powodu? – spytała Agata.

– Odpowiadała rysopisowi osoby poszukiwanej przez policję. Mieliśmy powody, by przypuszczać, że popełniła przestępstwo, więc dwaj funkcjonariusze próbowali dokonać zatrzymania. Niestety, wtrąciła się przypadkowa osoba. – Wskazał ręką na młodego mężczyznę w eleganckim garniturze, z czarną skórzaną aktówką. – Dziewczyna wyrwała się policjantom i próbowała wsiąść do metra.

– Mam nadzieję, że monitoring na peronie potwierdzi pana wersję – powiedziała Agata.

– Jestem o tym całkowicie przekonany – odparł.

Ekipa pogotowia ratunkowego była już gotowa, żeby przewieźć ofiarę do szpitala. Agata i Max widzieli ją tylko z pewnej odległości, zaintubowaną, przykrytą kocami, z podłączoną kroplówką. Wyglądało to dramatycznie. Max spojrzał w kierunku pociągu, do którego Mrówka nie zdążyła wsiąść, i zauważył leżącą kurtkę. Podszedł i podniósł ją.

– Ktoś powinien zadzwonić do jej rodziców.

– Ja to zrobię – rzuciła Agata. – Znam ich.

*

Była za kwadrans siedemnasta, kiedy pod prokuraturę okręgową Warszawa Śródmieście, w której przez lata pracowała Barbara Siemieńska, podjechała czarna lancia z prezydentem Warszawy na tylnym siedzeniu. Nie musiał czekać długo na swojego gościa. Prokurator wyszedł z budynku, owijając szyję kaszmirowym szalikiem.

– Pan rzeczywiście nie najlepiej się dziś czuje – zauważył Grydzewski. – Bardzo mi przykro.

– Gdyby nie nasze spotkanie, poszedłbym na zwolnienie.

– To prokuratorzy mogą iść na zwolnienie?

– Oczywiście, chociaż ja rzadko korzystam z L-cztery.

– Tym bardziej doceniam to, że nie odwołał pan naszego spotkania. A właśnie! – Grydzewski sięgnął na siedzenie obok i podał prokuratorowi elegancką torebkę z grubego papieru, w której znajdowało się coś ciężkiego. – Wspomniałem przez telefon, że będę miał coś dla pana.

– Co to?

– Lekarstwo na przeziębienie.

Jastrzębski wyjął piękny ręcznie malowany słój ze złocistobrunatną substancją.

– Miód z dzikiego tamaryndowca – powiedział. – Nie ma nic lepszego na gardło. Wystarczy dodać kilka łyżek do letniej przegotowanej wody albo do herbaty.

– Dziękuję panu. – Jeśli sądzisz, kochany, że przekupisz mnie słoikiem miodu, to się grubo mylisz, pomyślał Jastrzębski, lecz uśmiechnął się uprzejmie i dodał: – Nie znam się wprawdzie na miodach, ale domyślam się, że nie można go kupić w Polsce. Ja w każdym razie nigdy nie słyszałem o miodzie z tamaryndowca. – Po prawdzie nie słyszał również o tamaryndowcu.

– To bardzo rzadki gatunek, dostępny tylko na Bliskim Wschodzie.

– Dziękuję. To naprawdę miłe.

– Cała przyjemność po mojej stronie – odparł prezydent Warszawy, zastanawiając się, kiedy prokurator odczuje skutki spożycia tego specjału.

Przemknęło mu też przez głowę, że jego zagraniczny wspólnik ma doprawdy diabelne poczucie humoru.

*

Agata zadzwoniła do rodziców Patrycji, po czym oboje z Maxem przeszli do stojącego nieopodal stacji metra wozu transmisyjnego, żeby odsłuchać nagrania wrzuconego przez Mrówkę na dysk Google'a. Technik Twojej Stacji bez trudu odnalazł plik w sieci, zdekompresował go i zamienił na format MP3.

Kiedy odsłuchali nagrania, przez co najmniej minutę żadne z nich nie mogło wydobyć z siebie głosu.

– Wspaniała dziewczyna – powiedziała wreszcie Agata. – Na pewno jej tak nie zostawię. Zrobię wszystko, żeby jej pomóc. Jej rodzice są już z nią w szpitalu.

*

O szóstej Agata i Max wiedzieli już mniej więcej, jak to się stało, że patrol zatrzymał Mrówkę. Dosłownie kilka minut przed tym, jak dwaj funkcjonariusze zobaczyli ją na stacji metra Świętokrzyska, jej zdjęcie zostało dodane do policyjnej bazy osób poszukiwanych.

– Te sukinsyny mają kogoś w policji – rzucił rozwścieczony Max.

– Dlaczego ona poszła tam sama? – odezwała się Agata. – Dlaczego nic mi nie powiedziała? Zrobilibyśmy to z moimi ludźmi profesjonalnie i nic by się jej nie stało.

Max się zasępił.

– Jest w tym trochę mojej winy – przyznał się smutnym głosem. – Mrówka pomagała mi w śledztwie. Starała się rozpracować hejterów Dominika. Nie mówiłem ci o tym na bieżąco, bo nie wydawało mi się to w tym momencie ważne dla śledztwa. Przepraszam.

– Boże… Jak mogłeś do tego dopuścić?

– Próbowałem jej wytłumaczyć, żeby trzymała się od tego z daleka, ale sama ją znasz…

– No tak… Nawet gdybyś się nie zgodził, żeby ci pomagała, ona i tak szukałaby na własną rękę. – Popatrzyła na Maxa. – Ewa Grydzewska… Córka prezydenta Warszawy i te faszystowskie zbiry zabiły mi syna – wycedziła wolno.

– To nie jest do końca tak, jak myślisz.

– Co?! – Agata aż podskoczyła. – Głuchy jesteś? Nie słyszałeś nagrania? Mam ci je jeszcze raz puścić?

Wciąż siedzieli w wozie transmisyjnym. Max uznał, że

to nie jest najlepsze miejsce do rozmowy, i zaproponował, żeby się przejść. Poszli do Ogrodu Saskiego i spacerowali, depcząc po szeleszczących pożółkłych liściach, które nieco przedwcześnie spadły z drzew.

– Chciałeś mi coś powiedzieć? – spytała Agata, domyśliwszy się, że opuścili wóz transmisyjny wcale nie dlatego, że Max nagle zapragnął świeżego powietrza.

Skinął głową.

– Wiesz, o co w tym wszystkim chodzi? – spytał.

– No... – zaczęła, lecz jej przerwał.

– O co zawsze chodzi, kiedy nie wiadomo, o co chodzi?

– O pieniądze, jasne. Tylko że zabójstwo Dominika nie miało nic wspólnego z pieniędzmi.

– Otóż miało, i to z wielkimi pieniędzmi. Z ogromnym majątkiem Szylingów, rodziny twojej mamy.

– Opowiadasz jakieś bzdury! Jaki majątek? Jacy Szylingowie?!

Max uniósł rękę i kiedy Agata się uciszyła, spokojnie zaczął opowiadać o tym, czego dowiedział się od jej matki.

– Nie mów! – zawołała, gdy doszedł do notariusza, który pomagał Sztajcherowi w 1946 roku. – Grydzewski? Czy to nie ojciec dzisiejszego prezydenta Warszawy?!

– Owszem – potwierdził Max. – A teraz spróbuj skojarzyć fakty. Stary Grydzewski pomaga okraść twoją matkę. Jego syn, poprzez swoją córkę, jest zamieszany w porwanie i zabójstwo Dominika. Wiesz, na co mi to wygląda?

– Na co?

– Na eliminowanie spadkobierców.

Agata sięgnęła do torebki, wyjęła papierosa i zapaliła.

– Puścimy w Stacji to nagranie z jego córką – rzuciła.

– W ten sposób go spłoszymy. A to nie byłoby mądre, bo na razie nie ma podstaw, żeby policja go aresztowała.

Poza tym – zatrzymał się, złapał ją za ramiona i popatrzył jej w oczy. – Agata – zaczął bardzo poważnym tonem – czy ty zdajesz sobie sprawę, że twoje życie jest zagrożone?

Parsknęła śmiechem.

– Co cię tak bawi? Ja mówię bardzo serio.

Przypomniała sobie, jak roześmiała się, kiedy dwa lata temu powiedział jej, że ktoś założył podsłuch w jej mieszkaniu. Wtedy też parsknęła śmiechem. Dopiero gdy pokazał jej pluskwę ukrytą w jej bucie, odechciało jej się śmiać.

– Kolejny spadkobierca, tak? – W głosie Agaty nie było już cienia wesołości. – Z moją mamą nie będą się musieli kłopotać.

– Jesteś prawowitą dziedziczką działek w Warszawie wartych kilkaset milionów złotych. Ktoś chce je przejąć. I właśnie dlatego zginął twój syn. Hejt był tylko próbą zmylenia tropu.

– Dlaczego najpierw on, a nie ja? – zadała głuchym głosem pytanie, które w naturalny sposób cisnęło się na usta.

– Nie mam pojęcia – odparł Max i widząc łzy ściekające po policzkach Agaty, mocno ją przytulił.

– Kto za tym stoi? – zapytała, gdy zawrócili i ruszyli w kierunku Marszałkowskiej. – Grydzewski? Ten facet ma forsy jak lodu. Po co mu więcej? Wiem, głupie pytanie. Niektórzy nigdy nie mają dość.

Oboje zamilkli. Agata nadal nie mogła zrozumieć, dlaczego jej syn, a nie ona. Max wahał się, czy zdradzić jej coś, o czym być może powinien był jej wcześniej powiedzieć. W końcu się zdecydował.

– Jest jeszcze coś. Zanim przyleciałem do Warszawy, dostałem dziwne zlecenie od człowieka z Izraela. Chciał, żebym odnalazł pewne papiery po Janie Lechoniu.

– Tym poecie międzywojennym?

– To był twój krewny.

– No co ty? – prychnęła Agata.

– Był bratem ciotecznym twojej babki, Wiesławy Szyling z domu Serafinowicz. To była szlachecka, tatarska rodzina o wspaniałej przeszłości. Lechoń był kochankiem Józefa Rajnfelda, tego malarza, o którym rozmawialiśmy.

– Wiem, tego, co poderżnął sobie gardło taką samą... – Agacie załamał się głos – taką samą brzytwą jak ta, którą zamordowano Dominika.

– Rajnfeld też prawdopodobnie został zamordowany – sprostował Max. – Ta brzytwa... to przebranie Dominika...

– Co? – zniecierpliwiła się Agata, która czuła, że za chwilę usłyszy coś ważnego.

– Przypuszczałem, że „wystylizowanie" zabójstwa Dominika tak, żeby wyglądało jak domniemane samobójstwo Rajnfelda, służyło zmyleniu tropów. Ale jest w tym coś dziwnego.

– Co?

– Ta „stylizacja" została zaadresowana tylko do jednej osoby: do twojej mamy. Nikt inny nie byłby w stanie doszukać się podobieństw. Twoja matka, kiedy była smarkulą, kochała się w Rajnfeldzie, a kiedy ją odrzucił, napisała na niego donos do francuskiej policji, która współpracowała z Gestapo.

– No, wiem, mówiłeś mi już o tym.

– Twoja mama jest przekonana, że śmierć Dominika to kara boska za to, co zrobiła Rajnfeldowi. Ja, oczywiście, w to nie wierzę i dlatego drążę tę sprawę. Nie wiem tylko, komu mogło zależeć na powiązaniu zabójstwa Dominika ze śmiercią Rajnfelda. Masz jakiś pomysł, kto to może być?

– Ktoś, kto wiedział o tym, co moja matka zrobiła przed siedemdziesięcioma pięcioma laty – odpowiedziała Agata.

– Bingo, pani redaktor. A teraz połącz to z moim zleceniodawcą. Facet podpisał się w mailu jako Jehuda Rajnfeld.

– Motyw rodzinnej zemsty... Co zamierzasz?

– Mam pewien plan...

*

O godzinie szóstej lancia prezydenta Grydzewskiego zajechała przed elegancką restaurację Sen o Warszawie. Wszystko tutaj – stylowy wystrój wnętrza, menu, jakość potraw i obsługi, no i, przede wszystkim ceny – było z najwyższej półki. Warszawscy celebryci i ci aspirujący do tego, by być celebrytami, chętnie odwiedzali ten lokal należący do znanej nie tylko w stolicy restauratorki, Wandy Wasilewskiej. Prezydent zarezerwował stolik w dyskretnej niszy, ale Jastrzębski uprzejmie, lecz stanowczo zaprotestował. Rozejrzał się po restauracji, zobaczył stolik w wyeksponowanym miejscu, spytał kelnera, czy jest zarezerwowany, a kiedy ten zaprzeczył, prokurator zaproponował, żeby usiąść tam.

Grydzewski, oczywiście, natychmiast się domyślił, że jego gość obawia się podsłuchu. I, szczerze mówiąc, wcale mu się nie dziwił.

– Proponuję na przystawkę smażoną grasicę cielęcą – powiedział, kiedy kelner ich usadził, przyniósł menu i dzbanek wody z lodem, plasterkami cytryny i listkami mięty. – Zupa porowa z płatkami trufli też jest wyśmienita. Nie wiem, czy pan woli mięso, czy rybę, ale polecałbym turbota w ziołach.

– Myślałem, że zjemy ośmiorniczki – zażartował Jastrzębski.

– Może lepiej nie ryzykować. – Prezydent Warszawy roześmiał się.

Podczas gdy rozmawiali o pogodzie, jedzeniu i tego typu

bzdetach, prokurator się niecierpliwił, nie mogąc się doczekać, kiedy wreszcie przejdą do rzeczy.

– Czy słucha pan radia? – zapytał.

– Nie mam na to czasu.

– Niecałą godzinę temu podano, że koleżanka z klasy syna Wróblewskiej wpadła pod pociąg metra. Podobno Twoja Stacja ma dziś wieczorem wyemitować reportaż z miejsca wypadku.

Grydzewski nie dał po sobie poznać, że ta wiadomość go poruszyła. Próbował od godziny dodzwonić się do Ewy, ale na próżno. Nie odbierała telefonu.

– Pańska córka też na pewno ją znała – dodał prokurator, wolno cedząc słowa, jakby upajał się każdym z nich. – Co nas prowadzi do sprawy pańskiej córki.

– Nie ma sprawy mojej córki – wysyczał Grydzewski i zamilkł, ponieważ kelner przyniósł przystawki.

– O tym ja zdecyduję – odparł Jastrzębski.

Rozniósł się cudowny aromat sosu z porto, w którym pływały kawałki grasicy. Prezydent Warszawy, mimo wściekłości, z lubością wciągnął go do nosa, podczas gdy jego rozmówca prawdopodobnie nic nie czuł, co chwilę wyciągał chusteczkę i smarkał. Esteta Grydzewski z trudem się powstrzymywał, by nie okazać, jaką to w nim budzi odrazę. Nagle się uśmiechnął.

– Może zamówię dla pana herbatę z cytryną i wypije pan ją z kilkoma łyżeczkami tego leczniczego miodu – zaproponował z troską w głosie, wskazując na torebkę stojącą na krześle obok.

– A wie pan, że to niezły pomysł – przyznał Jastrzębski, pociągając nosem.

Prezydent Warszawy zawołał kelnera i po chwili przed prokuratorem stała filiżanka i czajniczek parującej herbaty.

Jastrzębski otworzył miód i zanim dodał go do napoju, zjadł dwie łyżeczki.

– Pyszny. Nigdy takiego nie jadłem. Lepszy od wrzosowego.

Grydzewski uśmiechnął się szeroko.

– Proszę sobie nie żałować. To naprawdę pomaga.

Prokurator suto osłodził miodem herbatę, upił łyk i krzywiąc się, bo była gorąca, spojrzał na swojego rozmówcę.

– Naprawdę pan twierdzi, że nie ma sprawy pańskiej córki? – zapytał.

Grydzewski zmierzył wzrokiem jego wprawdzie drogi, ale źle dopasowany garnitur, ciemnoniebieski krawat, którego odcień wyraźnie się gryzł z błękitną koszulą, fatalnie ostrzyżone włosy, z których – o zgrozo! – na kołnierz marynarki sypał się łupież. Zanim tu przyjechał, poprosił uczynnego kolegę z ABW, żeby przysłał mu dossier Jastrzębskiego. Nie musiał tego nawet uważnie czytać, by wiedzieć, z kim ma do czynienia: z facetem z małomiasteczkowymi kompleksami, który z nadzieją na zrobienie kariery przyjechał do Warszawy z Tarnobrzega, miasta widma, prowincjonalnego peerelowskiego trupa. Z gościem małego formatu, który będzie próbował uzyskać jakieś stanowisko i najprawdopodobniej łapówkę.

– Moja córka nie popełniła żadnego przestępstwa – oświadczył z godnością Grydzewski. – Czy dziewczyna, która ją oskarżyła... ta cała Ida Frankowska czy jak jej tam... ma jakikolwiek dowód na to, że Ewa namawiała ją do zorganizowania hejtu?

– Chciałbym dostać połowę tego, co pan ma z tego interesu – powiedział prokurator, jakby nie słyszał jego słów.

– Co?! O czym pan, do cholery, mówi? Jakiego interesu?

Jastrzębski uśmiechnął się, wlał do filiżanki resztę herbaty z czajniczka, osłodził ją dwiema łyżeczkami miodu i po namyśle dodał jeszcze trzecią. Upił dwa łyki; słodki ciepły napój wyraźnie koił ból gardła.

– I wie pan, co myślę? – rzucił Grydzewski.

– Słucham.

Prezydent Warszawy rozejrzał się, pochylił nad stołem i powiedział prawie szeptem:

– Że najzwyczajniej w świecie próbuje mnie pan szantażować. A ja się szantażować nie dam.

Pewność siebie, jaką czuł prokurator, przychodząc na to spotkanie, zaczęła się ulatniać. Coś tu się nie zgadzało. Skoro Grydzewski nie chciał z nim iść na żadne układy, to po co go w ogóle zapraszał na tę kolację? No, chyba że zachowując się tak arogancko, próbował zbić cenę. Tak, na pewno chodzi o to, uznał Jastrzębski. Ale buc się przeliczy, pomyślał.

– Mam nagrane zeznanie Idy Frankowskiej – oznajmił.

– Tak? Czy ma pan również dowód na to, że to, co mówiła, było prawdą?

– A nie uważa pan, że fakt, że na samym początku śledztwa próbował pan wpłynąć na to, bym jak najszybciej je zamknął i uznał sprawę za samobójstwo, przemawia za tym, że w sprawę zamieszana była pańska córka, a może i pan osobiście?

– Słucham? Ja próbowałem wpłynąć? Może mnie pan oświecić, w jaki sposób?

Prokurator z niedowierzaniem pokręcił głową. Prezydent będzie próbował wszystkiego się wyprzeć. Tego było za wiele!

Podniósł się, otrzepał garnitur i pochylił się nad Grydzewskim.

– Już wkrótce całkiem inaczej pan zaśpiewa, panie prezydencie. Może pan być pewny, że Wróblewska znajdzie powiązanie między śmiercią swojego syna a panem. Przyjdzie pan jeszcze do mnie, gwarantuję to panu. Tylko że wtedy to ja, i wyłącznie ja, będę dyktował warunki.

Gdyby Grydzewski mógł decydować sam, odpaliłby mu część zysku. Po pierwsze, po to, by mieć święty spokój, a po drugie, w takim kraju jak Polska dobrze mieć prokuratora po swojej stronie. Czasami może to być cenniejsze niż złoto. Tylko że w tej sprawie ostateczny głos miał ktoś inny.

Jastrzębski wściekły wrócił taksówką do mieszkania wynajmowanego na Sadybie. Nie udało mu się wycisnąć łapówki z prezydenta Warszawy. Spodziewał się łatwego sukcesu, a tymczasem poniósł porażkę. Klnąc pod nosem i kichając, zaparzył sobie herbaty i choć nie miał w domu cytryny, wypił ją osłodzoną kilkoma łyżeczkami miodu. Wychodząc z restauracji, odruchowo chwycił torebkę ze słoikiem, i choć potem, w taksówce, żałował, że go wziął, to teraz cieszył się, że ma przynajmniej ten cholerny miód – swój jedyny łup. Na razie jedyny...

Wziął prysznic, łyknął dwie aspiryny i położył się do łóżka.

Rozdział dziewiętnasty

UKŁAD WIELOPOZIOMOWY

Agata Wróblewska nie zamierzała darować Grydzewskiemu jego prawdopodobnego udziału w zabójstwie Dominika. Ale musiała mieć dowody. A na razie mogła jedynie udowodnić udział jego córki w porwaniu i zabójstwie. Choć przyznawała Maxowi rację, że zbyt wczesne uderzenie w Grydzewskiego może go spłoszyć, to w przypadku wszystkiego, co dotyczyło śmierci jej syna, nie reagowała jak profesjonalna dziennikarka, z zimną krwią, lecz emocjonalnie, jak zrozpaczona matka. I chciała dać jasny sygnał, że nie ulegnie.

Następnego dnia po wypadku Mrówki zadzwoniła więc na służbową komórkę prezydenta Warszawy, oficjalnie, ze swojego gabinetu w Twojej Stacji, zamierzając namówić go do wypowiedzi dla wieczornego wydania wiadomości.

– Dzień dobry, Agata Wróblewska z Twojej Stacji. Czy rozmawiam z prezydentem Grydzewskim?

Wydawał się zaskoczony. Sądził, że po śmierci syna ta baba pogrąży się w rozpaczy i nie będzie musiał na nią patrzeć ani jej słuchać w telewizji. A już na pewno nie sądził, że zacznie do niego wydzwaniać.

– Tak, to ja. Nie miałem okazji pani osobiście powiedzieć, jak bardzo mi przykro z powodu pani straty.

Agata przełknęła jego oślizgłą uprzejmość i przeszła do ataku.

– Panie prezydencie, Twoja Stacja jest w posiadaniu materiału nagranego przez koleżankę mojego zamordowanego syna. To nagranie niezbicie dowodzi, że pańska córka Ewa przekazała wczoraj w barze w pobliżu Dworca Wileńskiego bezpośrednim sprawcom zabójstwa mojego syna dwadzieścia tysięcy złotych. Chciałabym zapytać, czy pan wie o tym, że córka jest członkiem skrajnie prawicowej i faszystowskiej organizacji i że co najmniej wiedziała o planach porwania i zamordowania Dominika?

Grydzewski zdrętwiał. Wczoraj, choć starał się tego nie okazywać, wyszedł zdenerwowany po spotkaniu z Jastrzębskim. Ale tak naprawdę to nie prokurator spędzał mu sen z powiek – ten prawdopodobnie wkrótce przestanie być problemem – lecz właśnie Wróblewska. Teraz jego najgorsze obawy się spełniały.

– Blefuje pani – rzucił. – Nie macie niczego na moją córkę. A jeśli w Twojej Stacji zostanie choćby wymienione jej imię i nazwisko, pozwę was do sądu za zniesławienie.

– Chwileczkę, panie prezydencie. Czy uważa mnie pan za skończoną idiotkę? Sądzi pan, że dzwoniłabym, nie mając dowodów? Proszę posłuchać.

Była właśnie w studio, w centrum montażu. Dała znak technikom, by puścili przygotowany wcześniej fragment rozmowy Ewy z narodowcami. Kilka minut prawdy z wyraźnym głosem Ewy Grydzewskiej, która naigrywała się z męczarni „pedała".

– I co pan na to? – spytała Agata.

– To insynuacje. Nagranie zostało zmontowane, co można będzie udowodnić w sądzie.

– Proszę spróbować.

– Ma to pani jak w banku – rzucił Grydzewski i przerwał połączenie.

Agata poczuła satysfakcję, ale zdawała sobie sprawę, że popełniła strategiczny błąd, ignorując ostrzeżenia Maxa, że za sprawą zabójstwa Dominika stoją ludzie gotowi na wszystko, byle tylko osiągnąć cel. Zdecydowała się nadać w wieczornych wiadomościach materiał o Patrycji. Mrówka przeszła dwie ciężkie operacje i była w śpiączce. Ale żyła. Agata czuła wdzięczność wobec tej dziewczyny, która niemal poświęciła życie, aby dopaść morderców jej syna.

*

Grydzewski cały się trząsł, kiedy skończył rozmawiać z Wróblewską. Jak Ewa mogła być tak nieostrożna? Przez jej błąd wszystko mogło przepaść. Na samą myśl o fortunie, która przejdzie mu koło nosa, wpadł w szewską pasję. Chodził tam i z powrotem, od ściany do ściany, w swoim wielkim gabinecie w warszawskim ratuszu, jak lew po klatce. W końcu, po kilkunastu minutach, udało mu się uspokoić na tyle, by próbować znaleźć jakieś rozwiązanie. Ale przyszło mu do głowy tylko jedno, bardzo radykalne. Ona musi zniknąć. Tę sukę Wróblewską trzeba zlikwidować. Tylko że to nie on się tym zajmie. Sprawę powinien wziąć na siebie jego wspólnik. I to szybko.

Bez chwili wahania chwycił telefon komórkowy i wybrał numer. Musiał dzwonić kilka razy, zanim wreszcie usłyszał zimny głos mężczyzny mówiącego po angielsku z akcentem z Gloucester.

– Czyżby miód nie pomógł pańskiemu przyjacielowi?

– Myślę, że wkrótce mu pomoże. Musi się pan jednak zaangażować w nasze sprawy bardziej niż do tej pory. Ona już wie.

– O mnie?

– O panu? Nie, wydaje mi się, że o pana istnieniu nie wie nikt poza mną i starą. Chodzi mi o jej córkę, Agatę Wróblewską. To wyjątkowo skuteczna dziennikarka i jeśli czegoś z nią nie zrobimy, dobierze się nam obu do skóry. Musimy ją powstrzymać. Nie wiem jeszcze jak, ale ona jest już chyba bardzo blisko prawdy.

– Mogliśmy zacząć od niej. Synalek nie połapałby się, o co w tym wszystkim chodzi, gdyby nagle utracił mamusię – odparł rozmówca prezydenta.

– Sądziłem, że ona się załamie po śmierci syna. Ale przeliczyłem się. Ktoś musi jej pomagać, a ja mam teraz problem z własną córką, która była na tyle nieostrożna, że dała się nagrać podczas przekazywania pieniędzy.

– Fatalnie.

– Coś trzeba zrobić z Wróblewską. Ja muszę pozostać poza wszelkimi podejrzeniami. – W głosie Grydzewskiego wyraźnie słychać było panikę.

– Pomogę panu – odezwał się po chwili jego rozmówca. – Jutro do Warszawy przyleci profesjonalista. Nie musi pan wiedzieć, kim jest ani jak się nazywa. Za kilka dni problem tej dziennikarki przestanie panu zaprzątać uwagę.

– Byłoby doskonale.

– A poza tym? Wszystko jest już przygotowane? Nie mogę dłużej czekać.

– Za kilka dni dokumenty będą gotowe do podpisania w jednej z warszawskich kancelarii notarialnych. Musiałem wziąć kredyt na opłaty dla notariusza, bo kiedy zobaczył, o jakie działki chodzi, zaśpiewał sobie znacznie więcej, niż wynikałoby z ustawowych opłat. W księgach wieczystych działek na Wilanowie i w Ursusie nadal był wpisany Sztajcher i jego syn. Obydwaj nie żyją, co wiem jeszcze od mo-

330

jego ojca. W sześćdziesiątym ósmym stary Sztajcher musiał wyjechać i zostawić majątek. Odnalezienie jego pisemnego zrzeczenia się tych gruntów i przekazanie ich mojemu ojcu nie było tanie, zwłaszcza że Sztajcher podpisał to zrzeczenie zza grobu. Jak pan przyjedzie, podpiszemy umowę i stanie się pan współwłaścicielem spółki, która będzie dysponowała tymi gruntami.

– Po naszym ostatnim wspólnym interesie, Wyższej Szkole Biznesu i Matematyki Ekonomicznej, zostały same długi, które idą w miliony. Musimy to spłacić – zauważył Anglik.

– Oczywiście – rzucił Grydzewski, myśląc o tym, że za kilka dni będzie jednym z najbogatszych ludzi w Polsce. – Kiedy dokładnie pan przyjeżdża?

– W przeddzień podpisania umowy. Muszę wcześniej mieć w Warszawie czas na odwiedzenie kogoś w szpitalu. To dla mnie bardzo ważne.

– Rozumiem.

– Po zakończeniu tej rozmowy proszę zniszczyć kartę chipową w telefonie.

– Jak pan sobie życzy.

Nieco uspokojony tą rozmową Grydzewski uznał, że powinien teraz pojechać do domu i zająć się córką, która wczoraj wieczorem po powrocie z miasta zamknęła się w swoim pokoju i do teraz – jak dowiedział się od żony – z niego nie wyszła.

*

Max był wściekły, że Agata wbrew jego radom zadzwoniła do Grydzewskiego.

– Prowokujesz go.

– Nie mogłam się powstrzymać – tłumaczyła się. – Przepraszam, wiem, że nie powinnam.

– Naprawdę zamierzasz puścić na antenie nagranie Mrówki?

– Oczywiście, to byłoby wobec niej nie fair, gdybym tego nie pokazała, zwłaszcza po tym... – głos się jej załamał – po tym, jak zmarła.

Kilka godzin wcześniej zadzwoniła do niej matka Patrycji z informacją, że córka zmarła. Choć Agata i Max powinni być na to przygotowani, bo lekarze od początku nie dawali dziewczynie żadnych szans, ta wiadomość nimi wstrząsnęła i jeszcze bardziej zdeterminowała ich do tego, żeby pociągnąć do odpowiedzialnego każdego – bez wyjątku każdego – kto był winny śmierci Dominika i Mrówki.

– Ale wiesz, że w dalszym ciągu nie mamy nic na poparcie tezy, że to Grydzewski osobiście stoi za zabójstwem Dominika – odpowiedział spokojniejszym już głosem Max. – Owszem, twoja mama wspomniała, że jego ojciec pomagał temu ubekowi Sztajcherowi w przejęciu jej rodzinnego majątku. Ale poza jej słowami na razie nie mamy na to żadnego dowodu. Trzeba poszperać w archiwach i chyba wiem, kto nam w tym pomoże.

– Kto?

– Twoja koleżanka Wanda. To ona naprowadziła mnie na dekret Bieruta. Gdyby nie ona, nie przyszłoby mi do głowy, że możesz być dziedziczką fortuny Szylingów. I że wszystko obraca się wokół tego.

– Przestań już z tą fortuną.

– Agata, grozi ci niebezpieczeństwo. Martwię się o ciebie, naprawdę.

Przytuliła się do niego i pocałowała go w policzek.

– Doceniam to. Ale potrafię o siebie zadbać.

Zirytowała go beztroska w jej głosie, ale znając jej upór, odpuścił.

Zadzwonił do Wandy i poprosił ją o numer telefonu jej męża, a ta, kiedy tylko się rozłączyli, przesłała mu go SMS-em. Mąż Wandy, Jan Raczkiewicz, pracownik pionu badawczego Instytutu Pamięci Narodowej, uprzedzony przez nią, że Max się zgłosi, obiecał, że pomoże mu w dotarciu do dokumentów potwierdzających zaangażowanie Grydzewskiego w sprawę majątku Szylingów.

*

Max tymczasem postanowił odkryć, w jaki sposób ze sprawą zabójstwa Dominika może być powiązany jego izraelski zleceniodawca. Zaczął od napisania do niego maila.

Szanowny Panie!
W nawiązaniu do naszego zlecenia, chciałbym przekazać Panu, że w zbiorach Muzeum Narodowego w Warszawie znajduje się wiele prac malarza Józefa Rajnfelda. Jego obrazy nie są pokazywane, ale gdyby Pan chciał je zobaczyć, jestem w stanie zaaranżować to dla Pana. Tak się bowiem składa, że w celach biznesowych przyjechałem do Warszawy. Zdobyłem także wiedzę o tym, kto wydał Józefa Rajnfelda w ręce Gestapo w 1940 roku. Nie chciałbym jednak pisać o tym w mailu.
Z poważaniem
Max Kwietniewski

*

Ból gardła wprawdzie mijał – najwyraźniej miód, którego Jastrzębski sobie nie żałował, go łagodził. Mimo to prokurator czuł się coraz gorzej. Na trzeci dzień po spotkaniu z Grydzewskim poczuł się na tyle źle, że pojechał do lekarza. Ten przepisał mu antybiotyki i chciał dać zwolnienie, lecz Jastrzębski nie mógł sobie teraz pozwolić na siedzenie w domu, podczas gdy w prokuraturze działy się rzeczy, od których mogła zależeć jego przyszłość. Wyszedł z gabinetu lekarza, w najbliższej aptece zrealizował receptę, na miejscu połknął tabletki i pojechał do pracy.

W połowie dnia poczuł się fatalnie, kręciło mu się w głowie, jakby się czegoś naćpał. Przeczytał ulotkę informacyjną antybiotyku. Wśród często spotykanych skutków ubocznych – oprócz wysypki, bólów brzucha i dziesiątków innych objawów – wymieniono zawroty głowy, więc trochę się uspokoił. Niestety, następnego dnia czuł się już tak fatalnie, że nie miał odwagi wsiadać do samochodu i przyjechał do prokuratury taksówką.

Sekretarka nigdy nie widziała go w takim stanie. Wydawało się jej, że jest pijany. Gdy Jastrzębski zamknął za sobą drzwi swojego gabinetu, skonsultowała się z koleżankami i wspólnie ustaliły, że trzeba sprawdzić, co się z nim dzieje.

Zapukała do niego, ale nie usłyszała odpowiedzi, zapukała więc po raz kolejny i jeszcze raz – z takim samym rezultatem. W końcu nacisnęła klamkę i zajrzała do środka. Prokurator leżał nieprzytomny obok stołu, przy którym przyjmował gości. Natychmiast zadzwoniła na pogotowie. W ciągu niecałej półgodziny Jastrzębski znalazł się w szpitalu. Nie od razu jednak postawiono diagnozę. Miał objawy silnego pobudzenia autonomicznego układu nerwowego. Gdy się ocknął, nikogo nie poznawał. Nie mógł sobie przypomnieć własnego nazwiska ani zawodu. Zrobiono USG jamy brzusznej, lecz nic nie znaleziono, chociaż trucizna z miodu już od kilkunastu godzin niszczyła powoli jego narządy wewnętrzne. W nocy miał rozległy zawał serca i przewieziono go do Instytutu Kardiologii w Aninie.

Nazajutrz nad ranem zmarł. Lekarze nie odkryli prawdziwej przyczyny zgonu.

*

Max pojechał na ulicę Kłobucką, do biura informacji publicznej IPN, gdzie był umówiony z Janem Raczkiewiczem.

– Bardzo dziękuję, że znalazł pan czas, by mi pomóc – powiedział, kiedy się przywitali w holu.

– Naprawdę nie ma za co – odparł Raczkiewicz. Miał pięćdziesiąt kilka lat, nosił duże okulary na garbatym nosie i był tak wysoki i chudy, że elegancki garnitur wyglądał na nim, jakby wisiał na kościotrupie. – Moja żona przyjaźni się z Agatą Wróblewską i wiem, że to pan pomógł jej zdemaskować ludzi związanych z operacją Lunatyk. Więc chylę przed panem czoło. No a do tego nie da się ukryć, że sprawa majątku Szylingów jest bardzo ciekawa, choć potwornie zabagniona.

– Jest aż tak źle?

– Mało powiedziane! Mój syn powiedziałby, że przesrane. To najbardziej reprezentatywna dla Warszawy sprawa, jeśli chodzi o kwestię stosunku polskiego państwa do własności prywatnej. Majątek Szylingów dziś nie istnieje, ale pozostały na terenie miasta działki, które na mocy dekretu Bieruta przeszły na własność państwa. Rzecz w tym, że dekret Bieruta był niekonstytucyjny, więc miasto Warszawa musi zwrócić właścicielom równowartość pieniężną tych gruntów. Czy wspomniani przez pana ludzie, Sztajcher i notariusz Grydzewski, są w to jakoś zamieszani?

Max zazwyczaj nie ufał ludziom. Ale temu człowiekowi instynktownie zaufał. A poza tym nie miał wyjścia – jeśli ktoś miał mu pomóc w przebrnięciu przez to bagno, to tylko ten chudzielec, który żył w świecie archiwów.

– Tak, w czterdziestym szóstym roku wymusili na prawowitej spadkobierczyni zrzeczenie się gruntów.

– Czyli tuż po wojnie. Udało mi się już sprawdzić, że Sztajcher rzeczywiście w czasach stalinowskich pracował w UB. Z dokumentów wynika, że został zwolniony w październiku tysiąc dziewięćset pięćdziesiątego szóstego roku. Zachował jednak swoje wpływy. Ziemię, którą wtedy przejął, a na której dziś stoi pół Wilanowa, przepisał szybko na swojego syna Witolda, który został zamordowany w sześćdziesiątym siódmym.

Max poczuł, że robi mu się gorąco.

– W jakich okolicznościach?

– Tego nie udało mi się ustalić na podstawie archiwaliów IPN. Ale zaciekawiło mnie to, więc sprawdziłem wycinki prasowe z tego okresu. Został bestialsko zamordowany i porzucony nad Wisłą.

Boże, tak jak zabito Dominika...

– Kto prowadził śledztwo?

– Prokurator Barbara Siemieńska. Wtedy jeszcze działająca zgodnie z linią partii, ale przed stanem wojennym odsunięta od spraw politycznych.

– Dlaczego?

– Sympatyzowała z Komitetem Obrony Robotników. W przypadku PRL-owskiego prokuratora było to coś absolutnie nie do zaakceptowania.

Wreszcie Max usłyszał coś, co dobrze świadczyło o Barbarze.

– A Grydzewski? – zapytał.

– Ten notariusz?

– Tak.

– Zarejestrowany jako tajny współpracownik SB o pseudonimie Mocny, współpracował od sześćdziesiątego siódmego do śmierci w roku osiemdziesiątym piątym. Z teczki personalnej TW wynika, że to on stał za porwaniem i zamordowaniem syna Sztajchera. Chodziło o działki na Wilanowie i w Ursusie. Łącznie około pięćdziesięciu hektarów. Stary Sztajcher powiedział, że nie może się ich zrzec, co było zresztą zgodne z prawdą, ponieważ właścicielem ziemi ukradzionej wcześniej Szylingom był już wtedy jego syn Witold. TW Mocny wyszedł z założenia, że dzięki likwidacji właściciela ta ziemia znów trafi do Skarbu Państwa. Stary Sztajcher został na fali antysemickiej czystki w roku sześćdziesiątym ósmym pozbawiony obywatelstwa i wyrzucony z Polski. I na tym sprawa się zakończyła.

– Wcale się nie zakończyła – powiedział Max.

– Jak to? – zdziwił się Raczkiewicz.

– Córka Szylingów żyje. Żyje również ich wnuczka, Agata Wróblewska. Natomiast w tym samym miejscu, w którym zamordowano Witolda Sztajchera, zabito ich prawnuczka, syna Agaty.

Raczkiewicz aż otworzył usta ze zdumienia. Nagle chwycił Maxa za przedramię i pociągnął za sobą.

– Proszę za mną – rzucił alarmującym tonem. – Musimy coś sprawdzić.

Zaprowadził Maxa do swojego gabinetu, a kiedy gość usiadł na krześle, chwycił za telefon.

– Do kogo pan dzwoni? – zapytał zdziwiony Max.

– Do warszawskiego wydziału ksiąg wieczystych. Moja siostra tam pracuje. Poproszę ją, żeby sprawdziła, jaki jest status działek, które wchodziły w skład majątku Szylingów.

Max siedział bez słowa, gdy Raczkiewicz wyłuszczał siostrze, o co mu chodzi. Podał jej przedwojenne sygnatury ksiąg wieczystych, które znalazł w teczkach Sztajchera i starego Grydzewskiego. Siostra siedziała właśnie przed komputerem połączonym z serwerem sądowym wydziału ksiąg wieczystych i od razu zabrała się do sprawdzania. Raczkiewicz włączył głośnik, aby Max mógł ją słyszeć.

– To dziwne – powiedziała.

– Co? – spytał ją brat.

– Właśnie dokonano operacji wykreślenia właściciela, którym był nieżyjący Witold Sztajcher. Wpisano Antoniego Grydzewskiego.

Prezydent Warszawy wpisał siebie do ksiąg wieczystych działek wartych setki milionów złotych, w większości już zabudowanych. Teraz wystarczy, że złoży odpowiedni wniosek o odszkodowanie do miasta Warszawa i dostanie miliony!

– Czekaj! Jest jeszcze coś!

– Co takiego?

– Pod podaną sygnaturą jest jeszcze jedna nieruchomość... W Ursusie.

– Tę też przejął Grydzewski?

– Tu jest inne nazwisko... Schilling.

Max aż podskoczył. Ktoś podszywał się pod potomka Szylingów.

– Przepraszam, ale muszę pędzić – rzucił od drzwi do zaskoczonego Raczkiewicza. – Bardzo panu za wszystko dziękuję! – zawołał już z korytarza.

*

Agata Wróblewska czuła wyrzuty sumienia, że zaabsorbowana pogonią za zabójcami Dominika, pozostawiła matkę zupełnie samą, więc kiedy Max wybrał się do IPN-u, pojechała do niej na Ursynów do Centrum Onkologii. Zastała ją w dobrym nastroju.

– Ach, to ty, Agatko – powiedziała mama, unosząc głowę. – Dominik już u mnie był.

Po plecach Agaty przeszedł dreszcz.

– Co ty mówisz, mamo? Przecież wiesz, że...

– Wiem, ale on do mnie przychodzi. Siada, o tam. – Starsza pani wskazała ręką na parapet okna.

– Mamo, chciałabym porozmawiać nie o Dominiku.

Barbara popatrzyła na córkę przytomnym wzrokiem.

– Twój wnuk nie zginął z powodu Józefa Rajnfelda – powiedziała Agata, podeszła do niej i łagodnie pogładziła ją po policzku. Chciała, żeby mama wiedziała, że nie przyszła tu, żeby ją osądzać, żeby jej cokolwiek wyrzucać. Mocno ją przytuliła, wiedząc, że w ten sposób przekona o tym matkę prędzej niż słowami. – Dominik zginął z powodu majątku Szylingów – dodała cicho.

– Ten przeklęty majątek! Miałam przez niego same kłopoty.

– Dlaczego nigdy mi nie powiedziałaś?

– O Szylingach?

– Tak.

– Bo wtedy musiałabym powiedzieć ci również o Rajnfeldzie. O tym, że go kochałam i że go zabiłam. Były też inne rzeczy.

– Opowiesz mi o nich? – zapytała Agata.

– Nie, kochanie, są sprawy, które zabiorę ze sobą do grobu.

– Nie pomożesz nam w dotarciu do ludzi, którzy zabili Dominika?

Barbara utkwiła wzrok w oknie. Jak gdyby z kimś się konsultowała.

– Czy to coś zmieni? – zapytała nagle.

– To dla mnie bardzo ważne.

Matka przez długą chwilę patrzyła jej w oczy.

– Grydzewski – rzuciła Agata. – Kojarzysz to nazwisko?

– Mówiłam już o nim Maxowi. To był notariusz współpracujący z UB.

– Jego syn, mamo, jest prezydentem Warszawy. Ten facet robi szwindel z twoim majątkiem. Właśnie dlatego zginął twój wnuk. Grydzewski pozbył się jednego ze spadkobierców. Muszę mieć na to dowody.

– Ktoś dowiedział się o mnie i Józefie Rajnfeldzie. I wydaje mi się, że to właśnie ten ktoś odpowiada za zabicie Dominika.

Agata wiedziała, że to, co matka przed nią ukrywa, jest bardzo ważne, tylko nie miała pojęcia, jak skłonić ją do wyjawienia tej tajemnicy.

– Mamo, powiedz mi wszystko, co może mieć związek z tą sprawą. – Była bliska płaczu.

Barbara jednak pozostała niewzruszona.

– Ja też jestem matką, Agatko – powiedziała, patrząc córce w oczy. – Nie zapominaj o tym.

Rozdział dwudziesty

EKSPERYMENT

Prokuratorem skierowanym do sprawy Dominika Wróblewskiego była Aldona Czacka-Odrowąż. Ta trzydziestoośmioletnia kobieta uchodziła w Prokuraturze Warszawa-Południe za niekonwencjonalną i niezwykle skuteczną. Nie znosiła tanich pochlebstw i bezczelnych facetów mizoginów. Niezamężna, bezdzietna, traktująca pracę jak życiową misję, do tego nieprzekupna, systematyczna i bezlitosna. Na czterdzieści cztery sprawy przegrała tylko dwie. Była do tego osobą o iście rubensowskich kształtach, niewstydzącą się nadwagi i umiejącą żartować na ten temat. W warszawskiej prokuraturze była bezpośrednią przełożoną Jastrzębskiego i po jego śmierci zdecydowała się wziąć sprawę, która zataczała coraz szersze kręgi. Minister Sprawiedliwości i Prokurator Generalny August Żebro chciał odebrać warszawskiej prokuraturze sprawę Dominika Wróblewskiego, ale Szacka-Odrowąż, nie bojąc się swojego potężnego szefa, pojechała na rozmowę z nim do Ministerstwa Sprawiedliwości. Wiedziała, że jeśli wmiesza się w to rząd, sprawa nigdy już nie zostanie wyjaśniona. Po dwugodzinnej rozmowie z ministrem wiedziała, że nie odbierze jej sprawy. Postawiła cały swój autorytet na szali i wygrała.

Musiała bardzo szybko pochłonąć wiele tomów akt. Jeśli chodzi o śmierć Jastrzębskiego, to od początku czuła, że wszczęcie śledztwa było mądrym posunięciem. Kiedy umiera prokurator na służbie, zawsze trzeba się temu przyjrzeć uważnie. Pierwsze, co rzuciło się jej w oczy, to fakt, że kilka dni przed śmiercią spotkał się z prezydentem Warszawy – tego samego dnia, gdy Twoja Stacja wyemitowała materiał, z którego wynikało, że córka Grydzewskiego jest współwinna porwania i zabójstwa Dominika Wróblewskiego.

Nie miała pojęcia, o czym rozmawiał prokurator z prezydentem Warszawy, ale po zapoznaniu się z bieżącymi aktami śledztwa zorientowała się, że Jastrzębski mataczył. Nie mogła uwierzyć, że karygodne „błędy", których dopatrzyła się w jego postępowaniu, były błędami, a nie działaniem celowym służącym zaciemnieniu rezultatów śledztwa. Podejmowane przez niego decyzje dyskwalifikowały go jako prokuratora zajmującego się sprawami kryminalnymi. Natychmiast wystawiła listy gończe za bliźniakami – Jarkiem i Patrykiem Nowakami. Nie rozumiała, dlaczego jeszcze ich nie zatrzymano. Wystąpiła też do sądu o nakaz zatrzymania Ewy Grydzewskiej. Czacka-Odrowąż była zdania, że nie ma i nie może być żadnej taryfy ulgowej wobec państwowych urzędasów, którzy kryją swoje dzieci dopuszczające się przestępstw.

Cały czas nurtowała ją tajemnicza śmierć Jastrzębskiego. Pracownicy prokuratury zauważyli, że nie czuł się najlepiej i dziwnie się zachowywał, zanim jeszcze trafił do szpitala. Zadzwoniła do sądowego anatomopatologa z poleceniem, żeby dokładnie zbadano krew denata. Należało wykluczyć wszystkie ewentualności.

Musiała także stanąć na wysokości zadania i przeprosić matkę zamordowanego chłopaka za błędy i opieszałość poprzednika. Zadzwoniła do Agaty Wróblewskiej, ale natychmiast włączyła się sekretarka automatyczna, więc Czacka--Odrowąż nagrała się, prosząc o pilny kontakt. Wróblewska oddzwoniła pół godziny później.

– Nazywam się Aldona Czacka-Odrowąż – przedstawiła się pani prokurator i wyjaśniła, że teraz ona będzie prowadziła śledztwo w sprawie śmierci Dominika. – Bardzo mi przykro – dodała na koniec.

– A czy oprócz tego, że jest pani przykro, zamierza pani ścigać zabójców mojego syna? – spytała sarkastycznie Agata.

– Oczywiście. Chciałam panią osobiście przeprosić za zaniechania mojego poprzednika.

– Chyba sam powinien to zrobić – rzuciła Agata.

– On, niestety, już pani nie przeprosi, ponieważ nie żyje. Zmarł wczoraj nad ranem.

Agata zaniemówiła. To była pierwsza bomba tego dnia.

– Widzę, że to dla pani spore zaskoczenie.

– Jak to się stało? – zapytała zaszokowana Agata. – Jak umarł?

– Nie mogę na razie udzielać żadnych informacji w sprawie toczącego się śledztwa. Chciałabym z panią porozmawiać. Czy mogłaby pani przyjechać do prokuratury?

– To miejsce koszmarnie mi się kojarzy, więc jeśli nie chodzi o oficjalne przesłuchanie, może przyjechałaby pani do mnie? – zaproponowała Agata. Gdyby nie to, że prokuratura jako instytucja budziła w niej bardzo negatywne emocje, musiałaby przyznać, że poczuła coś w rodzaju sympatii do kobiety, z którą właśnie rozmawiała.

– Czy to byłoby możliwe jeszcze dzisiaj? – zapytała Czacka-Odrowąż.

– Proszę przyjeżdżać nawet teraz. Mieszkam na Wilanowie. Adres jest w papierach ze śledztwa.

– Będę w ciągu godziny.

*

Tego samego dnia na lotnisku w Warszawie zeszły z pokładów samolotów dwie osoby w jakiś sposób związane z zabójstwem Dominika Wróblewskiego.

Samolotem linii British Airways przyleciał Brytyjczyk wynajęty przez wspólnika prezydenta Grydzewskiego. Z Okęcia udał się taksówką do hotelu Polonia w centrum Warszawy. Wziął prysznic, zjadł lekki posiłek zamówiony przez room service i wyszedł na miasto. Na Dworcu Centralnym w paczkomacie europejskiej firmy przewozowej czekała na niego przesyłka. Pobrał ją i zapłacił gotówką. Nigdy nie korzystał z karty. Wrócił do hotelu.

Paczka zawierała skórzany neseser, a w nim czeski pistolet maszynowy Skorpion, pistolet Glock ze specjalnie dorobionym tłumikiem oraz karabin snajperski firmy Heckler und Koch. Był przygotowany na każdą ewentualność. Sprawdził broń. Działała bez zarzutu. Następnie wyjął dossier celu, choć tak naprawdę nigdy się nie zastanawiał nad tym, kogo likwiduje. Robił to dla pieniędzy. Mniejsza o ideologię, motywy, powody, dla których jeden człowiek chce się pozbyć drugiego. Rzucił okiem na zdjęcie, po czym odłożył je na bok. Kobieta... Podobno są tacy, którzy nie lubią zabijać kobiet. Jemu było wszystko jedno.

*

Jehuda Rajnfeld przyleciał do Warszawy z żoną i synami samolotem rejsowym linii El-Al z lotniska Ben Guriona. Wylądowali przed południem. Padało. Pojechali taksówką do hotelu Marriott. Już w pokoju hotelowym z tabletu wysłał maila do Maxa Kwietniewskiego. Nowojorski detektyw go nie zawiódł. Znalazł wszystkie informacje na temat Józefa Rajnfelda, na których mu zależało. Jehuda nie mógł zrozumieć, dlaczego w jego domu nigdy nie można było mówić o stryju.

Postanowił, że zje z rodziną obiad w koszernej restauracji w Warszawie, która przecież była kiedyś centrum żydowskiego świata, również kulinarnego. Nazajutrz miał zamiar zwiedzić POLIN, Muzeum Historii Żydów Polskich. Chciał, by synowie zobaczyli, jak żyli ich przodkowie. Nie interesowała go tym razem martyrologia, tylko życie.

Był też niezmiernie ciekawy, co takiego Kwietniewski ma mu do powiedzenia i pokazania na temat jego stryja. Dziwne, że ten człowiek też znalazł się tutaj, w Warszawie. No, ale skoro nastąpił taki zbieg okoliczności, to czemuż się nie spotkać?

*

Max pędził na Wilanów, martwiąc się, że Agata nie odbiera komórki. Naprawdę się niepokoił po tym, co usłyszał od siostry Raczkiewicza.

– Dlaczego, do cholery, nie odbierasz telefonu?! – zawołał, wpadając jak burza do mieszkania.

– Coś się stało? – zapytała wystraszona Agata.

– Nic, ale bałem się, że coś się stało tobie. – W tym momencie jego wzrok padł na puszystą kobietę w zielonym kostiumie siedzącą w fotelu w salonie.

– To jest prokurator Aldona Czacka-Odrowąż.

Max już chciał się skrzywić, ponieważ miał do tej pory wyłącznie negatywne doświadczenia z polską prokuraturą, ale się powstrzymał, bo coś mu mówiło, że tym razem może być inaczej.

– Max Kwietniewski – powiedział i uścisnął wyciągniętą do niego dłoń.

– To pan jest tym detektywem, o którego się potknął nasz poprzedni rząd. – Uśmiechnęła się sympatycznie.

Posłał Agacie pytające spojrzenie, lecz ona wzruszyła ramionami.

– A pani, jak się domyślam, sprząta po prokuratorze Jastrzębskim.

– I, niestety, jest co sprzątać.

– Prokurator Jastrzębski nie żyje i pani przejęła po nim śledztwo w sprawie zabójstwa Dominika – pospieszyła z wyjaśnieniem Agata.

– Zmarł? Kiedy to się stało?

– Wczoraj nad ranem – odparła prokurator. – Nie mogę niczego więcej powiedzieć. Śledztwo zatacza nowe kręgi.

– Ma pani jakieś przeczucie?

– Doskonale pan wie, że o przeczuciach nie powiedziałabym nawet panu. Jest pan zbyt dobry w swoim fachu, by zadawać mi takie pytania.

– Czy zatrzymaliście tych dwóch prawicowych bandziorów, którzy zabili Dominika? – zapytał Max.

– Jeszcze nie, ale przekazałam dziś rano zdjęcia i dossier tych dwóch panów naszym policyjnym łowcom głów. Proszę się nie martwić, wykopią ich spod ziemi, jak będzie trzeba. Czy mogłabym jednak prosić, żeby podzielił się pan ze mną wiedzą, którą pan zdobył do tej pory? A ja ze swej strony mogę obiecać, że zrobię wszystko, absolutnie wszystko, żeby dopaść każdą... – przerwała i popatrzyła na Agatę i Maxa – absolutnie każdą osobę odpowiedzialną za to, co spotkało Dominika.

Ci dwoje wymienili spojrzenia. Agata skinęła głową.

– Zanim opowiem pani to, co wiem – odezwał się Max –

chcę wiedzieć, czy zamierza pani postawić zarzuty prezydentowi Grydzewskiemu?

– Powtórzę: zamierzam dopaść każdą, absolutnie każdą osobę odpowiedzialną za śmierć Dominika. Zarzuty o współudział w jego porwaniu i zabójstwie na pewno usłyszy córka prezydenta, ale na razie, powtarzam, na razie, jedyne, o co jest podejrzany, to mataczenie w sprawie córki. Jeśli odkrył pan coś, co pozwoli mi postawić mu zarzuty, to oczywiście zmieni to sytuację. Po tamtej historii z operacją Lunatyk wierzę w pańskie umiejętności jako detektywa.

– Dziękuję za uznanie.

Max jeszcze raz wymienił spojrzenia z Agatą, a kiedy i tym razem skinęła głową, zaczął opowiadać. Od czasu do czasu na nią patrzył, żeby sprawdzić, czy nie ma nic przeciwko jego absolutnej szczerości wobec prokurator, ale nawet gdy mówił o bolesnych dla niej sprawach dotyczących niezbyt chwalebnych zachowań jej matki, dawała mu wzrokiem znak, żeby kontynuował.

Aldona Czacka-Odrowąż robiła coraz większe oczy. Już po przejrzeniu pierwszych raportów wiedziała, że nie chodzi o samobójstwo, podejrzewała też, że zabójstwo niekoniecznie miało związek z orientacją seksualną ofiary, nie spodziewała się jednak, że sprawa sięga tak daleko w przeszłość i ma nie jedno drugie dno, ale dwa, a może i więcej.

– Uważam, że za tym wszystkim stoi Jehuda Rajnfeld, prawdopodobnie krewny malarza zamordowanego w czasie wojny – podsumował swoje wywody Max. – W jakiś sposób, nie wiem jeszcze jaki, dowiedział się, że to Barbara Szyling zadenuncjowała Józefa Rajnfelda.

Pani prokurator napiła się wody mineralnej z cytryną, którą poczęstowała ją Agata.

– Jestem pod wrażeniem. Wykonał pan kawał dobrej roboty, ale powiem szczerze, że nie brzmi mi to wiarygodnie. Żyd z Izraela, chcąc pomścić członka rodziny, którego najprawdopodobniej w ogóle nie znał, zorganizował spisek, w którym śmierć poniósł syn znanej dziennikarki? Jeśli naprawdę chodziło o przejęcie gruntów w Warszawie, których prawowitą spadkobierczynią jest teraz pani matka, to dlaczego zabił jej wnuka, a nie ją?

– Słuszne rozumowanie – przyznał Max i spojrzał na Agatę.

Ta pokiwała głową, dając mu znak, że sama odpowie na to pytanie.

– Moja mama jest śmiertelnie chora, ostatnie stadium raka. Ten ktoś mógł założyć, że natura załatwi sprawę za niego – wyjaśniła.

– Rozumiem – rzuciła cicho prokurator. – Naprawdę mi przykro. To naprawdę musi być dla pani ciężki okres. – W jej głosie słychać było autentyczne współczucie. – Bardzo panią przepraszam, że to powiem, ale nie rozumiem, dlaczego...

– Tak, jak też zadaję sobie to pytanie – przerwała jej Agata. – Nie rozumie pani, dlaczego nie zabili najpierw mnie.

– Owszem – przyznała niepewnie Czacka-Odrowąż. – Przepraszam, zdaję sobie sprawę, że to brzmi okropnie.

Agata uśmiechnęła się do niej smutno, ale serdecznie.

– Proszę sobie nie robić wyrzutów.

– W każdym razie gdybym jako prokurator podała do publicznej wiadomości, że pani syna zamordowano na zlecenie Żyda z Izraela, który połączył zemstę z chęcią wzbogacenia się, z miejsca zrobiliby ze mnie antysemitkę. Z całym szacunkiem, ale mam przeczucie – prokurator podkreśliła to słowo – że trop ze zleceniodawcą z Izraela jest mylny.

– Ma pani rację – przyznał Max. – Pani nie może wyjść na antysemitkę. Ale ja? Czarnuch antysemita? Czemu nie?

Prokurator przez chwilę przyglądała mu się podejrzliwie, zastanawiając się, czy jego sarkazm nie jest przypadkiem wymierzony w nią.

Max uśmiechnął się jednak szczerze.

– Mam plan – oznajmił i opowiedział jej o nim.

*

Jehuda Rajnfeld ucieszył się, gdy przyszła wiadomość od Maxa, który zaproponował spotkanie w Muzeum Historii Żydów Polskich. Zdziwił się tylko, że detektyw chciał, by Jehuda przyszedł sam. Wcale mu się to nie podobało. Przyjechał tu z rodziną i nie miał zamiaru jej zostawić. Odpisał, że nie jest sam, ale może przyjść na rozmowę do jakiejś kawiarni w pobliżu muzeum. Max Kwietniewski zaproponował lokal Stół na Nowolipkach, który poleciła mu Agata.

Max pierwszy, prawie kwadrans przed czasem, zjawił się w prawie pustej kawiarni. Dziesięć minut później do kawiarni wszedł niezbyt wysoki, siwowłosy mężczyzna o wyraźnie semickich rysach. Rozejrzał się przy drzwiach i ruszył w stronę Maxa. Wielkiego wyboru nie miał, bo Max był tu jedynym czarnoskórym mężczyzną.

– Czy mam przyjemność z Maxem Kwietniewskim?

– Tak, to ja. – Max wstał i uścisnął wyciągniętą do niego dłoń.

– Miło mi, że możemy się spotkać – powiedział po angielsku Rajnfeld. – Tym bardziej że pan ma jakieś nowe informacje o kimś, kto należał do mojej rodziny.

Wygląda tak zwyczajnie, pomyślał Max, przypatrując się mężczyźnie.

– Owszem, mam, ale zanim je panu przekażę, chciałbym, żeby odpowiedział pan na kilka pytań w polskiej prokuraturze – powiedział.

Na twarzy Jehudy Rajnfelda odmalowało się autentyczne
zdumienie.

– Z jakiego powodu?

– Chodzi tylko o parę pytań.

– Zostawiłem w muzeum swoją rodzinę.

– Jest tam co oglądać. Zanim skończą zwiedzanie, będzie
już po wszystkim.

W tym momencie do kawiarni weszło dwóch mężczyzn,
policjantów w cywilu. Prokurator chciała uniknąć zatrzymania w muzeum z powodu medialności tego miejsca. Nie
miała ochoty przeczytać nazajutrz w internetowym wydaniu
„Jerusalem Post" i „New York Timesa", że polska prokuratura bez powodu nęka obywatela Izraela.

Funkcjonariusze w cywilu dyskretnie pokazali swoje
dokumenty i poprosili Rajnfelda po polsku, a Max przetłu-
maczył to na angielski, żeby z nimi poszedł. Izraelczyk był
zdezorientowany i wyraźnie wystraszony, lecz nie opierał się;
wstał z godnością i poszedł z nimi.

Max również pojechał do prokuratury. Nie zagłębiał się
w to, jak Czackiej-Odrowąż udało się to załatwić, ale mógł
być obecny podczas przesłuchania, a przy okazji tłumaczył,
ponieważ Jehuda Rajnfeld w ogóle nie znał polskiego.

Prokurator wyjaśniła Izraelczykowi, o co jest podejrze-
wany – porwanie, zabójstwo, być może nawet podwójne,
jeśli się okaże, że śmierć Jastrzębskiego nie nastąpiła z przy-
czyn naturalnych, fałszerstwo, udział w grupie przestępczej
celem wyłudzenia ze Skarbu Państwa wielomilionowego
majątku.

– Chcecie powiedzieć, że to ja wszystko zorganizowałem? – zapytał Jehuda Rajnfeld, bezradnie rozglądając się po sali przesłuchań. – To bzdura!

– Zlecił mi pan poszukiwanie materiałów na temat Jana Lechonia i malarza Józefa Rajnfelda – włączył się Max. – Jak wytłumaczy pan to, że ciało Dominika Wróblewskiego zostało ułożone dokładnie w ten sam sposób co ciało Józefa Rajnfelda?

– Nie mam pojęcia! – Jehuda coraz bardziej się denerwował. – To jakiś straszny zbieg okoliczności. Ja miałbym zabić tego... Dominika...

– Wróblewskiego – podpowiedziała prokurator, która znała na tyle angielski, by wiedzieć, że Izraelczyk albo nie może sobie przypomnieć, albo udaje, że nie może sobie przypomnieć nazwiska ofiary.

– Wróblewskiego – powtórzył Rajnfeld, mocno kalecząc to nazwisko. – Ile ten młody człowiek miał lat? Mówiliście, że siedemnaście? Mam syna w tym wieku. Jak mógłbym zrobić coś takiego?! Kategorycznie żądam skontaktowania mnie z moją rodziną, adwokatem i izraelską ambasadą. Natychmiast! – dodał z wściekłością.

Prokurator spojrzała na Maxa, dając mu wzrokiem znak, że źle to wygląda. Gdyby się uparli, mogłaby wydać na podstawie poszlakowego materiału nakaz zatrzymania, ale i tak po czterdziestu ośmiu godzinach musiałaby wypuścić tego człowieka. Bez dowodów, a na razie ich nie miała, nie mogła liczyć na to, że sąd wyda decyzję o aresztowaniu.

Max nie miał pojęcia, co robić, zwłaszcza że sam zaczynał mieć wątpliwości. Widział w swoim życiu wystarczająco wielu przestępców, by wiedzieć, że każdy z nich zaprzecza. Istotne było tylko, jak to robili. A Jehuda Rajnfeld zaprzeczał tak, że Max był skłonny mu wierzyć. Jeśli Jehuda naprawdę nie miał z tym nic wspólnego, to Max popełnił fatalny błąd i wpakował w to jeszcze Bogu ducha winną prokurator, która chcąc za wszelką cenę złapać zabójców Dominika, dopuściła go do śledztwa, łamiąc przy tym prawdopodobnie niejeden przepis regulaminu działania prokuratury.

Nagle przyszedł mu do głowy pewien pomysł.

*

– Nie zgadzam się! Nie ma mowy! – zaprotestowała Agata, kiedy Max zadzwonił z prokuratury i powiedział, że chciałby kogoś przyprowadzić do jej matki. – Ona umiera i chcę, żeby odeszła w spokoju. Nie zgadzam się na żadne eksperymenty. Jestem u niej w szpitalu. Właśnie usnęła. Czuje się coraz gorzej. Powiedziała mi, że widzi na jawie Dominika.

Jej ostatnie słowa podsunęły mu pomysł, żeby zmodyfikować plan. Tak, jeśli tylko uda mu się przekonać Agatę, to mogłoby zagrać!

– Posłuchaj – zaczął – to jedyny sposób, żeby dowiedzieć się prawdy.

– Prawdy możecie się dowiedzieć od Grydzewskiego! – wypaliła.

– Naprawdę sądzisz, że ten sukinsyn coś powie? Wiesz, że on się wyłga, jeśli nie będziemy mieli twardych dowodów. Będzie miał w tym mieście najlepszych prawników.

– Kogo chcesz do niej przyprowadzić? – zapytała trochę łagodniejszym tonem.

Max zerknął na Jehudę Rajnfelda, który siedział przy biurku prokurator, już trochę rozluźniony, i pił kawę. Max powiedział mu, że chciałby, aby spotkał się z kimś, kto znał Józefa Rajnfelda, i Izraelczyk się zgodził.

– Gość nazywa się Jehuda Rajnfled. To ten człowiek z Izraela, który zlecił mi znalezienie dokumentów o Lechoniu i Rajnfeldzie.

– Dobrze. Przywieź go.

Przerwał połączenie, popatrzył na Czacką-Odrowąż i skinął jej głową.

– Skąd pan wie, że się czegoś nowego dowiemy?

– A skąd pani wiedziała, że prokurator Jastrzębski mataczył w sprawie Dominika Wróblewskiego?

– Przeczucie.

– Właśnie – odpowiedział Max.

– Co ja mam właściwie robić? – zapytał Jehuda Rajnfeld, odstawiając kubek po kawie.

Należało mu się wyjaśnienie. Max opowiedział więc historię młodej dziewczyny, która zakochała się w malarzu Józefie Rajnfeldzie, a kiedy poczuła się przez niego zdradzona, sama go zdradziła. Nie miał pojęcia, jak mu się to udało, ale kiedy snuł tę opowieść, niemal sam miał łzy w oczach, a Jehuda Rajnfeld był tak wzruszony, że nie trzeba było bardzo go namawiać do spotkania z umierającą starą kobietą. Zadzwonił do żony i nie wdając się w szczegóły, żeby jej nie straszyć, poprosił, by po muzeum poszła z dziećmi na obiad.

Agata nie chciała brać bezpośredniego udziału w przedstawieniu zaplanowanym przez Maxa, ale wykorzystała swoje kontakty w warszawskich teatrach i pomogła zdobyć kostium: męski strój z czasów II wojny światowej. Potem zawiozła Izraelczyka, który stopniowo dawał się poznać jako całkiem sympatyczny człowiek, do znajomej charakteryzatorki z telewizji.

Jehuda wprawdzie strasznie biadolił, że żona go zamorduje, kiedy dziewczyna sięgnęła po nożyczki i zaczęła wyczarowywać mu na głowie fryzurę jak z końca lat trzydziestych ubiegłego wieku, ale gdy jej dzieło było gotowe, spojrzał na nią z pełnym uznaniem. Max zrobił mu zdjęcie i wysłał Wandzie Raczkiewicz-Ottenberg. Natychmiast odpowiedziała:

To Józef Rajnfeld. Skąd pan wytrzasnął nagle takie zdjęcie?

Max był zachwycony.

– Świetnie, panie Rajnfeld.

– Cieszę się, że mogę się przydać. Muszę powiedzieć, że przerazili mnie państwo tym zatrzymaniem.

– Jeszcze pan nie jest wolny od podejrzeń – powiedział Max, puszczając do niego oko. – To zależy od tego, jak nam się uda przedstawienie.

Po raz pierwszy od zatrzymania Izraelczyka wszyscy parsknęli śmiechem.

*

Agata postarała się, żeby żadna z pielęgniarek nie kręciła się w pobliżu pokoju jej matki. Tymczasem Max z panią prokurator poinstruowali Rajnfelda, żeby w żadnym wypadku się nie odzywał, kiedy znajdzie się w szpitalnej sali. Przymocowali mu do marynarki mikroskopijny mikrofon kierunkowy zsynchronizowany z telefonem komórkowym Agaty, która chciała wszystko słyszeć.

Stali już przed drzwiami do pokoju, kiedy prokurator chwyciła Maxa za ramię.

– Co my właściwie wyprawiamy? – szepnęła. – Co za pomysł, żeby bawić się w duchy?

Poparzył na nią z powagą.

– Barbara Siemieńska powiedziała córce, że widzi wnuka. Ja i pani nie wierzymy w duchy, ale może ona na widok Rajnfelda powie coś, czego wcześniej mi nie zdradziła.

Odbyłem z nią kilka poważnych rozmów o jej przeszłości. I mam wrażenie, że ukrywa coś, co może mieć fundamentalne znaczenie dla śledztwa. Czuję to.

– Zdaje pan sobie sprawę, że to może być ryzykowne dla jej zdrowia?

– Tak. Może to, co powiem, zabrzmi strasznie, ale w najlepszym wypadku pozostało jej już tylko parę tygodni życia.

– Gdyby kilka dni temu ktoś mi powiedział, że zgodzę się na coś tak szalonego, nie uwierzyłabym.

– No, ale to nie jest zwyczajna sprawa, zgodzi się pani ze mną.

– Niestety, muszę się zgodzić.

– Proszę pozwolić się jej wygadać. Uznajmy, że po prostu przesłuchuje pani świadka, co jest zgodne z przepisami prawa. Tylko musi być pani czujna. Ta kobieta była w PRL-u prokuratorem.

– O – zdziwiła się Czacka-Odrowąż i nacisnęła klamkę.

Starsza pani leżała w jednoosobowym pokoju. Agata zrobiła wszystko, by zapewnić mamie komfort.

Prokurator i Max weszli pierwsi, a za nimi – Jehuda Rajnfeld w stylu retro. Zgodnie z instrukcjami, stanął przy oknie, plecami do firanki, ale nie dotykając jej. Po prostu stał i patrzył w jeden punkt w ścianie za łóżkiem chorej.

*

– Dzień dobry – przywitał się głośno Max.

Barbara, która znajdowała się w stanie pomiędzy jawą a snem, otworzyła szeroko oczy. Gdy Max przedstawił jej Aldonę Czacką-Odrowąż, ożywiła się.

– Ja też byłam prokuratorem – powiedziała i nagle jej twarz się zmieniła.

Po raz pierwszy, odkąd Max ją poznał, zobaczył w jej oczach strach. Obserwował ją czujnie, bo mimo tego, co przed chwilą powiedział pani prokurator, był gotowy przerwać przedstawienie, jeśli stan staruszki gwałtownie się pogorszy. Wzrok Barbary był skierowany w stronę okna.

Czacka-Odrowąż zaczęła spokojnym tonem relacjonować postępy w śledztwie. Starała się mówić wolno i wyraźnie. Powiedziała, że zabójstwo Dominika może być związane z majątkiem Szylingów, i poprosiła starszą panią, by odpowiedziała na kilka pytań dotyczących Grydzewskiego, ojca prezydenta Warszawy.

– Wiedziała pani, że był współpracownikiem Służby Bezpieczeństwa?

– Tak – odparła Barbara, patrząc na prokurator. – W sześćdziesiątym siódmym roku prowadziłam śledztwo w sprawie zamordowania syna Sztajchera.

– W jakich okolicznościach znaleziono ciało?

– Tak jak Dominika... nad Wisłą... – Wzrok starej kobiety znów powędrował w stronę okna. – Było jeszcze jedno ciało, które wyglądało dokładnie tak samo – dodała jakby do siebie.

– Józefa Rajnfelda – podchwycił Max.

Barbara zamknęła oczy, lecz szybko je otworzyła.

– On tu jest – szepnęła.

Właśnie o to Maxowi chodziło.

– Kto? – zapytała prokurator.

– On, Józek. Stoi koło okna. I wcale mnie to nie dziwi. Mój wnuk też do mnie przychodzi.

Max i Czacka-Odrowąż wymienili znaczące spojrzenia.

– Nie chciałam cię skrzywdzić, Józefie...

– Pani Barbaro, tu nie ma żadnego Józefa – odezwał się Max. – Jesteśmy tylko my, pani prokurator i ja.

Barbara nie zwracała już jednak na nich uwagi. Liczył się tylko on, mężczyzna, którego kiedyś kochała.

– Józefie, jest coś...

Max widział, co się z nią dzieje, i zastanawiał się, czy nie powinien tego przerwać.

– Zdradziłam cię nie tylko wtedy, kiedy napisałam ten donos w Bordeaux.

Usłyszał, jak prokurator przełyka ślinę. Oboje stali bez ruchu, wstrzymując oddech.

– Twój brat cię szukał. Symcha... – ciągnęła staruszka drżącym cichym głosem.

– O czym pani mówi? – nie wytrzymał Max.

Zamknęła oczy. Z czymś się zmagała. Z czymś dla niej niewyobrażalnie trudnym. Musiała powrócić do dnia, kiedy w Anglii bezdusznie wyrwano jej serce. Żyła z tym brzemieniem już tyle lat. Nikomu tego nie powiedziała. Ani mężowi, ani córce. Teraz nadeszła ta chwila. Józef Rajnfeld do niej przyszedł. Czekała na ten moment tak długo.

– W czterdziestym czwartym roku w Londynie spotkałam twojego brata Symchę. – Mówiła z zamkniętymi oczami. – Mieliśmy romans... – Pokręciła głową. – Nie, to nie tak, jak myślisz... To nie on mnie uwiódł. Sama tego chciałam. Był dla mnie namiastką ciebie. I zaszłam w ciążę. – Jej wycieńczonym chorobą ciałem wstrząsnął szloch, ale po chwili, patrząc w stronę okna, znów zaczęła mówić: – Mój synek. Śliczny mały synek. Odebrali mi go Anglicy. Chciałam się zabić, próbowałam, Bóg jeden wie, że próbowałam, ale mi się nie udało... Musiałam wrócić do Polski.

Ostatni element układanki znalazł się na swoim miejscu. Pani prokurator stała blada jak ściana. Max odważył się zerknąć na Jehudę Rajnfelda, który choć bardzo się starał stać z kamienną miną, nie potrafił ukryć poruszenia.

W tym momencie drzwi się otworzyły i do pokoju wpadła Agata. Oczy miała zaczerwienione od płaczu; wszystko słyszała.

– Mama jest zmęczona – powiedziała i spojrzała na Maxa takim wzrokiem, że nie ośmieliłby się jej przeciwstawić. Zresztą i tak wiedział już niemal wszystko.

Rozdział dwudziesty pierwszy

SYN MARNOTRAWNY

Izrael, 1967

Symcha Rajnfeld wpatrywał się w syna. Wyparł wiedzę o jego istnieniu. Żył w Izraelu nowym życiem. Nie zaprzątał sobie głowy tym, że latem 1944 roku w Londynie polska dziewczyna zaszła z nim w ciążę. Zresztą wcale nie był pewien, czy naprawdę była w ciąży, a nawet jeśli tak, to sądził, że pozbyła się kłopotu w jakiejś podlondyńskiej nielegalnej fabryczce aniołków. Symcha, tak jak jego brat Józef, miał fotograficzną pamięć do twarzy. Nazwisk mógł nie pamiętać. Twarzy nie zapominał nigdy.

Przed oczami stanęła mu twarz tej dziewczyny, Basi, jej piegi; przypomniał sobie zapach jej włosów. Było im wtedy dobrze w Londynie. Pomagała mu odsuwać od siebie strach przed śmiercią, która mogła go spotkać na froncie, i lęk o pozostawioną w Polsce rodzinę. Nagle wszystkie te wspomnienia do niego wróciły, kiedy patrzył na stojącego przed nim młodego człowieka, tak bardzo podobnego i do tamtej dziewczyny, i do niego.

Tylko że Symcha miał już rodzinę, żonę i troje dzieci, i przyznanie się do syna pociągnęłoby za sobą poważne konsekwencje w społeczności kibucu. Był Żydem, a Żydzi nie powinni mieć dzieci z nie-Żydówkami.

– Nie twierdzę, że nie jest pan moim synem – zwrócił się do młodego Anglika. – Ale nie sądzę, żebym mógł być dla pana ojcem.

– Dlaczego?

– Bo jestem Żydem, a pana matka była Polką. Nie wiem, czy pan zdaje sobie sprawę, jaką opinię w Izraelu mają Polacy. Nie dalej niż kilka dni temu przybyła do Tel Awiwu grupa ludzi, których z Polski wyrzucono tylko dlatego, że są Żydami.

– Co to ma wspólnego ze mną? – zapytał młody Boyle.

Symcha wziął swoją niechcianą latorośl na bok, aby wytłumaczyć pewną rzecz raz na zawsze. Zdawał sobie sprawę, że krzywdzi tego młodego człowieka, lecz miał do stracenia dużo więcej niż tylko dobre imię.

– Słuchaj – powiedział, chwytając syna za rękę. – Nie wiedziałem o twoim istnieniu. Nie istniałeś dla mnie do dzisiaj i chcę, by nadal tak było. Jesteś moim synem biologicznie, nie zaprzeczam, ale nie jesteś nim z serca. Byłeś błędem w moim życiu. Chcesz wiedzieć, kim była twoja matka?

Boyle popatrzył na niego z nienawiścią. A Symcha musiał zadać drugi cios, by niechciany syn wrócił tam, skąd przybył.

– Powiem ci. Była polską kurewką. Nazywała się Barbara Szyling i pochodziła z rodziny bogatych warszawskich fabrykantów. Kochała się w moim bracie, Józefie, który zginął w czasie wojny. Wydała go w ręce Gestapo, a oni poderżnęli mu gardło i zostawili nad brzegiem oceanu.

Boyle nie chciał tego dłużej słuchać. Wypadł z budynku i podbiegł do stojących przy samochodzie żołnierzy, którzy go tu przywieźli.

– Przepraszam, pomyliłem się. To nie jest mój ojciec.

Kiedy wojskowy jeep oddalał się od kibucu, Symcha śledził go wzrokiem, stojąc w oknie. Gdy samochód zniknął za linią horyzontu, powiedział:

– Wybacz mi, synu.

*

Joseph Schilling miał siedemdziesiąt dwa lata i odkąd przestał wykładać na wydziale matematyki na Oksfordzie, minęło już sporo czasu. Był samotny. Nie założył rodziny. Spędził życie w świecie krzywych eliptycznych i sferycznych, w świecie, który można było opisać równaniami matematycznymi. Joseph Schilling, dawny Joseph Boyle, odniósł sukces. Krzywe sferyczne zostały wykorzystane przez wielkie firmy informatyczne do kodowania, budowania bezpiecznych kodów chroniących dane osobowe lub dane wywiadów na rządowych serwerach. Patent należał do niego, więc zarobił miliony na licencjach. Był spełnionym zawodowo, bogatym człowiekiem.

Ale nie miał tożsamości, swojego miejsca, poczucia przynależności. Zajął się w pracy naukowej również kwestią matematycznego przypadku. Dla niego matematyczny przypadek stał się metaforą jego własnego losu, przypadkowego poczęcia go przez ludzi, którzy się nie kochali i którzy traktowali go jak zbędny balast. Spędził całe życie w Anglii, w kraju, który skrzywdził go na samym początku, odbierając go matce, chociaż on nie miał o tym pojęcia. Ślad młodej Polki, która urodziła go w więziennym szpitalu w 1945 roku, odnalazł po latach w archiwum Home Office, przy okazji jego digitalizacji. Genialny matematyk z Oksfordu zmagał się z poczuciem pustki, która niszczyła go od wewnątrz. Po bolesnym powrocie z Izraela latem 1967 roku zmienił się. Zaczął od zmiany nazwiska. Skoro odtrącił go ojciec, może matka go nie odtrąci. Zranił bardzo swoich przybranych rodziców, kiedy listownie poinformował ich, że wystąpił do Home Office o zmianę nazwiska. Zamierzał przybrać panieńskie nazwisko matki, a ta nazywała się Szyling. Dostosował je do angielskiej wersji fonetycznej i odtąd brzmiało ono: Schilling.

– Nie trzeba było sukinsyna przyjmować do naszego domu – skwitował to stary Boyle. – To twoja wina – powiedział do rozpaczającej żony, która nie potrafiła pogodzić się z tym, że syn wykreślił ich ze swojego życia, i co roku wysyłała mu na urodziny list – przez dwadzieścia dwa lata, aż do śmierci.

Joseph nigdy na żaden nie odpowiedział, ale nie wyrzucał ich. Czytał każdy po kilka razy. Były jedynym dowodem na to, że ktoś się nim interesuje. Te dwadzieścia dwa listy były najbardziej intymną rzeczą, jaką miał. Nigdy nikomu ich nie pokazywał. Z nikim się nie związał w dorosłym życiu. Chcąc dowiedzieć się czegoś o sobie, zrobił kiedyś tekst Kinseya na orientację seksualną. Wynik go zaskoczył. Był aseksualny. Obsesja związana z porzuceniem w dzieciństwie wypełniała mu życie.

Do Polski po raz pierwszy przyleciał w 1994 roku. Mając pod dostatkiem pieniędzy, zaczął poszukiwania na własną rękę. Przekupywał, kogo chciał. Zresztą archiwista, który władał angielskim, zażądał od niego żenująco niskiej sumy za swoje usługi.

Po kilku tygodniach Joseph wiedział już dużo więcej o swojej polskiej rodzinie, niż ona wiedziała o sobie. Dowiedział się, że przedwojenny majątek Szylingów wart był fortunę, i przewidział, że po integracji Polski ze strukturami zachodnimi ceny należących do nich kiedyś nieruchomości wzrosną niepomiernie. Nieruchomości, które należały mu się jak psu kość. Nawet jeśli kiedyś matka się go pozbyła.

*

W 2004 roku Barbara Siemieńska obchodziła swoje osiemdziesiąte urodziny. Pracownicy prokuratury krajowej postanowili wydać przyjęcie, na które zaproszono wszystkich jej dawnych znajomych. Na uroczystości pojawił się nawet świeżo wybrany prezydent Warszawy, Antoni Grydzewski, który wręczył jubilatce dyplom okolicznościowy za zasługi dla miasta Warszawy. Prokurator Siemieńska, choć od dawna była na emeryturze, wciąż jeszcze udzielała konsultacji w szczególnie skomplikowanych przypadkach i zasiadała w sądzie koleżeńskim. Lubiła czuć się potrzebna. W środowisku prokuratorów miała dobrą opinię, mimo że prawie cała jej kariera zawodowa przypadała na lata PRL-u.

– Ktoś musiał w tamtych czasach wykonywać swoją pracę porządnie – mawiała. W stanie wojennym sądziła opozycjonistów, ale wydawała raczej symboliczne wyroki.

Po zakończeniu oficjalnej części uroczystości, na której była obecna córka prokurator, dziennikarka Agata Wróblewska, prezydent Grydzewski podszedł do jubilatki z osobistymi gratulacjami.

– To bardzo miłe z pana strony, panie prezydencie – powiedziała Barbara Siemieńska, ściskając dłoń dygnitarza, ale jej wzrok spoczął na stojącym obok niego mężczyźnie.

– To mój nowy przyjaciel z Anglii, matematyk, pan Joseph Schilling, który zamierza otworzyć w Warszawie prywatną wyższą szkołę biznesu i matematyki ekonomicznej.

Barbara spojrzała na Anglika. Nigdy wcześniej go nie spotkała, lecz wydawał się jej dziwnie znajomy, w niepokojący sposób znajomy. Nie mogła oderwać od niego wzroku. Czuła, jak robi jej się słabo.

– Wszystko w porządku? – zapytał Grydzewski.

– Tak, oczywiście – odparła. – Po prostu za dużo emocji jak na jeden wieczór.

Nie, to niemożliwe, to nie może być on. Chociaż wiek by się zgadzał. Nie musiała liczyć, ile jej syn miałby dzisiaj lat. Przez ostatnie prawie sześćdziesiąt lat nie było dnia, żeby o nim nie myślała. Popatrzyła mu w oczy i odpowiedziało jej wrogie spojrzenie. Tak musiał wyglądać Symcha Rajnfeld dwadzieścia parę lat po tym, jak go poznała. Zakładając, że wtedy jeszcze żył. Lecz Symcha miał brązowe oczy, a ten niebieskie. Jej oczy. Tylko że takie zimne.

– Może pani jednak usiądzie? – zasugerował z troską w głosie prezydent Warszawy.

– Tak, może tak – odparła, obawiając się, że jeśli tego nie zrobi, zemdleje.

Grydzewski wziął ją delikatnie pod ramię i zaprowadził do najbliższego krzesła. Anglik zniknął na chwilę i kiedy Barbara już siedziała, wrócił ze szklanką wody.

Tymczasem Agata zauważyła, że matka jest w bardzo złej formie, i nie zważając na jej protesty, zawiozła ją do domu w Kampinosie.

Barbara nie zasnęła tamtej nocy. Wiedziała, że mężczyzna, którego przedstawił jej Grydzewski, jest jej synem. I wiedziała coś jeszcze. Że on wie, że ona wie. I że nie przyjechał do Warszawy, by odnaleźć matkę i rzucić się jej w ramiona, lecz żeby się na niej zemścić.

*

Warszawa, 2015, Okęcie

„Proszę o zapięcie pasów i pionowe ustawienie oparć siedzeń. Za chwilę wylądujemy na lotnisku Fryderyka Chopina w Warszawie. Temperatura wynosi..."

Joseph Schilling się ocknął. Zasnął zaraz po starcie z Gatwick. Leciał klasą ekonomiczną, nie ze skąpstwa – chociaż, jak większość bogatych ludzi, którym pieniądze nie spadły z nieba, nie lubił wydawać ich niepotrzebnie – lecz dlatego, że w klasie biznesowej trudniej nie rzucać się w oczy.

Nie po raz pierwszy przylatywał do Polski w związku z interesami; teraz miał dokończyć to, co zaczął dziesięć lat wcześniej, gdy pojawił się na uroczystości jubileuszowej swojej matki. Wtedy dał jej znać, że żyje, skazując ją na lata domysłów, prawdziwej męki oczekiwania. W jego chorym umyśle Barbara była winna największej zbrodni: porzuciła swoje dziecko. Nawet nie przyszło mu do głowy, że mogło być inaczej. Dziesięć lat po tamtym spotkaniu odebrał jej wnuka i postarał się zrobić to tak, by czuła się winna śmierci chłopaka. Kiedy wydawał wykonawcom wyroku na młodym Wróblewskim – hm... biologicznie rzecz biorąc, jego siostrzeńcu – szczegółowe instrukcje, gdzie ma być znalezione ciało i jak ma wyglądać, nie wyjaśniał, dlaczego mają ubrać zwłoki tak, a nie inaczej i poderżnąć gardło jakąś archaiczną brzytwą, a nie, jak bozia przykazała, porządnym nożem. Zapłacił tyle, że nie musiał niczego wyjaśniać.

Aby przed dziesięciu laty nawiązać niebudzący podejrzeń kontakt z Antonim Grydzewskim, synem hochsztaplera i tajnego współpracownika Służby Bezpieczeństwa, musiał sobie zadać nieco trudu i wysupłać z kieszeni niemałą kasę na założenie prywatnej szkoły wyższej. Grydzewski, choć nie należał do ludzi najbiedniejszych, był tak pazerny, że bardzo spodobał mu się pomysł, że oni dwaj położą rękę na przedwojennym majątku Szylingów. Zawarli niepisaną umowę, w której Josephowi Schillingowi nie bardzo podobało się tylko jedno sformułowanie: „Oni dwaj".

Dziedzictwo Szylingów należało tylko do niego. Anglik włożył w nieudane przedsięwzięcie, jakim była Wyższa Szkoła Biznesu i Matematyki Ekonomicznej, większość swoich oszczędności. Miliony wydał na zakupienie budynku i przystosowanie go do potrzeb prywatnej uczelni. Niestety, uczelnia miała silną konkurencję. Za namową Grydzewskiego złożył grant o dofinansowanie unijne, lecz główny księgowy zrobił gigantyczny przekręt i w rezultacie pieniądze po prostu przepadły. A tymczasem długi uczelni rosły, wystąpili więc do sądu o upadłość i sprawa ciągnęła się latami. Anglik stanął przed koniecznością znalezienia łatwej gotówki, żeby pokryć te długi. Wtedy przypomniał sobie, z jakiej rodziny pochodziła jego matka. I obmyślił plan, do którego zrealizowania potrzebował kogoś cwanego i bez skrupułów. Grydzewski nadawał się idealnie.

Rozdział dwudziesty drugi

NA KRAWĘDZI STRACHU

Warszawa, październik 2015 roku

Max, Agata i Czacka-Odrowąż byli wstrząśnięci. To, co usłyszeli, zmieniało wszystko. Agata nie była jedynaczką; jej matka miała jeszcze jedno dziecko: syna. Nie potrafiła zrozumieć, jak matka mogła to tak długo ukrywać. Jehuda Rajnfeld, który znakomicie odegrał rolę swojego stryja, nie znał języka polskiego, ale wyczuwał napięcie pozostałej trójki i wiedział, że w szpitalnym pokoju padły jakieś ważne słowa.

– Udało się? – zapytał nieśmiało.

– Jak jasna cholera – odparł po angielsku Max, który wciąż nie mógł się otrząsnąć, po czym zwrócił się po polsku do Agaty i prokurator i powtórzył im to, co usłyszał od siostry Raczkiewicza o zmianie nazwisk w aktach wieczystych.

– Niech zgadnę, jakie imię i nazwisko widnieje teraz na tych aktach własności – rzuciła Agata. – Antoni Grydzewski.

– Bingo.

– To było dość oczywiste. Nie wiem, dlaczego ten facet nie siedzi jeszcze za kratkami.

– Może dlatego, że zależy nam na tym, żeby się dowiedzieć, kto naprawdę stał za zabójstwem twojego syna – powiedział cicho Max. – W aktach wieczystych wpisano jeszcze jedno nazwisko. Schilling. Joseph Schilling. Grydzewski był z nim w zmowie.

Popatrzył jej w oczy i spuścił wzrok.

– No co? – popędziła go. Domyśliła się, że jest coś jeszcze, tylko z jakiegoś powodu Max nie chce jej powiedzieć. – Czego mi nie mówisz?

– To może być dla ciebie bolesne.

– Spróbuję jakoś sobie poradzić – odparła Agata schrypniętym głosem, bo z emocji całkiem zaschło jej w gardle.

– Twojego syna zabił twój przyrodni brat, Joseph Schilling.

Twarz Agaty wykrzywił grymas rozpaczy. Nie dlatego, że Max powiedział, że zabójcą Dominika jest jej brat. Tego domyśliła się już wcześniej, kiedy słuchała przez komórkę monologu matki. Chodziło o coś znacznie gorszego. Teraz przypomniała sobie słowa Barbary sprzed kilku dni, których wtedy nie rozumiała. *Ja też jestem matką, Agatko.* Mama musiała przeczuwać, kto jest zabójcą Dominika, ale nie mogła tego powiedzieć, żeby chronić swoje dziecko. Swoje drugie dziecko. Syna.

– O Boże. – Agata cofnęła się i oparła o ścianę.

– Tak mi przykro – powiedział Max, podszedł do Agaty, objął jej wstrząsane szlochem ciało i długo nie puszczał.

Prokurator i Jehuda Rajnfeld patrzyli na nich, nie mając odwagi się odezwać. Najgorsze piekło, jakie istnieje, jest w nas samych.

– Nie wiemy tylko jednej rzeczy – rzucił Max, kiedy Agata uspokoiła się na tyle, że mógł ją wypuścić z objęć. – Przypuszczam, że Grydzewski i Schilling znają się już od jakiegoś czasu. Musieli to wszystko przygotować, znaleźć dokumenty w archiwach, przekupić nie wiem ilu urzędników, sędziów z wydziału ksiąg wieczystych. To wszystko musiało ich kosztować kupę pieniędzy.

Czacka-Odrowąż dotychczas się nie wtrącała, ale teraz mogła coś wnieść.

– Joseph Schilling jest znanym brytyjskim matematykiem. Wiem, bo jego brytyjska firma wygrała przetarg na oprogramowanie szyfrujące dla polskiej policji. Poza tym od kilku lat prokuratura na Pradze prowadzi śledztwo w sprawie szkoły wyższej, którą on i Grydzewski założyli w Warszawie dziesięć lat temu. Szkoła przed trzema laty splajtowała i jest podejrzenie defraudacji funduszy unijnych. Pieniądze po prostu się rozpłynęły. Pozostały ogromne długi. – Spojrzała na Izraelczyka, który dotąd cierpliwie stał przy nich, ale teraz zauważyła, że nerwowo przestąpił z nogi na nogę. Doszła do wniosku, że trochę nieładnie go traktują, mówiąc przy nim po polsku, nie wspominając już o tym, że bezpodstawnie go zatrzymali. Zwróciła się do niego po angielsku: – Bardzo pana przepraszamy, że tak wyłączyliśmy pana z rozmowy. Naprawdę nie chodzi o to, że nie mamy do pana zaufania...

– Nie szkodzi, rozumiem – odparł, posyłając jej ciepły uśmiech. – Ale jest coś, co może przydałoby się państwu w śledztwie.

– Będziemy wdzięczni za każdą informację – powiedział Max.

– Przed śmiercią mój ojciec, Symcha Rajnfeld, powiedział mi, że w sześćdziesiątym ósmym roku w Izraelu odnalazł go syn. Przyznał mi się, że w Londynie podczas wojny miał romans z jakąś polską dziewczyną. I że przez ponad dwadzieścia lat nie miał pojęcia, że urodziła syna. – Popatrzył na Agatę. – Wygląda na to, że mamy wspólnego brata przyrodniego.

Nie rozumiał, o czym przed chwilą rozmawiali, więc nie bardzo też mógł pojąć, dlaczego Agaty nie ucieszyła ta wiadomość.

– Chodźmy stąd – zaproponowała tylko.

*

Zgodnie z otrzymaną zaszyfrowaną instrukcją od zleceniodawcy brytyjski płatny zabójca pojechał do domu Agaty Wróblewskiej, ale nie było jej w mieszkaniu. Zastrzelenie jej w pracy w ogóle nie wchodziło w rachubę.

Miał wyraźnie przykazane, żeby dzwonić do zleceniodawcy tylko w sytuacjach awaryjnych. Uznał, że właśnie z taką ma do czynienia. Wybrał więc jedyny numer, jaki miał zapisany na komórce na kartę.

– We wskazanym miejscu nie ma celu – powiedział bez zbędnych powitań.

– Szpital. Centrum Onkologii. Ulica Roentgena pięć – padła zwięzła odpowiedź.

– Nie taka była umowa. Nie lubię improwizować.

– Za te pieniądze, które dostajesz, będziesz improwizować. – Zleceniodawca nie lubił, jak ktoś próbował zedrzeć z niego kasę.

Zabójca pojechał w podane przez niego miejsce nierzucającą się w oczy skodą fabią, którą wypożyczył na fałszywy irlandzki paszport. Zaparkował koło szpitala. Wiedział, jakim samochodem jeździ kobieta, którą miał sprzątnąć. Dostał to w instrukcji do zlecenia: grafitowy volkswagen taureg. Szybko wypatrzył go na parkingu przed szpitalem. Skodę zostawił na ulicy, jakieś pięćdziesiąt metrów dalej, na tyle blisko, by po wykonaniu zlecenia dojść do niej szybko i pojechać do Poznania, gdzie czekało już na niego inne auto, którym miał dotrzeć do Berlina, skąd poleci do Londynu.

Kiedy on czekał, aż Agata Wróblewska wsiądzie do swojego samochodu, jego zleceniodawca – i przyrodni brat celu – meldował się w hotelu Continental.

*

Agata, Max, Czacka-Odrowąż i Jehuda Rajnfeld wyszli ze szpitala. Było słoneczne jesienne popołudnie. Gdyby nie okoliczności, Max pomyślałby, że to jeden z tych idealnych dni, jak z piosenki Lou Reeda *Perfect Day.*

– Czy ma pani już wystarczające przesłanki, żeby aresztować prezydenta Warszawy? – zwrócił się Max do prokurator.

– Oczywiście. Nakaz aresztowania wystawię jeszcze dziś, zaraz po powrocie do prokuratury.

– Podwiozę panią – zaproponowała Agata. – Zależy mi na tym, żeby to wszystko jak najszybciej się skończyło.

– Mnie też – dorzucił Max, zerkając na Agatę. Potrafił sobie wyobrazić, co teraz przeżywa. Śmierć syna, świadomość, że zabił go jej brat, a matka, jej rodzona matka, chroniła zabójcę. Jak w greckiej tragedii. Nie było dobrego wyjścia.

Zastanawiał się, czy Agata po tym wszystkim będzie go chciała jeszcze znać. Chciała, żeby znalazł zabójcę Dominika, ale z pewnością, nawet w najgorszych koszmarach, nie mogłoby jej się przyśnić coś takiego. W dawnych czasach zabijano posłańców przynoszących złe wiadomości. On przyniósł najgorszą.

Idąc przez parking w kierunku volkswagena Agaty, uświadomił sobie, że choć już wie, kto stał za zabójstwem Dominika, to przecież wciąż jeszcze istnieje zagrożenie dla Agaty. Joseph Schilling piekł dwie pieczenie na jednym ogniu – chciał zemścić się na matce i jednocześnie zdobyć fortunę. A Agata po śmierci matki będzie spadkobierczynią.

Tknięty niepokojem, uważnie rozejrzał się po parkingu.

Nie zauważył niczego podejrzanego, więc zwiększył obszar obserwacji – popatrzył na ulicę. I coś go zastanowiło. W zaparkowanej równolegle do chodnika, kilkadziesiąt metrów dalej, szarej skodzie fabii nie byłoby nic nadzwyczajnego, gdyby nie drobny szczegół. A on, jak każdy dobry detektyw, był wyczulony na szczegóły, które przeciętnemu człowiekowi nie rzuciłyby się w oczy. Kierowca zaparkował skodę tak, jakby był przyzwyczajony do ruchu lewostronnego. Siedzący za jej kierownicą człowiek uruchomił właśnie silnik i wysiadł z samochodu.

Maxowi wystarczyło jedno spojrzenie na niego, i nie miał wątpliwości. Skoczył do przodu, popychając jednocześnie prokurator, tak by zeszła z linii strzału, a całym swoim ciężarem powalił Agatę.

– Na ziemię! – krzyknął w tym samym momencie, kiedy rozległa się seria strzałów z pistoletu automatycznego i poczuł szarpnięcie w lewym barku.

Jehuda Rajnfeld nie zareagował dość szybko; osunął się na ziemię dopiero wtedy, gdy dosięgły go trzy pociski.

Wszyscy leżeli skryci w cieniu volkswagena Agaty, którego szyby były teraz roztrzaskane – Agata, prokurator i Max przy prawym boku samochodu, Jehuda z tyłu.

Zabójca, zaskoczony tym, że jego cel nie wyszedł ze szpitala sam, nie miał pewności, czy udało mu się trafić. Czarnoskóry mężczyzna, który towarzyszył kobiecie, zareagował jak profesjonalista; i Anglik nie dałby pięć centów za to, że tamten nie ma broni. Nie chciał ryzykować. Rzucił się do zaparkowanej skody i ruszył, włączając się w ruch tak, że jadące ulicą samochody musiały hamować z piskiem opon. Wjechał na światła na skrzyżowaniu ulicy Roentgena i Pileckiego parę sekund po tym, jak światło zamieniło się na czerwone, i skręcił w lewo.

*

– Żyjecie? – Max czuł rozdzierający ból barku. Dotknął tego miejsca i namacał lepką krew chwilę przed tym, jak poczuł jej zapach. Palcami natrafił na wylot pocisku. To dobrze, pomyślał, ale musiał jak najszybciej zatamować obfity krwotok.

Spod niego wygramoliła się Agata.

– Nic ci nie jest? – spytał.

– Poza otartymi kolanami nic. Ale ty jesteś ranny.

– Przeżyję – odparł Max.

Agata szybko zdjęła z szyi szal i podała mu go, żeby zatamował krwawienie.

– Co to, kurwa, było? – Rozglądała się, próbując zorientować się, co się stało.

– Ten człowiek uciekł. Widziałem – odezwała się prokurator, która padając na ziemię, rozcięła sobie prawą dłoń o szkło. Sięgnęła po komórkę i kiedy po pierwszym sygnale zgłosił się dyżurujący policjant, poinformowała go o strzelaninie pod Centrum Onkologii. – Sprawca ucieka srebrną skodą fabią. Pojechał Pileckiego w stronę Puławskiej. Ustawcie blokady w obie strony: i w kierunku Piaseczna, i centrum.

Dopiero teraz wszyscy troje spojrzeli na Jehudę Rajnfelda. Agata rzuciła się, żeby mu pomóc, ale Maxowi wystarczyło jedno spojrzenie.

– On nie żyje – powiedział zdławionym głosem.

Najpierw Mrówka, teraz Jehuda. Dwoje niewinnych ludzi, którzy wciąż by żyli, gdyby on nie włączył ich w tę sprawę. Nawet jeśli w przypadku Mrówki mógł się tłumaczyć przed sobą – chociaż tego nie robił – że i tak by jej nie powstrzymał, to w przypadku tego miłego człowieka z Izraela był winny. Winny jak cholera! Ukrył twarz w dłoniach i pokręcił głową.

– I jak oni mają nas lubić? – powiedziała z goryczą Agata. – Przyjechał do kraju przodków i...

– Musimy zawiadomić jego rodzinę – przerwała jej prokurator. – Nie obejdzie się bez ambasady – dodała rzeczowo. – Musimy wytłumaczyć jego dzisiejsze zatrzymanie. Biorę to na siebie.

Max pomyślał, że to bardzo odważna kobieta. Zdawał sobie sprawę, że będzie miała poważne kłopoty. I to też było jego winą.

Po chwili usłyszeli sygnały radiowozów. Zanim nadjechała karetka, pojawili się sanitariusze i lekarz z Centrum Onkologii, położyli Maxa na noszach i zawieźli do sali ambulatoryjnej, gdzie udzielono mu pierwszej pomocy i zrobiono prześwietlenie. Zdjęcie wykazało, że kula przeszła przez bark, ale nie naruszyła kości.

– To czysta rana – ucieszył się Max. – Szybko dojdę do siebie.

– Wolałbym, żeby został pan w szpitalu – powiedział lekarz.

– To niemożliwe.

– Nie mogę w takim stanie pana wypuścić.

– Nie może mnie pan również zatrzymać. Podpiszę wszystko, co pan zechce.

*

Technicy policyjni na polecenie prokurator zebrali wszystkie możliwe ślady z miejsca zdarzenia. Blokada w mieście została zarządzona za późno. Zabójcy udało się wyjechać z Warszawy. Wieczorem odnaleziono pod Poznaniem porzuconą i częściowo spaloną skodę. Ciało Jehudy Rajnfelda zabrano do kostnicy. Przyczyna zgonu nie budziła żadnych wątpliwości, więc prokurator nie zarządziła autopsji. Na widok Maxa wychodzącego ze szpitala z opatrunkiem na barku i ramieniu pokręciła głową.

– Twarda z pana sztuka! – zawołała.

– Muszę kupić lekarstwa – powiedział. – Dostałem antybiotyki i jakieś inne leki. Po drodze powinienem wstąpić do apteki.

– A wybieramy się dokąd? – zapytała Agata. – Moim samochodem z tą potłuczoną szybą nie da się jechać.

– Pojedziemy moim. – Wskazał głową astrę zaparkowaną dwa rzędy za volkswagenem Agaty. – W całym tym zamieszaniu Agata zapomniała, że nie przyjechali tu razem, ale wcale się jej nie dziwił. – Musimy się spotkać z rodziną Jehudy. Ja go w to wplątałem i to na mnie spoczywa obowiązek powiadomienia ich o jego śmierci.

– Wie pan, że to może być bardzo nieprzyjemne? – spytała Czacka-Odrowąż.

– Jestem na to przygotowany. Nie chciałbym, żeby dowiedzieli się z telewizji – zwrócił się do Agaty.

– A mnie się nie uśmiecha zostać tematem wieczornych wiadomości Twojej Stacji – odparła.

– Musimy jakoś powiadomić opinię publiczną – powiedziała prokurator. – Ale spróbuję przekonać media, że dla dobra śledztwa na razie nie możemy podawać żadnych informacji. Niech Grydzewski poczuje na szyi pętlę, zanim ją zaciśniemy dziś w nocy.

– Zatrzyma go pani?

– Oczywiście.

– A Joseph Schilling?

– Jego też. Jest już w Polsce. Przyleciał jakąś godzinę temu. – Prokurator miała cynk od policji, że Schilling przekroczył granicę państwa, legitymując się paszportem brytyjskim. Jego zatrzymanie było kwestią czasu.

*

Max razem z Agatą pojechali do Marriota, gdzie zatrzymała się rodzina Jehudy, prawdopodobnie dlatego, że był to jeden z pierwszych hoteli w Warszawie oferujący koszerną kuchnię. Żona przyjęła tę wiadomość bez histerii. Nie bardzo wierząc w słowa czarnoskórego mężczyzny, którego po raz pierwszy w życiu widziała na oczy, zadzwoniła do izraelskiej ambasady, gdzie, ku jej rozpaczy, potwierdzono tę informację. Aldona Czacka-Odrowąż wykorzystała tego dnia wszystkie dostępne jej kanały, w tym Ministerstwo Sprawiedliwości, żeby uniknąć skandalu. Strona izraelska podeszła do sprawy profesjonalnie i podjęła się psychologicznej i religijnej opieki nad rodziną ofiary. Tego wieczoru do żony i dzieci Jehudy Rajnfelda przyjechał osobiście rabin Warszawy.

Było już całkiem ciemno, kiedy wyszli z Marriotta. Agata, która prowadziła astrę, zatrzymała się w Alejach Jerozolimskich przed apteką, Max wyskoczył i po kilku minutach wrócił z lekarstwami. Rana w barku potwornie bolała. Gdy Agata chciała ruszać, poprosił, żeby chwilę poczekała. W amerykańskiej armii nauczył się robić zastrzyki i teraz bez chwili wahania wbił sobie igłę w udo i wpakował całą zawartość jednorazowej strzykawki ze środkiem przeciwbólowym.

– Możemy jechać – rzucił.

– Pani prokurator miała rację co do ciebie.

– W czym?

– Że twardy z ciebie drań.

– Dziękuję. – Spojrzał na nią niepewnie. – Myślałem...

– Co myślałeś?

– Dziś w szpitalu, kiedy wparowałaś do pokoju matki, przyszło mi do głowy, że mnie rozerwiesz na strzępy, że to koniec naszej przyjaźni.

– To prawda, trochę byłam na ciebie wkurwiona, ale...
Max...

– Co?

– Uratowałeś mi życie.

Gdyby nie on, leżałaby teraz w kostnicy zamiast Jehudy Rajnfelda.

Zaczynała się rozklejać, i pewnie nic by jej przed tym nie powstrzymało, jeśliby nie zadzwoniła Czacka-Odrowąż, która chciała ich poinformować, że policja właśnie zatrzymała obu braci Nowaków, bezpośrednich wykonawców wyroku na Dominiku.

– Gdzie?

– Za Poznaniem. Jechali do niemieckiej granicy. Wysiadło im z tyłu światło, patrol policyjny chciał ich zatrzymać, a oni zaczęli uciekać. Chętnie pochwaliłabym się, że mamy sprawną policję, ale to był czysty przypadek.

– Co teraz?

– Jedziemy z wizytą do domu pana prezydenta Grydzewskiego.

– Mam zamówić ekipę telewizyjną?

– To pani decyzja, nie mam nic przeciwko, żeby nasz kochany prezydent i jego córeczka zostali zatrzymani w świetle kamer.

– Czyli że spotykamy się pod jego willą w Konstancinie.

*

Agata dobrze znała Konstancin. Miasteczko, które od czasów PRL-u stało się ostoją wszelkiej maści VIP-ów i ludzi majętnych z całej Warszawy. Zatrzymała samochód przy posesji, na której rosły stare modrzewie, a wśród nich stała okazała willa. Policja otoczyła dom Grydzewskiego ze wszystkich stron. Aldona Czacka-Odrowąż na widok Maxa, który z unieruchomioną ręką dotrzymywał kroku Agacie, aż zagwizdała z wrażenia.

– Cieszę się, że już jesteście. Zapraszam. Możecie być świadkami zatrzymania groźnego przestępcy.

W tym momencie kilkaset metrów dalej, zgodnie z instrukcjami podanymi telefonicznie przez Agatę, zatrzymał się wóz transmisyjny Twojej Stacji, wysiadł z niego kamerzysta i jego asystent i ruszyli w stronę szefowej.

*

Tego dnia prezydent Warszawy obudził się o dziewiątej. Jego żona, projektantka mody, nie mogąc znieść sytuacji w domu, wyleciała do Londynu na pokaz swojej kolekcji. On postanowił nie jechać do pracy. Zadzwonił do sekretarki, powiedział, że nie czuje się najlepiej, i kazał odwołać wszystkie spotkania. W ratuszu wyczuwało się wokół niego gęstą, nerwową atmosferę po tym, jak Nasza Stacja wyemitowała nagranie, z którego wynikało, że córka Grydzewskiego, związana z nacjonalistyczną organizacją, jest zamieszana w porwanie i zabójstwo Dominika Wróblewskiego. Krążyły plotki, że prezydent Warszawy być może maczał w tym wszystkim palce, a już na pewno używał swojego urzędu i wpływów politycznych do chronienia jej. Ktoś rzucił kolejną plotkę, że Grydzewski przywłaszczył sobie jakąś kamienicę albo działkę w centrum Warszawy.

Po ukazaniu się materiału w Naszej Stacji pod domem Grydzewskiego co chwila pojawiali się dziennikarze, na szczęście firma ochroniarska dobrze wykonywała swoją pracę i nie dopuszczała nikogo do posesji, a jakiegoś zdesperowanego paparazzi, który wspiął się na pobliskie drzewo, zatrzymała i sprawdziwszy uprzednio, czy nie ma świadków, spuściła łomot, ale tak, żeby nie zostawiać śladów, na wypadek gdyby przyszło mu do głowy iść na obdukcję.

Na śniadanie Ewa nie zeszła. Zaczynał żałować, że wciągnął ją w tę sprawę. Żałował zresztą również tego, że zgodził się na zabójstwo. To Joseph Schilling się przy tym upierał, i to on wpadł na pomysł wciągnięcia w to narodowców.

Bijąc się z myślami, poszedł na górę do pokoju córki. Ściany swojego pokoju Ewa pokryła plakatami ku czci żołnierzy wyklętych. Nad łóżkiem wisiał znak drogowy: „Zakaz pedałowania".

Grydzewski odsłonił okno, żeby wpuścić nieco światła.

– Ewa, musisz wstać – powiedział.

– Zostaw mnie.

– Masz pięć minut – rzucił. – Czekam na dole. – I wyszedł.

Leżała przez chwilę bez ruchu, tępo patrząc w sufit, po czym zwlokła się z łóżka i narzuciła szlafrok. Idąc do drzwi, spojrzała w lustro nad komodą. Przeraziła się na swój widok. Wyglądała strasznie i tak się czuła. Teraz już wiedziała, jaki smak i zapach ma strach. Nagle przyszła jej do głowy Ida Frankowska. Po raz pierwszy pomyślała o niej inaczej niż „ta idiotka". Współczucie to może za duże słowo, ale Ewa w końcu zrozumiała, co tamta musiała czuć, i przestała się dziwić temu, co zrobiła. Zaszczuta Ida wybrała pewnie najlepsze z możliwych wyjść. Może ona też powinna…

– Musisz zjeść śniadanie, skarbie – powiedział Grydzewski, kiedy wreszcie zobaczył córkę na schodach.

– Nie, nie będę nic jadła.

– Musisz.

– I tak wyrzygam.

Tak było od kilku dni. Ewa nie brała nic do ust. Jego śliczna córka dosłownie nikła w oczach. Co za suka! – pomyślał o żonie. Jak mogła zostawić dziecko w takim stanie i tak po prostu sobie wyjechać?!

Podszedł do Ewy, pogładził ją po włosach, jak wtedy, gdy była małą dziewczynką. Spojrzał jej w oczy i zobaczył w nich bezbrzeżne przerażenie.

– Co się dzieje? Powiedz mi, córeczko – powiedział najłagodniej, jak mógł.

– I tak mi nie uwierzysz.

– Obiecuję, że się postaram.

Dziewczyna zamknęła oczy.

– On do mnie przychodzi – odezwała się, nie otwierając ich.

– Kto?

– Dominik Wróblewski.

W innej sytuacji parsknąłby śmiechem, ale kiedy patrzył na tę jedyną osobę, którą kochał w całym swoim życiu – wychudzoną, bladą, z podkrążonymi oczami, w których czaił się obłęd – śmiech był ostatnią rzeczą, która przychodziła mu do głowy.

– Kochanie, to niemożliwe. Przecież on nie żyje.

– I właśnie dlatego do mnie przychodzi. Do Idy Frankowskiej też przychodził.

– Do tej dziewczyny, która zorganizowała tę kampanię przeciwko niemu?

– Tak.

– Posłuchaj, ona miała omamy. I ty też je masz. Pamiętasz, jak babci się wydawało, że widzi wokół siebie gestapowców?

– Co ty wygadujesz, tato?! Babcia Zosia miała alzheimera.

– Owszem, ale lekarz stwierdził, że najgorsze omamy miała wtedy, kiedy była odwodniona. A ty od paru dni nic nie jesz i nie pijesz. Musisz być odwodniona.

Ewa bezradnie pokręciła głową, a on wziął ją na ręce jak małą dziewczynkę i zaniósł na kanapę.

*

Prokurator Czacka-Odrowąż zdecydowała o sforsowaniu bramy. Funkcjonariusze palnikiem przecięli masywne pręty z kutego żelaza i ekipa policyjno-prokuratorska weszła na teren posesji. Za nimi podążył kamerzysta ze swoim pomocnikiem oraz Agata i Max.

Czacka-Odrowąż pierwsza przestąpiła próg willi, gdy tylko policjanci wyważyli drzwi. Na ścianie w holu, tuż przy wejściu, wisiał obraz Jacka Malczewskiego. Z tego, co wiedziała o Grydzewskim, nie sądziła, by była to kopia. Zatrzymała się, podczas gdy policjanci weszli dalej.

Po chwili jeden z nich wrócił.

– Na podłodze w łazience na parterze jest krew – zameldował. – Są na niej ślady stóp. Wygląda to tak, jakby ktoś kogoś ciągnął.

Czyżby zabił córkę, żeby pozbyć się świadka? – zastanawiała się prokurator. W tym momencie usłyszała jakiś dźwięk dochodzący z góry, coś jak skomlenie psa. Rozejrzała się uważniej i jej wzrok zatrzymał się na schodach. Ślady krwi prowadziły aż tam i ciągnęły się do pierwszego piętra.

– Zmiana planów – zwróciła się do kamerzysty i jego asystenta, którzy stali za nią. – Nie możecie filmować. To byłoby zbyt drastyczne.

Agata zerknęła na Maxa i dała swoim ludziom znak, by wyłączyli kamerę.

– Pani prokurator, poprosimy tutaj! – zawołał ze szczytu schodów policjant w cywilu.

Ostrożnie stawiając kroki, żeby nie rozmazać śladów krwi, weszła do pokoju i po chwili znalazła się w pomieszczeniu, które sądząc po wiszących w nim plakatach, było pokojem Ewy Grydzewskiej.

Na łóżku, zawodząc jak zwierzę, siedział prezydent Warszawy i tulił w ramionach zwłoki córki. Pościel była zaplamiona krwią.

Dopiero kilkanaście minut później, gdy policjanci delikatnie zabrali ciało Ewy z rąk ojca, Czackiej-Odrowąż udało się dowiedzieć, co wydarzyło się w willi prezydenta Warszawy.

Grydzewski przyznał się do tego, że był zamieszany w zabójstwo Dominika. Odpowiadał na wszystkie pytania i przyznał się nawet, że dał prokuratorowi słoik miodu, o którym wiedział, że jest trujący. Ale do zabicia córki się nie przyznawał.

Opowiedział, jak rano udało mu się uspokoić córkę, nakłonić ją do tego, by zjadła śniadanie i wzięła prysznic. Jakieś dziesięć minut po tym, jak zamknęła się w łazience, usłyszał dźwięk tłuczonego szkła. Pełen najgorszych przeczuć rzucił się do drzwi, ale zawiasy i zamek były zbyt solidne, by udało się je pokonać. Długo mocował się z drzwiami, ale bezskutecznie, w końcu wybiegł z domu i przyniósł z szopy na narzędzia siekierę. Drewno było jednak tak twarde, że zrobienie dziury przy zamku, przez którą mógł wsunąć rękę i odciągnąć rygiel, trwało kilka minut. Wpadł do łazienki i zobaczył córkę leżącą na posadzce w kałuży krwi. Już nie żyła. Wbiła sobie w tętnicę szyjną długi jak sztylet kawałek lustra, które rozbiła, ciskając w nie marmurową wazą na potpourri.

*

– Nie zabiłem jej, nie zabiłem jej, nie zabiłem jej – powtarzał Grydzewski.

– To nieprawda – powiedziała Agata. Oboje, ona i Max, wiedzieli, że właściwie nie powinno ich tu być. Prokurator, pozwalając, by weszli do tego domu, po raz kolejny złamała procedury. Tym bardziej więc nie chcieli jej przeszkadzać w prowadzeniu przesłuchania. W tym momencie jednak Agata nie wytrzymała. – Zabił ją pan. Zabił ją pan swoją chciwością.

– Jest pan aresztowany – powiedziała Czacka-Odrowąż i powoli i wyraźnie wymieniła wszystkie zarzuty, które mu postawi.

Siedział, kołysząc się w przód i w tył, i w ogóle nie reagował na jej słowa.

– Czy zrozumiał pan, co powiedziałam? Czy słyszał pan, jakie zarzuty zostaną panu postawione?

– Tak i do wszystkiego się przyznaję – odparł cicho.

– Proszę powiedzieć głośniej – poleciła prokurator, bo chciała, żeby policjanci usłyszeli jego słowa.

– Tak, zrozumiałem zarzuty – powiedział potulnie. – I do wszystkiego się przyznaję.

*

Kamerzysta, stojąc na zewnątrz, zarejestrował moment wyprowadzania z willi zakutego w kajdanki prezydenta Warszawy.

Agata i Max poczuli ulgę. Max już od dłuższego czasu czuł nasilający się ból barku i wiedział, że wkrótce będzie musiał zrobić sobie zastrzyk, jeśli miał zachować przytomność. A musiał ją zachować, bo sprawa jeszcze się nie skończyła. Autor tej piekielnej intrygi wciąż był na wolności.

Rozdział dwudziesty trzeci

OPTIMA MATER

Wciąż stali pod domem Grydzewskiego w Konstancinie. Kiedy odjechał radiowóz, który miał zawieźć prezydenta Warszawy do policyjnego aresztu, ktoś zadzwonił na komórkę Szackiej-Odrowąż. Choć było ciemno, Agata i Max zauważyli, że zbladła. Odeszła kawałek, żeby jej nie słyszeli, mimo to wychwycili kilka niecenzuralnych słów – tak do niej niepasujących – rzuconych wściekłym głosem.

– Schilling zniknął – powiedziała, gdy skończyła rozmowę i wróciła do nich.

– Jak to?! – rzuciła Agata. – Przecież policja miała go podobno na oku!

– Od czasu, jak wylądował na Okęciu – potwierdziła prokurator. – Chciałam, by został zatrzymany w tym samym czasie co Grydzewski, ale ekipa policyjna, która weszła do pokoju w Continentalu, nie zastała tam nikogo. Zgubiliśmy go.

– Tak po prostu zniknął? – nie mogła uwierzyć Agata.

– Jeszcze pół godziny temu był w swoim pokoju. Widział go pracownik hotelu, który mu przyniósł zamówioną przez room service kolację. Na razie nie potrafię stwierdzić, czy wymknął się dlatego, że jest taki sprytny, czy dlatego, że nasza policja jest taka beznadziejna.

– Kurwa mać! – zaklęła wściekła Agata. – Co za patałachy!

– Uspokój się – powiedział Max. – Lepiej zastanówmy się spokojnie.

– Nad czym tu myśleć? – prychnęła. – Trzeba działać, a nie bić pianę.

Może gdybyś najpierw się zastanowiła, zanim zrobiłabyś niektóre rzeczy, na przykład puściła na antenie nagranie rozmowy córki Grydzewskiego z tymi faszystowskimi zbirami, bylibyśmy teraz w innej sytuacji, pomyślał Max. Ale nie powiedział tego głośno, bo byłoby to okrutne. Zrozpaczona po śmierci syna, miała prawo działać irracjonalnie.

– Wiemy, że chodzi o wielkie pieniądze – powiedział. – Ale jak się nad tym głębiej zastanowić, to gdyby chodziło tylko o nie, Grydzewski i Schilling mogliby to wszystko załatwić w znacznie prostszy sposób, bez stylizowania zabójstwa Dominika na śmierć Rajnfelda. Pieniądze, owszem, są motywem, ale nie głównym, w każdym razie nie w przypadku Schillinga.

Spojrzał na Agatę i prokurator, które słuchały go uważnie.

– W jego przypadku głównym motywem jest zemsta – ciągnął. – Wygląda na to, że jest ktoś, z kim ma rachunek do wyrównania.

– Moja matka – szepnęła Agata.

– A on najwyraźniej wie, gdzie ona jest. Wysłał tam przecież płatnego zabójcę.

– Jedziemy do szpitala – rzuciła prokurator.

*

Do szpitala wszedł starszy mężczyzna w garniturze i rozpiętym eleganckim płaszczu. Niósł bukiet kwiatów – dziewięćdziesiąt czerwonych róż. Podszedł do informacji i zapytał łamaną polszczyzną, w którym pokoju leży Barbara Siemieńska. Powiedział, że jest krewnym chorej i że chciałby ją odwiedzić.

– Pokój czterysta dwadzieścia sześć – odparła młoda dziewczyna, mierząc wzrokiem starszego pana i olbrzymi bukiet. – Proszę iść w prawo do windy i pojechać na czwarte piętro. – Domyślając się, że mężczyzna może jej nie rozumieć, wychyliła się, wskazała ręką kierunek i uniosła cztery palce.

– Dziękuję bardzo – odpowiedział i skierował się do windy.

Jazda na czwarte piętro ciągnęła się w nieskończoność. Nikt go nie zatrzymał, gdy szedł korytarzem czwartego piętra do pokoju 426. Choć pora była już dość późna, w szpitalu wciąż było mnóstwo odwiedzających.

Barbara spała, gdy zapukawszy tylko raz, otworzył drzwi i wszedł do sali. Przebudziła się, kiedy położył bukiet na szafce obok łóżka.

Widzieli się tylko raz, jedenaście lat wcześniej, na jej uroczystości jubileuszowej, podczas której Grydzewski przedstawił go jako swojego wspólnika, profesora Boyla z Wielkiej Brytanii.

– Dzień dobry... mamo – powiedział po angielsku, przysunął krzesło do łóżka i usiadł.

– Wiedziałam, że w końcu do mnie przyjdziesz, synku. – Osłabiona Barbara z trudem uniosła głowę, żeby go lepiej widzieć.

– „Synku" – powtórzył za nią z goryczą. – Matka, która porzuca swoje dziecko, nie zasługuje na miano matki.

– Nie będę się usprawiedliwiała – powiedziała głosem

zbliżonym do szeptu. – Popełniłam w życiu mnóstwo błędów, krzywdziłam ludzi... ale nie ciebie. Nie zostawiłam cię z własnej woli. Zabrali mi ciebie. Taka jest prawda.

– Bzdura! Spędziłem wiele lat na poszukiwaniach moich rodziców. Znalazłem ojca, który się mnie wyparł. Ale on przynajmniej nie był zakłamany, tak jak ty. Powiedział mi wprost, że byłem błędem w jego życiu. Ty nie masz odwagi nawet na to.

Barbara uniosła rękę, prosząc go w ten sposób, by pozwolił jej mówić.

– Przez całe życie myślałam o tobie. Nie było dnia, żebym sobie ciebie nie wyobrażała. Widziałam cię, jak uczysz się chodzić, jak biegasz za piłką, jeździsz na rowerze, jak przynosisz ze szkoły pierwsze świadectwo, a potem jak studiujesz, po raz pierwszy się zakochujesz, masz dzieci, jesteś, mądrym, dobrym człowiekiem... Nigdy, ani na moment nie przyszło mi do głowy, że mógłbyś się stać podłym, mściwym człowiekiem... mordercą.

Uśmiechnął się złośliwie.

– Nie jestem mordercą, ale narzędziem sprawiedliwości. Musiałaś zapłacić za to, że przez wszystkie te lata żyłem z piętnem dziecka odrzuconego przez rodziców. Znalazłem cię jedenaście lat temu.

– Wiem, poznałam cię wtedy, kiedy Grydzewski przedstawił mi ciebie.

Spojrzał na nią z niedowierzaniem.

– Jak?

– Może, jak mówisz, nie zasługuję na to, żeby nazywać mnie matką, ale, czy ci się to podoba, czy nie, jestem nią. A matka pozna własne dziecko.

Pokręcił głową, jakby nadal jej nie wierzył, i ciągnął:

– Wiesz, że to ja zleciłem Grydzewskiemu wyeliminowanie twojego wnuka i ubranie go tak jak Józefa Rajnfelda, którego podczas wojny wydałaś w ręce Gestapo?

– Jak się tego dowiedziałeś?

– Powiedział mi o tym w Izraelu Symcha Rajnfeld – odparł. – Mój kochany tatuś – dodał z przekąsem. – Pojechałem też do Biarritz i znalazłem w archiwum miejskim twój donos. To po tym malarzu dałaś mi imię, prawda? Przeczytałem raporty policyjne, dowiedziałem się, jak umarł, gdzie go znaleziono, a nawet w co był ubrany w chwili śmierci. Planując śmierć twojego wnuka...

– Twojego siostrzeńca – wtrąciła drżącym z emocji głosem.

– ...tak, a nie inaczej – ciągnął, jakby jej nie usłyszał – chciałem dać ci znak. I udało mi się, prawda?

Barbara spojrzała mu w oczy, łudząc się, że dostrzeże w nich jakiś ludzki odruch, lecz Joseph Schilling był tak samo zaślepiony nienawiścią jak ona w wieku piętnastu lat, kiedy napisała donos na miłość swojego życia.

– Nigdy nie wybaczyłam sobie tego, że wydałam Rajnfelda. I wielu rzeczy żałowałam. Ale wiesz co, synu? Właśnie uświadomiłam sobie, że jednego nie powinnam żałować. Tego, że mi cię odebrali. – Barbara mówiła coraz słabszym głosem, coraz bardziej chrapliwym. – Jesteś strasznym człowiekiem. I nic nas nie łączy.

– Mylisz się, mamo. – Słowo „mamo" ociekało takim jadem, że Barbarę przeszły ciarki. – Widzisz, coś nas łączy: majątek Szylingów, który mi się należy i którego potrzebuję, żeby spłacić długi.

Joseph Schilling sięgnął do kieszeni płaszcza i wyciągnął z niej małą fiolkę oraz jednorazową strzykawkę z zabezpieczoną igłą.

– Wiesz, co to jest, mamo?

– Trucizna. Chcesz mnie zabić.

– Tak, ale nie bój się, to nie będzie bolało.

Barbara zobaczyła w oczach syna błysk szaleństwa.

– To wyciąg z szaleju i belladonny w dość mocnym stężeniu. Oprócz matematyki moją pasją są też trucizny. Wiesz, jak nazwałem tę miksturę?

– Nie, powiedz mi.

– *Optima mater*, na twoją cześć. To po łacinie.

– Wiem, skończyłam dobry uniwersytet, mimo że to były czasy Polski Ludowej. To znaczy: „Najlepsza matka".

Barbara próbowała przeciągać rozmowę, bo widziała, że na ekraniku leżącej na szafce komórki wyświetla się bez przerwy przychodzące połączenie z numeru Agaty. Przypuszczała, że córka jest w drodze.

Joseph napełnił strzykawkę trucizną.

*

Max, mimo ramienia na temblaku, przepchnął się przez tłum ludzi, którzy właśnie wsiadali do windy na parterze Centrum Onkologii. Niektórzy próbowali protestować, ale podążająca za nim Czacka-Odrowąż przytomnie wyciągnęła swoją legitymację z prokuratury, a Agata, biorąc z niej przykład, pokazała swoją dziennikarską, tak że przestraszeni ludzie zaczęli się cofać. Na czwartym piętrze Max wypadł z windy i czując, że temblak mu przeszkadza, zerwał go i mimo potwornego bólu, pobiegł korytarzem, wyprzedzając Agatę i korpulentną panią prokurator. Nigdy w życiu tak nie pędził.

Otworzył drzwi do pokoju 426, kiedy Schilling akurat nachylił się nad matką ze strzykawką w dłoni. Wykorzystując moment zaskoczenia, rzucił się na niego, ale Schillingowi udało się odepchnąć nie całkiem sprawnego Maxa. Podniósł strzykawkę, która upadła na koc na łóżku Barbary, i cofnął się pod ścianę.

Nie chciał iść do więzienia. Przyłożył strzykawkę do brzucha i wbił ją, wstrzykując sobie *Optima mater*. Trucizna zaczęła działać szybko i już po chwili Schilling osunął się na kolana.

Barbara widziała śmierć syna.

*

Prokurator Czacka-Odrowąż nie próżnowała. W nocy nie zmrużyła oka, by doprowadzić sprawę do końca. Ciało Schillinga zostało zabrane do kostnicy przy szpitalu. Musiała również powiadomić ambasadę brytyjską, że ich obywatel, popełniwszy w Polsce przestępstwa, odebrał sobie życie.

Wkrótce postawiła zarzuty uczestniczenia w zorganizowanej grupie przestępczej policjantowi z komisariatu na stacji metra Centrum; działanie młodszego aspiranta Krajewskiego doprowadziło do śmierci Patrycji Mrówczyńskiej.

W czasie przesłuchania bliźniacy Jarosław i Patryk Nowakowie załamali się kompletnie, gdy prokurator poinformowała ich, że Ewa Grydzewska, którą darzyli bezgranicznym uwielbieniem, popełniła samobójstwo. Przyznali się do porwania i zamordowania Dominika i do jeszcze jednego zabójstwa – Grzegorza Michalaka, niewygodnego wspólnika i świadka, którego trzeba było uciszyć. Wskazali miejsce w Lesie Kabackim, gdzie zakopali ciało. Za podwójne morderstwo bliźniakom groziło dożywocie.

Prokurator wystąpiła też o trzymiesięczny areszt dla prezydenta Grydzewskiego, ponieważ istniała realna groźba mataczenia w śledztwie. Sąd zgodził się z jej argumentacją. Zatrzymanie Grydzewskiego było niesamowitym skandalem. Media wałkowały tę sprawę przez wiele tygodni. Paradoksalnie, Grydzewski nie przestał być prezydentem Warszawy i w więzieniu nadal podpisywał faktury.

Jakieś dwa tygodnie po śmierci Schillinga Czacka-Odrowąż zadzwoniła do Agaty.

– Wszyscy zabójcy pani syna siedzą – poinformowała ją. – Schilling odebrał sobie życie. – Nie zdołaliśmy tylko zatrzymać płatnego zabójcy, który zastrzelił pana Jehudę i zranił Maxa. Ale mamy z monitoringu przed szpitalem jego twarz i wyślemy za nim międzynarodowy list gończy.

– Dziękuję pani za wszystko – powiedziała Agata.

– Niestety sprawa pani majątku przejętego nielegalnie przez Schillinga i Grydzewskiego będzie przedmiotem osobnego śledztwa. Trzeba przed sądem odkręcić przeniesienie własności. Czy pani mama może zeznawać?

– Nie sądzę, nie w jej stanie. Mam jednak dokumenty świadczące o tym, że dopuszczono się fałszerstwa. Max wyciągnął je z IPN-u.

– Ciało Josepha Schillinga zostało skremowane i pochowane – dodała prokurator. – Ambasada zgodziła się pokryć koszty pogrzebu.

– Dziękuję. Bądźmy w kontakcie.

Tego samego dnia do Czackiej-Odrowąż zadzwonił anatomopatolog, który wykonywał sekcję zwłok prokuratora Jastrzębskiego. Badając krew denata, dostrzegł podwyższony poziom oleandryny.

– Oleandryna – powiedział z triumfem w głosie.

– Co takiego? – zapytała zdziwiona prokurator.

– Prokurator Jastrzębski musiał się nawąchać kwiatów oleandra, to popularne drzewo ozdobne z rejonu Morza Śródziemnego. Niestety jego piękne kwiaty są śmiertelnie trujące.

– Dziękuję – powiedziała Czacka i zaczęła przeszukiwać całą dokumentację związaną ze śmiercią swojego poprzednika.

Nie mogła nic znaleźć. Nie widziała czegoś, co było przed nią. Ściągnęła więc Maxa do prokuratury, żeby rzucił okiem na raporty.

Przejrzał je uważnie, potem poszperał w internecie i powiedział:.

– Miód!

– Co?

– Kelner zeznał, że Grydzewski wręczył Jastrzębskiemu słoik miodu.

Czacka zadzwoniła do depozytu. Ostrzegła, by nikt nie wąchał i broń Boże nie kosztował tego miodu z mieszkania Jastrzębskiego. Miód oleandrowy jest pyszny, ale śmiertelnie trujący, bo zatrzymuje akcję serca.

Oczywiście Grydzewski podczas przesłuchania w tej sprawie zwalił całą winę na Schillinga.

*

Barbara od czasu śmierci syna czuła się coraz gorzej. Lekarze byli już bezradni. Agata i Max odwiedzali ją codziennie, ale teraz starsza pani została sama. Okno było zamknięte, mimo to firanka zafalowała, jak gdyby poruszona niewidzialną dłonią, i Barbara ujrzała wnuka. Wyglądał tak jak wtedy, kiedy pod koniec zeszłego lata odwiedził ją po raz ostatni i kiedy powiedziała mu o swojej chorobie. Nie miał tej strasznej rany na gardle. Wyglądał na szczęśliwego. Promieniał.

– Powiedziałem ci, babciu, że nie zostawię cię samej. Pamiętasz?

– Tak, pamiętam. Czy mam się bać? – zapytała Barbara.

– Czego?

– Być po drugiej stronie lustra.

– Ty? – zapytał zdziwiony Dominik. – Ty nie. Ale są tacy, którzy powinni się bać.

– I to już wszystko?

– Tak, to wszystko. Pora zamknąć książkę, babciu.

– To naprawdę tyle?

– Tak, tyle, nie mniej, ni więcej.

– Więc chodźmy – powiedziała Barbara.

Dominik podał jej dłoń i pomógł wstać. Chwycił ją delikatnie i poszli razem.

Epilog

Wiosna w Central Parku jest oszałamiająca. Kwitły wszystkie drzewa. Tego dnia od rana chodzili po mieście. Chciała sobie zrobić zdjęcie pod Dakotą, kamienicą, w której mieszkał i pod którą zginął John Lennon. Lennon był jej ulubionym chłopcem z Liverpoolu, dlatego po obejrzeniu domu Lennona poszli do miejsca w Central Parku nazywającego się Strawberry Fields i położyli się na trawie.

– Mamy jakiś konkretny plan na dzisiejszy dzień? – zapytała.

– Agata, wyluzuj.

– To co chcesz robić?

– Konkretnie nic – odpowiedział Max. – Zdrzemnę się.

Zamknął oczy, a ona oparła głowę na jego piersi i zaczęła czytać wydruk swojej książki. Zaraz po śmierci matki postanowiła napisać o największej traumie swojego życia. O zamordowaniu syna, walce z jego mordercami, o swojej żałobie, o odchodzeniu mamy.

Świeciło słońce. Drzewa w Central Parku rzucały długie cienie. Właśnie w tej chwili Agata zrozumiała, że nie należy bać się śmierci, tylko życia, które nie zostanie spełnione.

Spis treści

Polecamy również pierwszą książkę
z detektywem Maxem Kwietniewskim

LUNATYK

Rok 1986. ZSRR przeżywa głęboki kryzys gospodarczy. Sowieckie służby specjalne zdają sobie sprawę, że dni bloku wschodniego są policzone.

Ich najwyżsi funkcjonariusze, próbując zgarnąć dla siebie ile się da, planują w Nigerii supertajną operację Lunatyk, w której kluczową rolę ma odegrać Polak, oficer Służby Bezpieczeństwa.

Rok 1992. W polskim sejmie wybucha afera, kiedy okazuje się, że jeden z czołowych posłów, szanowany opozycjonista z czasów PRL-u, był przez lata tajnym współpracownikiem UB. Wkrótce nad Wisłą zostają znalezione jego zwłoki. Rodzina posła nie wierzy w oficjalną wersję mówiącą o samobójstwie.

Rok 2014. Max Kwietniewski, nowojorski detektyw – z polskim pochodzeniem i polską duszą – otrzymuje zlecenie znalezienia pewnego człowieka. Decydując się na przyjęcie go, nie ma pojęcia, do jakiego stopnia podróż do kraju jego matki i zmarłej żony rozdrapie jeszcze niezagojone rany. I zmusi go do zanurzenia się w polskie bagno.